O ALICIADOR

Parabenizando o jovem
Vinicius pela data na-
talícia, esperamos
que esta obra ofertada
como lembrança, sir-
va de estímulo à lei-
tura e à agregação de
conhecimentos.
J. Pessoa, maio/2010.
João Benedito e
família

D. CARRISI

O ALICIADOR

Tradução de
Eliana Aguiar

EDITORA RECORD
RIO DE JANEIRO • SÃO PAULO

2010

CIP-BRASIL. CATALOGAÇÃO-NA-FONTE
SINDICATO NACIONAL DOS EDITORES DE LIVROS, RJ

Carrisi, Donato
C312a O aliciador / Donato Carrisi; tradução Eliana Aguiar. – Rio de Janeiro: Record, 2010.

Tradução de: Il suggeritore
ISBN 978-85-01-08733-1

1. Romance italiano. I. Aguiar, Eliana. II. Título.

10-5568 CDD: 853
CDU: 821.131.3-3

Título original italiano:
IL SUGGERITORE

Editoração eletrônica: Raphael Pacanowski

Texto revisado segundo o novo Acordo Ortográfico da Língua Portuguesa.

Impresso no Brasil

ISBN 978-85-01-08733-1

AGRADECIMENTOS

Muitos pensam que escrever é uma aventura solitária. Mas, ao contrário, muitas são as pessoas que contribuem, mesmo sem saber, para a criação de uma história. São as pessoas que me alimentaram, apoiaram e encorajaram em todos os meses de gestação do romance e que, de alguma maneira, fazem parte de minha vida.

Com a esperança de que fiquem junto a mim por muito mais tempo, quero agradecer.

A Luigi e Daniela Bernabó, pelo tempo e dedicação que consagraram a esta história e a seu autor. Por seus preciosos conselhos que permitiram que eu amadurecesse como escritor, ajudando-me a aprimorar o estilo e a eficácia destas páginas. E por terem colocado o coração nesta empreitada. Se estas palavras chegaram aos olhos dos que a leram, devo isso sobretudo a eles. Obrigado. Obrigado. Obrigado.

A Stefano e Cristina Mauri, que investiram seu nome no meu, acreditando profundamente.

A Fabrizio, meu "aliciador", pelos conselhos impiedosos, pela firme gentileza, por ter amado muito cada página, cada palavra.

A Ottavio, o amigo que todos querem ter a seu lado pela vida inteira. A Valentina, que é realmente especial. Às pequenas Clara e Gaia, pelo afeto com que me preenchem.

A Gianmauro e Michela, com a esperança de tê-los junto a mim em todos os momentos importantes. E a Claudia, minha luz.

A Massimo e Roberta, pela ajuda, pelo apoio, pela amizade sincera.

A Michele. Meu primeiro melhor amigo. É muito bom saber que lá estará sempre que eu precisar dele. E é muito bom que ele saiba que eu também estarei aqui.

A Luisa, por seus sorrisos contagiantes e pelas canções cantadas em voz alta à noite, de carro pelas ruas de Roma.

A Daria e ao destino que a trouxe para mim. Pelo modo como vê o mundo e pelo modo como consegue me fazer olhá-lo com seus olhos.

A Maria De Bellis, que acalentou meus sonhos de criança. Se sou um escritor, devo isso a ela também.

A Uski, a minha incomparável "sócia".

A Alfredo, vulcânico companheiro de mil aventuras.

A Achille, que não está... mas está sempre.

A Pietro Valsecchi e Camilla Nesbit, e a toda a Taodue.

Um obrigado a todas as colaboradoras da agência Bernabó que seguiram os primeiros passos deste romance. E a todos os amigos que leram a história em pré-estreia e me ajudaram a fazê-la crescer com preciosas sugestões.

A toda a minha grande família. Os que ainda estão aqui, os que estiveram... e os que estarão.

A meu irmão Vito. Os primeiros olhos que pousaram sobre esta e tantas outras histórias, desde sempre. Mesmo que não possam ouvi-la, a música que permeia estas páginas pertence a ele. E a Barbara, que o faz feliz.

A meus pais. Pelo que me ensinaram e pelo que permitiram que aprendesse sozinho. Pelo que são e pelo que serei.

A minha irmã Chiara. Que acredita em seus sonhos e nos meus. Sem ela, minha vida seria terrivelmente vazia.

A quem chegou ao fim destas páginas. Com a esperança de tê-los presenteado com uma emoção.

NOTA DO AUTOR

A literatura criminológica começou a tratar dos "aliciadores" referindo-se ao desenvolvimento do fenômeno das seitas. Um tema áspero, que levanta inúmeros problemas. A maior dificuldade é exatamente criar uma definição de "aliciador" que possa ser usada para fins processuais, pois investe diretamente as categorias da imputabilidade e da punibilidade.

De fato, lá onde não existe um nexo causal entre a atividade do culpado e a do aliciador, não é possível trabalhar com a hipótese de algum tipo de crime a cargo deste último. O recurso à figura da incitação à delinquência mostrou-se, em muitos casos, muito débil para garantir uma condenação. Porque no caso dos aliciadores a coisa vai muito além da simples incitação. A atividade de tais indivíduos diz respeito a um nível subliminar de comunicação que não acrescenta uma intenção criminosa à psique do agente. No máximo, faz emergir um lado obscuro — presente de maneira mais ou menos latente em cada um de nós — que em seguida leva o sujeito a cometer vários crimes.

É emblemático, a tal propósito, o caso Offelbeck, de 1986: a dona de casa que recebe ligações de um interlocutor anônimo e depois, um belo dia, resolve de uma hora para outra exterminar a família colocando veneno de rato na sopa.

A isso devemos acrescentar que os que se envolvem em crimes hediondos tendem a repartir a responsabilidade moral com uma voz, uma visão ou um personagem fantasioso. Portanto, torna-se particularmente difícil distinguir quando tais manifestações são fruto de comportamentos psicóticos e quando, ao contrário, são realmente remissíveis à obra invisível de um aliciador.

Entre as fontes utilizadas neste romance, além dos manuais de criminologia, psiquiatria forense e textos de medicina legal, é preciso citar os estudos realizados pelo FBI, cujo mérito deve ser reconhecido: de ter criado o mais precioso banco de dados em matéria de serial killers e crimes violentos.

Muitos entre os casos citados nestas páginas realmente aconteceram. Em alguns casos, nomes e locais foram oportunamente trocados, pois seus percursos investigativos e processuais ainda não podem ser considerados totalmente concluídos.

As técnicas de investigação e de perícia descritas no romance são reais, embora em algumas circunstâncias o autor tenha se permitido a liberdade de adaptá-las às necessidades narrativas.

Prisão de ██████

Distrito Penitenciário nº 45.

Ofício do diretor, Dr. Alphonse Bérenger.

23 de nov., c. a.

Aos cuidados do Gabinete do Procurador-Geral

J. B. Marin

Assunto: CONFIDENCIAL

Caro Sr. Marin,

Tomo a liberdade de escrever para informá-lo sobre o estranho caso de um de nossos detentos.

O elemento em questão é o número de matrícula RK-357/9. Só nos referimos a ele desse modo, visto que nunca forneceu seus dados pessoais.

Sua prisão pela polícia ocorreu em 22 de outubro. O homem vagava de noite — desacompanhado e sem roupas — numa estrada secundária da região de ██████.

Confrontando suas impressões digitais com as que temos nos arquivos, exclui-se a possibilidade de um envolvimento em crimes precedentes ou em casos não solucionados. Todavia, a recusa reiterada a revelar a própria identidade, mesmo diante de um juiz, acarretou uma condenação a quatro meses e 18 dias de prisão.

Desde o momento em que colocou os pés na penitenciária, o detento RK-357/9 não deu mostras de indisciplina e sempre respeitou o regulamento carcerário. Ademais, é um elemento de índole solitária e pouco inclinada à socialização.

Talvez por isso ninguém tenha percebido um comportamento particular, que um dos nossos guardas só notou recentemente.

O detento RK-357/9 limpa e esfrega com um pano de feltro todos

os objetos com os quais entra em contato, recolhe todos os pelos e cabelos que perde cotidianamente, lustra perfeitamente os talheres e o vaso sanitário a cada vez que os usa.
Estaríamos, portanto, diante de um maníaco por limpeza ou, mais provavelmente, de um indivíduo que quer evitar a qualquer custo deixar vestígios de algum “material orgânico”.

Nutrimos, consequentemente, a séria suspeita de que o detento RK-357/9 tenha cometido algum crime de particular gravidade e queira nos impedir de coletar material para um exame de DNA capaz de identificá-lo.

Até hoje, o elemento compartilhou sua cela com outro recluso, o que certamente facilitou sua tarefa de confundir os próprios traços biológicos. Mas posso garantir que, como primeira medida, ele já foi retirado dessa condição e colocado em isolamento.

Informo o acima relatado a seu Gabinete para que possam dar início às investigações e pedir, se necessário, um mandado de urgência do Tribunal para obrigar o detento RK-357/9 a fazer um exame de DNA.
Tudo isso levando sempre em conta que daqui a exatamente 109 dias (em 12 de março), o elemento acabará de cumprir sua pena.

Com meus respeitos,

Diretor
Dr. Alphonse Bérenger

1

Um lugar perto de W.
5 de fevereiro.

A grande mariposa o transportava, movendo-se de memória pela noite. Vibrava as asas poeirentas, fugindo da vigilância das montanhas, quietas, ombro a ombro como gigantes adormecidos.

Acima deles, um céu de veludo. Abaixo, o bosque. Denso.

O piloto virou-se para o passageiro e indicou um enorme buraco branco no chão diante deles, parecido com a garganta luminosa de um vulcão.

O helicóptero foi naquela direção.

Aterrissaram depois de sete minutos num acostamento da rodovia estatal. A estrada estava fechada e a área, cercada pela polícia. Um homem de terno azul veio receber o passageiro debaixo das hélices, segurando com dificuldade uma gravata que teimava em voar.

— Seja bem-vindo doutor, estava lhe esperando — disse bem alto, para superar o barulho dos rotores.

Goran Gavila não respondeu.

O agente especial Stern continuou:

— Venha, vou explicando no caminho.

Encaminharam-se para um local acidentado, deixando para trás o rumor do helicóptero que retomava seu rumo, sugado por um céu de chumbo.

A bruma deslizava como um sudário, despindo os perfis das colinas. Ao redor deles, sentiam-se os perfumes do bosque, misturados e suavizados pela umidade da noite, que subia pelas roupas e roçava gelada sobre a pele.

— Não foi nada simples, posso garantir: tem que ver com seus próprios olhos.

O agente Stern seguia alguns passos à frente de Goran, abrindo caminho com as mãos entre os arbustos e falando sem olhar para ele.

— Tudo começou hoje de manhã, por volta das 11 horas. Dois meninos percorriam as trilhas com seu cachorro. Entraram no bosque, subiram a colina e desembocaram na clareira. O cão é um labrador: sabe como gostam de cavar... Resumindo, o bicho ficou louco assim que farejou alguma coisa. E escavou um buraco. Foi quando apareceu o primeiro.

Goran tentava manter o ritmo enquanto penetravam a vegetação cada vez mais densa ao longo da encosta cada vez mais íngreme. Notou que as calças de Stern tinham um pequeno rasgão na altura do joelho, sinal de que já tinha feito o trajeto várias vezes naquela noite.

— Claro que os meninos fugiram correndo e avisaram a polícia local — prosseguiu o agente. — Eles chegaram, examinaram o local, recolheram amostras, indícios, ou seja: todo o procedimento de rotina. Depois alguém teve a ideia de continuar escavando para ver se encontravam mais alguma coisa... e surgiu o segundo! Nessa altura dos fatos, resolveram nos chamar. Estamos aqui desde as 15 horas. Ainda não sabemos quanta coisa há lá embaixo. É aqui, chegamos...

Diante deles abria-se uma pequena clareira iluminada pelas luzes fluorescentes — a boca de luz do vulcão. De repente, os perfumes do bosque sumiram e os dois foram envolvidos por um odor inconfundível. Goran levantou a cabeça, deixando-se invadir pelo cheiro. "Ácido fênico", pensou.

E viu.

Um círculo de pequenas fossas. E cerca de trinta homens de macacão branco escavando sob a luz fria e marciana, munidos de pequenas pás e pincéis que removiam a terra delicadamente. Alguns revistavam a relva, outros fotografavam e catalogavam cuidadosamente cada amostra. Moviam-se em câmera lenta. Seus gestos eram precisos, calibrados, hipnóticos, envoltos num silêncio sacramental, violado de vez em quando apenas pelas pequenas explosões dos flashes.

Goran identificou os agentes especiais Sarah Rosa e Klaus Boris. E Roche, o inspetor-chefe, que o reconheceu e dirigiu-se em grandes passadas até ele. Antes que pudesse abrir a boca, o criminologista se antecipou com uma pergunta.

— Quantas?

— Cinco. Cada uma com 50 centímetros de comprimento por 20 de largura e mais 50 de profundidade... Na sua opinião, o que pode estar sepultado nessas covas?

Em todas, uma coisa. A mesma coisa.

O criminologista o encarou, à espera.

A resposta chegou:

— Um braço esquerdo.

Goran desviou os olhos para os homens de macacão branco, empenhados naquele absurdo cemitério a céu aberto. A terra só devolvia restos em decomposição, mas a origem daquele mal era anterior àquele momento suspenso e inconcebível.

— São elas? — perguntou Goran. Mas dessa vez já conhecia a resposta.

— Segundo as análises de DNA são mulheres. Caucasianas, além do mais, entre os 9 e 13 anos...

Meninas.

Roche tinha pronunciado a frase sem nenhuma inflexão na voz. Como uma cusparada daquelas que deixam a boca amarga se ficarem muito tempo guardadas.

Debby. Anneke. Sabine. Melissa. Caroline.

Tinha começado 25 dias antes, com uma notícia em um jornaleco de província: o desaparecimento de uma jovem estudante de um renomado colégio para filhos de ricos. Todos pensaram numa fuga. A protagonista tinha 12 anos e se chamava Debby. Os colegas se lembravam de tê-la visto sair no final das aulas. No dormitório feminino, só notaram sua ausência na hora da chamada noturna. Tinha todo o jeito de ser uma daquelas histórias que conquistam um pequeno artigo na terceira página e depois vão minguando até uma notinha, à espera de um previsível final feliz.

Mas, em seguida, desapareceu Anneke.

Aconteceu num povoado de casinhas de madeira, com uma igreja branca. Anneke tinha 10 anos. No início, pensaram que tinha se perdido nos bosques, onde costumava se aventurar com sua mountain bike. Toda a população local participou dos grupos de busca. Sem sucesso, entretanto.

Antes que pudessem se dar conta do que realmente estava se passando, aconteceu de novo.

A terceira se chamava Sabine e era a mais nova. Tinha 7 anos. Aconteceu na cidade, sábado à noite. A família a levou ao parque de diversões, como tantas outras famílias com filhos. Montou num cavalinho do carrossel, que estava cheio de crianças. A mãe a viu passar pela primeira vez e acenou para ela. E na segunda também, repetindo o gesto. Na terceira vez, Sabine já não estava mais lá.

Foi só então que começaram a suspeitar de que o desaparecimento de três meninas no intervalo de três dias tinha algo de anormal.

As buscas tiveram início em grande estilo. Fizeram apelos pela televisão e logo começaram a falar de um ou vários maníacos, talvez um bando. Na realidade, não havia elementos suficientes para formular uma hipótese investigativa mais apurada. A polícia criou uma linha telefônica especial para receber informações, mesmo que anônimas. Foram centenas de pistas: para verificar todas elas seriam necessários alguns meses. Mas nem sinal das meninas. Além do mais, como os desaparecimentos aconteceram em lugares diversos, as polícias locais não conseguiam chegar a um acordo sobre a jurisdição.

Só então o Departamento de Investigação de Crimes Violentos, dirigido pelo inspetor-chefe Roche, foi chamado a intervir. Os casos de desaparecimento não entravam em sua competência, mas a paranoia crescente aconselhava uma exceção à regra.

Roche e seus homens já estavam mergulhados no caso quando desapareceu a menina número quatro.

Melissa era a mais velha: 13 anos. Como todas as meninas de sua idade, foi submetida a um toque de recolher pelos pais, temerosos de que pudesse ser a próxima vítima do maníaco que aterrorizava a região. Mas a reclusão forçada coincidiu com o dia de seu aniversário e Melissa tinha outros planos para aquela noite. Tramou um pequeno plano de fuga com as amigas para comemorar a data num salão de boliche. Todas as colegas chegaram. Melissa foi a única que não apareceu.

Desde então, teve início uma caça ao monstro, muitas vezes confusa e improvisada. Os cidadãos se mobilizaram, prontos a fazer justiça com as próprias mãos. A polícia encheu as estradas de barreiras, e o controle dos elementos já condenados ou suspeitos de crimes contra menores ficou mais rígido. Os pais não se sentiam seguros nem de mandar os filhos à escola. Muitas instituições foram fechadas por falta de alunos. As pessoas só deixavam suas residências quando era absolutamente necessário. Depois de uma certa hora, os povoados e cidades ficavam desertos.

Por dois ou três dias não se teve notícia de novos desaparecimentos. Várias pessoas começaram a acreditar que todas as medidas e precauções adotadas tinham surtido o efeito esperado, desencorajando o maníaco. Mas estavam enganadas.

O sequestro da quinta menina teve ainda mais repercussão.

Chamava-se Caroline, 11 anos. Foi sequestrada em sua própria cama, enquanto dormia no quarto colado ao dos pais, que não perceberam nada.

Cinco meninas no curso de uma semana. Depois, 17 longuíssimos dias de silêncio.

Até aquele momento.

Até aqueles cinco braços sepultados.

Debby. Anneke. Sabine. Melissa. Caroline.

Goran voltou os olhos para aquele círculo de pequenas covas. Uma ciranda macabra de mãos. Quase teve a impressão de ouvi-las cantar uma cantiga.

— Depois disso, fica claro que não são simplesmente alguns casos de desaparecimento — dizia Roche, ao mesmo tempo que, com um gesto, convocava todo o pessoal a se reunir em torno dele para uma breve preleção.

Era um hábito. Rosa, Boris e Stern aproximaram-se, prontos para ouvir, com o olhar fixo no chão e as mãos cruzadas atrás das costas.

Roche começou:

— Estou pensando no sujeito que nos trouxe até aqui esta noite. Naquele que providenciou para que tudo isto acontecesse. Estamos aqui porque *ele* quis, porque *ele* imaginou e construiu tudo isto para nós. Porque este espetáculo é para nós, senhores. Só para nós. E foi preparado com cuidado, o momento foi degustado com antecedência, imaginando a nossa reação. Para nos surpreender. Para que soubéssemos o quanto ele é grande e poderoso.

Concordaram.

E quem quer que fosse o artífice, tinha agido sem ser incomodado.

Roche, que para todos os efeitos já tinha incluído Gavila no esquadrão há muito tempo, percebeu que o criminologista estava distraído, os olhos imóveis seguindo algum pensamento.

— E você, doutor, o que acha?

Só então Goran emergiu do silêncio que tinha se imposto, dizendo apenas:

— Os pássaros.

Num primeiro momento ninguém pareceu entender.

Ele prosseguiu, impassível:

— Não notei quando cheguei, só percebi agora. É estranho. Ouçam...

Da escuridão do bosque elevava-se o canto de milhares de pássaros.

— Estão cantando — disse Rosa, espantada.

Goran virou para ela e fez um gesto de concordância.

— São as fluorescentes... Acharam que era a luz da aurora e começaram a cantar — comentou Boris.

— Acham que isso faz sentido? — retomou Goran, dessa vez olhando para eles. — Pois faz... Cinco braços enterrados. Pedaços. Sem os corpos. Pode-se dizer que não há nenhuma verdadeira crueldade em tudo isso. Sem os corpos, não há rostos. Sem os rostos, não há indivíduos, não há pessoas. Só nos resta perguntar: onde estarão essas meninas? Porque não estão ali, naquelas covas. Não podemos olhá-las nos olhos. Não podemos perceber que são iguais a nós, porque, na realidade, não há nada de humano nisso. São apenas *partes*... Nenhuma compaixão. Ele não permitiu. Deixou-nos somente o medo. Não se pode sentir compaixão pelas pequenas vítimas... Ele quer nos dizer *apenas* que estão mortas... Acham que isso faz sentido? Milhares de pássaros na escuridão obrigados a gritar ao redor de uma luz absurda. Não podemos vê-los, mas eles nos observam — milhares de pássaros. O que são? Algo muito simples. Mas também o fruto de uma ilusão. E é melhor ficarmos atentos aos ilusionistas: às vezes o mal nos engana, assumindo a forma mais *simples* das coisas.

Silêncio. Mais uma vez, o criminologista tinha captado um pequeno e fértil significado simbólico. Aquilo que muitas vezes os demais não conseguiam ver ou — como nesse caso — ouvir. Os detalhes, os contornos, as nuances. A sombra ao redor das coisas, a aura escura em que o mal se esconde.

Todo assassino desenha seu "projeto", uma forma precisa que lhe traz satisfação, orgulho. A tarefa mais difícil é descobrir qual é a sua visão. Goran estava ali para isso. Tinha sido chamado para isso. Para que trouxesse aquele mal inexplicável de volta à esfera das noções tranquilizantes de sua ciência.

Naquele instante, um técnico de macacão branco se aproximou deles e falou diretamente com o inspetor-chefe, com uma expressão confusa no rosto.

— Sr. Roche, temos um problema... *Os braços agora são seis.*

2

O professor de música tinha falado.

Mas não foi isso que chamou sua atenção. Não era a primeira vez. Muitas pessoas solitárias dão voz aos próprios pensamentos quando se sentem protegidas pelas paredes domésticas. De vez em quando, Mila também falava sozinha em casa.

Não. A novidade era outra. E era exatamente aquela que podia compensá-la por uma semana inteira de tocaia, congelada dentro do carro estacionado permanentemente diante daquela casa marrom, cujo interior controlava com um pequeno binóculo. Seguia os deslocamentos daquele indivíduo de cerca de 40 anos, gordo e leitoso, que se movia tranquilamente em seu pequeno e organizado universo, repetindo sempre os mesmos gestos, como se fossem a trama de uma teia de aranha que só ele conhecesse.

O professor de música tinha falado. Mas a novidade era que, dessa vez, *tinha dito um nome.*

Mila viu quando ele aflorou, letra por letra, a seus lábios. Pablo. Era a confirmação, a chave para entrar naquele mundo misterioso. E agora ela sabia.

O professor de música tinha um hóspede.

Até dez dias antes, Pablo era apenas um menino de 8 anos, cabelos castanhos e olhos muito vivos que gostava de deslizar pelas ruas do bairro com seu skate. Uma coisa era certa: se a mãe ou a avó mandavam Pablo fazer algo, ele ia de skate. Passava horas em cima daquela coisa, para cima e para baixo. Para os vizinhos que o viam passar diante da janela, o pequeno *Pablito* — como era chamado por todos — era uma daquelas imagens completamente integradas à paisagem.

E talvez por isso mesmo, ninguém viu nada naquela manhã de fevereiro, no pequeno bairro residencial em que todos se conheciam pelo nome, onde casas e vidas se pareciam. Uma caminhonete Volvo verde — o professor de música deve ter escolhido de propósito, pois era parecida com todas as outras caminhonetes estacionadas por ali — apareceu na rua deserta. O silêncio de uma normalíssima manhã de sábado foi rompido apenas pelo lento rangido do asfalto sob os pneus e pelo ruído dos rolamentos do skate, que ganhava velocidade progressivamente. Foram necessárias seis longas horas antes que alguém percebesse que faltava algo entre os sons daquele sábado. O som daqueles rolamentos. E que, numa manhã gelada de sol, o pequeno Pablo tinha sido engolido por uma sombra deslizante que não queria mais devolvê-lo, separando-o do amado skate.

A prancha de quatro rodas jazia imóvel em meio ao formigueiro de policiais que tomou conta do bairro logo depois da denúncia.

Isso aconteceu apenas dez dias atrás.

E já podia ser tarde demais para Pablo. Tarde para a sua frágil psique de menino. Tarde para conseguir despertar sem traumas daquele pesadelo.

Agora o skate estava no bagageiro do carro da policial, junto com outros objetos, brinquedos, roupas. Coisas que Mila vasculhou em busca de uma pista e que a tinham levado àquela toca marrom. E ao professor de música, que ensinava numa escola de ensino médio e tocava órgão na igreja domingo de manhã. Ao vice-presidente da associação musical que todo ano organizava um pequeno festival mozartiano. Ao anônimo e tímido solteirão de óculos, calvície incipiente, mãos suadas e moles.

Mila o observou muito bem. Porque esse era o seu *talento.*

Tinha entrado na polícia com um objetivo preciso e ao sair da academia, dedicou-se a ele com todo o seu ser. Os criminosos não lhe interessavam e menos ainda a lei. Não era por isso que varria incessantemente cada canto onde a sombra se aninhava, onde a existência apodrecia sem ser perturbada.

Quando leu o nome de Pablo nos lábios de seu carcereiro, Mila sentiu uma fisgada na perna direita. Talvez fosse por causa das horas transcorridas no carro à espera daquele sinal. Talvez, por causa do ferimento na coxa, que tinha suturado com dois pontos.

— Mais tarde vou tratar disso direito — prometeu-se.

Mais tarde, porém. E naquele momento, formulando aquele pensamento, Mila já tinha decidido entrar imediatamente na casa para quebrar o encanto e interromper o pesadelo.

— Agente Mila Vasquez à Central: identificado o suspeito de rapto do pequeno Pablo Ramos. O local é a casa marrom no número 27 do Viale Alberas. Possível situação de perigo.

— Certo, agente Vasquez, estamos desviando duas viaturas para o local, mas precisamos de pelo menos trinta minutos.

Tempo demais.

Mila não dispunha de trinta minutos. *Pablo* não dispunha de trinta minutos.

O terror de se deparar com palavras do tipo "tarde demais" a levou a caminhar em direção à casa.

A voz no rádio era um eco distante e ela — pistola em punho, firme, na altura do centro de gravidade do corpo, olhar atento, passos leves e acelerados — atingiu rapidamente a cerca cor de creme que fechava apenas o lado de trás da casa.

Um enorme plátano branco recortava-se contra a construção. As folhas mudavam de cor de acordo com o vento, mostrando seu perfil prateado. Mila chegou ao portão de madeira dos fundos. Encostou-se na cerca e ficou ouvindo. De vez em quando, uma rajada de notas de um rock chegava até ela, trazidas de algum lugar da vizinhança pelo vento. Mila enfiou a cabeça além do portão e viu um jardim bem cuidado, com uma cabana de ferramentas e uma mangueira de borracha rosa serpenteando na grama até o irrigador. Móveis de plástico e uma churrasqueira a gás. Tudo tranquilo. Uma porta de vidro esmerilhado cor de malva. Mila esticou o braço além do portão e ergueu o trinco delicadamente. Como as dobradiças rangiam, ela abriu apenas o suficiente para passar a soleira do jardim.

Fechou de novo para que ninguém percebesse mudanças se olhasse de dentro para fora da casa. Tudo tinha que ficar como estava. Em seguida, caminhou como tinham lhe ensinado na academia, pesando atentamente os passos sobre a grama — só com as pontas, para não deixar pegadas — pronta para saltar se houvesse necessidade. Em poucos segundos, estava ao lado da porta de serviço, do lado certo para não fazer sombra quando enfiasse a cabeça para espiar o interior. E foi o que fez. Os vidros esmerilhados não permitiam que distinguisse o ambiente, mas intuiu pelo perfil dos móveis que devia se tratar da copa. Mila deslizou a mão até a maçaneta que estava do lado oposto da porta. Segurou firme e empurrou para baixo. A fechadura estalou.

Estava aberta.

O professor de música devia se sentir seguro na toca que tinha preparado para si e para seu prisioneiro. Logo Mila descobriria o porquê.

O pavimento de linóleo gemia sob suas solas de borracha a cada passo. Esforçou-se para não fazer muito barulho, mas acabou decidindo tirar os tênis e deixá-los ao lado de algum móvel. Descalça, chegou à entrada de um corredor e ouviu a voz dele...

— Preciso de um pacote de papel-toalha para cozinha. E daquela cera para lustrar cerâmica... Sim, essa mesmo... E traga também seis caixas de sopa de galinha, açúcar, um Guia de TV e dois maços de cigarros light, a marca de sempre...

A voz vinha da sala de estar. O professor de música estava fazendo compras pelo telefone. Ocupado demais para sair de casa? Ou não queria se afastar para poder vigiar todos os movimentos de seu hóspede?

— Sim, número 27, Viale Alberas, obrigado. E mande troco para 50: é só o que tenho em casa.

Mila seguiu a voz, passando diante de um espelho que lhe devolveu sua própria imagem deformada. Como aqueles espelhos de parque de diversão. Quando chegou do lado da entrada da sala, esticou os braços com a pistola, prendeu a respiração e saltou para a soleira. Esperava surpreendê-lo, talvez de costas, com o fone ainda na mão, ao lado da janela. Um perfeito alvo de carne e osso.

Que não estava lá.

A sala de estar estava vazia, o fone, apoiado normalmente no aparelho.

Compreendeu que ninguém tinha telefonado daquela sala quando sentiu os lábios frios de uma arma apoiando-se como um beijo em sua nuca.

Estava atrás dela.

Mila imprecou baixinho, sentindo-se uma idiota. O professor de música tinha preparado bem o seu covil. O portãozinho do jardim que rangia e o pavimento de linóleo que gemia eram os alarmes que assinalavam a presença de intrusos. Por isso, o falso telefonema: uma isca para atrair a presa. O espelho deformante servia para ele se posicionar às suas costas sem que percebesse. Tudo fazia parte da armadilha.

Percebeu apenas que alongava o braço além dela para pegar sua arma. Deixou que a retirasse.

— Pode atirar, mas não tem saída. Meus colegas chegarão em poucos minutos. Não vai conseguir escapar, é melhor se render.

Ele não respondeu. Com o canto do olho teve a impressão de que podia vê-lo. Era possível que aquilo fosse um sorriso?

O professor de música recuou. O cano da arma afastou-se de Mila, mas ela ainda podia sentir a atração magnética entre sua cabeça e a bala no tambor. Depois o homem andou ao seu redor e entrou finalmente em seu campo visual. Observou-a por um longo momento. Mas sem olhar para ela. Havia algo no fundo daqueles olhos que, para Mila, pareciam a antessala das trevas.

O professor de música virou-se, dando-lhe as costas sem medo algum. Mila viu que caminhava diretamente para o piano encostado na parede. Ao chegar diante do instrumento, sentou-se no banquinho, fitando as teclas. Apoiou as duas armas na extremidade do teclado, no lado esquerdo.

Ergueu as mãos e, um segundo depois, elas pousaram sobre as teclas.

Enquanto o *Noturno op. 20 em Dó# menor* de Chopin se espalhava pela sala, Mila respirava ansiosamente e a tensão se espalhava para os tendões e os músculos do pescoço. Os dedos do professor de música deslizavam com graça e leveza sobre o teclado. A doçura das notas a obrigava ouvir, como se estivesse hipnotizada.

Esforçou-se para recobrar a lucidez e deslizou sobre os calcanhares descalços, lentamente, até chegar outra vez ao corredor. Recuperou o fôlego, tentando diminuir o ritmo dos batimentos cardíacos. Só então começou a procurar rapidamente nos quartos, seguida pela melodia. Passou todos eles em revista, um por um. Um estúdio. Um banheiro. Uma despensa.

Até a porta fechada.

Empurrou o batente com os ombros. O ferimento na coxa estava doendo e concentrou o peso no músculo deltoide. A madeira cedeu.

A luz fraca do corredor chegou antes dela ao quarto cujas janelas pareciam muradas. Mila seguiu o reflexo na escuridão até cruzar com dois olhos líquidos que lhe devolveram o olhar, aterrorizados. Pablito estava lá, na cama, as pernas encolhidas à altura do peito magro. Usava apenas cuecas e uma camiseta. Estava tentando entender se devia ter medo, se Mila fazia ou não parte daquele pesadelo. Ela disse o que dizia sempre quando encontrava uma criança.

— Precisamos sair daqui.

Ele concordou, estendeu os braços e agarrou-se a ela. Mila continuava com os ouvidos atentos à música, que prosseguia atrás dela. Temia que o noturno não durasse o tempo suficiente para que pudesse deixar a casa. Uma nova ansiedade tomou conta dela. Tinha colocado a própria vida em risco, além da vida do refém. E agora tinha medo. Medo de errar de novo. Medo de tropeçar no último passo, que a levaria para fora daquele maldito covil. Ou de descobrir que a casa nunca a deixaria sair, que se fecharia sobre ela como um ninho viscoso, mantendo-a prisioneira para sempre.

No entanto, a porta se abriu e chegaram ao exterior, à luz pálida e tranquilizadora do dia.

Quando as batidas do coração já estavam serenando, quando conseguiu esquecer a pistola deixada lá dentro e apertar Pablo contra si, protegendo-o com seu corpo para afastar todo o medo, o menino aproximou a boca de sua orelha e sussurrou...

— E ela, não vem?

Os pés de Mila se plantaram no terreno, repentinamente pesados. Vacilou, mas não perdeu o equilíbrio.

Perguntou sem saber por que o fazia, movida apenas pela força de uma terrível compreensão.

— Onde está *ela*?

O menino levantou o braço e indicou o segundo andar com o dedo. A casa os fitava com suas janelas e ria, zombeteira, pela mesma porta escancarada que pouco antes tinha permitido que saíssem.

Foi então que o medo desapareceu completamente. Mila cobriu os últimos metros que a separavam de seu carro. Ajeitou o pequeno Pablo no banco e disse com o tom solene de uma promessa:

— Volto logo.

Depois voltou a ser engolida pela casa.

Estava na base da escada. Olhava para cima, sem saber o que encontraria lá. Começou a subir, agarrando-se ao corrimão. As notas de Chopin continuavam, destemidas, a segui-la em sua nova exploração. Os pés afundavam nos degraus, as mãos colavam na balaustrada, que parecia querer segurá-la a cada passo.

A música cessou de repente.

Mila parou, os sentidos em alerta. Depois, a seca percussão de um tiro, um tombo surdo e as notas desarticuladas do piano sob o peso do corpo do professor de música sobre o teclado. Mila seguiu rapidamente para o andar de cima. Não podia ter certeza de que não era mais uma armadilha. A escada fazia uma curva e o patamar se prolongava num estreito corredor coberto por um carpete espesso. No fundo, uma janela. Diante dela, um corpo humano. Frágil, delicado, na contraluz: na ponta dos pés sobre uma cadeira, o pescoço e os braços estendidos para uma corda que pendia do teto. Mila a viu exatamente quando tentava enfiar a cabeça no nó da corda e gritou. Ela também a viu e tentou acelerar a operação. Foi o que ele disse, foi isso o que lhe ensinou.

— Se eles chegarem, você tem de se matar.

"Eles" eram os outros, o mundo lá fora, os que não podiam entender, os que nunca perdoariam.

Mila saltou em direção à jovem numa tentativa desesperada de detê-la. E quanto mais se aproximava, mais tinha a impressão de correr contra o tempo.

Muitos anos antes, numa outra vida, aquele moça fora uma menina.

Mila se lembrava perfeitamente da foto dela. Estudou-a muito bem, traço a traço, percorrendo com a mente cada detalhe, cada ruga de expressão, catalogando e repetindo cada sinal particular, até a menor imperfeição da pele.

E aqueles olhos. De um azul jaspeado, vivo. Capaz de conservar intacta a luz do flash. Os olhos de uma menina de 10 anos, Elisa Gomes. A foto tinha sido tirada pelo pai. Uma imagem roubada num dia de festa, quando estava entretida abrindo um pacote e não percebeu a máquina. Mila até imaginou a cena: o pai chamara seu nome para que se virasse e tirara a foto de surpresa. Elisa se voltara para ele e não tivera tempo nem para se surpreender. Sua expressão imortalizava um instante, algo imperceptível a olho nu. A origem milagrosa de um sorriso, antes que se abra e desponte nos lábios, ou se ilumine no olhar como uma estrela nascente.

Por isso, ao pedir que lhe dessem uma imagem recente da menina, a policial não se espantou quando os pais escolheram justamente aquela foto. Com certeza não era a foto mais adequada, pois a expressão de Elisa era pouco natural, o que a inutilizava para realizar as modulações que indicariam como o rosto poderia ter mudado no decorrer do tempo. Os outros colegas designados para o caso lamentaram. Mas Mila não se importou, pois havia alguma coisa naquela foto, uma energia. E era isso que deveriam buscar. Não um rosto entre tantos, uma menina entre tantas. Mas aquela menina, com aquela luz nos olhos. Desde que nesse meio tempo alguém não tivesse conseguido apagá-la...

Mila agarrou-a no último instante, abraçando suas pernas antes que soltasse todo o peso na ponta da corda. Ela chutou, se debateu, tentou gritar. Até o momento em que Mila a chamou pelo nome.

— Elisa — disse, com doçura infinita.

E ela se reconheceu.

Tinha esquecido quem era. Anos de encarceramento tinham lhe roubado a identidade, um pedacinho a cada dia. Até que se convenceu de que aquele homem era a sua família, pois o resto do mundo a tinha esquecido. O resto do mundo nunca chegou para salvá-la.

Elisa fitou Mila nos olhos, com espanto. Acalmou-se e se deixou salvar.

3

Seis braços. Cinco nomes.

Com aquele enigma, o esquadrão deixou a clareira no meio do bosque e transferiu-se para a unidade móvel na autoestrada. A presença de café fresco e sanduíches parecia destoar do contexto, mas servia ao menos para dar uma aparência de controle. De todo modo, naquela fria manhã de fevereiro, ninguém tocou no bufê.

Stern tirou do bolso uma caixinha de balas de menta. Sacudiu-a e deixou cair algumas na palma da mão, jogando-as diretamente na boca. Disse que elas o ajudavam a pensar.

— Como é possível? — perguntou em seguida, mais a si mesmo que aos outros.

— Cacete... — deixou escapar Boris. Mas falou tão baixo que ninguém ouviu.

Rosa buscava um ponto no interior do trailer onde concentrar a atenção. Goran notou. Podia compreendê-la: ela tinha uma filha da idade daquelas meninas. É a primeira coisa em que você pensa quando se vê diante de um crime contra menores. Em seus filhos. Imagina o que aconteceria se... Mas não consegue terminar a frase, porque só de pensar já dói.

— Vai nos obrigar a encontrá-las aos pedaços — disse o inspetor-chefe Roche.

— Então é essa a nossa missão? Recolher cadáveres? — perguntou Boris em tom irritado. Ele, que era um homem de ação, não conseguia se ver relegado ao papel de coveiro. Queria um culpado. E os outros também, pois não demoraram a concordar com suas palavras.

Roche tratou de tranquilizá-los.

— A prioridade é sempre a prisão. Mas não podemos nos eximir da penosa busca pelos restos mortais.

— Foi intencional.

Todos olharam para Goran, sob o impacto de sua última frase.

— O labrador que fareja o braço e escava o buraco: fazia parte do "plano". Nosso homem vigiava os dois meninos com o cachorro. Sabia que costumavam levá-lo ao bosque. Por isso fez seu pequeno cemitério bem ali. Uma ideia simples. Ao completar a "obra", só faltava exibi-la. Isso é tudo.

— Quer dizer que não conseguiremos pegá-lo? — perguntou Boris, furioso e incapaz de se conformar.

— Sabem melhor do que eu como são essas coisas...

— Mas ele vai aparecer, não é? Vai matar de novo... — dessa vez era Rosa quem não queria se conformar. — Como deu tudo certo, vai tentar de novo.

Queria ser desmentida, mas Goran não tinha respostas. E mesmo que tivesse uma opinião sobre o assunto, não conseguiria traduzir em termos humanamente aceitáveis a crueldade de ser obrigado a se dividir entre a ideia daquelas mortes terríveis e o cínico desejo de que o assassino voltasse a atacar. Porque — e todos sabiam disso — a única possibilidade de pegá-lo dependia de que não parasse por ali.

O inspetor-chefe Roche retomou a palavra:

— Se encontrarmos os corpos dessas meninas, pelo menos poderemos dar às famílias o direito a um funeral e um túmulo onde possam chorar.

Como sempre, Roche tinha invertido os termos da questão, apresentando-a da maneira mais politicamente correta possível. Era o ensaio geral do que diria à imprensa, para dourar a pílula em benefício da própria imagem. Primeiro o luto, a dor, para ganhar tempo. Depois, a investigação e os culpados.

Mas Goran sabia que não teria sucesso e que os jornalistas se lançariam sobre cada pedacinho de informação, devorando a história e temperando-a com os mais sórdidos detalhes disponíveis. E acima de tudo, a partir daquele momento não lhe perdoariam mais nada. Cada gesto, cada palavra ganharia o valor de uma promessa, de um compromisso solene. Roche estava convencido de que podia controlar os jornalistas, alimentando-os a conta-gotas com aquilo que queriam ouvir. E Goran deixou o inspetor-chefe com sua frágil ilusão de controle.

— Acho que devemos dar um nome ao elemento... Antes que a imprensa o faça — disse Roche.

Goran estava de acordo, mas não pelo mesmo motivo que o inspetor-chefe. Como todos os criminologistas que trabalhavam em conjunto com a polícia, o Dr. Gavila tinha os próprios métodos. E o primeiro deles era atribuir algumas características ao criminoso, de modo a transformar uma figura ainda nebulosa e indefinida em algo mais humano, pois diante de um mal tão feroz e gratuito, temos tendência a esquecer que o autor, como a vítima, é uma *pessoa*, muitas vezes com uma existência normal, um trabalho e, talvez, até uma família. Confirmando sua tese, o Dr. Gavila costumava dizer a seus alunos na universidade que quase todas as vezes em que um serial killer era preso, seus vizinhos e familiares caíam das nuvens.

— Costumamos chamá-los de monstros porque nós os vemos como pessoas distantes de nós, porque queremos que sejam "diferentes" — dizia Goran em seus seminários. — No entanto, são semelhantes em tudo e por tudo. Mas preferimos reprimir a ideia de que um semelhante seja capaz de tudo isso, em parte para absolver nossa própria natureza. Os antropólogos definem isso como "despersonalização do réu" e constitui o maior obstáculo para a identificação de um serial killer: um homem tem pontos fracos e pode ser capturado; um monstro, não.

Por esse motivo, Goran sempre pendurava em sua sala de aula a foto em preto e branco de um menino. Um pequeno, rechonchudo e indefeso filhote de homem. Seus alunos a viam todos os dias e acabavam se afeiçoando à imagem. Quando — mais ou menos por volta da metade do semestre — alguém tomava coragem e perguntava quem era, ele o desafiava a adivinhar. As respostas eram as mais variadas e fantasiosas. E ele se divertia com suas expressões quando revelava que aquele menino era Adolf Hitler.

No pós-guerra, o líder nazista tinha se transformado num monstro para o imaginário coletivo e durante anos as nações que saíram vencedoras no conflito se opuseram a qualquer visão divergente. Por isso ninguém conhecia as fotos da infância do *Führer*. Um monstro não poderia ter sido um menino, não poderia ter sentimentos diversos do ódio ou uma existência parecida com a de seus contemporâneos que mais tarde seriam suas vítimas.

— Para muita gente, humanizar Hitler de certa maneira significa "explicá-lo" — dizia Goran. — E a sociedade acha que o mal extremo não pode ser explicado nem entendido. Tentar explicar significa tentar encontrar algo que o justifique.

No trailer da unidade móvel, Boris sugeriu o nome "Albert" para o criador do cemitério de braços, em memória de um outro caso. A ideia foi recebida pelos demais com um sorriso. A decisão foi tomada.

Dali em diante, os membros do esquadrão iriam se referir ao assassino com aquele nome. E dia após dia, Albert começaria a ganhar uma fisionomia. Um nariz, dois olhos, um rosto, uma vida própria. Cada um deles ia lhe atribuir sua própria visão, mas deixaria de vê-lo como uma sombra impalpável.

— Albert, é? — No final da reunião, Roche ainda estava avaliando o valor midiático do nome. Passava e repassava o som pelos lábios, buscando seu sabor. Podia funcionar.

Mas o que atormentava o inspetor-chefe era outra coisa. E tratou de dizê-lo a Goran.

— Se quer saber a verdade, concordo com Boris. Santo Cristo! Não posso obrigar meus homens a recolher cadáveres enquanto um louco psicopata nos faz de bobos!

Goran sabia que quando Roche falava de "seus homens", na verdade estava falando sobretudo de si mesmo. Era ele quem tinha medo de não ter nenhum resultado para ostentar. E era sempre ele quem temia que alguém apontasse a ineficiência da Polícia Federal se não conseguissem deter o culpado.

E ainda havia a questão do braço número 6.

— Pensei em não divulgar por enquanto a notícia de que existe uma sexta vítima.

Goran ficou desconcertado.

— Mas assim como vamos saber quem é?

— Já pensei em tudo. Não se preocupe...

Em sua carreira, Mila Vasquez tinha resolvido 89 casos de desaparecimento, recebido três medalhas e uma série de elogios. Era considerada especialista em sua área e costumava ser chamada para prestar consultoria até no exterior.

A operação daquela manhã, na qual Pablo e Elisa tinham sido libertados simultaneamente, foi definida como um sucesso clamoroso. Mila não disse nada, mas se sentia incomodada. Gostaria de admitir todos os seus erros. Ter entrado na casa marrom sem esperar pelos reforços, ter subestimado o ambiente e as armadilhas possíveis, ter arriscado a própria vida e a dos reféns permitindo que o suspeito a desarmasse e encostasse o revólver em sua nuca. Enfim, não ter impedido o suicídio do professor de música.

Mas tudo isso tinha sido omitido por seus superiores, que, ao contrário, trataram de enfatizar seus méritos enquanto se deixavam imortalizar pela imprensa nas fotos de costume.

Mila nunca aparecia nas fotos. A razão oficial era que precisava resguardar o próprio anonimato para as investigações futuras. Mas a verdade era que odiava ser fotografada. Não suportava sequer a própria imagem refletida no espelho. Não porque fosse feia, muito pelo contrário. Mas aos 32 anos, horas e horas de academia de ginástica tinham erradicado tenazmente qualquer traço de feminilidade. Qualquer curva, qualquer maciez. Como se o fato de ser mulher fosse um mal a ser debelado. Embora muitas vezes usasse trajes masculinos, não era masculinizada. Simplesmente não tinha nada que fizesse pensar numa identidade sexual. Era essa a aparência que queria. Suas roupas eram inexpressivas. Jeans não muito apertados, tênis de ginástica bem gastos, jaqueta de couro. Roupas e pronto. Tinham a função de aquecê-la e cobri-la. Não perdia tempo escolhendo-as, só comprava. Muitas vezes, várias peças iguais. Não importava. Era assim que queria ser.

Invisível entre os invisíveis.

Talvez fosse por isso que conseguia compartilhar o vestiário do distrito com os colegas do sexo masculino.

Mila estava fitando seu armarinho aberto havia dez minutos, repassando todos os acontecimentos do dia. Tinha coisas a fazer, mas sua mente estava muito longe naquele momento. Em seguida, uma pontada lancinante na coxa a fez voltar a si. A ferida tinha se reaberto e ela tentou estancar o sangue com um absorvente e fita adesiva, mas foi inútil. Os retalhos de pele ao longo do corte eram curtos demais e ela não conseguiu fazer um bom trabalho com agulha e linha. Talvez dessa vez tivesse que consultar um médico, mas não tinha vontade de ir a um hospital. Perguntas demais. Resolveu fazer uma bandagem mais estreita na esperança de que a hemorragia parasse. Mais tarde tentaria uma nova sutura. De todo jeito, tinha que tomar um antibiótico para evitar que infeccionasse. Arranjaria uma receita falsa de um sujeito que costumava lhe passar informações sobre os recém-chegados ao bando dos sem-teto da estação ferroviária...

Estações.

— É estranho — pensou Mila. Enquanto para o resto do mundo são apenas um local de passagem, para alguns são o ponto final. Eles param ali e não saem mais. As estações são uma espécie de antessala do inferno, onde as almas perdidas se amontoam à espera de que alguém venha buscá-las.

Todo dia desaparecem, em média, entre vinte e 25 indivíduos. Mila conhecia bem as estatísticas. Sem mais nem menos, essas pessoas param de dar notícias. Desaparecem sem aviso, sem levar bagagens, como se tivessem se dissolvido no ar.

Mila sabia que em sua maioria eram marginais, gente que vivia de drogas, de expedientes, sempre pronta a se envolver em algum delito, indivíduos que entravam e saíam continuamente da prisão. Mas também havia aqueles — e eram uma estranha minoria — que a certa altura da vida resolviam desaparecer para sempre. Como a mãe de família que sai para fazer compras no supermercado e não volta nunca mais, ou o filho, ou irmão, que embarca num trem e nunca chega ao destino.

Mila acreditava que cada um tem seu caminho. Um caminho que leva para casa, para as pessoas mais caras, às quais somos mais ligados. Em geral, o caminho é sempre esse, aprendido na infância, e cada um o segue a vida inteira. Mas algumas vezes esse caminho se quebra. Às vezes recomeça em outro lugar ou, depois de desenhar um percurso tortuoso, retorna ao ponto em que tinha se quebrado. Ou fica em suspenso.

Às vezes, porém, ele se perde na escuridão.

Mila sabia que mais da metade daqueles que desaparecem retornam e contam uma história. Alguns, no entanto, não têm nada para contar e retomam a existência no mesmo ponto em que a deixaram. Outros têm menos sorte, e deles só o que resta é um corpo mudo. E há também aqueles de quem nunca vai se saber mais nada.

Entre estes últimos, há sempre uma criança.

E pais que dariam a vida para saber o que aconteceu. Onde foi que erraram. Que distração deu início àquele drama de silêncio. Que fim teve o seu filhote. Quem o pegou, e por quê. Há quem pergunte a Deus para saber por que culpa está sendo punido. Há quem se atormente pelo resto de seus dias em busca de respostas ou se deixe morrer perseguido por aquelas perguntas.

"Descubram pelo menos se está morto", diziam. Alguns chegavam a desejar isso, pois só queriam poder chorar. Seu único desejo não é se conformar, mas poder deixar a espera para trás. Pois a esperança mata mais lentamente.

Mas Mila não acreditava naquela história de "verdade libertadora". Tinha aprendido na própria pele da primeira vez em que encontrou alguém. E tinha sentido aquilo de novo depois de acompanhar Pablo e Elisa às suas casas.

Para o menino houve gritos de alegria em todo o bairro, buzinas em festa e carreatas.

Para Elisa, não: tinha se passado tempo demais.

Depois de salvá-la, Mila a levou para um centro especializado onde assistentes sociais tomaram conta dela: recebeu comida e roupas limpas. Sabe-se lá porque, eram sempre grandes, um ou dois números acima, pensou Mila. Talvez porque as pessoas a quem eram destinadas se consumissem naqueles anos de esquecimento e fossem reencontradas apenas alguns instantes antes de desaparecerem totalmente.

Elisa ficou em silêncio o tempo todo. Deixou-se levar, aceitando tudo o que lhe faziam. Depois Mila anunciou que ia levá-la de volta para casa. Mesmo então, não disse nada.

Olhando para seu armário, a jovem policial não pôde deixar de rever os rostos dos pais de Elisa Gomes quando se apresentou com a moça em sua porta. Não estavam preparados e pareceram embaraçados. Talvez pensassem que traria de volta uma menina de 10 anos, e não aquela moça crescida com a qual não tinham mais nada em comum.

Elisa foi uma menina esperta e muito precoce. Começou a falar muito cedo. A primeira palavra que disse foi "May", o nome do ursinho de pelúcia. A mãe, porém, recordaria sempre a última: "amanhã". No final da frase "a gente se vê amanhã", dita na porta de casa antes de ir dormir na casa de uma amiga. Mas aquele dia nunca chegou. O amanhã de Elisa Gomes ainda não tinha chegado. Mas seu "ontem" era uma longuíssima jornada que parecia não ter fim.

Para seus pais, Elisa continuava a viver naquele dia prolongado pelo tempo, como uma menina de 10 anos, com seu quartinho cheio de bonecas e presentes de Natal que se acumulavam ao lado da lareira. Permaneceria sempre como a recordavam. Imortalizada numa foto da memória, como prisioneira de um feitiço.

Embora Mila a tivesse encontrado, eles continuariam a esperar a menina que perderam. Sem nunca ter paz.

Depois de um abraço cheio de lágrimas e uma comoção demasiado previsível, a Sra. Gomes convidou-as para entrar e ofereceu chá com biscoitos. Comportou-se com a filha como se comportaria com uma visita. Talvez com a secreta esperança de que fosse embora no final da visita, deixando o marido e ela com aquele sentimento de privação com que já estavam familiarizados.

Mila comparou a tristeza com aqueles velhos armários dos quais queremos nos desfazer, mas que ficam por ali e acabam exalando um cheiro típico que impregna todo o quarto. Com o tempo, nos habituamos e passamos, nós também, a fazer parte daquele cheiro.

Elisa tinha voltado e seus pais deviam abandonar o luto, restituindo a compaixão de que foram objeto durante aqueles anos todos. Não tinham mais motivos para tristeza. Com que coragem poderiam revelar ao resto do mundo aquela nova infelicidade de ter uma estranha andando pela casa?

Depois de uma hora de formalidades, Mila se despediu e teve a impressão de perceber no olhar da mãe de Elisa um pedido de socorro. "O que vou fazer agora?", gritava a mulher, muda, na angústia de ter de acertar as contas com uma nova realidade.

Mila também tinha uma verdade a enfrentar: Elisa Gomes tinha sido encontrada por puro acaso. Se o sequestrador não tivesse sentido necessidade, depois de todos aqueles anos, de aumentar a "família" raptando Pablito, ninguém nunca saberia como as coisas tinham se passado realmente. E Elisa continuaria fechada naquele mundo criado só para ela e para a obsessão de seu carcereiro. Primeiro como filha, depois como esposa fiel.

Mila bateu a porta do armário sobre aqueles pensamentos. "Esqueça, esqueça", disse consigo mesma. "Esquecer é o único remédio".

O distrito estava ficando vazio e ela teve vontade de voltar para casa. Tomaria um banho, abriria uma garrafa de Porto e assaria castanhas. Depois ficaria olhando a árvore diante da janela da sala. E talvez, com um pouco de sorte, adormecesse no sofá.

Mas enquanto se preparava para gozar de sua noite solitária, um dos colegas enfiou a cabeça no vestiário.

O sargento Morexu queria vê-la.

Uma camada brilhante de umidade revestia as ruas naquela noite de fevereiro. Goran desceu do táxi. Não tinha carro, não tinha sequer carteira de motorista, deixava que alguém se encarregasse de levá-lo aonde queria ir. Bem que tinha tentado dirigir, e até conseguira. Mas para alguém que tem o hábito de se perder na profundidade dos próprios pensamentos, pegar o volante não é muito aconselhável. E assim, Goran decidiu renunciar.

Depois de pagar o motorista, a segunda coisa que fez depois de colocar seus sapatos 44 na calçada foi tirar do paletó o terceiro cigarro do dia. Acendeu, deu dois tragos e jogou fora. Era um hábito consolidado desde o tempo em que tinha parado de fumar. Uma espécie de compromisso consigo mesmo, só para enganar a necessidade de nicotina.

Enquanto estava ali, de pé, deparou-se com sua imagem refletida numa vitrine. A barba por fazer, que emoldurava o rosto cada vez mais cansado, as olheiras e os cabelos despenteados. Tinha consciência de que não se cuidava muito. Mas quem costumava fazer isso tinha abdicado há muito tempo dessa função.

O que se salientava em Goran — todos diziam — eram seus longos e misteriosos silêncios.

E os olhos, enormes e atentíssimos.

Já estava quase na hora do jantar. Subiu lentamente as escadas de casa. Entrou em seu apartamento e ficou à escuta. Passaram-se alguns segundos e quando se habituou àquele novo silêncio, reconheceu o som familiar e acolhedor da voz de Tommy, que brincava em seu quarto. Foi até lá, mas ficou observando da porta, sem coragem de entrar.

Tommy tinha 9 anos e era um menino despreocupado. Tinha os cabelos castanhos e gostava de vermelho, de basquete e de sorvete, mesmo no inverno. Tinha um amigo do coração, Bastian, com o qual organizava fantásticos safáris no jardim da escola. Os dois eram escoteiros e iam acampar juntos naquele verão. Ultimamente, não falavam de outra coisa.

Tommy se parecia incrivelmente com a mãe, mas tinha algo do pai.

Dois olhos enormes e atentíssimos.

Quando percebeu a presença de Goran, virou-se e sorriu para ele.

— Chegou tarde — reclamou.

— Eu sei. Sinto muito — defendeu-se Goran. — A Sra. Runa já foi embora há muito tempo?

— O filho veio pegá-la meia hora atrás.

Goran se aborreceu: a Sra. Runa era sua governanta havia alguns anos. Portanto, devia saber muito bem que não gostava que Tommy ficasse sozinho em casa. E esse era um dos pequenos inconvenientes que às vezes faziam com que a tarefa de tocar a vida adiante parecesse impossível. Sozinho, Goran não conseguia resolver tudo. Como se a pessoa que detinha aquele misterioso poder tivesse esquecido de lhe deixar, ao partir, um manual com as fórmulas mágicas.

Precisava esclarecer as coisas com a Sra. Runa e para isso talvez precisasse ser um pouco mais duro com ela. Exigiria que, à noite, ficasse até a hora em que ele chegasse. Tommy percebeu algo daqueles pensamentos e ficou chateado. Goran tentou distraí-lo perguntando:

— Está com fome?

— Comi uma maçã, uns biscoitos e bebi um copo d'água.

Goran sacudiu a cabeça, divertido:

— Não é grande coisa como jantar.

— Era o lanche. Agora quero mais alguma coisa.

— Espaguete?

Tommy aplaudiu em resposta. Goran lhe fez um carinho.

Prepararam a massa juntos e botaram a mesa, como uma dupla experiente, cada um realizando as próprias tarefas sem necessidade de consultar o outro. Seu filho aprendia rápido e Goran tinha orgulho dele.

Os últimos meses não tinham sido fáceis para nenhum dos dois.

Sua vida corria o risco de se desfazer. E ele tentava manter as pontas unidas, refazendo os nós com paciência. Supria a ausência com ordem. Refeições regulares, horários precisos, hábitos consolidados. Desse ponto de vista, nada havia mudado em relação a *antes*. Tudo se repetia do mesmo jeito, o que era tranquilizador para Tommy.

Afinal, tinham aprendido juntos, um com o outro, a conviver com aquele vazio, sem com isso negar a realidade. Ao contrário, quando um dos dois sentia necessidade de falar, eles conversavam.

A única coisa que nunca faziam era chamar aquele vazio pelo nome.

Porque aquele nome tinha saído do vocabulário deles. Usavam outras formas, outras expressões. Era estranho. O homem que se preocupava em batizar cada serial killer que enfrentava não sabia mais como chamar aquela que um dia foi sua mulher, pedindo permissão ao filho para "despersonalizar" sua mãe. Quase como se fosse um personagem das histórias que ele lia todas as noites.

Tommy era o único contrapeso que ainda o mantinha ligado ao mundo. Deslizar para o abismo que explorava lá fora todo dia seria uma questão de segundos.

Depois do jantar, Goran se enfiou em sua toca, no escritório. Tommy o seguiu. Era o que faziam toda noite. Ele sentava na velha poltrona que rangia e seu filho se ajeitava de barriga para baixo no tapete, retomando seus diálogos imaginários.

Goran examinou sua biblioteca. Os livros de criminologia, de antropologia criminal e de medicina legal faziam bela figura nas prateleiras. Alguns com lombadas adamascadas e letras douradas. Outros mais simples, com encadernação despretensiosa. Ali dentro havia respostas. O mais difícil — como costumava dizer aos alunos — era encontrar as perguntas. Eram textos recheados de fotos angustiantes. Corpos feridos, ulcerados, martirizados, queimados, dilacerados. Tudo rigorosamente preservado em páginas brilhantes, identificado por legendas precisas. A vida humana reduzida a frio objeto de estudo.

Por isso, até pouco tempo atrás, Goran não permitia que Tommy entrasse naquela espécie de santuário. Temia que sua curiosidade levasse a melhor e que, abrindo um daqueles livros, descobrisse como a existência pode ser violenta. No entanto, houve uma vez em que Tommy transgrediu. Encontrou o menino deitado, como agora, distraído, folheando um daqueles tomos. Goran se lembrava muito bem: ele examinava a imagem de uma jovem mulher pescada num rio, no inverno. Estava nua, a pele roxa, os olhos imóveis.

Mas Tommy não parecia muito perturbado e, em vez de gritar com ele, Goran sentou-se a seu lado com as pernas cruzadas.

— Sabe o que é isso?

Impassível, Tommy esperou um longo instante. Em seguida, respondeu listando diligentemente tudo o que via. As mãos afiladas, os cabelos cobertos de gelo, o olhar perdido sabe-se lá em que pensamentos. Por fim, tinha começado a imaginar o que faria para viver, seus amigos, o lugar onde morava. Foi então que Goran percebeu que Tommy distinguia tudo o que havia naquelas fotos, exceto uma coisa. A morte.

As crianças não veem a morte, *porque sua vida dura um dia, da hora em que acordam à hora em que vão dormir.*

Naquele momento, Goran compreendeu que, por mais que tentasse, não poderia proteger o filho dos males do mundo. Assim como, anos atrás, não pôde evitar o que a própria mãe tinha feito a ele.

O sargento Morexu não era como os outros superiores de Mila. Estava pouco se lixando para a glória, para as fotos nos jornais. Exatamente por isso, a policial esperava uma bronca por causa do modo como tinha conduzido a operação na casa do professor de música.

Morexu era muito franco nos modos e nos humores. Não conseguia segurar uma emoção mais de alguns segundos. Assim, uma hora estava irritado e mal-humorado e logo em seguida, sorridente e incrivelmente gentil. Além disso, para não perder tempo, combinava os gestos. Por exemplo, quando precisava consolar alguém, colocava uma das mãos no ombro e, ao mesmo tempo, tratava de acompanhar a pessoa até a porta. Ou telefonava e coçava a cabeça com o fone.

Mas daquela vez não tinha pressa.

Deixou Mila de pé diante da escrivaninha, sem convidá-la a sentar. Depois começou a fitá-la, com as pernas esticadas sob a mesa e os braços cruzados.

— Não sei se já se deu conta do que aconteceu hoje...

— Sei, eu errei — disse ela, antecipando-se.

— E salvou três pessoas.

Aquela afirmação a paralisou por um longo instante.

— Três?

Morexu estirou-se na poltrona e abaixou os olhos para uma folha diante dele.

— Encontraram umas anotações na casa do professor de música. Parece que pretendia pegar mais uma...

O sargento estendeu a fotocópia de uma agenda. Abaixo do dia e do mês, havia um nome.

— Priscilla? — perguntou ela.

— Priscilla — respondeu Morexu.

— E quem é?

— Uma menina de sorte.

E mais não disse. Porque não sabia. Não havia sobrenome, endereço ou foto. Nada. Só o nome. Priscilla.

— Portanto, pode parar de se crucificar — prosseguiu Morexu e, antes que Mila pudesse replicar, acrescentou: — Observei você hoje na conferência de imprensa: parecia não se importar com nada daquilo.

— É verdade, não me importo mesmo.

— Porra, Vasquez! Não percebe que as pessoas que salvou têm que lhe agradecer muito? Sem falar nas famílias!

— Diz isso porque não viu o olhar da mãe de Elisa Gomez — queria dizer Mila. No entanto, limitou-se a concordar. Morexu olhou para ela, balançando a cabeça.

— Desde que chegou aqui, nunca ouvi uma reclamação a seu respeito.

— Isso é bom ou mau?

— Se não entende sozinha, é porque realmente tem um belo de um problema, mocinha... E por isso, resolvi que um pouco de trabalho de grupo lhe faria bem.

Mila não concordava com aquilo.

— Por quê? Faço meu trabalho e isso é só o que interessa. Já estou habituada a me virar assim. E teria que adaptar meus métodos a outra pessoa. Como posso explicar que...

— Vá arrumar suas malas — interrompeu Morexu, liquidando suas reclamações.

— Por que tanta pressa?

— Porque vai ter que partir hoje à noite.

— Seria uma espécie de punição?

— Não é punição, nem são férias: pediram a consultoria de uma especialista. Você é muito popular.

A agente ficou séria.

— Do que se trata?

— Da história das cinco meninas sequestradas.

Mila tinha ouvido falar do caso sumariamente nos telejornais.

— Por que eu? — perguntou.

— Porque parece que há uma sexta, mas ainda não sabem quem é...

Queria outras informações mas, evidentemente, Morexu tinha resolvido que aquela conversa estava encerrada. Voltou a ser diligente, limitando-se a entregar uma pasta com a qual aproveitou para lhe indicar a porta.

— Aqui dentro tem também a passagem de trem.

Mila pegou a pasta e se dirigiu para a saída. Mas antes de deixar a sala, olhou novamente para o sargento:

— Priscilla, não é?

— É...

4

The Piper at the Gates of Dawn, de 1967. *A Saucerful of Secrets*, de 1968. *Ummagumma* era de 1969, assim como a trilha sonora do filme *More*. Em 1971, foi *Meddle*. Mas antes tinha um outro... Em 1970, tinha certeza. Não lembrava o título. Mas se lembrava da capa. Com a vaca. Droga, como se chamava?

"Preciso botar gasolina", pensou.

O mostrador já estava no mínimo e o alerta tinha parado de piscar para estacionar num vermelho peremptório.

No entanto, não queria parar.

Já estava dirigindo havia mais de cinco horas e quase 600 quilômetros. Mas colocar toda aquela distância entre ele e o que tinha acontecido naquela noite não fazia com que se sentisse melhor. O braço sobre a alavanca de câmbio estava enrijecido. Os músculos do pescoço, tensos, doíam muito.

Virou-se por um instante.

"Não pensar... não pensar..."

Ocupava a mente recuperando da memória algumas noções familiares, tranquilizadoras. Nos últimos dez minutos, concentrou-se na discografia completa do Pink Floyd. Mas nas quatro horas precedentes foram os títulos de seus filmes preferidos, os jogadores das últimas três temporadas do seu time de hóquei, os nomes de seus antigos colegas de escola e mesmo dos professores. Chegou até à Sra. Berger. Que fim teria tido? Gostaria de revê-la. Tudo isso para manter *aquele pensamento* bem longe. E agora sua memória estava bloqueada naquela droga de álbum com a vaca na capa!

E o pensamento tinha retornado.

Precisava mandá-lo embora, de volta para aquele canto de sua cabeça onde já tinha conseguido confiná-lo várias vezes naquela mesma noite. Do contrário, recomeçava a suar e de vez em quando caía em prantos, desesperado com aquela situação, embora não durasse muito. O medo voltava a contrair seu estômago. Mas ele se obrigava a permanecer lúcido.

— *Atom Heart Mother*!

Era o título do disco. Por um instante, sentiu-se feliz. Mas foi uma sensação passageira. Havia muito pouco para ficar feliz na situação em que se encontrava.

Virou novamente e olhou para trás.

Em seguida, de novo: "Preciso botar gasolina."

De vez em quando uma onda azeda de amoníaco vinha do tapetinho a seus pés para o lembrar das gotas que tinha derramado em si mesmo. Os músculos das pernas começavam a doer e a panturrilha estava dormente.

O temporal que bateu a autoestrada durante quase toda a noite estava se afastando atrás das montanhas. Podia ver seus relâmpagos esverdeados no horizonte, enquanto o locutor da rádio fornecia seu enésimo boletim meteorológico. A aurora chegaria em poucos minutos. Uma hora antes, tinha passado por um posto de pedágio e mergulhado na autoestrada. Não parou nem para pagar o pedágio. Seu objetivo no momento era ir adiante, cada vez mais longe.

Seguindo à risca as instruções recebidas.

Durante alguns minutos permitiu que sua mente vagasse por aí. Mas ela se dirigiu inexoravelmente para a lembrança daquela noite.

No dia anterior, tinha chegado ao hotel Modigliani de carro, por volta de 11 da manhã. Passou a tarde realizando seu trabalho de representante na cidade e, à noite, jantou com alguns clientes no bistrô do hotel. Pouco depois das 10 horas, retirou-se para seu quarto.

Fechada a porta, afrouxou imediatamente o nó da gravata diante do espelho e naquele momento o espelho lhe devolveu, junto com seu aspecto suado e com os olhos injetados, o verdadeiro rosto de sua obsessão. Era assim que ficava quando o desejo tomava as rédeas.

Olhando-se, continuou a se perguntar, espantado, como tinha feito para esconder tão bem de seus comensais a natureza de seus verdadeiros pensamentos a noite inteira. Falou com eles, ouviu seus insossos comentários sobre golfe e sobre esposas exigentes demais, riu das constrangedoras piadas sobre sexo. Mas estava longe. Antegozava o momento em que, de volta ao quarto, desapertado o nó da gravata, permitiria que aquele bolo ácido preso em sua garganta saísse e explodisse em sua cara, sob a forma de suor, respiração ofegante e olhar traiçoeiro.

A verdadeira face sob a máscara.

No íntimo de seu quarto, pôde finalmente dar vazão àquele desejo premente em seu peito e em suas calças. Teve medo de que pudesse explodir. Mas não aconteceu. Tinha conseguido se controlar.

Pois ia sair em breve.

Como sempre, tinha jurado a si mesmo que aquela seria a última vez. Como sempre, aquela promessa era feita *antes* e *depois*. E, como sempre, seria desmentida e renovada na vez seguinte.

Deixou o hotel por volta de meia-noite, no auge da excitação. Começou a andar sem rumo: estava adiantado. Naquela tarde, entre um compromisso e outro, tinha inspecionado tudo para ter certeza de que as coisas seguiriam conforme os planos, para evitar empecilhos. Vinha se preparando há dois meses, cortejando sua "borboleta" com todo o cuidado. A espera era o justo preço de qualquer prazer. E ele desfrutou dela. Cuidou dos detalhes, pois eram sempre eles que traíam os demais. Mas não ia acontecer com ele. Nunca acontecia com ele. Mas agora, depois da descoberta do cemitério de braços, tinha que tomar algumas precauções suplementares. A polícia estava em toda parte, e todos pareciam alertas. Mas ele era muito bom na arte de se tornar invisível. Não tinha nada a temer. Só precisava relaxar. Logo veria a borboleta na avenida, no lugar marcado no dia anterior. Sempre tinha medo de que mudassem de ideia. De que alguma coisa, no papel que cabia a elas interpretar, desse errado. E então, ficaria triste, daquela tristeza podre que leva dias para sumir. E o que é pior, não dá para esconder. Mas continuava a repetir consigo mesmo que daquela vez tudo daria certo.

A borboleta viria.

Ele a faria entrar rapidamente, recebendo-a com as cortesias habituais. Aquelas que não são apenas agradáveis, mas afastam as dúvidas geradas pelo medo. Ele a levaria ao local escolhido para eles naquela tarde, afastando-se por uma estradinha da qual se via o lago.

As borboletas sempre tinham um perfume muito penetrante. Chiclete, tênis. E suor. Gostava disso. Aquele cheiro que já fazia parte de seu carro.

Podia senti-lo naquele exato momento, misturado ao de urina. Chorou de novo. Quantas coisas tinham acontecido desde então. Foi muito brusca a passagem entre a excitação, a felicidade e o que aconteceu depois.

Olhou para trás.

"Preciso botar gasolina."

Mas depois esqueceu e, inspirando um pouco daquele ar viciado, voltou a mergulhar na recordação do que tinha acontecido a seguir...

Estava parado no carro, à espera da borboleta. A lua opaca sumia de vez em quando entre as nuvens. Para enganar a ansiedade, repassava seu plano. No início, conversariam. Ele, porém, deveria sobretudo ouvir. Pois sabia que as borboletas sempre tinham necessidade de receber o que não ganhavam lá fora: atenção. Interpretava bem aquele papel. Escutar pacientemente a pequena presa que, abrindo seu coração, se enfraquecia sozinha. Abaixava a guarda e permitia que ele passasse sem ser perturbado para territórios mais profundos.

Próximos dos sulcos da alma.

Sempre dizia alguma coisa extremamente apropriada. Fazia isso a cada vez. Era assim que se transformava num professor. Era bom instruir alguém sobre seus próprios desejos. Explicar direitinho o que desejam, mostrar como se faz. Era algo importante. Transformar-se na escola delas, em seu terreno de prática. Fornecer um treinamento sobre o que é prazeroso.

Mas exatamente quando estava elaborando aquela aula mágica capaz de escancarar todas as portas da intimidade, deslizou os olhos distraidamente pelo espelho retrovisor.

Naquele momento, ele viu.

Algo menos consistente que uma sombra. Algo que, na realidade, podia nem ter visto, pois vinha diretamente de sua imaginação. Pensou de imediato numa miragem, numa ilusão.

Até o soco na janela.

E o barulho seco da porta se abrindo. A mão que se insinuava no vão e agarrava sua garganta, estrangulando. Nenhuma possibilidade de reagir. Uma rajada de ar fresco tinha invadido o carro, e ele recordava muito bem ter pensado: "Esqueci a tranca. A tranca!" De todo modo, não seria suficiente para detê-lo.

O homem tinha uma força notável e conseguiu arrancá-lo do carro agarrando-o com um braço só. Um capuz preto cobria seu rosto. Enquanto ele o mantinha de pé, pensou na borboleta: a preciosa presa, atraída com tanto esforço, estava perdida.

E, sem dúvida, agora a presa era ele.

O homem afrouxou a pressão em seu pescoço, jogando-o no chão. Depois se desinteressou dele e voltou para o carro. "Pronto, foi pegar a arma para me matar!" Assim, movido por um instinto desesperado de sobrevivência, tentou se arrastar pela terra úmida e fria, embora o homem com o capuz só precisasse dar dois passos para alcançá-lo, terminando o que tinha começado.

"Quantas coisas inúteis fazem as pessoas quando tentam escapar da morte", pensava agora, no aconchego do carro. "Há quem estique a mão diante do cano de um revólver, com o único intuito de fazer a bala perfurar também a palma da mão. E há os que se jogam da janela do edifício para escapar de um incêndio... Todos querem evitar o inevitável e se tornam ridículos."

Ele não pensava que fazia parte daquele tipo de gente. Sempre teve certeza de que poderia enfrentar a morte com dignidade. Pelo menos até aquela noite, quando se arrastou como um verme, implorando ingenuamente pela própria salvação. Movendo-se com dificuldade, tinha percorrido apenas 2 metros.

Depois tinha perdido os sentidos.

Dois tapas secos em seu rosto o reanimaram. O homem com o capuz tinha voltado. Rematerializava-se em cima dele, fitando-o com dois olhos apagados, tenebrosos. Não estava armado. Com um gesto da cabeça, indicou o carro e disse apenas:

— Saia daqui, Alexander, e não pare.

O homem com o capuz sabia seu nome.

No princípio, pareceu-lhe sensato. Depois, pensando melhor, era o que mais o aterrorizava.

Ir embora dali. No momento, quase não acreditou. Levantou do chão, chegou ao carro cambaleando, tentando andar rápido com medo de que o outro pudesse mudar de ideia. De um salto, colocou-se ao volante, com a vista ainda enevoada e as mãos tremendo a ponto de não conseguir dar a partida. Quando finalmente conseguiu, tinha começado a sua longa noite na estrada. Longe dali, o mais longe possível...

— Preciso botar gasolina — pensou, para voltar a ser prático.

O tanque estava quase vazio. Buscou indicações de um posto de gasolina, questionando se isso estava incluído na ordem recebida naquela noite.

Não parar.

Até uma da madrugada, duas perguntas tinham ocupado seus pensamentos. Por que o homem com o capuz tinha permitido que partisse? O que tinha acontecido enquanto estava desmaiado?

Obteve a resposta quando sua mente recuperou parte da lucidez e ele começou a ouvir o *rumor*.

Um esfregamento sobre a carroceria, acompanhado de uma batida rítmica e metálica — *tum, tum, tum* — grave e incessante. "Ah, mexeu em alguma coisa no carro: daqui a pouco, uma roda vai se soltar do eixo. Vou perder o controle do carro e bater na mureta." Mas nada disso tinha acontecido, porque não era um barulho de natureza mecânica. Mas só entendeu isso depois... Embora não fosse capaz de admiti-lo nem para si mesmo.

Naquele momento viu surgir uma placa indicativa: o posto de controle estava a menos de 8 quilômetros. Conseguiria chegar até lá. Mas precisaria ser rápido.

Com aquele pensamento, virou para trás pela enésima vez.

Mas sua atenção não estava voltada para a estrada que deixava atrás de si, nem para os carros que o seguiam.

Não, seu olhar parava antes, bem antes.

Aquilo que o seguia não estava ali, na estrada. Estava bem mais próximo. Era a fonte daquele rumor. Era algo do qual não podia escapar.

Porque aquilo estava em seu bagageiro.

Era para lá que olhava com insistência. Embora tentasse não pensar no que podia conter. Mas quando Alexander Bermann voltou a olhar para a frente, já era tarde demais. O policial à beira da estrada já estava fazendo sinal para que estacionasse.

5

Mila desceu do trem. A pele do rosto estava oleosa e os olhos inchados por causa da noite insone. Encaminhou-se para baixo da marquise da estação. O edifício era composto de um magnífico corpo principal, de construção oitocentista, e de um centro comercial imenso. Tudo estava limpo, em ordem. Ainda assim, depois de apenas alguns minutos, Mila já conhecia todos os cantos escuros. O lugar onde se colocaria para procurar suas crianças desaparecidas. Onde a vida se vende, se compra, se aninha ou se esconde.

Mas ela não estava ali para isso.

Em breve, alguém a levaria embora daquele lugar. No escritório da Polícia Ferroviária, dois colegas esperavam por ela. Uma mulher corpulenta, de cerca de 40 anos, tom de pele oliváceo, cabelos curtos e quadris largos demais para aqueles jeans. Um homem por volta dos 38 anos, muito alto e forte, que lembrava os garotões da cidade do interior onde cresceu, alguns dos quais chegou a namorar na época do ensino médio. Lembrava-se deles exatamente assim, desastrosos em suas tentativas de aproximação.

O homem sorriu, enquanto a colega se limitou a examiná-la levantando as sobrancelhas. Mila se aproximou para as apresentações de praxe. Sarah Rosa disse somente seu nome e posto. O outro, ao contrário, estendeu a mão, escandindo bem as palavras:

— Agente especial designado, Klaus Boris.

E se ofereceu para carregar sua mala de pano:

— Pode deixar que eu carrego.

— Não, obrigada, posso carregar sozinha — respondeu Mila.

Mas ele insistiu:

— Não tem problema.

O tom de voz que usou e seu jeito obstinado de sorrir a fizeram pensar que o agente Boris devia ser uma espécie de Don Juan, convencido de que podia usar seu fascínio com toda mulher que cruzasse seu caminho.

Mila podia garantir que ele resolveu tentar uma investida assim que a viu de longe.

Boris propôs que tomassem um café antes de partir, mas Sarah Rosa o fulminou com os olhos.

— O que houve? O que foi que eu disse? — defendeu-se ele.

— Não temos tempo. Lembra? — rebateu a mulher com decisão.

— Nossa colega fez uma longa viagem e creio que...

— Não é preciso — interveio Mila. — Estou bem assim, obrigada.

Mila não queria se colocar contra Sarah Rosa que, todavia, não deu mostras de apreciar a aliança.

Quando chegaram ao carro, no estacionamento, Boris tomou o lugar do motorista. Rosa ocupou o lugar a seu lado. Mila se instalou no banco de trás, junto com a mala. Misturaram-se ao trânsito, percorrendo a rua que margeava o rio.

Sarah Rosa parecia um tanto aborrecida por ter que escoltar a colega. Mas Boris não parecia incomodado, muito pelo contrário.

— Para onde vamos? — perguntou timidamente Mila.

Boris olhou para ela pelo espelho retrovisor.

— Para o comando. O inspetor-chefe Roche quer falar com você. É quem vai lhe dar instruções.

— Nunca participei de um caso de serial killer antes — quis especificar Mila.

— Você não precisa capturar ninguém — respondeu acidamente Rosa. — Nós nos encarregamos disso. Seu dever de casa é encontrar a sexta menina, só isso. Espero que tenha tido tempo de estudar a documentação do caso...

Mila desconsiderou a nota de arrogância na voz da colega, pois aquela frase trouxe à sua memória as noites passadas em claro debruçada sobre aquela papelada. As fotos dos braços sepultados. Os parcos dados da perícia sobre a idade das vítimas e a cronologia da morte.

— O que aconteceu naquele bosque? — perguntou.

— É o caso mais importante dos últimos tempos! — disse Boris, distraindo-se por um minuto do volante, excitado como um menino. — Nunca tinha visto algo assim. Na minha opinião, cabeças vão rolar entre os mandachuvas. É por isso que Roche está se borrando todo.

A linguagem vulgar de Boris aborrecia Sarah Rosa — e Mila também, na verdade. Ainda não tinha conhecido o inspetor-chefe, mas parecia bem claro que seus homens não nutriam muita estima por ele. Boris era, sem dúvida, mais direto, mas se tomava tais liberdades na frente de Rosa, significava que ela concordava com ele, mesmo que não demonstrasse. "Não está certo", pensou Mila. Independentemente dos comentários que ouvisse, ia fazer seu próprio julgamento a respeito de Roche e de seu métodos.

Rosa repetiu a pergunta e só então Mila percebeu que estava falando com ela.

— Esse sangue é seu?

Sarah Rosa tinha se virado na cadeira e apontava para baixo. Mila olhou sua coxa. As calças estavam manchadas de sangue: a cicatriz tinha reaberto. Colocou a mão em cima rapidamente, mas sentiu necessidade de se explicar.

— Caí fazendo jogging — mentiu.

— Bem, trate de fazer um curativo nessa ferida. Não queremos que o seu sangue se misture com alguma prova.

Mila ficou incomodada com a reprimenda e também porque Boris estava olhando para ela pelo retrovisor. Esperou que aquilo terminasse por ali, mas Rosa não tinha acabado a sua liçãozinha.

— Uma vez um novato que estava guardando a cena de um homicídio por motivação sexual resolveu fazer xixi no banheiro da vítima. Por seis meses ficamos caçando fantasmas, pensando que o assassino tinha esquecido de dar a descarga.

Boris riu com a lembrança. Mila, por sua vez, tentou mudar de assunto:

— Por que vocês me chamaram? Não bastava verificar as denúncias de desaparecimento do último mês para chegar à tal menina?

— Não é para nós que deve perguntar... — disse Rosa em tom de polêmica.

O trabalho sujo, pensou Mila. Era óbvio até demais que tinha sido chamada para isso. Roche queria passar o pepino para alguém de fora da equipe, que não fosse muito próximo, para poder jogá-la na fogueira caso o sexto cadáver continuasse sem nome.

Debby. Anneke. Sabine. Melissa. Caroline.

— E as famílias das outras cinco? — perguntou Mila.

— Também terão que comparecer ao comando para os exames de DNA.

Mila pensou naqueles pobres pais, obrigados a se submeter à loteria do DNA para ter certeza de que o sangue do seu sangue tinha sido barbaramente assassinado e dissecado. Em breve, a existência mudaria para sempre.

— E sobre o monstro, o que sabemos? — perguntou, procurando se distrair daquele pensamento.

— Não o chamamos de monstro — observou Boris. — Assim, você o despersonaliza.

Ao dizê-lo, Boris trocou um olhar de entendimento com Rosa.

— O Dr. Gavila não gosta.

— Dr. Gavila? — repetiu Mila.

— Logo vai conhecê-lo.

O desconforto de Mila aumentou. Era claro que seu escasso conhecimento do caso a deixava em desvantagem junto aos colegas e permitia que zombassem dela. Mais uma vez, não disse uma palavra para se defender.

Rosa, ao contrário, não tinha nenhuma intenção de deixá-la em paz e prosseguiu com tom indulgente.

— Olhe, minha cara, não se surpreenda se não conseguir entender em que pé estão as coisas. Você certamente é boa no seu trabalho, mas aqui a história é diferente, porque os crimes em série têm outras regras. E isso também vale para as vítimas. Não fizeram nada que contribuísse para isso. Sua única culpa, em geral, é estar simplesmente no lugar errado na hora errada. Ou escolher uma determinada cor em vez de outra ao sair de casa. Ou, como no nosso caso, sua culpa consiste em serem meninas, caucasianas, com idade entre 9 e 13 anos... Não se aborreça, pois não teria como saber dessas coisas. Nada de pessoal, claro.

— Sim, até parece que é verdade — pensou Mila. Desde o exato momento em que se conheceram, Rosa tinha transformado cada assunto em questão pessoal.

— Sou uma pessoa que aprende rápido — respondeu Mila.

Rosa virou para encará-la, dura:

— Tem filhos, por acaso?

Mila ficou por um minuto perplexa.

— Não, por quê? O que que tem isso a ver?

— É que quando encontrar os pais da sexta menina, vai ter que explicar por que sua linda filha foi tratada dessa maneira. Mas não saberá nada sobre eles: os sacrifícios que fizeram para criá-la e educá-la, as noites em claro quando teve febre, a poupança para que pudesse estudar e garantir um bom futuro, as horas passadas com ela brincando ou fazendo dever de casa.

O tom de Rosa estava cada vez mais alterado.

— E também não saberá por que três daquelas meninas usavam esmalte brilhante nas unhas, ou que uma delas tinha uma antiga cicatriz no cotovelo porque caiu da bicicleta cinco anos atrás, nem que eram todas tão pequenas e lindas, com seus sonhos e desejos daquela idade inocente violados para sempre! Você nunca saberá de nada disso porque nunca foi mãe.

— *Hollie* — foi a seca resposta de Mila.

— O quê? — Sarah Rosa a encarou sem entender.

— A marca do esmalte é *Hollie*. É brilhante, purpurina de coral. Foi um brinde que uma revista *teen* distribuiu um ano atrás. É por isso que três delas usavam, foi um grande sucesso... E uma das vítimas também usava uma pulseira da sorte.

— Mas não encontramos nenhuma pulseira — disse Boris, que começava a se interessar pelo assunto.

Mila tirou uma das fotos da pasta.

— É a numero dois, Anneke. A pele perto do pulso é mais clara. Sinal de que usava alguma no pulso. Talvez o assassino tenha tirado a pulseira, talvez ela tenha perdido quando foi sequestrada, ou num corpo a corpo. Eram todas destras, menos uma, a três: tinha marcas de caneta na ponta dos dedos, era canhota.

Boris estava admirado e Rosa espantada. Mas Mila era uma cascata.

— Uma última coisa: a número 6, aquela cujo nome não sabemos, conhecia a que desapareceu primeiro, Debby.

— E como é que você sabe disso? — perguntou Rosa.

Mila tirou da pasta as fotos dos braços 1 e 6.

— Tem um pontinho vermelho na ponta do indicador das duas... *São irmãs de sangue.*

O Departamento de Ciências Comportamentais da Polícia Federal se ocupava sobretudo de crimes hediondos. Era chefiado há oito anos por Roche, que foi capaz de revolucionar estilos e métodos. De fato, foi ele quem abriu as portas aos civis como o Dr. Gavila que, por seus textos e pesquisas, era considerado unanimemente o mais inovador dos criminologistas em atividade.

Na unidade de investigação, Stern era agente de informações. Era o mais velho e de patente mais alta. Sua tarefa era recolher as informações que depois serviriam para construir os perfis dos envolvidos e traçar paralelos com outros casos. Ele era a "memória" do grupo.

Sarah Rosa era perita em informática e a agente que se ocupava da logística. Passava grande parte do tempo se atualizando sobre as novas tecnologias e fez um treinamento específico sobre planejamento de operações da polícia.

Boris, finalmente, era especialista em interrogatórios. Sua missão era interrogar as pessoas envolvidas por vários motivos, além de arrancar confissões de algum eventual culpado. Era especialista nas múltiplas técnicas para alcançar esse objetivo. E, de praxe, alcançava.

Roche dava as ordens, mas não guiava materialmente a tropa: eram as intuições do Dr. Gavila que encaminhavam as investigações. O inspetor-chefe era acima de tudo um político e suas escolhas eram ditadas muitas vezes por razões de carreira. Gostava de aparecer e de receber todo o mérito pelos casos, quando iam bem. E quando não tinham êxito, ao contrário, dividia as responsabilidades com o grupo ou, como gostava de definir, com "o time de Roche". Uma fórmula que o fez ganhar a antipatia e frequentemente o desprezo dos seus subalternos.

Todos estavam na sala de reunião no sexto andar do edifício que hospedava a sede do Departamento, no centro da cidade.

Mila pegou um lugar na última fila. No banheiro tinha feito um novo curativo na ferida da perna, fechando o corte com dois esparadrapos. Depois, trocou o jeans por outro igual.

Sentou, apoiando a mochila no chão. Assim que viu aquele homem alto e magro, reconheceu o inspetor-chefe Roche. Estava discutindo animadamente com um sujeito de aspecto humilde, envolvido por uma aura estranha. Uma luz cinza. Mila tinha certeza de que, fora daquela sala, no mundo real, aquele homem poderia desaparecer como um fantasma. Mas ali dentro, sua presença fazia sentido. Era com certeza o famoso Dr. Gavila, que Boris e Rosa mencionaram no carro.

No entanto, havia algo naquele homem que fazia esquecer rapidamente as roupas gastas e os cabelos despenteados.

Eram os olhos, enormes e atentíssimos.

Enquanto continuava a falar com Roche, pousou aqueles olhos sobre ela, pegando-a em flagrante. Mila olhou para o outro lado, embaraçada, e depois de um tempo ele fez o mesmo e foi se sentar um pouco distante dela. A partir daí, ignorou completamente a sua presença e, alguns minutos depois, a reunião teve início oficialmente.

Roche subiu na tribuna e tomou a palavra com um gesto solene da mão, como se estivesse falando para uma plateia e não para uma assistência de cinco pessoas.

— Acabei de ouvir da perícia: nosso Albert não deixou nenhum indício. Ele é realmente muito esperto. Nenhum traço, nenhuma pegada no pequeno cemitério de braços. Deixou apenas seis meninas que precisam ser encontradas. Seis corpos... E um nome.

Então o inspetor deu a palavra a Goran que, porém, não foi ter com ele na tribuna. Permaneceu em seu lugar, com os braços cruzados e as pernas esticadas embaixo da fila de cadeiras à sua frente.

— Desde o começo, o nosso Albert sabia muito bem como tudo se passaria. Previu os mínimos detalhes. É ele quem dirige esse carrossel. Além disso, o 6 é um número completo na cabala de um serial killer.

— 666, o número do diabo — interveio Mila. Todos se viraram para olhá-la com expressões de censura.

— Não vamos recorrer a esse tipo de banalidade — disse Goran, e ela se sentiu desfalecer. — Quando falamos de um número completo, pretendemos nos referir ao fato de que o sujeito já completou uma ou mais séries.

Mila apertou imperceptivelmente os olhos e Goran intuiu que não tinha entendido, de modo que se explicou melhor: — Definimos como serial killer aquele que matou ao menos três vezes e de formas semelhantes.

— Dois cadáveres o fazem apenas um pluri-homicida — adicionou Boris.

— Portanto, seis vítimas são duas séries.

— É uma espécie de convenção? — perguntou Mila.

— Não. Quer dizer que, se você mata pela terceira vez, não vai parar nunca mais — interveio Rosa, liquidando a conversa.

— Os freios inibidores estão soltos, o sentimento de culpa adormecido e assim você mata mecanicamente — concluiu Goran, e se dirigiu a todos eles. — Mas por que ainda não sabemos nada sobre o cadáver número 6?

Roche interveio.

— Agora uma coisa já sabemos. De acordo com o que pude deduzir, a sagacidade da nossa colega nos forneceu um indício que *eu* considero importante. Ligou a vítima sem nome a Debby Gordon, a número um.

— Roche disse isso como se a ideia de Mila fosse, na realidade, mérito dele.

— Por favor, agente: explique no que consiste a sua dedução.

Mais uma vez, Mila se viu no centro das atenções. Abaixou a cabeça sobre suas anotações, procurando ordenar seus pensamentos antes de enfrentar a explicação. Roche, no entanto, acenava para que ficasse de pé.

Mila se levantou.

— Debby Gordon e a menina número 6 se conheciam. Naturalmente, é apenas uma suposição, mas explicaria o fato de as duas terem o mesmo sinal no indicador...

— Do que se trata exatamente? — perguntou Goran, curioso.

— Bem... é aquele ritual de furar a ponta de um dedo com uma agulha e misturar o sangue unindo os dedos: uma versão adolescente do pacto de sangue. Normalmente, é feito para consagrar uma amizade.

Mila tinha feito o mesmo com sua amiga Graciela: tinham usado um prego enferrujado, pois acharam que uma agulha parecia coisa de mulherzinha. Aquela lembrança retornou à sua mente sem mais nem porquê. Graciela era sua companheira de brincadeiras. Conheciam os segredos uma da outra e certa vez até dividiram um garoto, sem que ele soubesse. Deixaram que acreditasse que o esperto era ele, que conseguia ficar com as duas sem que percebessem. O que teria acontecido com Graciela? Não se falavam há anos. Perderam-se de vista muito rápido, para nunca mais se encontrarem. E tinham jurado amizade eterna! Por que foi assim tão fácil esquecê-la?

— Se for isso mesmo, a menina número seis deve ter a mesma idade de Debby.

— A análise da calcificação óssea feita no sexto braço comprova essa tese: a vítima tinha 12 anos — interveio Boris, que não via a hora de ganhar pontos aos olhos de Mila.

— Debby frequentava um colégio de elite. Não é plausível que a sua irmã de sangue fosse uma colega dessa escola, porque não há nenhum estudante faltando.

— Portanto, deve tê-la conhecido fora do ambiente escolar — intrometeu-se mais uma vez Boris.

Milla concordou.

— Debby estava nessa escola há oito meses. Devia se sentir muito sozinha longe de casa. Poderia jurar que tinha dificuldades de entrosamento com as colegas. Suponho, então, que conheceu a irmã de sangue em outras circunstâncias.

Roche interveio:

— Quero que dê uma olhada no quarto da menina no colégio: quem sabe não descobre alguma outra pista...

— Gostaria também de falar com os pais da menina, se for possível.

— Claro, faça como quiser.

Antes que o inspetor-chefe acrescentasse mais alguma coisa, bateram na porta. Três batidas velozes. Logo depois um tipo baixo de jaleco branco, que ninguém tinha convidado, fez a sua entrada. Tinha cabelos ásperos e estranhíssimos olhos amendoados.

— Ah, Chang — cumprimentou Roche.

Era o legista encarregado do caso. Mila descobriu quase instantaneamente que não era de fato um oriental. Por alguma razão genética misteriosa, tinha nascido com aqueles traços somáticos. Seu nome era Leonard Vross, mas todos o chamavam de Chang.

O homenzinho colocou-se de pé ao lado de Roche. Carregava uma pasta e tratou de abri-la logo, embora não precisasse ler o conteúdo: sabia tudo de memória. Provavelmente as folhas à sua frente lhe davam segurança.

— Gostaria que ouvissem com atenção o que o Sr. Chang descobriu — disse o inspetor-chefe. — Mesmo sabendo que alguns de vocês terão dificuldade para entender certos detalhes.

Estava se referindo a ela. Mila estava certa disso.

Chang pôs um pequeno par de óculos que carregava no bolso da camisa e tomou a palavra, clareando a voz:

— O estado de conservação dos restos, apesar da sepultura, era muito bom.

Isso confirmava a tese segundo a qual não se tinha passado muito tempo entre a criação do cemitério de braços e sua descoberta. Então o patologista se alongou em alguns detalhes. Mas, quando chegou ao ponto de especificar o modo como as seis meninas foram mortas, Chang foi direto ao assunto.

— Matou-as cortando seus braços.

As lesões têm uma linguagem própria e se comunicam por meio dela. Mila sabia muito bem disso. Quando o legista levantou a pasta aberta na foto ampliada de um dos braços, a policial notou logo um halo avermelhado ao redor do corte e da fratura do osso. A infiltração do sangue nos tecidos é o primeiro sinal que se procura para estabelecer se a lesão é ou não letal. Se foi feita num cadáver, não há pulsação cardíaca e, portanto, o sangue escorre passivamente dos vasos arrancados, sem se fixar nos tecidos ao redor. Se, ao contrário, a lesão é feita quando a vítima ainda está viva, a pressão sanguínea nas artérias e nos capilares continua a se propagar, porque o coração empurra o sangue para os tecidos lesionados, numa tentativa desesperada de cicatrizá-los. Nas meninas, esse mecanismo salva-vidas só parou quando o braço se separou.

Chang prosseguiu:

— A lesão foi feita na metade do bíceps braquial. O osso não se despedaçou, a fratura é limpa. Deve ter usado uma serra de precisão: não achamos nenhuma limalha de ferro nas bordas da ferida. A secção uniforme dos vasos sanguíneos e dos tendões significa que a amputação foi finalizada com uma perícia que eu definiria como cirúrgica. O falecimento ocorreu por dessangramento. Depois acrescentou: — Foi uma morte horrível.

Diante daquela frase, Mila teve o impulso de abaixar os olhos em sinal de respeito. Mas percebeu logo que seria a única.

Chang continuou:

— Diria que as matou de imediato: não tinha interesse em mantê-las vivas mais do que o necessário e não hesitou. As formas como morreram são idênticas para todas as vítimas. *Todas, menos uma...*

As palavras permaneceram suspensas no ar por um tempo, para depois recair sobre os presentes como um banho de água fria.

— O que significa isso? — perguntou Goran.

Chang empurrou os óculos que tinham escorregado para a ponta do nariz com o dedo, depois fixou o criminólogo:

— Que para uma delas foi ainda pior.

Na sala caiu um silêncio absoluto.

— Os exames toxicológicos revelaram traços de um coquetel de fármacos no sangue e nos tecidos. No caso, antiarrítmicos como a disopiramida, inibidores ACE, e o antenol, que é um betabloqueador...

— Reduziu os batimentos cardíacos, abaixando também a pressão — acrescentou Goran Gavila, que já tinha entendido tudo.

— Por quê? — perguntou Stern, para quem, ao contrário, nada estava muito claro.

Os lábios de Goran se moveram num esgar parecido com um sorriso amargo.

— Ele retardou o dessangramento para que morresse mais lentamente... Quis *usufruir do espetáculo.*

— De qual delas se trata? — perguntou Roche, embora todos já conhecessem a resposta.

— Da número seis.

Dessa vez Mila não precisou de uma profissional em assassinatos em série para entender o que tinha acontecido. Na prática, o legista apenas observou que o assassino tinha mudado seu *modus operandi.* O que significava que tinha ganho segurança no que fazia. Estava experimentando um novo jogo. E estava gostando.

— Ele mudou porque estava satisfeito com o resultado, estava cada vez melhor — concluiu Goran. — Ao que tudo indica, pegou gosto pela coisa.

Mila foi atravessada por uma sensação. Eram cócegas na base do pescoço, que sempre avisavam que ela estava chegando à solução dos seus casos de desaparecimento. Algo difícil de explicar. Em seguida, sua mente se abria, revelando uma verdade insuspeitável. Normalmente a sensação durava mais tempo, porém dessa vez desapareceu antes que pudesse agarrá-la. Foi varrida por uma frase de Chang.

— Tem mais uma coisa...

— O legista virou diretamente para Mila: embora não a conhecesse, era a única cara estranha naquela sala e ele devia estar a par das razões de sua presença ali.

— Lá estão os pais das meninas desaparecidas.

Da janela da estação da Polícia Rodoviária, perdida entre as montanhas, Alexander Bermann podia gozar de uma vista completa do estacionamento. O carro dele estava no fundo, na quinta fila. Daquele ponto de observação parecia bem longe.

O sol já ia alto, fazendo brilhar as carrocerias. Depois da tempestade da noite anterior, não poderia ter imaginado um dia assim. Parecia que estavam em plena primavera e quase fazia calor. Da janela, chegava uma brisa fraca que trazia um sentimento de paz. Sentia-se estranhamente contente.

Quando foi parado no bloqueio de madrugada, não perdeu a calma, nem se deixou levar pelo pânico. Ficou dentro da cabine do carro, com a desagradável sensação de umidade entre as pernas.

Sentado atrás do volante, tinha uma ótima visão dos policiais que estavam ao lado da viatura da polícia. Um deles segurava sua carteira de documentos, folheando os papéis e ditando para o outro os dados que eram transmitidos pelo rádio.

— Daqui a pouco chegarão para pedir que abra o bagageiro — pensava.

O policial que o mandou encostar tinha sido muito gentil. Perguntou sobre o aguaceiro e demonstrou compaixão, dizendo que não o invejava por ter sido forçado a dirigir a noite inteira com um tempo daqueles.

— Você não é daqui — sentenciou, lendo a placa.

— É, não sou — respondeu ele. — Venho de fora.

A conversa acabou ali. Por um instante, pensou até em contar tudo, mas mudou de ideia. O momento ainda não havia chegado. Em seguida, o policial se afastou na direção do colega. Alexander Bermann não sabia o que ia acontecer, mas pela primeira vez tinha afrouxado a pegada no volante. Assim, o sangue voltou a circular pelas mãos, que recuperaram a cor normal.

E ele se viu pensando em suas borboletas.

Tão frágeis, tão inconscientes de seus encantos. Mas ele tinha parado o tempo para elas, tornando-as conscientes dos segredos de seu fascínio. Os outros se limitavam a consumir sua beleza. Ele tomava conta delas. A bem dizer, de que poderiam acusá-lo?

Ao ver de novo o policial que vinha na direção de sua janela, seus pensamentos se esvaíram de uma só vez e a tensão, que tinha diminuído momentaneamente, subiu de novo. Demoraram tempo demais, pensou ele. Enquanto se aproximava, o agente mantinha uma das mãos levantada nos quadris, na altura do cinto. Ele sabia o que era aquele gesto. Significava que estava pronto para sacar a pistola. Quando chegou realmente perto, ouviu-o pronunciar uma frase que não esperava.

— Terá que nos seguir até o comando, Sr. Bermann. Entre os documentos que entregou falta a autorização de circulação.

— Estranho — pensou ele. — Tenho certeza de que a coloquei lá.

Mas depois entendeu: o encapuzado tirou o documento enquanto ele estava desmaiado... E agora estava ali, naquela pequena sala de espera, gozando do calor imerecido daquela brisa. Estava detido naquele lugar, depois de sequestrarem seu carro, sem saber que a ameaça de uma punição administrativa era a última de suas preocupações. Estavam enfurnados em seus gabinetes, sem saber de nada, decidindo coisas que já não tinham nenhuma importância para ele. Refletiu sobre essa curiosa condição: como muda a hierarquia de prioridades de um homem que não tem mais nada a perder! Porque, naquele momento, o que mais queria era que a carícia daquela brisa não acabasse nunca.

Enquanto isso, mantinha os olhos fixos no estacionamento e no vaivém dos guardas. Seu carro continuava ali, diante dos olhos de todos. Com o seu segredo fechado no bagageiro. E ninguém percebia nada.

Enquanto ele refletia sobre a singularidade da situação, um pelotão de agentes retornou da pausa para o lanche no meio da manhã. Três homens e duas mulheres de uniforme. Um deles provavelmente contava uma piada, andando e gesticulando. Quando acabou, os outros riram. Não tinha ouvido uma só palavra daquela conversa, mas o som de risos era contagioso e, de repente, se viu sorrindo. Durou pouco. O grupo passou perto de seu carro.

Um deles, o mais alto, parou de repente, deixando os outros prosseguirem sozinhos. Tinha percebido algo.

Alexander Bermann traduziu de imediato a expressão em seu rosto.

— *O cheiro* — pensou. — Deve ter sentido o cheiro.

Sem dizer nada aos colegas, o agente começou a olhar ao redor. Farejava o ar, como se ainda estivesse procurando o rastro sutil que por um breve instante alertou os seus sentidos. Quando o reencontrou, virou-se para o carro que estava a seu lado. Deu uns passos em sua direção e, em seguida, parou diante do bagageiro fechado.

Alexander Bermann, vendo a cena, suspirou de alívio. Sentiu-se *grato*. Grato pela coincidência que o tinha conduzido até ali, pela brisa que tinha recebido de presente e por não ter que abrir ele mesmo aquele maldito bagageiro.

A carícia do vento cessou. Alexander Bermann levantou de seu posto em frente à janela e tirou o celular do bolso.

Era chegado o momento de fazer uma ligação.

6

"Debby. Anneke. Sabine. Melissa. Caroline."

Mila repetia mentalmente aqueles nomes enquanto observava atrás de um vidro os familiares das cinco vítimas identificadas, reunidos para a ocasião no necrotério do Instituto Médico Legal. Era um edifício gótico, com janelas grandes, cercado por um parque despido de folhas.

"Faltam dois", era o pensamento obsessivo de Mila. "Um pai e uma mãe que ainda não conseguimos encontrar."

Precisava batizar o braço esquerdo número 6, da menina com quem Albert foi mais cruel, usando um coquetel de medicamentos para prolongar dolorosamente a sua agonia.

"Quis *usufruir do espetáculo*."

Seu último caso lhe veio à mente, aquele do professor de música, quando conseguiu libertar Pablo e Elisa. "Pelo contrário, você salvou três pessoas", foi a frase do sargento Morexu, referindo-se à nota encontrada na agenda do homem. Aquele nome...

Priscilla.

O chefe tinha razão: a menina teve sorte. Mila percebeu uma cruel ligação entre ela e as seis vítimas.

Priscilla foi pré-selecionada por seu algoz. Não se transformou em vítima por puro acaso. Onde estaria agora? Como seria a sua vida? Talvez uma parte dela, profunda e oculta, tivesse consciência de ter escapado de semelhante horror.

No momento exato em que pôs os pés na casa do professor de música, Mila a salvou. E ela nunca saberia. Jamais poderia apreciar a dádiva de uma segunda vida que lhe foi concedida.

Priscilla, assim como Debby, Anneke, Sabina, Melissa, Caroline. Predestinada, mas sem o mesmo destino das outras.

Priscilla, assim como a número 6. Uma vítima sem rosto. Mas ela pelo menos tinha um nome.

Chang acreditava que era só uma questão de tempo, que mais cedo ou mais tarde a identidade da sexta menina seria descoberta. Mas Mila não tinha muita esperança, e a ideia de que tivesse desaparecido para sempre dificultava todas as outras opções.

Mas agora *precisava* permanecer lúcida. "É a minha vez", pensou enquanto olhava além do vidro que a separava dos pais das meninas que já tinham nome. Observava aquela espécie de aquário humano, a coreografia daquelas criaturas aflitas e silenciosas. Daqui a pouco, teria que ir até lá para falar com o pai e a mãe de Debby Gordon. E teria que entregar àqueles pais o resto de dor que lhes cabia.

O corredor do necrotério era longo e escuro. Ficava no subterrâneo do edifício. Chegava-se lá através de uma escada ou de um elevador apertado, que normalmente não funcionava. Tinha janelas estreitas ao lado do teto, que deixavam passar pouquíssima luz. Os ladrilhos esmaltados de branco que cobriam as paredes não conseguiam refleti-la, como provavelmente desejava quem as colocou ali com esse objetivo. Como resultado, os locais eram escuros mesmo de dia e as luzes fluorescentes do teto estavam sempre acesas, enchendo o silêncio espectral daquele lugar com seu zumbido incessante.

— Que lugar horrível para enfrentar a notícia da perda de um filho — ponderou Mila, continuando a observar aqueles familiares desconsolados. Para confortá-los não tinham mais que algumas cadeiras de plástico sem graça e uma mesa com velhas revistas sorridentes.

Debby. Anneke. Sabine. Melissa. Caroline.

— Olhe para lá — disse Goran Gavila, às suas costas. — O que vê?

Primeiro, humilhou-a na presença de todos. Agora a tratava com toda aquela intimidade?

Mila continuou a observar por um longo instante.

— Vejo o sofrimento deles.

— Olhe melhor. Não é só isso.

— Também vejo as meninas mortas, embora não estejam lá. Seus rostos são a soma dos rostos dos pais. É por isso que vejo as vítimas.

— Eu, por outro lado, vejo cinco núcleos familiares. Cada um de um estrato social diverso. Com qualidades de vida e rendas diferentes. Vejo casais que, por diversos motivos, só tiveram um filho. Vejo mulheres que já passaram dos 40 há algum tempo e que, portanto, não podem biologicamente ter a esperança de uma outra gravidez... É o que vejo. Goran se virou para encará-la. — Eles são as verdadeiras vítimas. Ele os estudou, os escolheu. Uma única filha. Queria impedir qualquer esperança de superar o luto, de tentar esquecer a perda. Terão que se lembrar do que fez a eles pelo resto dos seus dias. Ele amplificou suas dores, roubando-lhes o futuro. Privou-os da possibilidade de transmitir uma memória de si mesmos aos que virão, de sobreviver à própria morte... E se alimentou disto. É a compensação de seu sadismo, a fonte do seu prazer.

Mila afastou os olhos. O criminologista tinha razão: havia uma *simetria* no mal cometido contra aquelas pessoas.

— Um plano — afirmou Goran, corrigindo seus pensamentos.

Mila pensou de novo na menina número seis. Ainda não havia ninguém que chorasse por ela. E, como todas as outras, ela tinha direito àquelas lágrimas. O sofrimento tem uma missão. Serve para recompor os vínculos entre as coisas dos vivos e aquelas dos mortos. É uma linguagem que substitui as palavras. Que muda os termos da questão. Era o que os pais do outro lado do vidro estavam fazendo. Reconstruir minuciosamente, com dor, um farrapo daquela existência que não existia mais. Entrelaçando as frágeis lembranças, amarrando bem os fios brancos do passado com os fios sutis do presente.

Mila se esforçou e atravessou a porta. Imediatamente os olhares dos pais se viraram para ela, e fez-se o silêncio.

A policial caminhou na direção da mãe de Debby Gordon, sentada ao lado do marido, que tinha a mão pousada em seu ombro. Os passos da agente ressoaram sinistros, enquanto desfilava diante dos outros.

— Sr. e Sra. Gordon, preciso lhes falar por um momento...

Com um gesto de braço, Mila indicou o caminho. Então, deixou que a precedessem em direção a uma pequena salinha, onde havia uma máquina automática de café e um distribuidor automático de bolinhos e biscoitos, um sofá liso encostado na parede, uma mesa com cadeiras de plástico azul e uma cesta de lixo cheia de copos de plástico.

Mila acomodou os Gordon no sofá e foi pegar uma das cadeiras. Cruzou as pernas e sentiu outra pontada de dor causada pelo ferimento na coxa. Mas não era muito forte: a ferida estava cicatrizando.

A policial tomou coragem e se apresentou. Falou da investigação, sem mencionar os detalhes que eles já conheciam. A intenção era deixá-los à vontade, antes de fazer as perguntas que lhe interessavam.

Os Gordon não pararam de encará-la um instante, como se, de alguma forma, ela tivesse o poder de parar aquele pesadelo. Marido e mulher tinham boa aparência, refinados. Ambos advogados. Daqueles que cobram por hora. Mila podia imaginá-los em sua casa perfeita, cercados de amizades selecionadas, em sua existência dourada. Tanto que conseguiram mandar a única filha para uma prestigiosa escola particular. Mila podia imaginar: marido e mulher deviam ser dois tubarões na profissão. Gente que, em seu campo de ação, sabe como administrar as situações mais críticas, gente habituada a enfiar as garras nos adversários, gente que não se deixa abalar pelas adversidades. Mas agora, os dois se viam absolutamente despreparados diante daquela tragédia.

Quando encerrou a exposição do caso, passou aos finalmentes:

— Sr. e Sra. Gordon, sabem, por acaso, se Debby tinha feito amizade com alguma menina de sua idade, fora do colégio?

Os dois se entreolharam como se, mais que uma resposta, procurassem uma razão plausível para aquela pergunta. Mas não encontraram nada.

— Não que a gente saiba — disse o pai de Debby.

Mas Mila não podia se contentar com aquela minguada resposta.

— Têm certeza de que Debby nunca mencionou no telefone alguém que não fosse colega da escola?

Enquanto a Sra. Gordon se esforçava para recordar, Mila observava sua silhueta: a barriga lisa, os músculos da perna tonificados. Compreendeu imediatamente que a escolha de só ter um filho foi altamente ponderada. Aquela mulher não ia marcar seu corpo com uma segunda maternidade. Mas de qualquer jeito, agora era tarde demais: sua idade, em torno dos 50, não permitia que tivesse mais filhos. Goran tinha razão: Albert não os escolheu por acaso...

— Não... Mas ultimamente parecia muito mais serena quando falávamos ao telefone — disse a mulher.

— Imagino que tenha pedido para voltar para casa...

Tinha tocado num ponto doloroso, mas não podia fazer diferente se quisesse chegar à verdade. Com a voz irritada pelo sentimento de culpa, o pai de Debby admitiu: — É verdade: estava perdida, sentia falta de nós e também de Sting... — Mila olhou para ele, muda, e o homem especificou: — O cachorro... Debby queria voltar para casa, para sua antiga escola. Bem, na verdade ela nunca disse isso. Talvez tivesse medo de nos decepcionar, mas... era evidente pelo seu tom de voz.

Mila sabia o que ia acontecer: aqueles pais se culpariam para sempre por não terem dado ouvidos ao coração da filha que implorava para voltar para casa. Mas os Gordon tinham priorizado a própria ambição, como se ela pudesse ser transmitida geneticamente. Pensando bem, não havia nada de errado em seu comportamento. Queriam o melhor para a única filha. No fundo, comportavam-se simplesmente como pais. E se as coisas tivessem sido diferentes, talvez um dia Debby ainda agradecesse. Mas, infelizmente para eles, aquele dia não chegaria jamais.

— Sr. e Sra. Gordon, sinto muito ter que insistir, posso imaginar o quanto isso é penoso, mas preciso pedir que tentem recordar suas conversas com Debby: suas amizades fora do colégio podem ser muito importantes para a solução do caso. Por favor, pensem bem, e se lembrarem de algo...

Os dois concordaram juntos, prometendo se esforçar para relembrar. Foi então que Mila entreviu uma figura que se delineava no vidro da porta. Era Sarah Rosa procurando atrair a sua atenção. Mila se desculpou com os Gordon e saiu.

Quando se encontraram cara a cara no corredor, a mulher disse apenas umas poucas palavras.

— Prepare-se, temos que ir. Encontraram o cadáver de uma menina.

O agente especial Stern estava sempre de terno e gravata. Preferia ternos marrons, beges ou azul-escuros e camisas com listras finas. Mila percebeu que sua esposa se esmerava para que suas roupas estivessem sempre bem passadas. Tinha uma aparência bem tratada. Os cabelos penteados para trás com um pouco de brilhantina. Fazia a barba todas as manhãs, a pele do rosto parecia macia, além de lisa, e emanava um bom perfume. Stern era um sujeito metódico. Daqueles que nunca mudam seus hábitos e para os quais uma aparência bem cuidada é muito mais importante do que estar na moda.

Além disso, devia ser muito competente em seu trabalho de reunir informações.

— O preso se chama Alexander Bermann. Tem 40 anos, é representante comercial — máquinas para a indústria têxtil — com ótima aparência. Casado, sempre levou uma vida tranquila. É muito estimado e conhecido na sua cidade. E sua atividade rende bons frutos: Bermann não deve ser rico, mas está bem de vida.

— Uma ficha limpa, em resumo — acrescentou Rosa. — Um cidadão acima de qualquer suspeita.

Quando chegaram à estação da Polícia Rodoviária, o agente que tinha descoberto o corpo estava sentado no velho sofá de um dos escritórios. Estava em estado de choque.

As autoridades locais tinham dado lugar à unidade de crimes violentos. E eles começaram a trabalhar com a ajuda de Goran, sob o olhar de Mila, cuja função consistia simplesmente em verificar se havia ou não elementos úteis para um melhor desempenho de sua missão, sem intervir ativamente. Roche tinha ficado no escritório, deixando que seus homens reconstituíssem o acontecido.

Mila notou que Sarah Rosa se mantinha a distância, o que só lhe dava satisfação, embora tivesse certeza de que a policial estava sempre de olho nela, pronta para apontar qualquer falha.

Um jovem tenente se ofereceu para acompanhá-los ao local preciso da descoberta. Procurando se mostrar seguro de si, fez questão de esclarecer que não tinham tocado em nada. Mas todos os membros da equipe sabiam que provavelmente era a primeira vez que se deparava com uma cena desse tipo. Na carreira de um policial do interior, os casos hediondos não acontecem com muita frequência.

Ao longo do caminho, o tenente expôs os fatos com extrema riqueza. Talvez tivesse ensaiado o discurso antes, para não fazer feio. De fato, parecia recitar um relatório já escrito.

— Concluímos que o suspeito Alexander Bermann chegou ontem pela manhã a um hotel numa cidade bem longe daqui.

— A 600 quilômetros de distância — precisou Stern.

— Ao que parece, dirigiu a noite toda. O carro estava quase seco — observou o tenente.

— Ele se encontrou com alguém no hotel? — perguntou Boris.

— Parece que jantou com clientes. Depois se retirou para o quarto... Foi o que disseram os que estiveram com ele. Mas ainda estamos verificando as versões.

Rosa anotou mais aquela informação num bloquinho e escreveu ao lado uma nota que Mila leu por cima de seus ombros: — Pegar versão hóspedes hotel sobre horários.

Goran interveio:

— Bermann ainda não disse nada, suponho.

— O suspeito Alexander Bermann se recusa a falar sem a presença de um advogado.

Chegaram ao estacionamento. Goran notou que tinham colocado telas brancas ao redor do carro de Bermann para esconder o espetáculo da morte. Mas era apenas a enésima e hipócrita precaução. Diante de certos crimes hediondos a perturbação é só uma máscara. Era uma coisa que Goran Gavila tinha aprendido bem cedo. A morte, especialmente a morte violenta, causa um estranho fascínio sobre os vivos. Diante de um cadáver todos se transformam em curiosos. A morte é uma dama muito sedutora.

Antes de chegar à cena do crime vestiram protetores plásticos de sapatos e toucas para prender os cabelos, além das indefectíveis luvas estéreis. Em seguida, passaram uns aos outros um pequeno potinho de pasta de cânfora. Cada um pegou um pouco para passar embaixo das narinas e afastar todo tipo de cheiro.

Era um ritual tradicional, que não tinha necessidade de palavras. Mas era também um modo de encontrar a concentração necessária. Quando recebeu o pote das mãos de Boris, Mila se sentiu parte daquela comunhão singular.

O tenente da Polícia Rodoviária, convidado a precedê-los, perdeu repentinamente a segurança e hesitou por um longo instante. Depois mostrou o caminho.

Antes de atravessar a fronteira daquele novo mundo, Goran olhou para Mila, que balançou a cabeça afirmativamente — ele pareceu mais tranquilo.

Foi como entrar em outra dimensão. Naqueles poucos metros quadrados, onde até a luz do sol era alterada pela luminosidade gelada e fria das lâmpadas fluorescentes, havia um outro universo com regras e leis físicas completamente diferentes daquelas do mundo conhecido. Às três dimensões, altura, largura e profundidade, adicionava-se uma quarta: o vazio. Todo criminologista sabe que é justamente nos "vazios" de uma cena de crime que se encontram as respostas. Preenchendo aqueles espaços com a presença das vítimas e dos algozes, é possível reconstruir a ação criminosa, dar um sentido à violência, esclarecer o desconhecido. É preciso dilatar o tempo, procurando alongá-lo para trás, numa tensão que dura muito pouco e que não se repetirá nunca mais. Por isso, na cena de um crime a primeira impressão é sempre a mais importante.

A de Mila foi sobretudo olfativa.

Apesar da cânfora, o odor era penetrante. O perfume da morte é ao mesmo tempo nauseante e doce. É uma contradição. Primeiro bate como um soco no estômago, depois você descobre que existe alguma coisa no fundo daquele cheiro que é impossível deixar de gostar.

Num instante, os homens da equipe se colocaram ao redor do carro de Bermann. Cada um ocupou um posto de observação, desenhando novos pontos cardeais. Era como se saíssem de seus olhos as coordenadas de uma rede que cobria cada centímetro quadrado, sem deixar nada de fora.

Mila seguiu Goran até a traseira do carro.

O bagageiro estava aberto, exatamente como o agente que encontrou o corpo deixou. Goran debruçou-se sobre aquele antro e Mila fez o mesmo.

Não viu o cadáver, porque dentro do bagageiro havia apenas um grande saco preto de plástico dentro do qual se intuía o perfil de um corpo.

O corpo de uma menina?

O saco tinha aderido perfeitamente ao corpo, adaptando-se aos traços do rosto e assumindo sua forma. A boca estava aberta num grito mudo. Como se o ar tivesse sido sugado por aquela voragem escura.

Como um sudário blasfemo.

Anneke, Debby, Sabine, Melissa, Caroline... Ou era a número 6?

Distinguiam-se a cavidade ocular e a cabeça inclinada para trás. O corpo não estava abandonado e mole, pelo contrário: a postura dos membros era rígida, como se tivesse sido fulminado num ímpeto repentino. Naquele está-tua de carne, era evidente que faltava algo. Faltava um braço. O esquerdo.

— Muito bem, comecemos com a análise — disse Goran.

O método do criminologista consistia em fazer perguntas. Até as mais simples e aparentemente insignificantes. Perguntas para as quais todos eles juntos procurariam respostas. Também nesse caso, qualquer opinião era bem aceita.

— Antes de tudo a *orientação* — começou. — Então, me digam: por que estamos aqui?

— Eu começo — ofereceu Boris, que se encontrava do lado do motorista. — Estamos aqui por causa de uma autorização de circulação vencida.

— O que acham? É uma explicação suficiente para vocês? — perguntou Goran, olhando para os presentes.

— As barreiras — disse Sarah Rosa. — Desde o desaparecimento das meninas, são dezenas, em toda parte. Poderia acontecer, e aconteceu... Tivemos sorte.

Goran sacudiu a cabeça: ele não acreditava na sorte.

— Por que correria o risco de andar por aí com uma carga tão comprometedora?

— Talvez só quisesse se desfazer dela — conjecturou Stern. — Ou talvez temesse que o pegassem e, portanto, tentou deixar os restos o mais longe possível.

— Também acho que pode se tratar de uma tentativa de despistar — fez eco Boris. — Mas se deu mal.

Mila percebeu que eles já tinham decidido: Alexander Bermann era Albert. Só Goran parecia conservar uma certa perplexidade.

— Ainda precisamos entender qual era o seu plano. Por enquanto, temos um cadáver num bagageiro. Mas a pergunta inicial era outra e ainda não temos uma resposta: por que estamos aqui? O que nos conduziu até esse carro, até esse corpo? Desde o começo, tínhamos concordado que nosso homem é muito astuto. Talvez até mais que nós. Na verdade, ele já nos enganou várias vezes, conseguindo sequestrar as meninas em pleno estado de prontidão... É plausível, então, que tenha sido traído pela falta de um estúpido documento de circulação?

Todos refletiram em silêncio sobre essa última consideração.

Então o criminologista se voltou novamente para o tenente da Polícia Rodoviária, que permaneceu afastado, silencioso e pálido como a camisa que vestia por baixo do uniforme.

— Tenente, o senhor disse há pouco que Bermann exigiu a presença de um advogado, certo?

— Exatamente.

— Talvez um defensor público fosse suficiente, pois precisamos ter uma conversa com o suspeito quando acabarmos o trabalho por aqui, para dar-lhe a oportunidade de rebater o resultado das nossas análises.

— Quer que dê as ordens agora?

O homem esperava que Gavila o dispensasse. E Goran estava prestes a satisfazê-lo.

— Provavelmente Bermann já teve tempo para preparar sua versão dos fatos. Melhor pegá-lo de surpresa e ver se cai em contradição antes que possa memorizá-la direito — adicionou Boris.

— Espero que ele também tenha tido tempo de fazer um belo exame de consciência trancado lá dentro.

Às palavras do tenente, os componentes da equipe se entreolharam, incrédulos.

— Está dizendo que o deixaram sozinho? — perguntou Goran.

O tenente estava desconcertado.

— Foi deixado em isolamento, como é de praxe. Porque, o que...

Não teve tempo de terminar a frase. Boris foi o primeiro a se mexer e num salto estava fora do recinto, seguido por Stern e Sarah Rosa, que se distanciaram tirando o plástico dos sapatos às pressas, para não escorregarem enquanto corriam.

Mila e o jovem tenente da Polícia Rodoviária pareciam não entender o que estava acontecendo. Goran correu atrás dos outros, dizendo somente:

— É um sujeito em situação de risco: tinha que estar sob vigilância direta!

Naquele momento, tanto Mila quanto o tenente entenderam de que risco falava o criminologista.

Pouco depois, estavam todos em frente da cela onde o homem estava preso. Havia um policial de guarda que se apressou em abrir a portinhola quando Boris mostrou sua carteira de identificação. Pelo pequeno respiradouro, porém, não dava para ver Alexander Bermann.

— Ele escolheu o ângulo cego da cela — pensou Goran.

Enquanto o policial de custódia abria as pesadas fechaduras, o tenente ainda procurava tranquilizar todos, mas sobretudo ele mesmo, afirmando mais uma vez que o protocolo havia sido seguido à risca. Tiraram o relógio, o cinto, as calças, a gravata e até os sapatos de Bermann. Não tinha nada com que pudesse se ferir.

Mas ele foi desmentido assim que a porta de ferro se abriu.

O homem jazia num canto da cela. O ângulo cego.

Com as costas contra a parede, os braços abandonados no colo e as pernas afastadas. A boca toda borrada de sangue. Uma poça muito negra circundava o corpo.

Tinha usado o menos tradicional dos modos para se matar.

Alexander Bermann arrancou a carne dos próprios pulsos a dentadas e esperou até morrer dessangrado.

7

Iam levá-la para casa.

Com essa promessa não dita, conseguiram recuperar o corpo da menina.

Fariam justiça.

Depois do suicídio de Bermann era difícil manter esse compromisso, mas tentariam do mesmo jeito.

Por isso o cadáver agora estava ali, no Instituto Médico Legal.

Dr. Chang arrumou a haste do microfone, que caía do teto de modo quase perfeitamente perpendicular à mesa de aço do necrotério. Então ligou o gravador.

Primeiro, armou-se do bisturi, que deslizou sobre o saco de plástico com um gesto rápido, traçando uma linha reta muito precisa. Largou o instrumento cirúrgico e, delicadamente, segurou com a ponta dos dedos as duas metades que tinha separado.

A única luz na sala era a lâmpada ofuscante sobre a mesa cirúrgica. Ao redor dela, o abismo do escuro. Equilibrados sobre aquele abismo, estavam Goran e Mila. Nenhum dos outros componentes da equipe tinha feito questão de participar daquela cerimônia.

O legista e os dois hóspedes vestiam camisas, luvas e máscaras estéreis para não contaminar as provas.

Com a ajuda de uma solução salina, Chang começou a ampliar lentamente as margens do saco, desgrudando o plástico que tinha aderido perfeitamente ao corpo. Um pouco de cada vez, com muita paciência.

Pouco a pouco, começou a aparecer... Mila viu primeiro a saia verde de veludo cotelê. A camiseta branca e o colete de lã. Em seguida, despontou a flanela de um blazer.

A cada gesto de Chang, novos detalhes vinham à luz. Chegou à secção torácica onde faltava o braço. Ali, o casaco não estava sujo de sangue. Estava simplesmente cortado na altura do ombro esquerdo, do qual despontava um coto.

— Ele não a matou vestida com essas roupas. Ajeitou o cadáver depois — disse o patologista.

Aquele "depois" se perdeu no eco da sala, mergulhando no abismo da escuridão que os cercava, como uma pedra que ricocheteia nas paredes de um poço sem fundo.

Chang despiu o braço direito. No pulso havia uma pulseira com um pingente em formato de chave.

Quando chegou na altura do pescoço, o médico legista parou um minuto para secar o rosto com uma pequena toalha. Mila só se deu conta de que o patologista estava suando naquele momento. Tinha chegado ao ponto mais delicado. Tinha medo de que ao descolar o plástico do rosto, a epiderme viesse junto.

Mila já tinha assistido a outras autópsias. Normalmente os legistas não eram tão cuidadosos ao lidar com os corpos que deviam investigar. Cortavam e costuravam sem nenhuma atenção. Naquele caso, ao contrário, Chang se esforçava para que os pais vissem a sua menina pela última vez no melhor estado possível.

Esse era o motivo de tanta preocupação. Sentiu uma onda de respeito por aquele homem.

Finalmente, depois de alguns minutos intermináveis, o médico conseguiu descolar completamente o saco preto do rosto da menina. Mila a viu. E reconheceu de imediato.

Debby Gordon. Dez anos. A primeira a desaparecer.

Os olhos estavam esbugalhados. A boca ainda estava escancarada. Como se estivesse tentando desesperadamente dizer algo.

Usava um prendedor de cabelo com um lírio branco. *Ele tinha penteado o cabelo dela.* "Que absurdo", pensou Mila na hora. Era mais fácil ter compaixão por um cadáver do que por uma menina viva! Mas depois deduziu que o motivo de tanto cuidado era bem diferente.

— Queria que ficasse bonita para nós.

Aquela intuição lhe deu raiva. Mas entendeu que naquele momento tais emoções não lhe pertenciam. Eram de outro alguém. Em breve, teria que ir até lá, superando a funda escuridão, para comunicar a dois genitores já destruídos que a vida deles estava realmente acabada.

Dr. Chang trocou um olhar com Goran. Tinha chegado o momento de estabelecer com que tipo de assassino estavam lidando. Se o seu interesse pela criatura era genérico ou terrivelmente específico. Em outras palavras, se a menina tinha sofrido violência sexual ou não.

Todos naquela sala se dividiram entre querer que ela tivesse sido poupada de mais essa crueldade e a esperança de que isso não tivesse acontecido. Porque no caso positivo, haveria mais chances de o assassino ter deixado traços orgânicos que levassem à sua identificação.

Havia um procedimento específico para os casos de violência carnal. E Chang, não tendo razões para não segui-lo, começou com a anamnese. Consistia em tentar reconstruir as circunstâncias e modalidades da agressão. Mas naquele caso, dada também a impossibilidade de extrair informações da vítima, não havia como chegar aos fatos.

A fase seguinte era o exame objetivo. Uma avaliação física, acompanhada de documentação fotográfica, principiando pela descrição do aspecto geral até a identificação de lesões externas que pudessem indicar se a vítima tinha resistido ou lutado.

Costumavam começar com a identificação e a listagem da indumentária. Então prosseguiam com a busca de manchas suspeitas nas roupas e de fios, cabelos e folhas. Só então se passava à *raspagem subungueal*, que consistia em recolher das unhas das vítimas, com uma espécie de palitinho, os eventuais resíduos de pele do assassino, se ela tiver se defendido, ou de terra e fibras diversas para tentar identificar o local da morte.

Mais uma vez o resultado foi negativo. As condições do cadáver — à parte a amputação do membro — eram perfeitas, e suas roupas estavam limpas.

Como se alguém a tivesse lavado antes de colocá-la no saco.

A terceira fase era a mais invasiva e previa um exame ginecológico.

Chang pegou um colposcópio e começou a examinar a superfície medial das coxas na esperança de encontrar marcas de sangue, material espermático ou outras secreções do estuprador. Depois pegou de uma tigela de metal o kit para exame vaginal, que compreendia um tampão cutâneo e uma espátula de ayres para as mucosas. Com as substâncias retiradas, preparou dois frascos, fixando o material da primeira lâmina com um pouco de fixador celular e deixando a segunda secar em contato com o ar.

Mila sabia que serviriam para um eventual mapeamento genético do assassino.

A última fase era a mais dura. Dr. Chang dobrou a mesa de aço para trás, prendendo as pernas da menina em dois apoios. Então sentou num banquinho e, com uma lente de aumento dotada de uma lâmpada ultravioleta especial, passou à identificação de possíveis lesões internas.

Depois de alguns minutos, levantou a cabeça na direção de Goran e Mila, sentenciando friamente:

— Ele não a tocou.

Mila concordou e, antes de se afastar da sala, inclinou-se sobre o cadáver de Debby para retirar a pulseira com a pequena chave pendurada do pulso. Aquele objeto, junto com a notícia de que a menina não tinha sido violentada, constituía o único presente que poderia levar para os Gordon.

Assim que se despediu de Chang e Goran, Mila sentiu uma necessidade urgente de tirar aquele jaleco limpo. Pois, apesar disso, estava se sentindo suja. Passando pelo vestiário, parou em frente ao lavabo de cerâmica. Abriu a água quente, enfiou as mãos e começou a esfregá-las com força.

Continuando a se lavar freneticamente, levantou os olhos para o espelho à sua frente. Imaginou o reflexo da pequena Debby entrando no vestiário, com a saia verde, o blazer azul e a presilha no cabelo. Usando o único braço que lhe restava como apoio, ela se sentava no banco apoiado na parede. E ficava olhando para ela, balançando os pés. Debby abria bem a boca, mas depois fechava, como se tentasse se comunicar com ela. Mas na realidade não dizia nada. E Mila gostaria tanto de perguntar sobre a sua irmã de sangue: a menina que, para todos eles, era agora a número 6.

Depois despertou daquela alucinação.

A água da pia escorria. O vapor subia em longas espirais e tinha coberto quase totalmente a superfície do espelho.

Só então Mila se deu conta da dor.

Abaixou os olhos e retirou instintivamente as mãos do jato de água fervente. A pele do dorso estava avermelhada, e os dedos já apresentavam bolhas. Mila as envolveu imediatamente com uma toalha e foi até o armário do pronto-socorro, procurando gaze.

Ninguém nunca poderia saber o que tinha acontecido.

Quando abriu os olhos, a primeira coisa que sentiu foi a queimação nas mãos. Sentou-se de um salto, retomando bruscamente contato com a realidade do quarto que a cercava. O armário com o espelho rachado à frente, um gaveteiro à esquerda e a janela com a persiana abaixada, mas que, mesmo assim, deixava passar lâminas de luz azulada. Mila tinha adormecido vestida, porque as cobertas e os lençóis daquele quarto miserável de motel estavam manchados.

Por que tinha acordado? Talvez tivessem tocado a campainha. Ou talvez estivesse apenas sonhando.

Tocaram de novo. Levantou e se aproximou da porta, abrindo-a somente alguns centímetros.

— Quem é? — perguntou inutilmente diante do rosto sorridente de Boris.

— Vim pegá-la. Em uma hora vamos começar uma busca na casa do Bermann. Os outros nos esperam... E depois, pensei em lhe trazer um café da manhã.

— E agitou debaixo de seu nariz um saquinho de papel que parecia conter um croissant e um café.

Mila se olhou rapidamente. Não estava nada apresentável, mas talvez isso fosse bom: teria desencorajado os hormônios do colega. Convidou-o a entrar.

Boris deu um passo para dentro do quarto e olhou ao seu redor com um ar perplexo, enquanto Mila se aproximava do lavabo que ficava num canto para lavar o rosto, mas sobretudo para esconder as mãos enfaixadas.

— Esse lugar é ainda pior do que eu me lembrava — bufou. — E tem sempre o mesmo cheiro.

— Creio que é um repelente de insetos.

— Quando eu entrei para a equipe, levei quase um mês para encontrar um apartamento... Você sabia que cada chave abre todos os quartos? Os clientes tinham o hábito de ir embora sem pagar e o proprietário se cansou de ficar trocando as fechaduras. De noite, é melhor escorar a porta com o gaveteiro.

Mila olhou para ele pelo espelhinho em cima da pia.

— Obrigada pelo conselho.

— Não, sério. Se você precisar de um lugar mais decente onde morar, posso lhe dar uma mãozinha.

Mila lhe deu uma olhada interrogativa.

— Por acaso está me convidando para ficar na sua casa, agente?

Boris, embaraçado, se apressou a explicar:

— Não, não foi isso que quis dizer. É que poderia perguntar por aí se tem algum colega querendo dividir apartamento, só isso.

— Espero não demorar tanto a ponto de precisar — observou ela, dando de ombros. Depois de secar o rosto, pegou o saquinho que ele tinha trazido. Na verdade, quase o arrancou das mãos dele e foi se sentar com as pernas cruzadas sobre a cama para inspecionar o conteúdo.

Croissant e café, como tinha pensado.

Boris ficou espantado com aquele gesto e ainda mais quando viu suas mãos cobertas pela bandagem. Mas não disse nada.

— Fome? — perguntou, no entanto, intimidado.

Ela respondeu de boca cheia.

— Faz dois dias que não toco em comida. Se você não tivesse chegado essa manhã, duvido que tivesse forças para cruzar aquela porta.

Mila sabia que não deveria ter dito nada do gênero, aquela afirmação era evidentemente um encorajamento. Mas não encontrou outro modo de agradecer e na verdade estava mesmo com fome. Boris sorriu para ela, cheio de si.

— Então, como está indo? — perguntou.

— Tenho facilidade de adaptação. Portanto: bem.

"Tirando sua amiga Sarah Rosa, que praticamente me odeia", mas isso Mila não disse, só pensou.

— Gostei daquela sua intuição sobre as irmãs de sangue...

— Foi sorte: só precisei pescar entre minhas experiências adolescentes. Você também deve ter feito algo estúpido aos 12 anos, não?

Notando a perturbação do colega, que procurava inutilmente uma resposta, um sorriso lhe escapou.

— Estava brincando, Boris.

— Ainda bem — disse ele enrubescendo.

Mila engoliu o último pedaço, lambeu os dedos e atacou o segundo croissant do saco, que era de Boris. Mas diante de tanto apetite, ele não teve coragem de dizer nada.

— Boris, me diga uma coisa... Por que vocês o chamam de Albert?

— É uma história muito interessante — afirmou. Então, com muita desenvoltura se sentou ao lado dela e começou a contar: — Cinco anos atrás enfrentamos um caso estranhíssimo. De serial killer que raptava, violentava e matava mulheres, estrangulando-as. E deixava os cadáveres para nós sem o pé direito.

— O pé direito?

— Exato. Ninguém entendeu nada, também porque o cara agia de maneira muito precisa e limpa, não deixava rastros. Só tinha essa história da amputação. E o desgraçado atacava ao acaso... Resumindo, já estávamos no quinto cadáver e nada de pegá-lo. Foi então que o Dr. Gavila teve uma ideia...

Mila já tinha terminado o segundo croissant e passado para o café.

— Que tipo de ideia?

— Pediu que pesquisássemos todos os casos relacionados aos pés em todos os arquivos, até aqueles mais insossos e banais.

A expressão de Mila era mais do que perplexa.

Depois virou três envelopinhos de açúcar no copo de plástico. Quando viu aquilo, Boris fez uma cara de desgosto e quase fez um comentário a respeito, mas preferiu continuar a história.

— No início, também achei meio absurdo. Entretanto, começamos a procurar e descobrimos que, algum tempo atrás, um ladrão agia naquela zona roubando sapatos de mulher das vitrines das sapatarias. Eles exibem apenas um sapato por número e modelo — para evitar que roubem, não? — e normalmente o pé direito, para que os clientes possam experimentar.

Mila parou com o copo de café no ar e ficou admirando, extasiada, a originalidade daquela intuição investigativa.

— Ficaram vigiando as lojas de sapatos e prenderam o ladrão...

— Albert Finley. Um engenheiro de 38 anos, casado, dois filhos pequenos. Uma casinha no campo e um trailer para as férias.

— Um sujeito comum.

— Na garagem de sua casa encontramos um freezer contendo cinco pés direitos de mulher, cuidadosamente envolvidos em celofane. Ele se divertia obrigando-as a usar os sapatos que roubava. Uma espécie de obsessão fetichista.

— Pé direito, braço esquerdo. Por isso Albert!

— Exatamente! — disse Boris, colocando a mão em seu ombro, em sinal de aprovação. Mila se afastou bruscamente, levantando de um salto da cama. O jovem policial ficou embaraçado.

— Desculpe — disse ela.

— Não tem problema.

Não era verdade e, de fato, Mila não acreditou. Mesmo assim, resolveu fingir que era como ele tinha dito. Virou de costas, na direção do banheiro.

— Vou me arrumar. É só um minuto e podemos ir.

Boris levantou e foi até a porta.

— Pode ficar tranquila. Estarei esperando lá fora.

Mila o viu sair do quarto. Depois ergueu o rosto para o espelho.

— Quando vai acabar, meu Deus? — perguntou. — Quando vou conseguir deixar que alguém me toque?

Durante todo o trajeto para a casa de Bermann não trocaram uma única palavra. A bem dizer, quando entrou no carro, Mila encontrou o rádio ligado e entendeu imediatamente que era uma declaração de intenções sobre o modo como a viagem se passaria. Boris ficou mal e talvez tivesse feito um outro inimigo dentro do esquadrão.

Chegaram em pouco menos de uma hora e meia. A residência de Bermann era uma casinha mergulhada no verde, numa tranquila zona residencial.

A rua diante dela estava bloqueada por barreiras. Atrás, curiosos, vizinhos e jornalistas amontoavam-se. Olhando para eles, Mila pensou que tinha começado outra vez. Na ida, ouviram a notícia da descoberta do cadáver da pequena Debby numa rádio local e o nome de Bermann tinha surgido.

O motivo de tanta euforia midiática era simples. O cemitério de braços foi um duro golpe para a opinião pública, mas agora podiam finalmente dar um nome ao pesadelo.

Já tinha visto isso acontecer outras vezes. A imprensa ia se agarrar tenazmente à história e, em pouquíssimo tempo, cada ângulo da vida de Bermann seria pisoteada sem nenhum tipo de distinção. O suicídio valia como uma admissão de culpa e, por isso mesmo, a mídia insistiria em sua própria versão. Ele seria designado para desempenhar o papel de monstro sem nenhuma contestação, confiando apenas na força da unanimidade. Eles o fariam em pedaços com toda a crueldade, assim como se supunha que tivesse feito com as vítimas, sem, no entanto, perceber a ironia desse paralelismo. Tirariam litros de sangue de toda a história, para temperar e tornar as manchetes ainda mais apetitosas. Sem respeito, sem equidade. E mesmo quando alguém se permitisse denunciar esse comportamento, tratariam de se entrincheirar atrás da cômoda e sempre atual "liberdade de imprensa" para esconder sua absurda falta de pudor.

Saltando do carro, Mila abriu caminho entre a pequena multidão de jornalistas e gente comum, entrou no perímetro circunscrito pelas forças de ordem e se encaminhou rapidamente pela alameda de acesso à porta da casa, sem conseguir evitar alguns flashes ofuscantes. Nesse exato momento, encontrou o olhar de Goran além da janela. Sentiu-se absurdamente culpada porque ele a viu chegar com Boris. E, em seguida, espantada com esse mesmo pensamento.

Goran voltou sua atenção para dentro da casa. Pouco depois, Mila atravessou a soleira da porta.

Stern e Rosa, com a ajuda de outros detetives, já estavam trabalhando há algum tempo e se moviam como insetos operários. Tinham revirado tudo. Os agentes estavam revistando os móveis, paredes e tudo o que pudesse revelar algum indício que servisse para esclarecer os fatos.

Mais uma vez, Mila não pôde se juntar à busca. Sarah Rosa, aliás, tratou de jogar em sua cara imediatamente que ela só tinha direito de observar. Assim, começou a olhar ao redor com as mãos nos bolsos para não ter que justificar as bandagens que as envolviam.

O que atraiu sua atenção foram as fotos.

Havia dezenas delas colocadas sobre os móveis, em elegantes molduras de rádica ou prata. Mostravam Bermann e a mulher em momentos felizes. Uma vida que agora parecia muito distante, quase impossível. Tinham viajado muito, pensou. Havia imagens de vários pontos do mundo. No entanto, à medida que as fotos iam ficando mais recentes e os rostos mais velhos, as expressões pareciam mais veladas. Havia alguma coisa naquelas fotos, Mila tinha certeza disso. Mas não sabia dizer o que era. Teve uma sensação estranha quando entrou na casa. Agora, começava a compreendê-la melhor.

Uma presença.

Naquele vaivém de agentes, havia uma outra espectadora. Mila reconheceu a mulher das fotos: Veronica Bermann, a mulher do suposto assassino. Entendeu imediatamente que devia ter um temperamento orgulhoso. Mantinha uma atitude de decoroso distanciamento, enquanto aqueles desconhecidos tocavam as suas coisas sem pedir permissão, violando com sua presença invasiva a intimidade dos objetos, de suas lembranças. Tinha oferecido ajuda ao inspetor-chefe Roche, afirmando com segurança que seu marido era inocente daquelas terríveis acusações.

Mila ainda observava a mulher quando, virando para o outro lado, se viu diante de um espetáculo inesperado.

Toda uma parede decorada com *borboletas embalsamadas.*

Estavam em molduras de vidro. Algumas eram muito estranhas e belíssimas. Outras tinham um nome exótico, escrito junto com o local de origem numa plaquinha de latão. As mais fascinantes vinham da África e do Japão.

— São belíssimas porque estão mortas.

Foi Goran quem disse isso. O criminologista usava um pulôver preto e calças de vicunha. A gola da camisa despontava parcialmente do decote da malha. Colocou-se a seu lado para observar melhor a parede de borboletas.

— Diante de um espetáculo como esse, esquecemos a coisa mais importante e mais evidente... Essas borboletas não voarão nunca mais.

— Não é natural — concordou Mila. — Mas mesmo assim, é sedutor.

— É exatamente esse o efeito da morte sobre alguns indivíduos. Por isso existem os serial killers.

Nessa altura, Goran fez um pequeno gesto com as mãos. Foi suficiente para que todos os membros do esquadrão se reunissem imediatamente a seu redor. Sinal de que, embora parecessem totalmente imersos em suas tarefas, na verdade continuavam a observá-lo, à espera de que dissesse ou fizesse algo.

Para Mila, isso foi a confirmação de que a confiança que depositavam em sua intuição era muito grande. Goran era seu guia. Era muito estranho, pois não era um policial e os "tiras" — pelo menos os que ela conhecia — sempre ofereciam resistência quando se tratava de confiar num civil. Seria mais justo dar àquele esquadrão o nome de "esquadrão do Gavila" em vez de "esquadrão de Roche" que, como sempre, não estava presente. Só ia aparecer no caso de descobrirem a clássica prova esmagadora capaz de incriminar Bermann definitivamente.

Stern, Boris e Rosa tomaram lugar ao redor do doutor, segundo o esquema habitual, em que cada um tinha a sua posição. Mila ficou um passo atrás: temendo se sentir excluída, tratou de se excluir sozinha.

Goran falou em voz baixa, determinando para todos eles o tom que aquela conversação teria. Provavelmente, não queria perturbar Veronica Bermann.

— E então, o que temos aqui?

Stern foi o primeiro a responder, balançando a cabeça: — Não há nada de relevante na casa que possa ligar Bermann às seis meninas.

— A esposa parece não saber de nada. Fiz algumas perguntas e tive a impressão de que não mentia — acrescentou Boris.

— Nossos homens estão revistando o jardim com os cães farejadores de cadáveres — disse Rosa. — Mas até agora, nada.

— Precisamos reconstituir cada deslocamento de Bermann nas últimas seis semanas — observou Goran, e todos concordaram, embora já soubessem que seria uma missão quase impossível.

— Mais alguma coisa, Stern?

— Não fizeram nenhuma movimentação estranha no banco. A despesa mais pesada que Bermann teve que enfrentar no último ano foi a terapia de inseminação artificial da esposa, que custou um monte de dinheiro.

Ao ouvir a voz de Stern, Mila identificou a sensação que tinha experimentado um pouco antes, quando entrou e viu as fotos. Não era uma presença como pensou no primeiro momento. Tinha se enganado.

Era antes uma *ausência*.

Percebia-se a ausência de um filho naquela casa de móveis caros e impessoais, decorada por duas criaturas destinadas a permanecer sozinhas. Por isso, a terapia de inseminação artificial citada pelo agente Stern parecia um contrassenso: não se percebia naquele lugar nem mesmo a ansiedade de quem está esperando a dádiva de um filho.

Stern concluiu sua exposição com um rápido retrato da vida particular de Bermann:

— Não usava drogas, não bebia e não fumava. Achei a carteirinha de uma academia de ginástica e de uma videolocadora, mas ele só pegava documentários sobre insetos. Frequentava a igreja luterana do bairro e, duas vezes por mês, prestava serviço como voluntário numa casa de repouso.

— Um santo homem — ironizou Boris.

Goran se virou na direção de Veronica Bermann para verificar se ela não tinha ouvido o último comentário. Depois olhou novamente para Rosa:

— Mais alguma coisa?

— Escaneei o disco rígido dos computadores da casa e do escritório. Também comecei um procedimento de recuperação de todos os arquivos eliminados. Mas não havia nada de interessante. Apenas trabalho, trabalho, trabalho. O sujeito era fixado no trabalho.

Mila percebeu que, de repente, Goran tinha se distraído. Durou pouco: ele logo voltou a se concentrar na conversa. — E sobre a internet, o que temos?

— Liguei para a o servidor e me deram uma lista das páginas da web que ele visitou nos últimos seis meses. Nada também... Ao que parece, tinha uma paixão pelos sites dedicados à natureza, às viagens e aos animais. E comprava peças de antiquariato on-line, sobretudo borboletas de coleção no *ebay*.

— Quando Rosa terminou sua exposição, Goran voltou a cruzar os braços e encarou, um por um, os seus colaboradores. Aquela passagem em revista também incorporou Mila, que finalmente se sentiu incluída.

— E então, o que acham? — perguntou o doutor.

— Estou me sentindo meio cego, ofuscado — foi dizendo Boris, sublinhando a frase enfaticamente com o gesto de cobrir os olhos com a mão. — É como se tudo fosse "limpo" demais.

— Os outros concordaram.

Mila não sabia ao que estava se referindo, mas não queria perguntar. Goran deslizou uma das mãos pela testa e esfregou os olhos cansados. Em seguida, *aquela distração* apareceu em seu rosto novamente... Havia um pensamento que o levava para longe por um segundo ou dois e que, evidentemente, o criminologista rearquivava por algum motivo.

— Qual é a primeira regra de uma investigação sobre um suspeito?

— Todo mundo tem segredos — foi respondendo Boris, o esperto.

— Exatamente — fez eco Goran. — Todos já tivemos uma fraqueza, pelo menos uma vez na vida. Cada um de nós tem seu pequeno ou grande segredo inconfessável... No entanto, basta olhar ao redor: esse homem é o protótipo do bom marido, do bom cristão, do grande trabalhador — afirmou, contando cada item na ponta dos dedos. — Pratica filantropia, cultiva a saúde, só aluga documentários, não tem qualquer espécie de vício, *coleciona borboletas*... Dá para acreditar numa criatura assim?

A resposta era evidente dessa vez. Não, não era.

— Então o que fazia um homem desses com o corpo de uma menina no bagageiro?

Stern interveio:

— Resolveu fazer uma faxina...

Goran concordou:

— Ele nos envolve com toda essa perfeição para que não olhemos além disso... E para onde não estamos olhando nesse momento?

— Mas o que vamos fazer, então? — perguntou Rosa.

— Recomeçar do início. A resposta está lá. Entre as coisas que já examinamos. Passem tudo pelo pente fino. Precisam retirar a película brilhante que envolve as coisas. Não se deixem enganar pelo brilho da existência perfeita: ela só serve para distrair e confundir as ideias. E tem mais uma coisa...

Goran se perdeu novamente. *Sua atenção estava longe dali.* Dessa vez todos perceberam. Alguma coisa finalmente ganhava corpo em sua mente. Percebeu que ele estava olhando para alguma coisa...

A luzinha vermelha piscava num ritmo todo seu para chamar atenção.

Gavila perguntou em voz alta:

— Alguém já ouviu a mensagem na secretária eletrônica?

A sala ficou imóvel por um instante. Olharam para o aparelho que piscava seu olho vermelho e se sentiram culpados, pegos em flagrante naquele clamoroso esquecimento. Goran não deu atenção e simplesmente apertou o botão que acionava o pequeno gravador digital.

Pouco depois, a escuridão regurgitou as palavras de um morto.

E Alexander Bermann entrou pela última vez em sua casa.

— *Umm... Sou eu... Umm... Não tenho muito tempo... Mas não queria deixar de dizer que sinto muito... Sinto muito por tudo... Devia ter feito isso antes, mas não consegui... Tente me perdoar. Foi tudo culpa minha...*

A comunicação se interrompeu e um silêncio de pedra caiu sobre a sala. O olhar de cada um deles se voltou para Veronica Bermann, impassível como uma estátua.

Goran Gavila foi o único que se mexeu. Foi ao encontro dela e passou o braço em seus ombros, entregando-a para um policial que tratou de levá-la para outro cômodo.

E Stern falou por todos:

— Bem, senhores, creio que já temos uma confissão.

8

Ia chamá-la de *Priscilla*.

Adotaria o método de Goran Gavila de atribuir uma identidade aos assassinos que procurava. Para humanizá-los, para torná-los mais verdadeiros a seus olhos, e não apenas sombras fugidias. E assim Mila batizaria a vítima número 6 com o nome de uma menina de mais sorte, ela, que — em algum lugar, não se sabe onde — continuava a ser uma garota entre tantas outras, inconsciente do perigo do qual tinha escapado.

Mila tomou aquela decisão na rua que a levava ao motel. Um agente foi encarregado de acompanhá-la. Dessa vez, Boris não tinha se oferecido e Mila não podia se queixar, depois de tê-lo rejeitado bruscamente de manhã.

A decisão de chamar a sexta menina de Priscilla não se devia apenas à necessidade de atribuir-lhe uma consistência humana. Havia um outro motivo: Mila não aguentava mais referir-se a ela com um número. Naquele momento, a agente sabia que era a única que se importava com sua identidade porque, depois de ouvir o telefonema de Bermann, isso tinha deixado de ser prioridade.

Tinham um cadáver num carro e, gravada na fita de uma secretária eletrônica, aquela que para todos os efeitos parecia ser uma confissão. Não havia necessidade de ir além disso. Agora tratava-se apenas de ligar o agente de comércio às outras vítimas. E depois, de formular o motivo do crime. Mas talvez ele já existisse...

As vítimas não são as meninas. São as famílias.

Foi Goran quem lhe deu essa explicação enquanto observavam os familiares das meninas por trás do vidro do necrotério. Pais que, por motivos vários, tiveram um único filho. Uma mãe que tinha ultrapassado bastante os 40 anos e que, portanto, não tinha mais condições biológicas para nova gravidez... "São *eles* as suas verdadeiras vítimas. Estudou cada um deles, escolheu-os." E em seguida: "Uma única filha. Ele quis impossibilitar qualquer esperança de superação do luto, de tentar esquecer a perda. Terão que recordar o que ele fez pelo resto de seus dias. Ampliou a dor desses pais ao retirar-lhes o futuro. Privou-os da possibilidade de transmitir uma memória de si para os anos que virão, de sobreviver à própria morte... E se alimentou disso. É o prêmio de seu sadismo, a fonte de seu prazer."

Alexander Bermann não tinha filhos. Ele e a esposa tinham tentado a inseminação artificial. Não adiantou. Talvez por isso, quisesse desabafar seu ódio naquelas pobres famílias. Talvez tivesse se vingado neles de seu destino de infertilidade.

— Não, não é uma vingança — pensou Mila. — Tem algo a mais... A agente não conseguia se conformar e não sabia de onde vinha aquela sensação.

O carro chegou aos arredores do motel e Mila desceu, cumprimentando o policial que desempenhava o papel de motorista. Ele retribuiu com aceno de cabeça e fez o retorno para voltar, deixando-a sozinha no meio do amplo pátio de cascalho, tendo atrás de si uma cintura de bosques sobre os quais se debruçavam os vários bangalôs. Fazia frio e a única luz era a do letreiro de néon que anunciava quartos livres e TV a cabo. Mila dirigiu-se para o quarto. Todas as janelas estavam apagadas.

Ela era a única hóspede.

Passou diante da recepção mergulhada na penumbra azulada de um televisor aceso. As imagens não tinham áudio e o porteiro não estava. Talvez tivesse ido ao banheiro, pensou Mila, e continuou. Por sorte, tinha ficado com a chave, do contrário agora estaria esperando que o homem voltasse.

Segurava um saco de papel com um refrigerante e dois queijos-quentes — seu jantar naquela noite — além de um vidro com uma pomada para os pequenos ferimentos nas mãos. Sua respiração se condensava no ar gelado. Mila se apressou, estava morrendo de frio. Seus passos no cascalho eram o único rumor preenchendo a noite. Seu bangalô era o último da fila.

"Priscilla", pensou enquanto caminhava. E as palavras de Chang, o legista, lhe voltaram à mente: "Eu diria que a matou rapidamente. Não tinha interesse em mantê-la viva mais do que o necessário e não hesitou. O modo de matar é idêntico para todas as vítimas. Exceto uma..." Dr. Gavila fez uma pergunta: "E o que isso significa?" E Chang havia respondido, encarando-o, que com a sexta menina tinha sido até pior...

Era essa a frase que estava obcecando Mila.

Mas não apenas pela ideia de que a sexta menina tenha pago um preço ainda mais alto que as outras — "Ele retardou o dessangramento para que morresse mais lentamente... Queria gozar melhor o espetáculo..." — Não, era alguma outra coisa. Por que o assassino tinha mudado o seu *modus operandi*? Como durante a reunião com Chang, Mila sentiu novamente um leve prurido na base do pescoço.

Seu quarto estava apenas a alguns poucos metros e ela estava concentrada naquela sensação, convencida de que, daquela vez, conseguiria descobrir sua causa. Quase caiu ao tropeçar num pequeno buraco no terreno.

Foi então que ouviu.

O breve rumor atrás dela varreu seus pensamentos num segundo. Passos no cascalho. Alguém estava "copiando" seu andar. Coordenava os passos com os seus para que ela não percebesse. Quando tropeçou, o perseguidor perdeu o ritmo, revelando assim a sua presença.

Mila não perdeu a linha nem se deteve. E os passos do perseguidor perderam-se de novo nos seus. Calculou que estivesse a cerca de 10 metros dela. Nesse ínterim, começou a maquinar possíveis soluções. Inútil tirar o revólver guardado nas costas: se a pessoa que estava atrás dela estivesse armada, teria todo o tempo para fazer fogo antes. "O porteiro", pensou. A televisão ligada na sala vazia. "Já deu cabo dele. Agora é a minha vez", concluiu. Faltavam poucos metros para a porta do bangalô. Tinha que decidir. E decidiu. Não tinha outra escolha.

Remexeu nos bolsos em busca da chave e subiu rapidamente os três degraus que levavam ao vestíbulo. Abriu a porta depois de dar duas voltas na chave com o coração mergulhado no fundo do peito e enfiou-se no quarto. Retirou a pistola da cintura e esticou a mão para o interruptor da luz. O abajur ao lado da cama acendeu. Mila não saiu de sua posição, rígida, com as costas apertadas contra a porta e os ouvidos atentos. "Não me atacou", pensou. Teve então a impressão de ouvir passos que se moviam no assoalho que cobria o vestíbulo.

Boris tinha dito que naquele motel todas as chaves eram chaves-mestras, pois o proprietário tinha se cansado de substituí-las, já que os clientes carregavam as suas quando fugiam sem pagar. "Será que o sujeito que está me seguindo sabe disso? Provavelmente tem uma chave igual à minha", pensou consigo mesma. E pensou que se tentasse entrar, poderia pegá-lo de surpresa pelas costas.

Ajoelhou-se e deslizou sobre o carpete manchado, até alcançar a janela. Encostou o corpo contra a parede e ergueu a mão para abri-la. O frio tinha bloqueado as dobradiças. Com um certo esforço, conseguiu abrir um dos batentes. Ficou de pé, deu um pulo e caiu do lado de fora, novamente no escuro.

À sua frente, o bosque. Os altos topos das árvores oscilavam juntos, ritmados. A parte de trás do motel era atravessada por uma calçada de cimento que unia os bangalôs entre eles. Mila seguiu à sua margem, mantendo-se abaixada e tentando ouvir cada rumor a seu redor. Ultrapassou rapidamente o quarto ao lado do seu e o seguinte. Parou de repente e tomou o corredor que separava um quarto do outro.

Dali, precisaria se expor para ter uma visão da entrada de seu bangalô. O que, de qualquer forma, seria um risco. Apertou os dedos das duas mãos em torno da pistola para ficar mais firme, esquecida da dor das queimaduras. Contou rapidamente até três, respirando profundamente três vezes também e saltou além da esquina com a arma em punho. Ninguém. Não podia ser só imaginação. Estava convencida de que alguém a seguia. Alguém perfeitamente capaz de se mover às costas de um alvo, escondendo a sombra sonora de seus passos.

Um predador.

Com os olhos, Mila procurou algum sinal do inimigo no pátio. Parecia ter desaparecido no vento, acompanhado do concerto repetitivo das árvores condescendentes que circundavam o motel.

— Desculpe-me...

Mila deu um pulo para trás e olhou para o homem sem levantar o revólver, paralisada por aquelas duas simples palavras. Precisou de alguns segundos para entender que se tratava do porteiro. Ele percebeu que a tinha assustado e repetiu (Desculpe-me), dessa vez só para se desculpar mesmo.

— O que houve? — perguntou Mila, que ainda não tinha conseguido diminuir os batimentos de seu coração.

— Telefone para a senhora...

O homem indicou a gaiolinha da recepção e Mila foi para lá sem esperar que lhe desse passagem.

— Mila Vasquez — disse ao telefone.

— Olá, é Stern... Dr. Gavila quer vê-la.

— A mim? — perguntou ela, surpresa, mas com uma pontinha de orgulho.

— É. Já ligamos para o policial que a acompanhou e ele está retornando para pegá-la.

— Certo.

Estava perplexa. Stern não acrescentou mais nada, de modo que tentou sondar:

— Alguma novidade?

— Alexander Bermann estava escondendo algo.

Boris tentava acertar o navegador sem perder a estrada de vista. Mila olhava para a frente sem dizer nada. Gavila estava no banco de trás, afundado no casacão gasto e com os olhos fechados. Estavam indo para a casa da irmã de Veronica Bermann, onde a mulher tinha se refugiado para escapar dos jornalistas.

Goran tinha chegado à conclusão de que Bermann estava tentando encobrir algo. Tudo isso com base na mensagem da secretária eletrônica: "Hum... Sou eu... Não tenho muito tempo... De todo modo, queria dizer que sinto muito... Sinto muito, por tudo... Devia ter feito isso antes, mas não consegui... Tente me perdoar. Foi tudo culpa minha..."

De acordo com os registros, tinham estabelecido que Bermann efetuou a ligação quando estava na estação da Polícia Rodoviária, mais ou menos na mesma hora em que descobriram o cadáver da pequena Debby Gordon.

E Goran se perguntou por que um homem na condição de Alexander Bermann — com um cadáver no bagageiro e com intenção de se matar assim que fosse possível — daria um telefonema daquele tipo para a esposa.

Os serial killers não se desculpam. E quando o fazem, é porque querem fornecer uma imagem diversa de si mesmos, o que faz parte de sua natureza mistificadora. Seu objetivo é turvar a visão da verdade, alimentar a cortina de fumaça que os circunda. Mas Bermann parecia diferente. Havia uma certa urgência em sua voz. Tinha que levar algo a termo antes que fosse tarde demais.

Alexander Bermann queria ser perdoado exatamente por quê?

Goran convenceu-se de que a coisa tinha a ver com a esposa e só com ela, com sua relação de casal.

— Repita mais uma vez, por favor, Dr. Gavila...

Goran abriu os olhos e viu Mila torcida na cadeira, fitando-o como quem espera uma resposta.

— Talvez Veronica Bermann tenha descoberto algo. E isso provavelmente foi motivo de brigas entre ela e o marido. Acho que ele queria pedir desculpas por isso.

— E por que essa informação seria tão importante para nós?

— Na verdade, nem sei se é... Mas um homem nessas condições não perde tempo tentando resolver uma simples briguinha conjugal se não tiver outros objetivos.

— E que objetivos seriam esses?

— Talvez a mulher não esteja totalmente consciente do que sabe.

— E o telefonema pretendia liquidar a questão e impedi-la de ir mais fundo. Ou de falar conosco sobre esse detalhe...

— É, isso mesmo... Veronica Bermann foi muito colaborativa até agora, não teria interesse algum em esconder algo, a não ser que pensasse que a informação não tem nada a ver com as acusações contra seu marido, mas diz respeito apenas aos dois.

Para Mila, agora tudo parecia mais claro. Porém, para todos os efeitos, a intuição do criminologista ainda não podia ser considerada uma reviravolta nas investigações. Tinha que ser verificada primeiro. Por isso, Goran não tinha dito uma palavra a Roche.

Esperavam descobrir elementos significativos no encontro com Veronica Bermann. Na qualidade de especialista em interrogatórios de testemunhas e pessoas envolvidas no assunto, Boris deveria conduzir aquela espécie de conversa informal. Mas Goran decidiu que só ele e Mila conversariam com a mulher de Bermann. Boris aceitou a decisão como uma ordem vinda de um superior e não de um simples consultor civil. Mas sua hostilidade em relação a Mila aumentou. Não entendia por que ela precisava estar presente.

Mila percebia a tensão e, a bem da verdade, nem ela entendia plenamente as razões que levaram Gavila a escolhê-la. Para Boris, restou apenas a tarefa de instruí-la adequadamente sobre o modo de conduzir a conversa. E era exatamente isso que estava fazendo quando se atrapalhou com o navegador à procura de sua destinação.

Mila relembrou o comentário de Boris quando Stern e Rosa faziam um retrato de Alexander Bermann:

— Estou me sentindo meio inseguro. Isso está me parecendo "limpo" demais.

Toda aquela perfeição não era muito crível. Parecia preparada por alguém.

— Todo mundo tem um segredo — repetiu Mila com seus botões. — Eu também.

Sempre há algo a esconder. Seu pai dizia isso quando era pequena: "Todo mundo enfia o dedo no nariz. Talvez quando não tiver ninguém olhando, mas todo mundo enfia."

Qual seria então o segredo de Alexander Bermann?

O que sua mulher sabia?

Qual era o nome da menina número 6?

Chegaram quando estava quase amanhecendo. O povoado deslizava a partir de uma pequena catedral, encastoada onde o rio fazia uma curva, com as casas pontilhando as margens.

A irmã de Veronica Bermann morava num pequeno apartamento em cima de uma cervejaria. Sarah Rosa tratou de avisá-la pelo telefone da visita que receberia. Como era de se prever, ela não se opôs, nem manifestou nenhuma reticência. O aviso pretendia afastar a ideia de que ela seria submetida a um interrogatório. Mas Veronica Bermann, que não estava interessada nos cuidados da agente especial Rosa, provavelmente teria concordado até com o mais rígido interrogatório.

A mulher recebeu Mila e Goran quando já eram quase 7 horas da manhã, perfeitamente à vontade, de roupão e chinelas. Acomodou-os na sala de estar com traves aparentes no teto e móveis marchetado e ofereceu um café fresquinho. Mila e Goran tomaram seus lugares no sofá, Veronica Bermann sentou-se na beira da poltrona, o olhar apagado de quem não consegue dormir nem chorar. Tinha as mãos apertadas no colo e Goran percebeu que estava tensa.

A sala era iluminada pela luz amarelada de um abajur coberto com um velho *foulard* e o perfume das plantas ornamentais na jardineira da janela davam um toque acolhedor.

A irmã de Veronica Bermann serviu o café e levou o bule vazio quando se foi. Quando ficaram sozinhos, Goran deixou que Mila falasse primeiro. O tipo de pergunta que queriam fazer exigia muito tato. Mila ganhou tempo saboreando o café. Não tinha pressa, queria que a mulher abaixasse completamente as defesas antes de começar. As palavras de Boris a alertaram: em certos casos, bastava um frase errada para que o outro se fechasse em si mesmo e decidisse não colaborar mais.

— Sra. Bermann, tudo isso deve ser muito cansativo e peço desculpas por aparecer aqui tão cedo.

— Não se preocupe, tenho o hábito de acordar cedo.

— Precisamos aprofundar o perfil de seu marido, mesmo porque só podemos estabelecer o seu envolvimento se pudermos conhecê-lo melhor. E pode ter certeza de que essa história ainda apresenta muitos pontos obscuros. Gostaria que nos falasse um pouco sobre ele...

Veronica não mudou a expressão do rosto um milímetro sequer, mas seu olhar mudou de intensidade. Então começou:

— Alexander e eu nos conhecemos nos tempos do liceu. Ele era dois anos mais velho que eu e jogava no time de hóquei. Não era um grande jogador, mas todos gostavam dele. Uma amiga costumava sair com eles e foi assim que o conheci. Começamos a sair juntos, mas em grupo, como simples amigos: ainda não havia nada e sequer pensávamos que algo pudesse nos unir um dia. Na verdade, não acho que ele me visse desse modo... quer dizer, como uma eventual namorada. E eu também não.

— Aconteceu depois...

— Foi. Estranho não? Depois do liceu perdemos contato e não nos vimos durante muitos anos. Sabia por amigos comuns que ele estava na universidade. Depois, um belo dia ele reapareceu na minha vida: ligou dizendo que tinha topado com meu número casualmente no catálogo. Mais tarde, fiquei sabendo por aqueles mesmos amigos que, quando voltou formado da universidade, pediu informações a meu respeito e sobre o que fazia...

Ouvindo-a, Goran teve a impressão de que Veronica Bermann não estava simplesmente se abandonando à nostalgia das recordações, mas que sua narrativa servia de alguma forma a um objetivo preciso. Como se os estivesse levando para algum lugar, distante no tempo, onde poderiam encontrar o que vieram procurar.

— A partir daí começaram a se ver... — disse Mila. E Goran notou, satisfeito, que a agente, seguindo as indicações de Boris, tinha resolvido não fazer perguntas a Veronica Bermann, mas iniciar as frases para que ela as completasse, para que parecesse mais uma conversa do que um interrogatório.

— Desde então começamos a nos ver — repetiu a Sra. Bermann. — Alexander fez uma corte ferrenha para me convencer a casar com ele. E por fim, aceitei.

Goran se concentrou naquela última frase. Soava mal, como uma mentira ditada pelo orgulho, inserida apressadamente no discurso na esperança de que passasse despercebida. E o que tinha reparado ao vê-la pela primeira vez lhe voltou à mente: Veronica não era bonita, provavelmente nunca tinha sido. Uma feminilidade medíocre, desprovida de *páthos*. Alexander Bermann, ao contrário, era um belo homem. Olhos celestes, o sorriso seguro de quem sabe que exerce um certo fascínio. O criminologista achava difícil que tivesse precisado de tanta insistência para convencê-la a casar com ele.

Naquele momento, Mila resolveu retomar as rédeas da conversa:

— Ultimamente, porém, a relação de vocês não andava muito bem...

Veronica concedeu-se uma pausa. Bastante longa, segundo Goran, que pensou ter Mila lançado a isca cedo demais.

— Tínhamos problemas — admitiu ela, por fim.

— Tentaram ter filhos no passado...

— Fiz um tratamento hormonal durante um certo tempo. Depois tentamos a inseminação.

— Imagino que desejavam muito um filho...

— Era Alexander quem insistia mais.

Disse isso num tom defensivo, sinal de que talvez aquele fosse o principal motivo de atrito entre os cônjuges.

Estavam se aproximando do objetivo. Goran estava satisfeito. Escolheu Mila para fazer a Sra. Bermann falar porque achava que uma figura feminina seria ideal para instaurar um laço de solidariedade, derrubando assim uma eventual resistência da mulher. Claro que poderia ter escolhido Sarah Rosa, evitando talvez ferir as suscetibilidades de Boris. Mas Mila lhe pareceu mais indicada e não tinha se enganado.

A agente debruçou-se sobre a mesinha que separava o sofá do lugar em que Veronica Bermann estava sentada para depositar sua xícara de café. Era um movimento para encontrar o olhar de Goran sem que a mulher percebesse. Ele concordou levemente: era o sinal de que tinha chegado a hora de acabar com os rodeios e tentar passar para a ofensiva.

— Sra. Bermann, por que o seu marido lhe pediu perdão na mensagem que deixou na secretária?

Veronica virou a cabeça para um outro ponto da sala, tentando esconder uma lágrima que forçava os limites que ela tinha imposto às próprias emoções.

— Sra. Bermann, suas confidências estão seguras conosco. Quero ser franca com a senhora: nenhum policial, procurador ou juiz poderia obrigá-la a responder essa pergunta, pois o fato não tem nenhuma ligação com a investigação. Mas para nós é importante saber, pois seu marido poderia até ser inocente...

Quando ouviu a última palavra, Veronica Bermann virou-se novamente para ela.

— Inocente? Alexander não matou ninguém... mas isso não quer dizer que não tinha culpas!

Disse isso com uma raiva obscura, que aflorou sem nenhum aviso e deformou sua voz. Goran teve a confirmação que esperava. Mila também percebeu: Veronica Bermann estava esperando por eles. Estava esperando aquela visita e as perguntas disfarçadas de frases inócuas jogadas cá e lá na conversa. Eles pensavam que conduziam a conversação, mas a mulher tinha preparado sua história para fazê-los chegar justamente naquele ponto. Precisava dizer aquilo a alguém.

— Suspeitava que Alexander tinha uma amante. Uma mulher sempre conta com uma eventualidade desse tipo e decide na hora se será capaz de perdoar. Mas cedo ou tarde, toda mulher também sente a necessidade de saber. É por isso que certo dia comecei a remexer nas coisas dele. Não sabia exatamente o que procurar e não podia prever qual seria a minha reação diante de alguma prova.

— O que encontrou?

— A confirmação: Alexander escondia uma agendinha eletrônica idêntica à que usava geralmente para o trabalho. Por que ter duas iguais se não fosse com o intuito de usar a primeira para esconder a segunda? Foi assim que descobri o nome de sua amante: ele marcava todos os seus encontros! Coloquei-o diante do fato consumado: ele negou e deu sumiço imediatamente na segunda agenda. Mas não desisti: tratei de segui-lo até a casa da mulher, naquele lugar horrível. Não tive coragem de seguir em frente, no entanto. Parei diante da porta. Não queria nem ver a cara dela, na verdade.

Então era esse o segredo inconfessável de Alexander Bermann?, perguntou-se Goran. Uma amante? Tinha se incomodado por tão pouco?

Ainda bem que não havia informado Roche de sua iniciativa, do contrário teria que enfrentar a ironia do inspetor-chefe, que já dava o caso por encerrado. No entanto, Veronica Bermann tinha aberto a torneira e não tinha nenhuma intenção de fechá-la antes de desabafar o próprio rancor contra o marido. O comportamento de incansável defesa do marido depois da descoberta do cadáver no bagageiro era, evidentemente, apenas uma fachada esperta. Um modo de escapar do peso da acusação, de afastar os respingos de lama. Agora que tinha encontrado forças para se libertar do pacto de solidariedade conjugal, começou a escavar, tanto quanto os outros, um fosso ao redor de Alexander Bermann, do qual ele nunca mais poderia sair.

Goran buscou o olhar de Mila para que pusesse um ponto final naquela conversa. Foi naquele instante que o criminologista percebeu uma repentina mudança nas feições da agente, que exibiam agora uma expressão suspensa entre o espanto e a incerteza.

Em todos aqueles anos de carreira, Goran tinha aprendido a reconhecer os efeitos do medo no rosto dos outros. Compreendeu que algo tinha abalado Mila profundamente.

Era um nome.

Ouviu quando perguntou a Veronica Bermann:

— Poderia repetir o nome da amante de seu marido?

— Já disse: o nome daquela vagabunda é *Priscilla*.

9

Não podia ser apenas uma coincidência.

Mila relembrou para os presentes os aspectos mais relevantes do último caso em que tinha trabalhado. O caso do professor de música. Enquanto repetia as palavras do sargento Morexu a respeito da descoberta daquele nome — Priscilla — numa agenda do "monstro", Sarah Rosa ergueu os olhos para o céu e Stern fez eco a seu gesto, balançando a cabeça.

Não acreditavam nela. Mas era compreensível. No entanto, Mila não se conformava com a ideia de que não houvesse alguma ligação. Só Goran deixou que prosseguisse. Mas não sabia o que o criminologista pretendia conseguir com aquilo. Mila queria aprofundar aquela brincadeira do acaso a qualquer custo. Mas só tinha obtido um resultado com o resumo de sua conversa com Veronica Bermann: a mulher disse que tinha seguido o marido até a casa da amante, e eles estavam indo para lá. Era possível que aquele lugar escondesse outros horrores. Talvez até os corpos das meninas que faltavam.

E a resposta à questão referente à número 6.

Mila gostaria de dizer: "Dei a ela o nome de Priscilla...", mas não disse. Parecia quase uma blasfêmia agora. Era como se aquele nome tivesse sido escolhido pessoalmente por Bermann, seu algoz.

A estrutura do conjunto residencial era típica de um subúrbio de periferia. O clássico bairro-gueto construído por volta dos anos 1960 como consequência natural de uma área industrial recém-surgida. Era composto de edifícios cinzentos que o tempo cobriu com a poeira avermelhada de uma siderúrgica vizinha. Imóveis de baixo valor comercial, com uma necessidade urgente de manutenção. Lá vivia uma humanidade precária, composta sobretudo de imigrantes, desempregados e famílias que sobreviviam graças à previdência social.

Goran percebeu que ninguém ousava encarar Mila. Mantinham-se distantes dela, como se a agente tivesse ultrapassado um limite ao oferecer uma pista inesperada.

— Por que alguém viria morar num lugar como esse? — perguntou-se Boris, olhando ao redor com ar de nojo.

O endereço que procuravam ficava no fim do quarteirão e correspondia a um andar subtérreo para o qual se descia por uma escada externa. A porta era de ferro. As únicas três janelas, que se abriam no nível da rua, estavam protegidas por grades e vedadas por dentro por traves de madeira.

Stern tentou olhar através delas, dobrado numa posição ridícula, com as mãos em copa ao redor dos olhos e os quadris para trás, evitando sujar as calças.

— Daqui não se vê nada.

Boris, Stern e Rosa trocaram um aceno com a cabeça e se posicionaram ao redor da entrada. Stern convidou Goran e Mila a se colocarem atrás deles.

Foi Boris quem se aproximou. Não havia campainha, portanto, bateu. Bateu energicamente, com a palma da mão. O barulho servia para intimidar, enquanto o tom de voz de Boris se mantinha absolutamente calmo.

— Senhora, é a polícia. Abra, por favor...

Era uma técnica de pressão psicológica para que o interlocutor ficasse desorientado: falar com ele com falsa paciência e, ao mesmo tempo, apressá-lo. Mas nesse caso não funcionou, pois não parecia haver ninguém em casa.

— Certo: vamos entrar — propôs Rosa, que era a mais impaciente para verificar os fatos.

— Precisamos esperar que Roche ligue para dizer que obteve o mandado — respondeu Boris e olhou a hora:

— Não deve demorar muito...

— Foda-se Roche e foda-se o mandado! — objetou Rosa. — Pode ter alguma coisa lá dentro!

Goran interveio:

— Tem razão: vamos entrar.

Para Mila, o modo como receberam a decisão foi uma confirmação de que Goran contava mais que Roche naquele pequeno círculo.

Postaram-se diante da porta. Boris pegou um kit de ferramentas e começou a mexer na fechadura. Poucos instantes depois, o mecanismo de abertura saltou. Empunhando a pistola firmemente numa das mãos, empurrou a porta de ferro com a outra.

A primeira impressão foi a de um local desabitado.

Um corredor, estreito e vazio. A luz do dia não era suficiente para iluminá-lo. Rosa apontou a lanterna e perceberam três portas. As duas primeiras, à esquerda, a terceira no fundo.

A terceira estava fechada.

Começaram a penetrar no local. Boris na frente, Rosa atrás dele e depois Goran e Stern. Mila fechava a fila. À exceção do criminologista, todos empunhavam uma arma. Mila não passava de uma "agregada" ao esquadrão e não poderia fazê-lo, mas empunhava a sua, que estava enfiada nos jeans, nas costas, com os dedos fechados ao redor da culatra, pronta para retirá-la. Por isso, entrou por último.

Boris tentou ligar o interruptor que estava numa das paredes.

— Não tem luz.

Ergueu a lanterna para olhar o primeiro dos três quartos. Estava vazio. Na parede, notava-se uma mancha de umidade que vinha dos alicerces, comendo toda a tinta como um câncer. Os tubos do aquecimento se cruzavam no teto com os do esgoto. No chão, havia uma poça lodosa.

— Que fedor! — disse Stern.

Ninguém poderia viver naquelas condições.

— Depois disso, me parece evidente que não há nenhuma amante — disse Rosa.

— Então que lugar é esse? — perguntou Boris.

Chegaram perto do segundo quarto. A porta estava travada pelas dobradiças enferrujadas, levemente afastada da parede: aquele ângulo poderia fornecer um refúgio fácil para um eventual agressor. Boris abriu com um pontapé, mas não havia ninguém atrás dela. O quarto era absolutamente igual ao anterior. Os tacos do pavimento tinham descolado, deixando à mostra o cimento que cobria os alicerces. Não havia móveis, só o esqueleto de aço de um sofá. Continuaram seu caminho.

Restava um último quarto. O do fundo do corredor, cuja porta estava fechada.

Boris ergueu os dois primeiros dedos da mão esquerda, levando-os aos olhos. Um sinal combinado com Stern e Rosa para que tomassem posição dos lados da porta. Então o jovem policial deu um passo atrás e armou um chute que desferiu contra o ponto onde ficava a maçaneta. A porta se escancarou e os três agentes se colocaram imediatamente em linha de tiro, ao mesmo tempo iluminando cada canto com as lanternas. Não havia ninguém.

Goran abriu caminho entre eles, deslizando a mão com luvas de látex pela parede. Encontrou o interruptor. Depois de dois breves soluços, uma luz fluorescente se acendeu no teto, deixando cair sobre o quarto a sua luz poeirenta. Era um ambiente totalmente diverso dos outros. Antes de mais nada, estava limpo. As paredes não apresentavam sinais de umidade, pois exibiam um revestimento plástico e impermeável. O pavimento ainda tinha os tacos, em bom estado. Não havia janelas, mas um ar-condicionado entrou em ação depois de alguns segundos. O aparelho elétrico não estava embutido na parede, sinal de que tinha sido instalado posteriormente. Canaletas de plástico conduziam os cabos ao interruptor com que Goran acendeu a luz e também a uma tomada do lado direito do quarto onde, encostada na parede, via-se uma mesinha com uma cadeira de escritório. Em cima da mesa, um computador desligado.

Era a única decoração, à exceção de uma velha poltrona de couro que estava encostada na parede oposta, à esquerda.

— Ao que tudo indica, Alexander Bermann só se interessava por esse quarto — disse Stern, dirigindo-se a Goran.

Rosa avançou para dentro, na direção do computador:

— Tenho certeza de que aí estão as respostas que estamos procurando.

Mas Goran a deteve, segurando seu braço.

— Não, é melhor proceder com ordem. Vamos sair daqui todos nós para não alterar a umidade do ambiente.

E então falou com Stern:

— Ligue para Krepp e mande que venha com seu esquadrão para levantar as impressões digitais. Vou avisar Roche.

Mila observou atentamente a luz que brilhava nos olhos do criminologista. Estava convencida de que tinha certeza de estar bem perto de algo importante.

Passou os dedos pela cabeça como se penteasse os cabelos que, no entanto, não tinha. Só restava um denso colarinho na nuca, despontando num rabo de cavalo que se alongava pelas costas. Uma serpente verde e vermelha deslizava no antebraço direito, com a goela aberta na mão. O outro braço também tinha uma tatuagem do gênero. Assim como o tórax, que se entrevia sob a camisa. No meio dos mais variados piercings que cobriam seu rosto, via-se Krepp, o especialista da perícia.

Mila se espantou com a aparência, tão distante daquela de um sessentão normal. Pensou: "Então é assim que os punks ficam quando envelhecem". No entanto, até alguns anos atrás, Krepp era um senhor normalíssimo, bastante austero e de maneiras apagadas. De um dia para o outro, a mudança. Mas depois que todos verificaram que o homem realmente não tinha perdido o juízo, ninguém mais disse uma palavra sobre o novo look, pois Krepp era o maioral em sua área.

Depois de agradecer a Goran por ter preservado a umidade original de cena, Krepp pôs mãos à obra. Tinha passado uma hora no quarto com sua equipe, todos usando jalecos e máscaras no rosto para proteção contra as substâncias que usavam para revelar impressões. Depois subiu do subtérreo e aproximou-se do criminologista e de Roche, que nesse ínterim tinha se juntado a eles.

— Como vai, Krepp? — cumprimentou o inspetor-chefe.

— Essa história do cemitério de braços está me deixando doido — começou o especialista. — Ainda estávamos examinando os membros encontrados em busca de uma impressão digital em bom estado, quando vocês ligaram.

Goran sabia que identificar uma impressão digital numa pele humana era o que havia de mais difícil, por causa de uma possível contaminação, pela sudorese do sujeito a ser examinado ou ainda, quando se tratava dos tecidos de um cadáver, como no caso dos braços, por causas dos processos de decomposição.

— Tentei com fumaça de iodo, com o *krome-kote* e até com eletronografia.

— O que é isso? — perguntou o criminologista.

— É o método mais moderno para colher as impressões deixadas sobre a pele: uma radiografia em emissão eletrônica... Esse desgraçado do Albert é bastante hábil nos cuidados para não deixar impressões — disse Krepp.

E Mila notou que era o único que continuava a chamar o assassino por aquele nome, pois os outros já tinham adotado a identidade de Alexander Bermann.

— E o que temos aqui, Krepp? — perguntou Roche, cansado de ouvir coisas que não serviam para nada.

O técnico retirou as luvas e, mantendo o olhar sempre baixo, começou a descrever o que tinham feito:

— Usamos ninidrina, e o efeito não era totalmente nítido sob o laser, então melhorei com cloreto de zinco. Conseguimos identificar uma série de impressões no papel de parede ao lado do interruptor de luz e no revestimento poroso da mesa. Com o computador foi mais difícil: as impressões se sobrepunham, precisaria de cianoacrilato, mas teríamos que levar o teclado para uma câmara bárica e...

— Depois. Não temos tempo para procurar um teclado de reposição e temos que analisar o computador agora mesmo — interrompeu Roche, que tinha pressa de saber. — Em suma: as impressões pertencem a uma única pessoa...

— Sim, são todas de Alexander Bermann.

A frase chocou a todos, exceto aquele que já sabia a resposta. E sabia desde o momento em que tinham colocado os pés naquele subtérreo.

— Ao que parece, Priscilla nunca existiu — disse, de fato, Gavila.

Afirmou isso sem olhar para Mila, que sentiu um baque no orgulho quando ele a privou do conforto de seu olhar.

— Tem mais uma coisa... — Krepp tinha recomeçado a falar. — A poltrona de couro.

— O quê? — perguntou Mila emergindo do silêncio.

Krepp olhou para ela como quem nota uma pessoa pela primeira vez, depois abaixou os olhos para os curativos em suas mãos, deixando escapar uma expressão de espanto. Mila não pôde deixar de pensar que era realmente um absurdo que Krepp, com a aparência que tinha, tivesse o desplante de olhar para *ela* daquela maneira.

— Não há impressões digitais na poltrona.

— Isso é estranho? — perguntou Mila.

— Não sei — limitou-se a dizer Krepp. — Só posso dizer que elas estão em todo lado, menos ali.

— Mas se temos as impressões de Bermann em todo o resto, o que importa, não é mesmo? — interveio Roche. — Elas são suficientes para pegá-lo como se deve... E se querem mesmo saber, cada vez gosto menos desse sujeito.

— Mila pensou que, ao contrário, deveria gostar muito dele, pois parecia ser a solução para todas as suas dores de cabeça.

— E o que faço com a poltrona? Continuo a analisar?

— Deixe essa maldita poltrona para lá e autorize meus homens a dar uma olhada no computador.

Ao ouvir a referência, os homens do esquadrão tentaram não se entreolhar para evitar o riso. Às vezes, o tom de sargento de ferro usado por Roche podia ser mais chocante que a aparência de Krepp.

O inspetor-chefe se afastou em direção ao carro que o esperava no fim do quarteirão, não sem antes estimular seus homens com um:

— Força, rapazes, conto com vocês.

Quando se afastou o suficiente, Goran dirigiu-se a todos.

— Certo — disse. — Vamos ver o que encontramos nesse computador.

Reapropriaram-se do quarto. As paredes revestidas de plástico faziam com que parecesse um grande embrião; o covil de Alexander Bermann estava para se revelar só para eles. Pelo menos era o que esperavam. Vestiram as luvas de látex. Em seguida, Sarah Rosa sentou-se diante do monitor: era a sua vez.

Antes de ligar o PC, inseriu uma engenhoca num dos portais USB. Stern ligou um gravador, que apoiou ao lado do teclado. Rosa descreveu a operação:

— Conectei o computador de Bermann a uma memória externa: caso o PC dê *tilt*, o dispositivo grava toda a memória num relâmpago.

Os outros estavam de pé atrás dela, recolhidos em silêncio.

Ligou o computador.

O primeiro sinal elétrico foi seguido pelo típico barulho dos drives sendo acionados. Tudo parecia normal. Com uma certa lentidão, o PC começou a despertar de sua letargia. Era um modelo antigo, já fora de produção. Na tela apareceram ordenadamente os dados do sistema operativo que, pouco a pouco, deram lugar à imagem do desktop. Nada de importante: apenas uma tela azul com ícones de programas muito difundidos.

— Parece o computador da minha casa — arriscou Boris, mas a piada não fez ninguém rir.

— Certo... Vamos ver o que há na pasta de Documentos do Sr. Bermann...

Rosa clicou na pasta. Vazia. Assim como a de Imagens e de Arquivos recentes.

— Não tem arquivos de texto... É muito estranho — notou Goran.

— Talvez apagasse tudo depois de cada sessão — sugeriu Stern.

— Se for isso, posso tentar recuperar — afirmou Rosa, segura. E inseriu um CD no drive, descarregando rapidamente um software capaz de recuperar qualquer arquivo deletado.

A memória dos computadores nunca se esvazia completamente e é quase impossível apagar certos dados, como se eles ficassem indelevelmente impressos. Mila lembrava de alguém ter dito que aquele composto de silício aprisionado em cada computador funciona mais ou menos como o cérebro humano. Mesmo quando parece que esquecemos alguma coisa, na verdade há, em algum lugar de nossa cabeça, um grupo de células que conserva a informação e talvez a forneça novamente se necessário sob a forma, se não de imagem, pelo menos de instinto. Não é essencial lembrar a primeira vez em que nos queimamos com o fogo quando éramos crianças. O que conta é que esse conhecimento, depurado de todas as circunstâncias biográficas em que se formou, permanecerá impresso na mente, reaflorando a cada vez que nos aproximarmos de algo quente. Era o que Mila pensava, examinando mais uma vez as mãos enfaixadas... Pelo visto, em algum lugar de seu corpo estava armazenada uma informação errada.

— Aqui não tem nada.

Foi a desconsolada constatação de Rosa que trouxe Mila de volta à realidade. O computador estava completamente vazio.

Mas Goran não estava convencido.

— Tem um *web browser*.

— Mas o computador não está ligado na internet — observou Boris.

Sarah Rosa, ao contrário, entendeu aonde o criminologista queria chegar. Pegou o celular e controlou as teclas na tela:

— Tem um campo... Pode estar conectado com o celular.

Rosa abriu imediatamente a tela do navegador da internet e verificou a lista de endereços na cronologia. Só havia um.

— Ah, eis o que o Sr. Bermann fazia aqui dentro!

Era uma sequência de números. O endereço era um código.

http://4589278497.89474525.com

— Provavelmente é o endereço de um servidor privado — conjecturou Rosa.

— O que significa isso? — perguntou Boris.

— Que não dá para chegar lá só com um motor de busca: para entrar é preciso ter uma senha. É provável que esteja guardada diretamente no computador. Mas se não for assim, corremos o risco de ter o acesso negado para sempre.

— Precisamos ser cuidadosos e fazer exatamente o que Bermann fazia... — disse Goran, virando-se para Stern: — Trouxe o celular dele?

— Sim, deixei no carro junto com o computador que ele tinha em casa.

— Vá pegá-lo...

Quando Stern voltou, encontrou-os em silêncio, esperando-o com uma impaciência visível. O policial passou o celular de Bermann para Rosa e ela tratou de ligá-lo ao computador. Logo depois, obteve a conexão. O servidor começou a reconhecer a ligação. Elaborou os dados e, em seguida, começou a baixá-los a toda velocidade.

— Ao que parece entraremos sem problemas...

Com os olhos fixos no monitor, esperaram pela imagem que deveria aparecer a qualquer momento. Podia ser qualquer coisa, pensou Mila. Uma tensão fortíssima unia os membros do esquadrão, como uma carga de energia correndo entre um corpo e outro. Dava para perceber no ar.

O monitor começou a compor os pixels que se dispunham ordenadamente em sua superfície como pequenas peças de um quebra-cabeça. Mas o que apareceu não era o que esperavam. A energia, que até o momento tinha invadido o ambiente, evaporou-se instantaneamente e o entusiasmo arrefeceu.

A tela era preta.

— Deve ter um sistema de proteção — anunciou Rosa — que interpretou nossa tentativa como uma intrusão.

— Escondeu o sinal? — perguntou Boris, inquieto.

— Claro que escondi! — irritou-se a mulher. — Acha que sou idiota? Provavelmente tinha um código ou algo assim...

— Como um login ou uma senha? — perguntou Goran, que queria entender melhor.

— Algo do gênero — respondeu distraidamente Rosa. E depois completou a resposta: — O que tínhamos era um endereço para uma conexão direta. Login e senha são mecanismos de segurança superados: deixam vestígios e sempre podem levar a alguém. Quem entra aqui quer permanecer anônimo.

Mila ainda não tinha dito uma palavra e aquela conversa a deixava nervosa. Respirava profundamente, apertando os punhos até os dedos estalarem. Tinha algo que não batia, mas não conseguia descobrir o que era. Goran virou para ela um instante, como se tivesse sido espetado por seu olhar. Mas fez de conta que não tinha percebido.

Nesse meio tempo, a temperatura na sala tinha ficado quente. Boris resolveu desabafar em cima de Sarah Rosa a sua frustração por aquele tiro na água.

— Se achava que podia haver uma barreira para a entrada, por que não seguiu um procedimento de conexão paralela?

— Por que não sugeriu isso antes?

— Por quê? O que acontece nesses casos? — perguntou Goran.

— Acontece que, quando um sistema como esse entra em proteção, não tem mais como penetrar nele!

— Vamos tentar criar um novo código e fazer uma nova tentativa — propôs Sarah Rosa.

— É mesmo? Deve haver milhões de combinações possíveis! — debochou Boris.

— Vá se foder! Está querendo jogar toda a culpa em cima de mim?

Mila continuou assistindo em silêncio àquele estranho acerto de contas.

— Se alguém tinha alguma ideia a propor ou algum conselho a dar, devia ter dito antes!

— Ora, você rosna para cada um que abre a boca!

— Olhe aqui, Boris, melhor me deixar em paz! Eu também podia dizer que...

— O que é aquilo?

A frase de Goran caiu sobre os litigantes como um freio. O tom não era alarmado, nem impaciente, como Mila, ao contrário, esperaria, mas provocou o mesmo efeito: conseguiu finalmente fazê-los calar a boca.

O criminologista estava indicando algo diante de si. Seguindo a linha de seu braço esticado, depararam-se novamente com a tela do computador.

Não estava mais preta.

Na parte superior, confinada na margem esquerda, tinha surgido uma escrita.

— taih?

— Cacete! — exclamou Boris.

— E então, o que é isso? Alguém poderia me dizer? — perguntou de novo Goran.

Rosa sentou-se novamente diante do monitor com as mãos pousadas sobre o teclado.

— Entramos — anunciou.

Os outros se reuniram ao seu redor para ver melhor.

O cursor luminoso sob a frase continuava a piscar, como se esperasse uma resposta.

— eh vc?

— Ei! Alguém pode me explicar o que está acontecendo? — agora Goran estava perdendo a paciência.

Rosa elaborou rapidamente uma explicação.

— É uma *door*.

— Ou seja?

— Uma porta de acesso. Ao que tudo indica estamos dentro de um sistema complexo. Isso é uma janela de diálogo: uma espécie de *chat*... Tem alguém do outro lado, doutor.

— E quer falar conosco... — acrescentou Boris.

— Ou com Alexander Bermann — corrigiu Mila.

— E o que estamos esperando? Vamos responder! — disse Stern com um tom de urgência na voz.

Gavila olhou para Boris: o especialista em comunicação era ele. O jovem policial fez que sim e tomou lugar atrás de Sarah Rosa, para sugerir melhor o que escrever.

— Diga que está aqui.

E ela escreveu:

— sou eu

Esperaram alguns instantes, até que uma outra frase foi surgindo no monitor.

— ñ apareceu + fiquei preocupado

— OK. Está preocupado, então é um homem — disse Boris, satisfeito. E ditou a Sarah Rosa a resposta seguinte. Mas alertou para que usasse só letras minúsculas, como o interlocutor, e explicou em seguida que algumas pessoas se sentem intimidadas pelo uso de maiúsculas. E eles queriam acima de tudo que a pessoa que estava do outro lado se sentisse completamente à vontade.

— estava muito ocupado, e vc, tudo bem?
— me fizeram um monte de pergunta, mas ñ falei nada.

Alguém tinha feito perguntas? A respeito de quê? A impressão imediata de todos e particularmente de Goran foi de que o homem com quem falavam estava envolvido em algo escuso.

— Talvez tenha sido interrogado pela polícia, mas não acharam necessário detê-lo — sugeriu Rosa.

— Ou talvez não tivessem provas suficientes — apoiou Stern.

Em suas mentes começou a se delinear a figura do cúmplice de Bermann. Mila recordou o que tinha acontecido no motel, quando teve a impressão de que alguém a seguia no pátio de cascalho. Não tinha dito nada a ninguém, por medo de que tivesse sido apenas uma sensação.

Boris resolveu perguntar ao misterioso interlocutor:

— quem fez perguntas?

Pausa.

— eles.

— eles quem?

Não houve resposta. Boris resolveu ignorar aquele silêncio e tentou contornar o obstáculo perguntando uma outra coisa.

— e o que respondeu?

— contei a história que vc. disse e funcionou.

Mais do que o sentido obscuro das palavras, o que chamava a atenção de Goran eram os erros de gramática.

— Pode ser uma espécie de código de reconhecimento — explicou. — Talvez ele espere que a gente também cometa erros. E se não fizermos, poderia cortar a comunicação.

— Tem razão. Comece a copiar a linguagem e inserir os mesmos erros — sugeriu Boris a Rosa.

Entretanto, na tela apareceu:

— fiz tudo como vc. disse não quero esperar + ñ vai me dizer quando?

Aquela conversa não levava a parte alguma. Então Boris pediu a Sarah Rosa para responder que logo diria "quando", mas que por enquanto era melhor recapitular todo o plano, para ter certeza de que ia funcionar.

Mila achou que era uma ótima ideia, pois daria para recuperar sua desvantagem de conhecimento em relação ao interlocutor. Pouco depois, ele respondeu:

— o plano é: sair de noite pq ninguem vai me ver. quando chegar as 2 ir ate o fim da rua. me esconder nas moitas. esperar a luz do carro acender 3 vezes. aí sair.

Ninguém estava entendendo nada. Boris olhou ao redor, em busca de sugestões. Interceptou o olhar de Gavila:

— O que está achando disso, doutor?

O criminologista estava pensando.

— Não sei... Tem algo que está me escapando. Não consigo enquadrá-lo.

— Também tive a mesma sensação — disse Boris. — O sujeito que está falando parece... parece um retardado mental ou alguém com uma forte deficiência psicológica.

Goran se aproximou ainda mais de Boris:

— Precisa obrigá-lo a se revelar.

— Mas como?

— Não sei... Diga que não está segura a seu respeito e que está pensando em desistir. Diga que "eles" também estão atrás de você e peça uma prova... Isso: peça que telefone para você de um número seguro!

Rosa se apressou a digitar a pergunta. Mas no espaço da resposta o cursor ficou piscando sozinho um bom tempo.

Depois as letras foram aparecendo na tela.

— ñ posso falar no telefone. eles tão ouvindo.

Era evidente: ou era muito esperto ou realmente tinha medo de estar sendo vigiado.

— Insista. Tente enrolá-lo. Quero saber quem são "eles" — disse Goran. — Pergunte onde estão nesse momento...

A resposta não se fez esperar.

— tão perto.

— Pergunte: perto quanto? — insistiu Goran.

— aqui do meu lado.

— Que merda significa isso? — Boris bufou, colocando as mãos na nuca, num gesto de exasperação.

Rosa desabou no encosto da cadeira e sacudiu a cabeça, desanimada.

— Se "eles" estão assim tão perto, de olho nele, por que não veem o que escreve?

— Porque ele não está vendo o mesmo que nós.

Foi Mila quem falou. E notou com prazer que não se viraram para olhar como se ela tivesse falado de um fantasma. Ao contrário, sua observação reacendeu o interesse do grupo.

— O que quer dizer? — perguntou Gavila.

— Aceitamos como certo que ele, assim como nós, está diante de uma tela preta. Mas eu acho que sua janela de diálogo está inserida numa página web que contém outros elementos: talvez animações gráficas, letras ou imagens de qualquer tipo... É por isso que “eles”, mesmo ao lado, não percebem que está se comunicando conosco.

— Tem razão! — disse Stern.

O quarto se encheu novamente de uma estranha euforia. Goran falou com Sarah Rosa:

— Podemos ver o que ele está vendo?

— Claro — disse ela. — Vou mandar um sinal de reconhecimento e quando o computador dele responder, teremos o endereço da internet ao qual está conectado.

Enquanto explicava tudo isso, a agente já estava abrindo seu notebook para criar uma segunda conexão na rede.

Pouco depois apareceu na tela principal:

— ainda taí?

Boris olhou para Goran:

— O que vamos responder?

— Ganhe tempo. Mas sem levantar suspeitas.

Boris escreveu pedindo que esperasse, pois tinham batido na porta e precisava atender.

Nesse meio tempo, Sarah Rosa tinha conseguido copiar no notebook o endereço da internet de onde o sujeito falava:

— Aqui, está, pegamos... — anunciou.

Inseriu os dados na barra e apertou *enter*.

Poucos segundos depois, uma página web começou a se compor.

Ninguém saberia dizer se foi o assombro ou o horror que tirou a voz de todos.

Na tela ursinhos dançavam com girafas, hipopótamos batiam o ritmo em bongôs e um chimpanzé tocava uquelele. O quarto se encheu de música. E enquanto a floresta inteira se animava, uma borboleta multicolorida lhe deu boas-vindas na tela.

Chamava-se Priscilla.

Ficaram atônitos e incrédulos. Em seguida, Boris tirou os olhos da tela principal onde ainda piscava a pergunta:

— ainda taí?

Foi só então que o policial conseguiu pronunciar aquelas quatro pesadíssimas palavras:

— Caralho... É um menino.

10

A palavra mais acessada nos mecanismos de busca é *sex*. A segunda é *God, Deus*. Cada vez que Goran pensava nisso, perguntava-se por que alguém teria a ideia de procurar Deus justamente na internet. Em terceiro lugar vinham duas palavras: Britney Spears. Empatada com *death*, morte.

Sexo, Deus, morte e *Britney Spears*.

A primeira vez que Goran tinha colocado o nome de sua mulher num dispositivo de busca ocorrera apenas três meses antes. Não sabia por que tinha feito aquilo. Foi uma coisa instintiva. Não esperava encontrá-la, é claro, e, de fato, não a encontrou. Mas aquele era oficialmente o último lugar onde jamais pensou em procurá-la. Era possível que soubesse tão pouco sobre ela? Naquele momento, algo disparou dentro dele.

Entendeu por que a estava seguindo.

Na verdade, não queria saber onde poderia estar. Lá no fundo, realmente não se importava. A informação que tanto desejava era se ela estava *feliz* naquele momento. Porque, no fundo, era isso que o deixava furioso: que tivesse se livrado dele e de Tommy para ser feliz em algum lugar. Alguém seria capaz de ferir outro alguém tão profundamente apenas para seguir um desejo egoísta de felicidade? Sim, evidentemente. Era o que ela tinha feito e o pior é que não tinha voltado para reparar, para remediar aquela ferida, aquele corte na carne do homem que ela mesma tinha escolhido para partilhar sua existência e na carne de sua própria carne. Pois sempre se pode voltar atrás — e se deve. Há sempre um momento em que, de tanto seguir o caminho e olhar apenas para a frente, algo nos atrai — um chamado — e nos viramos um pouco para ver se tudo continua igual lá longe ou se, ao contrário, algo mudou naqueles que deixamos para trás, e em nós. Esse momento sempre chega, para todos. Por que não para ela? Por que não tinha sequer tentado? Nenhum telefonema mudo no coração da noite. Nenhum postal sem palavras. Quantas vezes Goran ficou plantado do lado de fora da escola de Tommy, esperando surpreendê-la escondida, espiando o filho. Mas nada. Ela não tinha aparecido nem para se assegurar de que ele estava bem. E então Goran começou a se perguntar: que raça de pessoa ele escolheu para ter a seu lado por toda a vida?

E, portanto, exatamente em quê ele era tão diferente de Veronica Bermann?

Aquela mulher também tinha sido enganada. Seu marido a usou para criar uma fachada respeitável, para que tomasse conta daquilo que ele possuía: seu nome, sua casa, seus pertences, tudo. Pois, de todo modo, o que ele realmente queria estava longe. No entanto, ao contrário de Goran, aquela mulher tinha farejado o abismo que se escancarava sob a sua vida perfeita, tinha sentido o cheiro de podre. E tinha se calado, se prestado ao engano, mesmo sem tomar parte. Foi cúmplice no silêncio, companheira no teatro, esposa no bem e no mal.

Goran, ao contrário, nunca suspeitou de que a mulher poderia abandoná-lo. Não houve um aviso, um sinal, nem mesmo um clique sinistro, cuja memória pudesse acessar e dizer: "Sim, era tão óbvio e eu, idiota, não percebi nada." Teria preferido descobrir que era um péssimo marido e jogar a culpa em si mesmo, numa negligência, numa falta de atenção sua. Gostaria de encontrar os motivos em si mesmo: assim pelo menos teria algum. Mas não, apenas o silêncio. E dúvidas. Tinha dado ao resto do mundo a versão mais crua dos fatos: ela tinha ido embora, ponto final. Pois Goran sabia muito bem que todos veriam apenas o que queriam ver. Um, o pobre marido. Outro, o homem que com certeza tinha feito algo para que ela fugisse assim. E aceitou imediatamente esses papéis, passando com desenvoltura de um para o outro. Porque cada dor tem sua prosa, e deve ser respeitada.

E ela? Por quanto tempo havia fingido? Há quanto tempo maturava aquela ideia? Quanto tempo teria sido necessário para fecundá-la com sonhos inconfessáveis, com pensamentos ocultos sob o travesseiro, dia após dia, tecendo aquele desejo com gestos cotidianos, de mãe, de esposa, enquanto dormia a seu lado, até transformar aquelas fantasias num projeto, numa intenção? Num *plano*. Sabe-se lá quando entendeu ou se convenceu de que aquilo que imaginava era realizável. A crisálida guardava em si o segredo da metamorfose e ao mesmo tempo continuava a viver entre os dois, ele e Tommy. E se preparava, silenciosa, para a mutação.

Onde estaria agora? Pois continuava a viver, mas em outra parte, num universo paralelo feito de homens e mulheres como aqueles que Goran encontrava todo dia, feitos de casas para administrar, maridos para suportar e filhos para cuidar. Um mundo igual e banal, mas distante dele e de Tommy, com novas cores, novos amigos, novos rostos, novos nomes. O que estaria ela buscando nesse mundo? O que era aquilo de que precisava tanto e que não conseguia encontrar mais? No fundo, estamos todos à procura de respostas num universo paralelo, pensava Goran. Como as pessoas que procuram sexo, Deus, morte e Britney Spears na web.

Alexander Bermann, ao contrário, acessava a internet em busca de crianças.

Tudo veio à tona imediatamente. Da abertura do site de *Priscilla, a borboleta* no computador de Bermann à identificação do servidor internacional que administrava o sistema, tudo começou a ganhar forma.

Era uma rede de pedófilos com ramificações em vários estados.

Mila tinha razão: o "seu" professor de música também estava lá.

A unidade especial de crimes na web identificou quase uma centena de assinantes. Desencadearam-se as primeiras prisões e outras ainda aconteceriam nas horas seguintes: poucos adeptos, mas bem selecionados. Todos profissionais acima de qualquer suspeita, abastados e, por isso, dispostos a desembolsar grandes somas para preservar seu anonimato.

Entre eles, Alexander Bermann.

Enquanto voltava para casa naquela noite, Goran voltou a pensar no homem suave, sempre sorridente e moralmente íntegro que despontava da descrição dos amigos e conhecidos de Bermann. Uma máscara perfeita. Não sabia por que tinha juntado a lembrança de Bermann com a de sua mulher. Ou talvez soubesse, mas não queria admitir. Em todo caso, uma vez atravessada a soleira da porta, deixaria aquelas reflexões de lado para se dedicar integralmente a Tommy, como tinha prometido ao telefone quando anunciou que voltaria mais cedo. Seu filho tinha recebido a notícia com entusiasmo, perguntando se podiam pedir uma pizza. Goran permitiu sem problemas, sabendo que aquela pequena concessão seria suficiente para deixá-lo contente. As crianças sabem espremer felicidade de tudo o que acontece.

Assim, Goran se viu pedindo uma pizza com pimentão para ele mesmo e uma dupla-mozzarella para Tommy. Fizeram a encomenda pelo telefone juntos, pois o pedido de pizza era um ritual a ser partilhado. Tommy discou o número e Goran fez o pedido. Em seguida, puseram a mesa com os pratos grandes, comprados especialmente para isso. Tommy beberia suco de fruta. Goran se permitiria uma cerveja. Antes de levá-los à mesa, colocou os copos no congelador, para que ficassem opacos e frios o bastante para receber as bebidas.

Mas Goran não estava nem um pouco tranquilo. Sua mente ainda procurava abrigo naquela organização perfeita. Os agentes da unidade especial de crimes na web desencavaram um banco de dados com mais de 30 mil nomes de crianças, com endereços e fotografias. A rede usava falsos domínios dedicados à infância para atrair as vítimas à armadilha. *Priscilla, a borboleta.* Animais, jogos coloridos, musiquinhas inócuas faziam o resto... Muito parecidos com os desenhos animados que Goran e Tommy viram juntos depois do jantar num canal via satélite. O tigre azul e o leão branco. Enquanto o filho estava enrodilhado em seu colo, completamente concentrado nas aventuras dos dois amigos na floresta, Goran o observava.

"Preciso protegê-lo", disse consigo mesmo.

E pensou nisso com um medo estranho no fundo do peito, um nó escuro e viscoso. O temor de não fazer o bastante, de não ser suficiente, pois um pai sozinho não bastava. Embora, no fundo, ele e Tommy se arranjassem bastante bem. Mas o que teria acontecido se, atrás da tela preta do computador de Bermann, no lugar daquele menino desconhecido, estivesse o seu Tommy? Seria capaz de perceber que alguém estava tentando penetrar na mente e na vida do filho?

Enquanto Tommy acabava os deveres, Goran se fechou no escritório. Ainda não eram 19 horas, e ele começou a folhear de novo o dossiê Bermann, encontrando vários pontos para reflexão que poderiam ser úteis à investigação.

Em primeiro lugar, a poltrona de couro que estava no subtérreo, na qual Krepp não tinha encontrado nenhuma digital.

— No resto todo, sim, mas lá não... Por quê?

Estava certo de que havia uma razão para aquilo também. No entanto, toda vez que parecia ter agarrado uma ideia, sua mente deslizava para outro lugar. Para os perigos que circundavam a vida de seu filho.

Goran era um criminologista, sabia de que matéria é feito o mal. Mas sempre o examinou a distância, como um estudioso. Nunca se deixou corromper pela ideia de que aquele mesmo mal pudesse de alguma forma alongar sua mão ossuda até tocá-lo. Agora, ao contrário, isso lhe vinha à mente.

Quando alguém se transforma em "monstro"?

Aquela definição, que havia banido oficialmente, retornava agora no segredo de sua mente, porque queria saber como acontece. Como alguém percebe que ultrapassou aquela fronteira.

Bermann pertencia a uma organização perfeita, com uma hierarquia e seus respectivos estatutos. O agente de comércio tinha entrado para seus quadros quando estava na universidade. Naquele tempo, a internet ainda não era considerada um terreno de caça e permanecer na sombra sem despertar suspeita exigia muito esforço. Por isso, aconselhava-se aos adeptos que criassem uma vida exemplar e segura na qual ocultar a sua verdadeira natureza e refugiar as próprias pulsões. Mimetizar-se, confundir-se e desaparecer: eram as palavras-chave daquela estratégia.

Bermann voltou da universidade tendo já em mente a ideia, claríssima, do que faria. Primeiro, recuperou a pista de uma velha amiga que não via há anos. Aquela Veronica que nunca tinha sido bonita o suficiente para que os rapazes — inclusive ele — se interessassem por ela. Fez com que acreditasse que sentia um amor acalentado por muito tempo e timidamente escondido. E ela, conforme previsto, logo aceitou se casar com ele. Os primeiros anos do casamento transcorreram, como para todos os casais, entre altos e baixos. Ausentava-se frequentemente, a trabalho. Na realidade, muitas vezes aproveitava as viagens para encontrar outros iguais a ele ou para atrair suas pequenas presas.

Com o advento da internet, tudo ficou mais fácil. Os pedófilos se apropriaram imediatamente daquela incrível ferramenta que permitia não apenas que agissem protegidos pelo anonimato, mas também que manipulassem as vítimas por meio das mais engenhosas armadilhas.

Mas Alexander Bermann ainda não tinha completado seu plano de mimetismo perfeito porque Veronica ainda não tinha lhe dado um herdeiro. Aquela era a peça que faltava, o detalhe que faria dele um verdadeiro cidadão acima de qualquer suspeita, pois um pai de família jamais se interessaria pelos filhos dos outros.

O criminologista afastou a raiva que subia de seu peito até a garganta e fechou o dossiê que tinha aumentado muito naquelas últimas horas. Não queria mais ler aquilo. A bem dizer, só queria ir para a cama e se entorpecer de sono.

Quem, exceto Bermann, poderia ser Albert? Embora ainda tivesse que estabelecer sua relação com o cemitério de braços e com o desaparecimento de todas as seis meninas, além de encontrar os cadáveres que faltavam, ninguém mais do que ele mereceria assumir as vestes do algoz.

Mas quanto mais pensava, menos convencido ficava.

Às 20 horas Roche anunciaria oficialmente a captura do culpado numa concorridíssima entrevista coletiva para a imprensa. Goran se deu conta de que a ideia que o atormentava agora na verdade tinha começado a rondar sua cabeça logo depois da descoberta do segredo de Bermann. Remanchando, vaga como a névoa, ela ficou entocada a tarde inteira num canto de sua mente. No entanto, na sombra onde estava camuflada, continuava a pulsar para demonstrar que na verdade estava lá, e viva. Só agora, na quietude de casa, Goran tinha decidido dar a ela a consistência de um pensamento levado a seu termo. "Tem algo que não está batendo nessa história... Está achando que Bermann não é o culpado? Ah, claro que acho: o homem era um pedófilo, mas não foi ele quem matou as meninas. Ele não tem nada a ver com isso... Como é que tem tanta certeza?"

Porque se Alexander Bermann fosse realmente Albert, o monstro, teríamos encontrado a última *menina em seu bagageiro — a menina número 6 — e não Debby, a anterior. Ele já teria se livrado dela há tempos...*

E justamente quando tomava consciência dessa dedução, o criminologista olhou a hora e faltavam poucos minutos para a entrevista coletiva com a imprensa, às 20 horas.

Precisava deter Roche.

O inspetor-chefe tinha convocado os principais jornais assim que as informações sobre a reviravolta do caso Bermann tinham começado a circular. O pretexto oficial era evitar que os jornalistas recebessem informações de segunda mão, mal filtradas, quem sabe, por alguma fonte confidencial. Na realidade, tinha medo de que a história pudesse vir à tona por outras vias, afastando-o das luzes da ribalta.

Roche era muito bom na gestão desse tipo de evento, sabia calibrar a espera e experimentava um certo prazer em manter a imprensa na corda bamba. Por isso, sempre começava suas conferências com alguns minutos de atraso, deixando entender que, como chefe da unidade, estava sempre assoberbado pelas ocorrências de última hora.

O inspetor se deliciava com o burburinho que vinha da sala de imprensa ao lado de seu gabinete: era como uma energia alimentando seu ego. Enquanto isso, estava sentado tranquilamente, com os pés em cima da escrivaninha que herdou de seu antecessor, de quem tinha sido vice por muito tempo — tempo demais, a seu ver — e que não teve nenhum escrúpulo em sabotar, oito anos atrás.

As linhas de seu telefone não paravam de piscar incessantemente. Mas não tinha intenção de responder: queria que a tensão aumentasse.

Bateram.

— Entre — disse Roche para a porta.

Assim que atravessou a soleira, Mila notou uma expressão de satisfação no rosto do inspetor. Perguntou-se que diabos teria a lhe dizer.

— Agente Vasquez, queria lhe agradecer por sua preciosa contribuição a esta investigação.

Mila ficaria vermelha se não tivesse entendido que aquilo era apenas o prelúdio calculista para dispensá-la.

— Não acho que tenha feito grande coisa, senhor.

Roche pegou um cortador de papel e começou a limpar as unhas com a ponta. Em seguida, com um tom distraído, prosseguiu:

— Ao contrário, foi muito útil.

— Ainda nem sabemos a identidade da sexta menina.

— Vamos descobrir, assim como todo o resto.

— Senhor, peço permissão para completar meu trabalho, ao menos por uns dois dias mais. Tenho certeza de que conseguiria chegar a bons resultados...

Roche soltou o cortador, tirou os pés da escrivaninha e levantou, dirigindo-se a Mila. Com o mais cintilante dos sorrisos, segurou sua mão direita, ainda enfaixada, e apertou, sem perceber que a estava machucando.

— Falei com seu superior: o sargento Morexu garantiu que receberá um elogio em folha por essa história.

E tratou de acompanhá-la até a saída.

— Faça uma boa viagem, agente. E lembre-se de nós de vez em quando.

Mila fez que sim porque não tinha mais nada a dizer. Em dois segundos, viu-se do outro lado da porta, vendo o batente se fechar.

Gostaria de discutir a questão com Goran Gavila, pois estava certa de que ele não sabia daquela dispensa repentina. Mas ele já tinha ido para casa. Algumas horas antes ouviu quando combinava o jantar pelo telefone. A julgar pelo tom usado, a pessoa do outro lado da linha não devia ter mais que 8, 9 anos. Eles iam pedir uma pizza.

Mila entendeu que Goran tinha um filho. Quem sabe havia uma mulher em sua vida e ela também partilharia a noite agradável que pai e filho estavam preparando. Sentiu um movimento de inveja daquela mulher, sem saber por quê.

Devolveu a credencial na entrada e recebeu um envelope com uma passagem de trem para voltar para casa. Dessa vez ninguém a acompanharia à estação. Teria que chamar um táxi, com a esperança de que seu comando reembolsasse a despesa, e passar no motel para pegar suas coisas.

Uma vez na rua, Mila descobriu, porém, que não tinha pressa. Olhou em torno, respirou aquele ar que, de repente, lhe pareceu muito límpido e tranquilo. A cidade surgia meio imersa numa bolha inusitada de frio, equilibrada no limiar de um acontecimento meteorológico iminente. Um grau a mais ou a menos e tudo mudaria. Aquele ar rarefeito escondia a promessa prematura de uma nevasca. Caso contrário, tudo ficaria como estava, imóvel.

Tirou a passagem do envelope: ainda faltavam três horas para o trem. Mas estava pensando em outro assunto. Será que aquele lapso de tempo seria suficiente para fazer o que tinha em mente? Não tinha como sabê-lo, a não ser tentando. Afinal, se aquilo fosse mais um tiro n'água, ninguém ficaria sabendo. E não podia partir mergulhada naquela dúvida.

Três horas. Faria com que fossem suficientes.

Tinha alugado um carro e estava viajando há cerca de uma hora. Os cumes dos montes recortavam o céu diante dela. Casas de madeira, com tetos inclinados. Das chaminés saía uma fumaça cinzenta, perfumada de resina. A lenha estava arrumada nos pátios. Das janelas, uma luz ocre e confortável.

Percorrendo a Estatal 115, Mila pegou a saída 25. Estava indo para o colégio que hospedou Debby Gordon. Queria ver seu quarto. Estava convencida de que encontraria alguma pista que pudesse conduzi-la à menina número seis, a seu nome. Embora o inspetor-chefe Roche achasse que era completamente inútil, Mila não podia deixar para trás aquela identidade incompleta. Era um pequeno gesto de piedade. A notícia de que as meninas desaparecidas não eram apenas cinco ainda não tinha sido divulgada, portanto ninguém ainda tivera a possibilidade de chorar a sexta vítima. E não o faria sem um nome, Mila sabia bem disso. Ela se transformaria na mancha branca sobre uma lápide, na pausa silenciosa no final de uma breve lista de nomes. Não poderia permitir algo assim.

Na realidade, havia uma outra ideia que a obcecava, pela qual tinha percorrido tantos quilômetros. O colégio se encontrava numa cidadezinha encantadora, a 1.200 metros de altitude. As ruas estavam desertas àquela hora. O edifício da escola ficava um pouco fora da cidade, sobre uma colina circundada por um belo parque, com um haras e campos de tênis e basquete. Para chegar lá era preciso percorrer uma longa alameda, na qual se demoravam os estudantes de retorno das atividades esportivas. As risadas cristalinas daqueles jovens quebravam o aviso de silêncio.

Mila ultrapassou-os e estacionou no pátio. Pouco depois, apresentou-se na secretaria, pedindo para visitar o quarto de Debby, com a esperança de que ninguém criasse problemas. Depois de consultar um superior, a funcionária voltou e disse que podia ir. Por sorte, depois de sua conversa, a mãe de Debby tinha ligado para avisar de sua visita. A funcionária lhe entregou um crachá no qual estava escrito “Visitante” e indicou o caminho.

Mila percorreu o corredor até a ala onde ficavam os quartos das estudantes. Não foi difícil encontrar o de Debby. Suas colegas tinham coberto a porta de fitas e bilhetinhos coloridos. Diziam que sentiam muito a sua falta e que nunca a esqueceriam. E havia o previsibilíssimo “Você estará para sempre em nossos corações”.

Pensou em Debby, nos telefonemas feitos aos pais para que a levassem de volta para casa, no isolamento que uma menina de sua idade, tímida e desajeitada, pode sofrer num lugar como aquele, por obra das colegas. E por isso achou os bilhetes de mau gosto, uma manifestação hipócrita de um afeto tardio. "Podiam tê-la notado quando estava aqui", pensou, "ou quando alguém a levou daqui bem debaixo dos seus narizes."

Gritos e um burburinho alegre provinham do fundo do corredor. Ultrapassando os tocos de velas já extintas que alguém tinha colocado na soleira da porta como sinal de recordação, Mila penetrou no refúgio de Debby.

Fechou a porta atrás de si e logo se fez silêncio. Esticou a mão até o abajur e acendeu. O quarto era pequeno. Na frente, havia uma janela que dava diretamente para o parque. Encostada à parede, via-se uma escrivaninha muito organizada, coroada por prateleiras cheias de livros. Debby gostava de ler. À direita, a porta do banheiro estava fechada e Mila resolveu que a deixaria para o final. Na cama, jaziam alguns bichinhos de pelúcia que encararam a agente com seus olhos frios e inúteis, fazendo com que se sentisse uma intrusa. O quarto estava inteiramente coberto por pôsteres e fotografias que mostravam Debby em casa, com os colegas da antiga escola, as amigas e o cachorro Sting. Os afetos dos quais tinha sido arrancada para frequentar aquele colégio de elite.

Debby era uma menina que guardava em si os traços de uma mulher belíssima, observou Mila. Seus colegas só perceberiam isso muito tarde, arrependendo-se de não ter entrevisto antes o cisne escondido naquele patinho perdido. Mas então ela trataria sabiamente de ignorá-los.

Voltou com a memória à autópsia a que tinha assistido, quando Chang retirou o plástico do rosto e entre os cabelos apareceu a fivela com o lírio branco. O assassino tinha penteado seus cabelos e Mila relembrou sua conclusão de que tinha feito isso para eles.

— Mas não, estava bonita para Alexander Bermann...

Seu olhar foi atraído por um pedaço da parede estranhamente vazia. Aproximou-se e descobriu que a tinta tinha sido arrancada em vários pontos. Como se tivessem arrancado algo colado ali. Outras fotos? Mila teve a sensação de que aquele lugar tinha sido violado. Outras mãos, outros olhos tinha tocado o mundo de Debby, seus objetos, suas lembranças. Talvez a mãe tivesse retirado as fotos da parede, devia ter verificado isso.

Ainda estava pensando nessa circunstância quando um rumor a sacudiu. Vinha de fora, mas não do corredor. Vinha de trás da porta do banheiro.

Levou instintivamente a mão à cintura, em busca da pistola. Quando a pegou, arriscou-se a sair da posição em que se encontrava, até ficar diante do banheiro com a arma em punho. Mais um barulho, dessa vez mais nítido. Sim, tinha alguém lá dentro. Alguém que não tinha percebido sua presença. Alguém que, como ela, pensou que aquela era a melhor hora para entrar sem ser perturbado no quarto de Debby e tirar alguma coisa... Provas? Seu coração batia loucamente. Não ia entrar, ficaria esperando.

A porta se abriu de um só golpe. Mila tirou o dedo da posição de segurança para o gatilho. Depois, por sorte, parou. A menina escancarou os braços com o susto, deixando cair o que segurava.

— Quem é você? — perguntou Mila.

A menina balbuciou:

— Sou amiga de Debby.

Mentia. Mila tinha certeza disso. Recolocou a pistola na cintura e olhou para o chão, para os objetos caídos. Havia um vidrinho de perfume, algumas embalagens de xampu e um chapéu vermelho de abas largas.

— Vim pegar tudo o que tinha emprestado a ela — mas a frase soou como uma desculpa esfarrapada. — As outras também já passaram por aqui.

Mila reconheceu o chapéu vermelho numa das fotografias na parede. Usado por Debby. E entendeu que tinha sido testemunha de uma pilhagem que provavelmente tinha começado alguns dias antes, protagonizada pelas colegas de Debby. Não seria estranho se alguma delas tivesse pego as fotos da parede.

— Está bem — disse secamente. — Saia daqui, agora.

A menina hesitou um instante, depois pegou o que estava no chão e saiu do quarto. Mila deixou que o fizesse. Debby ia preferir assim. Aquelas coisas não serviriam para sua mãe, que ficaria culpada pelo resto da vida por tê-la mandado para aquele lugar. No fundo, achava que a Sra. Gordon tinha tido "sorte" — se é que se pode falar de sorte num casos desses — por ter pelo menos o corpo da filha para chorar.

Mila começou a remexer nos cadernos e livros. Queria um nome e ia conseguir. É bem verdade que seria bem mais fácil se encontrasse o diário de Debby. Ela com certeza tinha um para confiar suas tristezas. E, como todas as meninas de 12 anos, ela o guardava num lugar secreto. Mas não muito distante do coração. Onde pudesse pegá-lo assim que sentisse necessidade. "E quando é que temos necessidade de buscar refúgio naquilo que temos de mais caro?", perguntou-se. À noite, foi a resposta. Dobrou-se diante da cama e enfiou a mão debaixo do colchão, tateando até encontrar algo.

Era uma caixa de lata com coelhinhos prateados, fechada com um pequeno cadeado.

Apoiou-a na cama e olhou ao redor, procurando o lugar onde a chave poderia estar escondida. Mas de repente lembrou que a tinha visto. Foi durante a autópsia do cadáver de Debby. Estava pendurada na pulseira que usava no pulso direito.

Ela mesma tinha entregado a chave à mãe da menina e agora não tinha tempo para recuperá-la. Resolveu, portanto, arrombar a caixa. Usando uma esferográfica como alavanca, conseguiu desencaixar os anéis nos quais o cadeado estava preso. E ergueu a tampa. Lá dentro havia uma miscelânea de sachês, flores secas e madeiras perfumadas. Um alfinete de fralda manchado de sangue que deve ter servido para um ritual de irmãs de sangue. Um lencinho de seda bordado. Um urso de borracha com as orelhas comidas. As velas de um bolo de aniversário. O tesouro de lembranças de uma adolescente.

Mas nenhum diário.

"Estranho", ruminou Mila. As dimensões da caixa e a escassez do conteúdo restante faziam pensar na existência de algo mais. Assim como o fato de que Debby sentisse necessidade de proteger o todo com um cadeado. Mas talvez não existisse mesmo nenhum diário.

Decepcionada com o tiro n'água, olhou para o relógio: tinha perdido o trem. Então, dava no mesmo ficar por ali tentando achar algo que a levasse à misteriosa amiga de Debby. Antes, quando remexia nos objetos da menina, aquela sensação que já tinha experimentado tantas vezes sem conseguir identificar havia retornado.

Cócegas na base do pescoço.

Não podia ir embora sem saber primeiro o que era. Mas precisava de alguém ou de alguma coisa que servisse de apoio para seus pensamentos fugidios, para acertar sua trajetória. Apesar do adiantado da hora, Mila tomou uma decisão sofrida, mas necessária.

Discou o número de telefone de Goran Gavila.

— Dr. Gavila, é Mila...

O criminologista ficou mudo, sem dizer uma palavra durante alguns segundos.

— Em que posso ajudá-la, Mila?

Tinha um tom aborrecido? Não, era impressão. A agente começou contando que devia estar num trem naquela hora mas que, ao contrário, estava no quarto de Debby Gordon no colégio. Preferiu contar toda a verdade e Goran ficou ouvindo. Quando terminou, houve um longo silêncio do outro lado.

Mila não podia saber disso, mas Goran estava fitando os armários da cozinha com uma xícara de café fumegante na mão. O criminologista ainda estava de pé porque tentou contatar Roche várias vezes para evitar seu suicídio midiático, sem sucesso.

— Talvez tenhamos sido um pouco apressados com Alexander Bermann.

Mila percebeu que Gavila tinha falado com um fio de voz, quase como se tivesse que fazer um esforço para que aquela frase saísse de seus pulmões.

— Eu também acho — concordou. — Como chegou a essa conclusão?

— Porque Debby Gordon estava em seu bagageiro. Por que não era a última menina em vez dela?

Mila repetiu a explicação de Stern para aquela estranha circunstância:

— Talvez Bermann tivesse cometido algum erro na ocultação do cadáver, algum passo em falso que poderia denunciá-lo, de forma que estava levando o corpo para um esconderijo melhor.

Goran ouviu, perplexo. Sua respiração do outro lado do fio era cadenciada.

— O que houve, disse algo errado?

— Não, mas não parece muito convencida do que diz.

— E não estou mesmo — concordou ela, depois de refletir um pouco.

— Falta alguma coisa, ou melhor, tem alguma coisa que não *combina* com o resto.

Mila sabia que um bom policial vive de intuições. Elas nunca são citadas nos relatórios oficiais: para eles, vale apenas a contabilidade dos "fatos". Mas como Gavila introduziu o argumento, Mila se arriscou a falar de suas sensações.

— Da primeira vez que aconteceu foi durante o relatório do legista. É como uma nota desafinada. Mas não consegui captá-la e perdi logo depois.

Cócegas na base do pescoço.

Ouviu que Goran arrastava uma cadeira em sua casa e também se sentou. Em seguida ele falou:

— Vamos tentar, só por hipótese, excluir Bermann...

— Certo.

— Vamos imaginar que o artífice disso tudo seja outra pessoa. Digamos que essa pessoa brotou do nada e enfiou uma menina com o braço cortado no bagageiro de Bermann...

— Bermann teria nos contado, para afastar as suspeitas — afirmou Mila.

— Não acredito — replicou Goran, seguro de si. — Bermann era um pedófilo: não teria afastado coisa nenhuma. Sabia muito bem que estava acabado. E se matou porque não tinha saída e para encobrir a organização da qual fazia parte.

Mila lembrou que o professor de música também tinha se matado.

— Mas o que faremos então?

— Recomeçar com Albert, o perfil neutro e impessoal que elaboramos no começo.

Pela primeira vez, Mila se sentiu envolvida no caso. O trabalho em equipe era uma experiência nova para ela. E gostou da ideia de trabalhar junto com Dr. Gavila. Não o conhecia muito, mas já tinha aprendido a confiar nele.

— Nosso pressuposto é de que o rapto das meninas e o cemitério de braços tenha um sentido. Talvez absurdo, mas existente. E para descobri-lo, precisamos conhecer nosso homem. Quanto mais o conhecermos, melhor o compreenderemos. Quanto melhor o compreendermos, mas nos aproximaremos dele. Isso é claro?

— Sim... Mas qual seria precisamente o meu papel? — perguntou.

O tom de Goran ficou mais baixo, a voz carregada de energia:

— É um predador, não? Então me ensine como se caça...

Mila abriu o bloco que trouxe consigo. Do outro lado, ele a ouviu folheando as páginas. A agente começou a ler suas notas sobre as vítimas:

— Debby, 12 anos. Desaparecida na escola. Os colegas lembram de tê-la visto sair no fim das aulas. No colégio só perceberam sua ausência na chamada do fim de tarde.

Goran deu um longo gole em seu café e perguntou:

— Fale-me da segunda...

— Anneke, 10 anos. No início, todos pensaram que tinha se perdido no bosque... A número três se chamava Sabine e era a menor: 7 anos. Aconteceu num sábado à noite, quando estava com os pais no parque de diversões.

— É a que ele tirou do carrossel debaixo dos olhos dos pais. Foi então que o alarme soou em toda a cidade. Nosso esquadrão interveio e então a quarta menina desapareceu.

— Melissa. A maior: 13 anos. Estava proibida de sair à noite, mas no dia de seu aniversário desobedeceu para comemorar com as amigas no boliche.

— Todas chegaram, menos Melissa — rememorou o criminologista.

— Sequestrou Caroline em sua cama, penetrando em sua casa... E depois foi a número 6.

— A que veio em seguida. Vamos ficar nas outras por enquanto.

Goran se sentia incrivelmente sintonizado com aquela agente. Era uma coisa que não experimentava há muito tempo.

— Preciso que você pense comigo, Mila. Diga: como o nosso Albert se comporta?

— Primeiro sequestra uma menina que está longe de casa e que é pouco sociável. Assim, ninguém perceberá nada e ele terá mais tempo...

— Tempo para fazer o quê?

— É um teste: quer estar seguro de que terá sucesso no que faz. E dispondo de tempo, sempre poderá se desfazer da vítima e desaparecer.

— Com Anneke já está mais relaxado, mas resolve sequestrá-la no mesmo bosque, distante de testemunhas... E com Sabine, como se comporta?

— Resolve sequestrá-la diante de todos: no parque de diversões.

— Por quê? — pressionou Goran.

— Pelo mesmo motivo pelo qual rapta Melissa quando todos já estão em alerta. E Caroline em sua própria casa.

— E qual é esse motivo?

— Ele se sente forte, adquiriu segurança.

— Muito bem — disse Goran. — Continue... Agora conte desde o começo a história das irmãs de sangue...

— Coisa de criança. Furam o dedo indicador com um alfinete de segurança e depois unem os dedos, recitando juntas uma cantilena.

— Quem são as duas meninas?

— Debby e a número 6.

— Por que Albert escolheu essas duas? — perguntou-se Goran. — É absurdo. As autoridades já estavam em alerta, todos procuram por Debby e ele tem a pachorra de retornar para sequestrar sua melhor amiga! Por que correr um risco desse tipo? Por quê?

Mila sabia aonde o criminologista pretendia chegar, mas apesar de ela ter pronunciado as palavras, foi ele quem a conduziu ate lá.

— Creio que se trata de uma questão de *desafio*...

A última palavra pronunciada por Mila teve o efeito de abrir uma porta fechada na mente do criminologista, que se levantou da cadeira e começou a caminhar pela cozinha.

— Continue...

— Queria demonstrar algo. Que é mais esperto, por exemplo.

— O melhor de todos. É evidente que se trata de um egocêntrico, de um homem afetado por um distúrbio narcísico de personalidade... Mas agora fale sobre a número 6.

Ela pareceu perdida.

— Não sabemos nada...

— Fale assim mesmo. Use o que sabemos...

Mila largou o bloco, pois agora seria obrigada a improvisar.

— Tudo bem, vamos ver... Tem mais ou menos a idade de Debby, pois eram amigas. Portanto, cerca de 12 anos. O exame da calcificação óssea confirma isso.

— Certo... E depois?

— Segundo a perícia médico-legal, morreu de forma diferente.

— Como? Não lembro bem...

Foi procurar a resposta no bloco.

— Teve o braço cortado, como as outras. Só que em seu sangue e nos tecidos do corpo havia traços de um coquetel de medicamentos.

Goran fez com que repetisse os nomes dos remédios listados por Chang. Antiarrítmicos como a disopiramida, ACE-inibidores e atenol, que é um betabloqueador...

Era isso que não o convencia.

— É isso que não me convence — disse Mila. E Goran Gavila foi atravessado num segundo pela suspeita de que aquela mulher fosse capaz de ler seus pensamentos.

— O senhor disse durante a reunião que Albert reduziu os batimentos cardíacos da menina para baixar a pressão — observou Mila. — E Dr. Chang acrescentou que seu objetivo era diminuir o sangramento, para que morresse mais lentamente.

Diminuir o sangramento. Para que morresse mais lentamente.

— Certo, é verdade, mas agora fale sobre os pais...

— Quais? — pergunta Mila, que não estava entendendo.

— Dane-se se não tem nada escrito nessa droga de bloco! Quero ouvir suas ideias, cacete!

Como é que ele sabia do bloco?, pensou, perturbada com aquela reação. Mas depois começou a raciocinar.

— Os pais da sexta menina não se apresentaram para o exame do DNA junto com os outros. Não sabemos quem são, porque ninguém notificou seu desaparecimento.

— E por que não? Será que ainda não sabem?

— Improvável.

Diminuir o sangramento.

— Talvez não tivesse pais! Talvez estivesse sozinha no mundo! Talvez ninguém se importe com ela! — Goran estava alterado.

— Não, ela tem família. É igual a todas as outras, lembra? Filha única, mãe com mais de 40 anos, casais que decidiram ter um filho só. Ele não muda, pois os pais são suas verdadeiras vítimas: é provável que não tenham filhos nunca mais. *Escolheu as famílias, não as meninas.*

— Perfeito — disse Goran, recompensando-a. — E daí?

Mila pensou um pouco. — Ele gosta de nos *provocar*. Quer o duelo. Como as meninas irmãs de sangue. É um enigma... Está nos pondo à prova.

Fazer com que morra mais lentamente.

— Se existem pais e sabem de tudo, então por que não denunciaram o desaparecimento? — insistiu Goran, deixando seu olhar passear sobre o pavimento da cozinha. Tinha a sensação de estar próximo de algo. Talvez de uma resposta.

— Porque têm medo?

A frase de Mila iluminou todos os cantos escuros da peça. E causou um prurido na base do pescoço, uma espécie de cócega...

— Medo de quê?

A resposta era uma consequência direta do que Mila tinha dito um pouco antes. Na verdade, não seria necessário, mas desejavam assim mesmo que a ideia ganhasse a forma das palavras, para agarrá-la melhor e evitar que se dissolvesse.

— Os pais têm medo de que Albert possa fazer mal à menina...

— Mas como, se já está morta?

Diminuir o sangramento. Para que morresse mais lentamente.

Goran parou, dobrando-se sobre os joelhos. Mila, ao contrário, ficou de pé.

— Ele não diminuiu o sangramento... *Ele o deteve.*

Chegaram juntos.

— Oh, meu Deus... — disse ela.

— Sim... ainda está viva.

11

A menina abre os olhos.

Respira profundamente, como se tivesse emergido de um abismo líquido e pequenas mãos invisíveis ainda a puxassem para baixo. Mas faz um esforço para permanecer equilibrada naquela consciência.

Uma pontada no ombro esquerdo a desperta de vez.

A dor é insuportável, mas acaba lhe restituindo um pouco de lucidez. Tenta lembrar onde se encontra. Perdeu a orientação. Está deitada de costas, isso ela sabe. A cabeça gira e está cercada por uma cortina de escuridão. Sem dúvida, está com febre e não pode se mexer: sente-se pressionada para baixo. Apenas duas sensações conseguem permear as névoas daquela semiconsciência. O cheiro de umidade e de pedra, parecido com o de uma caverna. O eco repetido e enervante de uma gota que cai.

O que aconteceu?

As lembranças reafloram uma a uma a seu redor. Tem vontade de chorar. Lágrimas quentes começam a deslizar ao longo das faces, banhando os lábios secos. É assim que descobre que tem sede.

Deveriam ter ido para o lago naquele fim de semana. O pai, a mãe e ela. Há dias não pensava em outra coisa. No passeio em que o pai a ensinaria a pescar. Tinha catado minhocas no jardim e guardado numa caixa. Elas se mexiam, estavam vivas. Mas não tinha dado atenção. Ou melhor, achou que era um detalhe sem importância. Porque dava como certo que as minhocas não têm sentimentos e por isso não se perguntou como elas se sentiriam lá dentro. Agora se pergunta. Porque é exatamente assim que se sente agora. Sente pena delas, e de si mesma. E sente vergonha por ter sido cruel. Espera com todo o coração que quem quer que a tenha pego, arrancando-a de sua vida, seja melhor do que ela.

Não se lembra muito bem do que aconteceu.

Acordou cedo para ir à escola, antes mesmo da hora de sempre porque era quinta-feira e, como em todas as quintas, o pai não poderia levá-la, pois precisava visitar seus clientes. Vendia produtos para cabeleireiros que, prevendo o aumento da clientela nos fins de semana, refaziam seus estoques de fixadores e xampus, além de outros cosméticos para cabelo. Por isso, tinha que ir sozinha para a escola. Já fazia isso desde os 9 anos. Ainda lembrava da primeira vez em que ele a acompanhou no breve trajeto até o ponto de ônibus. Segurava sua mão, atenta às suas recomendações: olhar para os dois lados antes de atravessar, por exemplo, ou não se atrasar porque o motorista não ia ficar esperando por ela, ou ainda não parar para falar com desconhecidos porque podia ser perigoso. Com o tempo, aqueles conselhos tinham sido tão interiorizados que nem tinha mais a impressão de ouvir a voz do pai repetindo-os em sua cabeça. Era uma especialista.

Naquela quinta de manhã, levantou com uma alegria nova no coração. Além do iminente passeio ao lago, tinha outro motivo de felicidade. O curativo no dedo. A água quente do banho tinha soltado uma parte dele e ela pôde examinar a ponta do dedo com um misto de orgulho e dor.

Tinha uma irmã de sangue.

Não via a hora de revê-la. Mas isso não ia acontecer antes da tarde, pois estudavam em escolas diferentes. Trocariam as últimas novidades no lugar de sempre, pois já fazia alguns dias que não se encontravam. Depois iam brincar, fazer planos e, antes de se despedirem, renovariam a promessa solene de serem amigas para sempre.

Sim, ia ser um grande dia.

Enfiou o livro de álgebra na mochila. Era sua matéria preferida e suas notas confirmavam isso. Às 11 horas teria aula de educação física, de modo que pegou um body numa gaveta de seu armário e colocou os tênis, junto com as meias de esponja, num envelope de papelão. Estava arrumando a cama quando a mãe a chamou para o café da manhã. À mesa, todos tinham sempre muita pressa. Aquela manhã não foi diferente das outras. O pai, que em geral bebia apenas um café, ficou de pé ao lado do móvel lendo o jornal, que segurava diante do rosto com uma das mãos, enquanto a outra empunhava a xícara, servindo de teleférico até os lábios. Sua mãe já estava grudada no telefone com um colega e tinha colocado seus ovos no prato sem perder uma única palavra do que ele dizia. Houdini estava enrodilhado em sua cesta e não tinha se dignado a lhe dar um olhar sequer desde que descera. Seu avô tinha dito que, como ele, aquele gato sofria de pressão baixa e por isso precisava de um pouco de tempo para carburar de manhã. Já fazia tempo que tinha parado de sofrer com a indiferença de Houdini: existia um acordo tácito de divisão dos espaços entre eles, e isso era suficiente.

Quando acabou de comer, colocou o prato sujo na água da pia e deu a volta na cozinha para receber um beijo dos pais na testa. Saiu de casa.

Ao vento, ainda sentia no rosto a marca úmida de café dos lábios do pai. O dia estava claro. As poucas nuvens que sujavam o céu nada tinham de ameaçador. Segundo as previsões, o tempo se manteria assim durante o fim de semana. "Ótimo para uma bela pescaria", comentou o pai. E com aquela promessa no coração, encaminhou-se pela calçada em direção ao ponto de ônibus. Eram 329 passos. Tinha contado. Com o passar dos anos, aquele número foi se reduzindo. Sinal de que estava crescendo. Tratava de calculá-los periodicamente. Como naquela manhã. E quando estava dando o passo 311, alguém a chamou.

Nunca mais esqueceria aquele número. O ponto preciso em que sua vida foi despedaçada.

Virou-se e o viu. Aquele homem sorridente que vinha a seu encontro não tinha um rosto familiar. Mas como tinha ouvido ele pronunciar seu nome, pensou: "Se me conhece, não pode ser um perigo". À medida que prosseguia em sua direção, tentava observá-lo melhor para ver quem era. Ele tinha apressado o passo para alcançá-la, e ela esperou. Seus cabelos... eram estranhos. Como os de uma boneca que tinha quando era pequena. Pareciam postiços. Quando entendeu que o homem estava usando uma peruca, já era tarde demais. Também não tinha notado o furgão branco estacionado. Ele a agarrou, abriu a porta e entrou junto com ela no veículo. Tentou gritar, mas a mão dele apertava sua boca. A peruca tinha caído da cabeça e ele apertou um lencinho molhado em seu rosto. Depois, as lágrimas repentinas e incontidas, pontinhos negros e manchas vermelhas diante dos olhos que descoloriam o mundo. Por fim, a escuridão.

Quem é esse homem? O que quer dela? Por que a trouxe para lá? Onde se encontra agora?

As perguntas chegam velozes, partindo de novo sem resposta. As imagens de sua última manhã de menina desmaiam e ela se vê de novo naquela caverna — o ventre úmido do monstro que a engoliu. Em compensação, aquela confortável sensação de torpor está voltando. "Qualquer coisa, desde que não tenha que pensar nisso tudo", pensa. Fecha os olhos, mergulhando mais uma vez no mar de sombras que a circunda.

Nem percebe que uma daquelas sombras a observa.

12

A neve tinha caído copiosamente a noite inteira, pousando como um silêncio sobre o mundo.

A temperatura tinha se amenizado e uma pálida brisa varria as ruas. Enquanto o tão esperado acontecimento meteorológico desacelerava tudo, um novo frenesi tomava conta do esquadrão.

Tinham finalmente um objetivo. Uma forma de remediar, embora só em parte, todo aquele mal. Encontrar a sexta menina, salvá-la. E assim, salvarem a si mesmos.

— Contanto que ainda esteja viva — continuava a insistir Goran, arrefecendo um pouco o entusiasmo dos outros.

Depois da descoberta, Chang foi crucificado por Roche por não ter chegado antes àquela conclusão. A imprensa ainda não tinha sido informada da existência de uma sexta menina sequestrada, mas o inspetor-chefe estava elaborando preventivamente um álibi midiático e precisava de um bom bode expiatório.

Nesse meio-tempo, Roche convocou uma equipe de médicos — cada um com uma especialidade — para que respondessem a uma única e fundamental questão:

— Quanto tempo poderia sobreviver uma menina nessas condições?

A resposta não foi unívoca. Os mais otimistas sustentavam que, com os cuidados médicos apropriados e se não surgissem infecções, podia resistir entre dez e vinte dias. Os pessimistas afirmavam que, apesar de sua juventude, com uma amputação como aquela, a expectativa de vida tinha forçosamente que diminuir à medida que as horas passavam e, portanto, era bem provável que a menina já estivesse morta.

Roche não ficou satisfeito e resolveu de todo modo continuar a sustentar publicamente que Alexander Bermann era o principal suspeito. Embora estivesse convencido de que o agente de comércio era completamente estranho ao desaparecimento das meninas, Goran não ia desmentir a versão oficial do chefe. Não era uma questão de verdade. Sabia que Roche não podia ficar com a cara no chão, tendo que engolir suas declarações anteriores sobre a culpa de Bermann. Prejudicaria não apenas a ele mesmo, mas também a credibilidade de seus métodos investigativos.

Mas a convicção do criminologista era, ao contrário, de que aquele homem tinha, de certo modo, sido "escolhido" expressamente pelo verdadeiro responsável.

De repente, Albert tinha voltado a ser o centro de suas atenções.

— Ele sabia que Bermann era um pedófilo — disse Goran quando todos se reuniram na sala de operações. — Por um instante, nós o subestimamos.

Um elemento novo tinha se inserido no perfil de Albert. Eles o intuíram pela primeira vez quando Chang descreveu as lesões nos braços encontrados, definindo como "cirúrgica" a precisão com que o homicida tinha executado o corte mortal. A utilização de medicamentos para induzir uma diminuição da pressão sanguínea na sexta menina só avalizava as capacidades clínicas do homem. Enfim, o fato de que provavelmente ainda estava viva levava a pensar que possuía um conhecimento notável das técnicas de reanimação e dos procedimentos de terapia intensiva.

— Poderia ser ou ter sido um médico no passado — refletiu Goran.

— Vou fazer uma pesquisa nos registros profissionais: talvez tenha sido expulso — disse Stern imediatamente.

Era um bom começo.

— Como será que consegue os remédios para mantê-la viva?

— Ótima pergunta, Boris. Vamos verificar as farmácias particulares e os hospitais que fizeram requisição desses medicamentos.

— Talvez venha fazendo um estoque há meses — observou Rosa.

— Sobretudo antibióticos: vai precisar deles para evitar infecções... O que mais?

Aparentemente, não havia mais nada. Agora, tratava-se de descobrir onde estava a menina, viva ou morta.

Na sala de operação todos olharam para Mila. A especialista era ela, a pessoa a ser consultada para alcançar o objetivo que daria um sentido ao trabalho de todos.

— Precisamos encontrar um jeito de entrar em contato com a família.

Os presentes trocaram olhares, até que Stern perguntou:

— Por quê? Agora temos uma vantagem sobre Albert: ele ainda não sabe que sabemos.

— Acreditam mesmo que a mente capaz de imaginar tudo isso não teria previsto todos esses nossos movimentos com grande antecedência?

— Se nossa hipótese for correta, ele a mantém viva para nós.

Gavila interveio para apoiar Mila, oferecendo-lhe sua nova teoria como um presente.

— É ele quem conduz o jogo e a menina é o prêmio final. É uma competição de quem é mais esperto.

— Então não vai matá-la? — perguntou Boris.

— Não será ele a matá-la. Seremos nós.

Era uma constatação dura de digerir, mas constituía a essência daquele desafio.

— Se levarmos muito tempo para encontrá-la, a menina morrerá. Se o irritarmos de alguma forma, a menina morrerá. Se não respeitarmos as regras, a menina morrerá.

— As regras? Que regras? — perguntou Rosa, mal escondendo a ansiedade.

— As que ele estabeleceu e que nós, infelizmente, não conhecemos. Os percursos por onde se move sua mente são obscuros para nós, mas muito claros para ele. À luz disso, cada uma de nossas ações pode ser interpretada como uma violação das regras do jogo.

Stern concordou, absorto.

— Portanto, falar diretamente com a família da sexta menina seria uma forma de dar sequência à partida.

— É — disse Mila. — É isso que Albert espera de nós nesse momento. Ele já conta com isso. Mas está convencido de que vamos fracassar, pois os pais estão apavorados demais para se revelarem: do contrário, já teriam feito isso. Quer demonstrar que seu poder de persuasão é mais poderosa do que qualquer tentativa nossa. Paradoxalmente, está tentando aparecer como o "herói" dessa história aos olhos deles. É como se dissesse: "Só eu tenho condições de salvar sua menina, só podem confiar em mim..." Dá para perceber quanta pressão psicológica ele consegue exercer? Se, ao contrário, conseguirmos convencer esses pais a entrar em contato conosco, teremos marcado um ponto a nosso favor.

— Mas existe o perigo de ferir sua suscetibilidade — protestou Sarah Rosa, que não parecia muito de acordo.

— É um risco que precisamos correr. Mas não creio que faça mal à menina por isso. Vai nos punir, talvez tirando-nos mais tempo. Não vai matá-la por enquanto: primeiro, quer exibir sua obra completa.

Goran pensou que a rapidez com que Mila tinha dominado os mecanismos da investigação era realmente extraordinária. Conseguia traçar com precisão as linhas de conduta. Contudo, embora já lhe dessem ouvidos, não seria nada fácil para ela ser aceita definitivamente pelos colegas. Tinha sido enquadrada, de início, como uma presença estranha, da qual não precisavam, e essa opinião certamente não mudaria de uma hora para outra.

Naquele momento, Roche decidiu que já tinha ouvido o suficiente e resolveu intervir:

— Faremos o que a agente Vasquez sugeriu: divulgaremos a notícia da existência de uma sexta menina sequestrada e, ao mesmo tempo, faremos um apelo público à família. Santo Deus, precisamos mostrar que temos colhões! Já estou cansado de ficar à espera dos acontecimentos, como se as decisões estivessem realmente nas mãos desse monstro!

Alguns ficaram espantados com o novo comportamento do inspetor-chefe. Goran não. Sem perceber, Roche estava apenas fazendo uso da técnica do serial killer de inverter os papéis e, consequentemente, as responsabilidades: se não encontrassem a menina, seria tão somente porque os pais não confiaram nos investigadores, preferindo permanecer na sombra...

De todo modo, havia um fundo de verdade em suas palavras: tinha chegado a hora de tentar antecipar os acontecimentos.

— Vocês ouviram aqueles charlatões, não? A sexta menina só dispõe de, no máximo, dez dias!

Então Roche encarou um por um dos membros do esquadrão e anunciou, muito sério:

— Está resolvido: vou reabrir o Estúdio.

Na hora do jantar, durante o telejornal, na tela apareceu o rosto de um novo ator. Tinha sido escolhido para anunciar o apelo aos pais da sexta menina. Era uma figura familiar e daria ao assunto a dose certa de participação emocional. A ideia veio obviamente de Roche. Mila a considerou adequada: desencorajaria muita gente mal intencionada e mitomaníaca que costuma ligar para o número colocado na tela.

Mais ou menos na mesma hora em que os telespectadores eram informados, com um misto de horror e esperança, da existência de uma sexta menina sequestrada e ainda viva, eles tomavam posse do Estúdio.

Era um apartamento situado no quarto andar de um edifício anônimo perto do centro. O prédio hospedava sobretudo alguns setores secundários da Polícia Federal, na maioria administrativos e contábeis, além dos já superados arquivos em papel que ainda não tinham sido digitalizados nas novas bases de dados.

Antigamente, o apartamento fazia parte dos alojamentos de segurança do Programa de Proteção às Testemunhas e era usado para receber as pessoas que necessitavam de cobertura da polícia. O Estúdio estava perfeitamente encaixado entre dois outros apartamentos iguais. Por isso, era desprovido de janelas. A aparelhagem de ar-condicionado funcionava o tempo todo, e o único acesso era a porta principal. As paredes eram muito espessas e dispunham de vários dispositivos de segurança. Visto que o alojamento já não era utilizado para seu fins originais, os dispositivos tinham sido desativados. Restava apenas a pesada porta blindada.

Goran tinha reivindicado um local como aquele desde os tempos em que a unidade de investigação de crimes violentos tinha sido instituída. Para Roche, não custava nada satisfazê-lo: simplesmente lembrou daquele apartamento de segurança que ninguém utilizava há anos. O criminologista defendia a necessidade de conviverem lado a lado durante o desenvolvimento do caso. Assim as ideias podiam circular facilmente, sendo partilhadas e processadas imediatamente, sem mediações. A convivência forçada gerava uma consonância que servia para alimentar um único cérebro pulsante. Dr. Gavila apenas tomou emprestados os métodos de constituição do ambiente de trabalho da *new economy*, feito de espaços comuns e com uma distribuição horizontal das funções, oposta à repartição vertical vigente na polícia, ligada à divisão por patente, que tantas vezes gera conflitos e competições. No Estúdio, ao contrário, as diferenças eram anuladas, as soluções evoluíam e a contribuição de cada um era requisitada, ouvida e considerada.

Quando Mila atravessou a soleira, pensou imediatamente que *aquele* era o lugar onde se capturavam os serial killers. Não acontecia no mundo real, mas ali dentro, entre aquelas paredes.

No centro de tudo não estava uma simples caça ao culpado, mas o esforço de compreender o plano que se escondia atrás de uma sequência aparentemente incompreensível de crimes hediondos. A visão deformada de uma mente doente.

No exato momento em que o completou, Mila tomou consciência de que aquele passo seria o prelúdio de uma nova fase da investigação.

Stern carregava a bolsa marrom de couro falso que a mulher tinha preparado para ele e abriu caminho para os demais. Boris, com a mochila nas costas, depois Rosa e, por último, Mila.

Além da porta blindada havia uma gaiola revestida de vidros à prova de bala que costumava hospedar os guardas da vigilância. No interior, os monitores desligados do sistema de vídeo, um par de cadeiras giratórias e um cabide de armas, vazio. Uma segunda passagem de segurança com portão elétrico separava aquele vestíbulo do resto da casa. Certamente era acionado pelos guardas, mas agora estava escancarado.

Mila notou que havia um cheiro de fechado, de umidade e de fumaça velha, além do zumbido incessante dos ventiladores da aparelhagem de condicionamento do ar. Não seria fácil dormir ali, devia ter trazido tampões para os ouvidos.

Um longo corredor cortava o apartamento em dois. Nas paredes, papéis e fotografias de um caso anterior.

O rosto de uma moça jovem e bonita.

Pelos olhares trocados entre os outros, Mila compreendeu que o caso não tinha se resolvido da melhor maneira e que provavelmente nunca mais tinham colocado os pés naquele lugar.

Ninguém falou, ninguém explicou nada. Boris apenas murmurou:

— Puta que o pariu, podiam pelo menos ter tirado a cara dela das paredes!

Os quartos eram decorados com velhos móveis de escritório que, com muita imaginação, foram transformados em roupeiros e armários. Na cozinha, uma escrivaninha fazia as vezes de mesa de refeição. A geladeira ainda era um daqueles modelos à base de gases que prejudicam a camada de ozônio. Alguém tinha se dado ao trabalho de desligá-la e deixá-la aberta, mas não retirou os resíduos escurecidos de comida chinesa. Havia uma sala comum, com dois sofás, uma TV e tomadas para ligar notebooks e periféricos. Num canto, havia uma máquina de café. Cá e lá, cinzeiros sujos e restos de todo tipo, sobretudo copos de papel de um conhecido fast-food. O banheiro era único, pequeno e malcheiroso. Ao lado do chuveiro, tinham colocado um velho fichário coroado por frascos de sabonete líquido, xampus meio usados e um pacote com cinco rolos de papel higiênico. Dois quartos fechados eram reservados para os interrogatórios.

No fundo do apartamento ficava o dormitório: três beliches e dois leitos embutidos na parede. Uma cadeira para cada cama, que servia para colocar a mala ou os objetos pessoais. Todos dormiam juntos. Mila esperou que os outros tomassem posse das camas, imaginando que cada um já tivesse a sua. Ela, na qualidade de última a chegar, ficaria com a que sobrasse. No final, optou por um dos leitos. O mais distante de Rosa.

Boris foi o único a ficar com a cama de cima de um beliche.

— Stern ronca — avisou à meia-voz quando passou a seu lado.

O tom divertido e o sorriso que acompanharam a confidência impertinente fizeram Mila pensar que a irritação contra ela tinha se dissipado. Melhor assim: tornaria a convivência menos difícil. Já tinha partilhado espaços com colegas em outras ocasiões, mas para ela sempre foi bastante complicado socializar com eles. Até com as representantes de seu próprio sexo. Enquanto entre os outros se instaurava uma camaradagem natural, ela continuava a ficar de lado, incapaz de vencer a distância. No início, sofria com isso. Depois tinha aprendido a criar um "bolha de sobrevivência", uma porção de espaço no qual só entrava o que ela permitia, inclusive sons e rumores, além dos comentários de quem se mantinha distante.

No segundo leito do dormitório já estavam arrumadas as coisas de Goran, que esperava por eles na sala principal. A sala que Boris, por iniciativa própria, tinha batizado de Pensatório.

Entraram em silêncio e encontraram o criminologista de costas, escrevendo no quadro a seguinte frase: "Conhecedor de técnicas de reanimação e procedimentos de terapia intensiva: provável médico."

Nas paredes estavam espetadas as fotografias das cinco meninas, os instantâneos do cemitério de braços e do carro de Bermann, além das cópias de todos os relatórios do caso. Numa caixa colocada num canto, Mila reconheceu o rosto da moça bonita: certamente o doutor tinha retirado aquelas imagens da parede para colocar as novas.

No centro da sala, cinco cadeiras dispostas em círculo.

O *Pensatório*.

Goran percebeu o olhar de Mila para a decoração e tratou de precisar:

— Serve para aumentar o foco. Precisamos nos concentrar no que temos. Organizei tudo de acordo com um método que considero correto. Mas como digo sempre, se não gostarem de algo, podem mudar. Podem tirar o que quiserem do lugar. Nessa sala, somos livres para fazer o que nos der na cabeça. As cadeiras são uma pequena concessão, mas o café e o toalete serão um prêmio, portanto, temos que merecê-los.

— Perfeito — disse Mila. — O que vamos fazer?

Goran bateu as mãos uma vez e indicou o quadro em que já tinha começado a anotar as características do seu serial killer.

— Precisamos entender a personalidade de Albert. À medida que formos descobrindo novos detalhes, anotaremos aqui... Lembra-se da história de entrar na cabeça dos serial killers e tentar pensar como eles?

— Claro!

— Pois bem, pode esquecer: é tudo besteira. É impossível. Nosso Albert possui uma justificação íntima para aquilo que faz, perfeitamente estruturada em sua psique. É um processo construído em anos de experiências, traumas ou fantasias. Portanto, não devemos tentar imaginar o que ele vai fazer, mas centrar nossos esforços em descobrir *como* conseguiu fazer o que fez, esperando chegar até ele dessa maneira.

Mila pensou que, de todo modo, o caminho de indícios traçado pelo *killer* tinha se interrompido depois de Bermann.

— Ele vai nos dar outro cadáver.

— Também acho, Stern. Mas no momento, tem alguma coisa faltando, não acha?

— O quê? — perguntou Boris que, como os outros, não entendeu aonde o criminologista pretendia chegar com aquele discurso. Mas Goran Gavila não era um homem de respostas fáceis e diretas. Preferia conduzi-los até um certo ponto do raciocínio, deixando que reconstruíssem o resto sozinhos.

— Um homicida em série se move num universo de símbolos. Percorre um caminho esotérico, iniciado muitos anos antes na intimidade de seu coração e que tem sequência agora no mundo real. As meninas sequestradas são apenas um meio para alcançar um objetivo, uma meta.

— É uma busca da felicidade — acrescentou Mila.

Goran olhou para ela.

— Exatamente. Albert está procurando um forma de satisfação, uma retribuição não somente *pelo que faz*, mas sobretudo *pelo que é*. Sua natureza sugere um impulso e ele apenas trata de segui-lo. E está tentando comunicar algo com o que faz...

Era o que estava faltando. Um sinal. Algo que os conduzisse *mais além* na exploração do personalíssimo mundo de Albert.

Sarah Rosa tomou a palavra:

— Não havia impressões no cadáver da primeira menina.

— É uma constatação acertada — aprovou Goran. — Na literatura sobre os serial killers — inclusive a elaboração cinematográfica da figura — sabe-se que o homicida em série tende sempre a "traçar" o próprio percurso deixando algumas pistas para serem seguidas pelos investigadores... Mas Albert não fez isso.

— Ou talvez tenha feito e a gente não percebeu.

— Talvez porque não tenhamos sido capazes de ler esse sinal — concedeu Goran. — Provavelmente, ainda não o conhecemos bastante. E por isso mesmo, chegou a hora de reconstruir os *estágios*...

Eram cinco. Referiam-se ao *modus operandi*. Nos manuais de criminologia, eram usados para dividir a ação dos serial killers, seccionando-a em momentos empíricos precisos que seriam analisados separadamente depois.

Parte-se do princípio de que o serial killer não nasceu assim, mas acumulou experiências e estímulos passivamente, numa espécie de incubação da personalidade homicida, que mais tarde deságua na violência.

A "fantasia" é o primeiro estágio desse processo.

— Antes de ser buscado na realidade, o objeto do desejo é longamente fantasiado — disse Goran. — Sabemos que o mundo interior de um serial killer é um enredo de estímulos e tensões, mas quando essa interioridade não é mais capaz de contê-los, a passagem para a ação é inevitável. A vida interior, da imaginação, acaba suplantando a vida real. É quando o serial killer começa a modelar a realidade que o cerca segundo sua própria fantasia.

— Qual é a fantasia de Albert? — perguntou Stern, enfiando na boca a enésima balinha de menta. — O que o fascina exatamente?

— O desafio — disse Mila.

— Talvez tenha se sentido menosprezado por muito tempo e agora quer demonstrar que é melhor que os outros... e melhor do que nós.

— Mas isso não foi simplesmente "fantasiado", não é? — perguntou Goran, não para obter uma confirmação, mas porque considerava que aquela fase já tinha sido superada. — Albert já foi além: planejou cada movimento prevendo qual seria a nossa reação. É ele quem detém o "controle". É o que está nos dizendo: ele se conhece bem, mas também nos conhece muito bem.

O segundo estágio é a "organização" ou "planejamento". É quando a fantasia amadurece, passando para uma fase prática que tem início indefectivelmente com a escolha da vítima.

— Já sabemos que ele não escolhe as meninas, mas as famílias. Os pais são seus verdadeiros alvos: os pais que só tiveram um filho. Quer puni-los por seu egoísmo... A simbolização da vítima não se manifesta nesse caso. As meninas são diversas entre si e as idades são diferentes, embora pouco. Fisicamente, não têm nenhum traço em comum, como cabelos louros ou sardas, por exemplo.

— É por isso que ele não toca nelas — disse Boris. — Não lhe interessam desse ponto de vista.

— Por que meninas então, e não meninos também? — perguntou Mila.

Ninguém sabia responder à sua pergunta. Goran concordou, refletindo sobre aquele detalhe.

— Também pensei nisso. Mas o problema é que não sabemos onde teve origem a sua fantasia. Muitas vezes a explicação é muito mais banal do que se possa pensar. Pode ser porque foi humilhado na escola por uma colega, quem sabe... seria interessante conhecer essa resposta. Mas ainda não existem elementos suficientes e precisamos nos limitar ao que temos em mãos.

O modo como Goran tinha estigmatizado sua intervenção incomodou Mila. No entanto, já sabia que o criminologista não tinha nada contra ela.

Era como se ele estivesse de certa maneira frustrado porque ela não conhecia todas as respostas.

A terceira fase é a do "engano".

— Como as vítimas foram atraídas? Que artifício Albert teve que usar para conseguir sequestrá-las?

— Debby, fora da escola. Anneke, no bosque onde se aventurou de mountain bike.

— Sabine foi raptada num carrossel, sob os olhos de todos — disse Stern.

— É que cada um olhava apenas para o próprio filho — acrescentou Rosa, com uma pontada de amargura. — As pessoas estão pouco se lixando, essa é a verdade.

— Em todo caso, agiu diante de um monte de gente. É tremendamente hábil, o filho da puta!

Goran fez sinal para que se acalmasse, não queria que a raiva por terem sido enganados de maneira tão ostensiva fosse mais forte que o resto.

— Sequestrou as duas primeiras em locais isolados. Constituíam uma espécie de ensaio geral. Quando adquiriu segurança, pegou Sabine.

— E com ela, elevou o nível do desafio.

— Não podemos esquecer que ainda não estava sendo procurado por ninguém: só ligaram os desaparecimentos entre si depois de Sabine e só então o medo começou...

— Sim, mas o fato de que Albert conseguiu raptá-la diante dos pais permanece. Desapareceu com ela como num jogo de prestidigitação. E não estou convencido, como diz Rosa, de que as pessoas que estavam lá não se importavam... Não, ele enganou toda aquela gente *também*.

— Muito bem, Stern, é com isso que temos que trabalhar — disse Goran. — Como Albert conseguiu isso?

— Já sei! É invisível!

A tirada de Boris arrancou um breve sorriso dos presentes. Mas Gavila achou que ela tinha um fundo de verdade.

— Isso nos diz que se trata de um homem comum e que tem ótimas qualidades de mimetismo: se fez passar por um pai de família quando tirou Sabine do cavalinho do carrossel para levá-la. Tudo isso tendo à disposição apenas quantos, quatro segundos?

— E escapuliu rapidamente, misturando-se à multidão.

— Será que a menina não chorou? Não protestou? — esbravejou Boris, incrédulo.

— Quantas crianças de 7 anos você conhece que não fazem manha para sair de um carrossel? — observou Mila.

— Mesmo que tenha chorado, era uma cena normal aos olhos dos presentes — disse Goran, retomando o fio do discurso. — Depois veio Melissa...

— O alarme já tinha se espalhado. Ele estava proibida de sair à noite, mas saiu assim mesmo para se encontrar com as amigas no boliche.

Stern levantou da cadeira, aproximando-se da foto em que Melissa sorria, na parede. A imagem tinha sido retirada do anuário da escola. Embora fosse a maior, seu físico ainda conservava traços da infância e além do mais ela não era muito alta. Mas em pouco tempo, ultrapassaria a fronteira da puberdade, seu corpo revelaria insuspeita maciez e os meninos começariam finalmente a notá-la. Por enquanto, a legenda ao lado da foto exaltava apenas seus dotes de atleta e sua participação no jornalzinho dos alunos, na qualidade de redatora-chefe. Seu sonho era ser repórter e nunca mais poderia se realizar.

— Albert estava esperando por ela. Aquele desgraçado...

Mila olhou para ele: o agente especial parecia perturbado com as próprias palavras.

— Caroline, ao contrário, foi sequestrada em sua própria cama, em casa.

— Tudo calculado...

Goran se aproximou do quadro, pegou uma caneta e começou a traçar pontos a toda velocidade.

— Simplesmente desapareceu como as duas primeiras. O fato de que existem dezenas de menores que fogem de casa todo dia porque tiraram uma nota ruim ou brigaram com os pais contou a seu favor. Por isso, ninguém ligou os dois desaparecimentos... A terceira devia mostrar claramente que se tratava de um sequestro, de modo que fosse dado o alarme... No caso da quarta, ele já sabia que Melissa não resistiria ao impulso de ir festejar com as colegas... E, enfim, quanto à quinta, já estudava o local e os hábitos da família há tempos para poder penetrar em casa sem ser percebido... O que podemos deduzir?

— Que se trata de artifícios sofisticados. Dirigido menos às vítimas e mais a quem devia protegê-las: os pais ou as forças de ordem — disse Mila.

— Não precisa de truques especiais para obter a confiança das meninas: ele as arrasta à força e pronto.

Mila lembrou que Ted Bundy, ao contrário, usava um falso gesso para inspirar confiança às universitárias quando as atraía. Era uma forma de parecer vulnerável a seus olhos. Pedia ajuda para transportar objetos pesados, convencendo-as a entrar em seu furgão. E quando já era tarde demais, elas percebiam que de seu lado não havia maçaneta...

Quando Goran acabou de escrever, anunciou o quarto estágio. O da "morte".

— Existe todo um "ritual" para provocar a morte que o serial killer repete a cada vez. Pode aperfeiçoá-lo com o tempo, mas em linhas gerais será sempre o mesmo. É sua marca de fábrica. Cada ritual é acompanhado também de um simbolismo particular.

— Por enquanto, temos seis braços e um único cadáver. Ele mata as meninas cortando seus braços de um só golpe, à exceção da última, como sabemos — acrescentou Sarah Rosa.

Boris pegou o relatório do patologista e leu:

— Chang diz que ele as matou imediatamente depois de sequestrá-las.

— Por que tanta pressa? — perguntou-se Stern.

— Porque não se interessa pelas meninas e, portanto, não tem nenhum interesse em mantê-las vivas.

— Ele não as vê como seres humanos — interveio Mila. — Para Albert, são apenas objetos.

— Inclusive a número 6 — pensaram todos. Mas ninguém teve a coragem de dizê-lo. Era evidente que, para Albert, o fato de que sofresse mais ou menos não tinha a menor importância. Precisava apenas mantê-la viva até atingir seu objetivo.

O último estágio é aquele da "desova dos restos".

— Primeiro um cemitério de braços, depois Albert coloca um cadáver no bagageiro de um pedófilo. Estaria nos mandando uma mensagem?

Goran interrogou os presentes com os olhos.

— Está nos dizendo que ele não é Alexander Bermann — afirmou Sarah Rosa. — Talvez queira, aliás, sugerir que foi vítima de abusos quando criança. É como se dissesse: "Vejam, sou como sou porque alguém me transformou num monstro!"

Stern sacudiu a cabeça.

— Gosta de desafios, de dar espetáculo. No entanto, as manchetes hoje eram todas para Bermann. Duvido que aceite partilhar a glória com outra pessoa. Não escolheu um pedófilo por vingança, deve ter tido outros motivos...

— Tem uma outra coisa que acho significativa... — disse Goran, relembrando a autópsia a que assistiu. — Ele lavou e arrumou o corpo de Debby Gordon, vestindo-a com suas próprias roupas.

— Queria que ficasse bonita para Bermann — pensou Mila.

— Não sabemos se fez o mesmo com todas elas e se esse comportamento passou a fazer parte do ritual. Mas é estranho...

A estranheza de que falava Dr. Gavila — e Mila, mesmo não sendo especialista, sabia disso muito bem — era que muitas vezes os assassinos em série tiram algo das vítimas. Um fetiche ou uma lembrança para reviver a experiência em particular.

Possuir um objeto equivale para eles a possuir a pessoa.

— Não tirou nada de Debby Gordon.

Assim que Goran pronunciou essa frase, sem que soubesse por que, Mila pensou na chave presa na pulseira de Debby, que abria a caixa de lata na qual pensava que seu diário secreto estaria escondido.

— Filho da puta... — exclamou quase sem perceber. Mais uma vez, transformou-se de repente no centro das atenções.

— Pode nos contar também ou...

Mila ergueu os olhos para Goran.

— Quando estive no quarto de Debby no colégio, encontrei uma caixa de lata escondida debaixo do colchão: achei que encontraria seu diário lá dentro, mas não havia nada.

— E daí? — perguntou Rosa, com um certo desdém.

— A caixa estava fechada com um cadeado. A chave estava no pulso de Debby, por isso era natural pensar que, se ela era a única que podia abri-la, talvez não existisse diário algum... Mas estava enganada: deve existir um diário sim!

Boris levantou de um salto.

— Ele esteve lá! O desgraçado foi até o quarto da menina!

— E por que correria um risco desses? — objetou Rosa, que na verdade não queria dar razão a Mila.

— Porque ele sempre corre riscos. Isso o excita — explicou Goran.

— Mas existe um outro motivo — acrescentou Mila, cada vez mais segura de sua teoria. — Notei que algumas fotos tinham desaparecido da parede: provavelmente, eram de Debby com a menina número 6. Ele pretende impedir a qualquer custo que a gente saiba quem é ela!

— E foi por isso que levou o diário... E fechou a caixa com cadeado de novo... Mas por quê? — Stern não sossegava.

Para Boris, no entanto, era claro.

— Não entendeu? O diário desapareceu, mas a caixa continuou fechada e a chave, sempre no pulso de Debby... Ele está nos dizendo: "Só eu podia pegá-lo."

— E por que queria que soubéssemos disso?

— Porque deixou algo lá... Algo para nós!

O "sinal" que estavam procurando.

Mais uma vez o Pensatório tinha dados seus frutos, reafirmando para Goran a validade daquele método indutivo.

Em seguida o criminologista dirigiu-se a Mila:

— Você esteve lá, viu o que havia no quarto...

Ela tentou mentalizar o local, mas não conseguiu rememorar nada que fizesse soar a campainha.

— Mas deve haver algo — pressionou Goran. — Não estamos enganados.

— Remexi cada canto daquele quarto sem que nada atraísse minha atenção.

— Deve ser uma coisa evidente, você não pode ter deixado escapar!

Mas Mila não se lembrava de nada. Então Stern resolveu que voltariam juntos ao local para uma busca mais cuidadosa. Boris pegou o telefone para avisar ao colégio de sua chegada, enquanto Sarah Rosa convocava Krepp o mais rápido possível para procurar impressões digitais.

Foi nesse momento que Mila teve sua pequena epifania.

— É inútil — anunciou, reencontrando toda a segurança que parecia perdida alguns momentos antes. — Seja o que for, não estará mais naquele quarto.

Quando chegaram ao colégio, as colegas de Debby estavam enfileiradas no salão usado em geral para as assembleias e para a entrega oficial dos diplomas. As paredes eram revestidas de mogno lavrado. Os rostos severos dos professores, que no curso dos anos haviam construído a fama daquela escola, olhavam a cena do alto, inquisidores, protegidos por preciosas molduras, a expressão do rosto imóvel no retrato que os aprisionava.

Quem falou foi Mila. Tentou ser o mais gentil possível, pois a meninas já estavam bastante assustadas. A diretora do colégio tinha garantido a mais completa impunidade a todas elas. No entanto, pelo medo que serpenteava em seus rostos, era evidente que não confiavam muito naquela promessa.

— Sabemos que algumas de você visitaram o quarto de Debby depois que ela morreu. Estou convencida de que foram levadas sobretudo pela intenção de guardar uma lembrança da amiga desaparecida tão tragicamente.

Enquanto dizia isso, Mila cruzou os olhos com a estudante que tinha surpreendido no banheiro do quarto, com as mãos cheias de coisas. Se não fosse aquele pequeno incidente, nunca teria pensado em fazer o que estava fazendo.

Sarah Rosa a observava de um canto da sala, segura de que não conseguiria nada. Mas tanto Boris quanto Stern confiavam nela. Goran se limitava a esperar.

— Gostaria muito de não ter que pedir isso, pois sei o quanto gostavam de Debby. Mas por isso mesmo, preciso que devolvam esses objetos agora.

Mila tentou ser firme em seu pedido.

— Peço que não se esqueçam de nada, mesmo o objeto mais insignificante pode se revelar útil. Estamos convencidos de que entre eles há algo que escapou às investigações. Tenho certeza de que cada uma de vocês deseja que o assassino de Debby seja preso. E como sei que ninguém quer correr o risco de ser processado por subtração de provas, acredito que cumpram o seu dever.

Aquela última ameaça, embora fosse irrealizável por causa da idade das meninas, servia para sublinhar a gravidade do que tinham feito. E também para dar uma pequena desforra a Debby, tão desconsiderada em vida e que se transformou no centro das atenções depois de morta apenas por causa de uma pilhagem feroz.

Mila esperou, medindo a duração da pausa para que tivessem tempo de refletir. O silêncio seria seu melhor instrumento de persuasão e sabia que, para elas, ele ficava mais pesado a cada segundo. Pegou algumas meninas trocando olhares entre elas. Ninguém queria ser a primeira, era normal. Depois, duas delas acertaram com um gesto e deram um passo adiante quase simultaneamente. Outras cinco fizeram o mesmo. As demais permaneceram imóveis em seus lugares.

Mila deixou transcorrer mais um minuto, perscrutando seus rostos em busca de algum chacal que tivesse desprezado o conforto do bando. Mas não encontrou. Esperou que as responsáveis fossem realmente só aquelas.

— Bem, as outras podem ir embora.

As meninas aceitaram a dispensa sem hesitação e partiram apressadas. Mila virou para os colegas e seus olhos cruzaram com o de Goran, impassível. Inopinadamente, porém, ele fez uma coisa que a pegou de surpresa: piscou o olho. Queria sorrir de volta, mas se conteve, pois os olhos dos outros também estavam fixos nela.

Passaram-se cerca de 15 minutos até que as sete meninas retornassem à sala. Cada uma trazia vários objetos consigo, que trataram de depositar na longa mesa onde em geral os docentes togados se sentavam durante as solenidades. Ficaram esperando que Mila e os outros os examinassem.

Eram sobretudo roupas e acessórios, objetos de menina, como bonecos e bichinhos de pelúcia. Havia um MP3 cor-de-rosa, óculos escuros, perfumes, sais de banho, uma bolsinha em forma de joaninha, o chapéu vermelho de Debby e um videogame.

— Não fui em quem quebrou...

Mila levantou os olhos para a menina gorducha que tinha falado. Era a menor de todas, devia ter 8 anos, no máximo. Tinha longos cabelos louros presos numa trança e olhos azul-celeste que se esforçavam para segurar as lágrimas. A agente sorriu para consolá-la, depois examinou melhor o aparelho. Em seguida, pegou-o e passou para Boris.

— O que é isso?

Ele girou o aparelho de todos os lados.

— Não parece um videogame...

Ligou.

Uma luzinha vermelha começou a piscar na tela, emitindo um leve som em intervalos regulares.

— Eu disse que estava quebrado. A bolinha não sai do lugar — apressou-se a dizer a menina gorducha.

Mila notou que Boris tinha empalidecido de repente.

— Já sei... caralho!

Ao ouvir o palavrão de Boris, a gorduchinha arregalou os olhos, incrédula e divertida ao ver alguém profanando aquele local de austeridade.

Mas Boris nem olhou para ela, completamente absorto no funcionamento do objeto que tinha nas mãos.

— É um receptor GPS. Alguém está nos mandando um sinal de algum lugar...

13

O apelo televisivo à família da sexta menina não estava dando resultado.

A maioria das ligações vinha de pessoas que expressavam sua solidariedade e que, na realidade, congestionavam as linhas. Uma aflita avó de cinco netinhos tinha ligado pelo menos sete vezes para "pedir notícias da pobre menina". No enésimo telefonema, um dos agentes de plantão pediu gentilmente que não ligasse mais e como única resposta foi mandado para o inferno.

— Se você tenta adverti-los para a inconveniência desse tipo de comportamento, dizem que não passa de um insensível — foi o comentário de Goran quando Stern o informou.

Estavam a bordo da unidade móvel, seguindo o sinal do GPS.

À sua frente, seguiam os blindados dos corpos especiais da polícia que conduziriam o show daquela vez, conforme Roche havia comunicado um pouco antes de maneira bastante expressiva.

Tamanha prudência era ditada pelo fato de que ainda não sabiam para onde Albert os estava levando. Podia ser uma armadilha. Mas Goran tinha uma opinião bem diferente.

— Nada disso, ele quer nos mostrar algo. Algo de que certamente está muito orgulhoso.

O sinal do GPS tinha sido localizado numa área de vários quilômetros quadrados. Àquela distância era impossível identificar o emitente. Era necessário verificar pessoalmente.

A tensão na unidade móvel era palpável. Goran trocava algumas palavras com Stern. Boris desengatilhava sua arma de serviço para verificar seu funcionamento, depois tornava a verificar se o colete à prova de balas aderia corretamente às costas. Pela janela, Mila observava a área próxima do acostamento, com as pontes e línguas de asfalto que se cruzavam.

O receptor GPS tinha sido entregue ao capitão do núcleo especial, mas Sarah Rosa acompanhava o que os colegas que a precediam viam na tela do computador.

Uma voz anunciou via rádio:

— Estamos nos aproximando. Parece que o sinal vem de um ponto localizado um quilômetro à nossa frente, câmbio...

Todos se debruçaram para olhar.

— Que merda de lugar é esse? — perguntou Rosa.

A distância, Mila entreviu um majestoso edifício de tijolos vermelhos, composto de vários pavilhões ligados entre si e dispostos em forma de cruz. O estilo era o gótico revisitado dos anos 1930, severo e escuro, típico da arquitetura eclesiástica da época. Num dos lados, destacava-se um campanário. Junto dele, uma igreja.

Os blindados se enfileiraram na longa alameda de terra que conduzia ao corpo central. Ao chegar ao pátio, os homens se prepararam para penetrar no edifício.

Mila desceu com os outros e ergueu os olhos para a imponente fachada escurecida pelo tempo. No portal destacava-se uma escrita em baixo-relevo.

Visitare Pupillos In Tribulatione Eorum Et Immaculatum Se Custodire Ab Hoc Saeculo.

— Socorrer os órfãos em suas atribulações e conservar-se imune a este mundo — traduziu Goran para ela.

Muito tempo atrás, havia sido um orfanato. Agora estava fechado.

O capitão fez um gesto e os esquadrões operativos se separaram, penetrando no edifício pela entradas laterais. Na falta de um plano logístico, eram obrigados a improvisar.

Esperaram cerca de um minuto, e depois Mila e os outros entraram junto com o capitão pelo portão principal.

A primeira sala era imensa. Diante deles separavam-se duas escadas que levavam ao andar de cima. Uma alta vidraça filtrava uma luz poeirenta. Os únicos donos do lugar agora eram os pombos que, assustados com aquelas presenças estranhas, se agitavam batendo as asas loucas ao redor da claraboia, projetando sombras fugazes no chão. O barulho das botas dos homens dos esquadrões especiais, que inspecionavam quarto por quarto, ecoava no ambiente.

— Livre! — gritavam para os outros a cada vez que verificavam a segurança de uma peça.

Naquela atmosfera irreal, Mila olhou ao redor. Mais uma vez, havia uma escola nos planos de Albert. Mas muito diferente do colégio de elite de Debby Gordon.

— Um orfanato. Aqui, pelo menos tinham um teto e uma educação garantidos — comentou Stern.

Mas Boris se sentiu no dever de precisar:

— Eram mandados para cá somente os que ninguém adotaria: filhos de detentos e órfãos de pais suicidas.

Todos estavam à espera de uma revelação: qualquer coisa que rompesse o encantamento do horror seria bem-vinda, desde que revelasse o motivo que os tinha conduzido até ali. O eco dos passos parou de repente. Alguns segundos depois, uma voz explodiu no rádio.

— Senhor, temos algo aqui...

O transmissor GPS estava no porão. Mila se viu correndo junto com os outros naquela direção, atravessando as cozinhas do colégio com suas grandes caldeiras de ferro, e, em seguida, o enorme refeitório, com cadeiras e mesas de compensado revestido de fórmica azul. Desceu uma estreita escada em caracol até chegar a um amplo aposento de teto rebaixado, cuja iluminação provinha de uma fila de lucernas. O pavimento era de mármore e se inclinava para um corredor central nos quais se destacavam as lixeiras. Também de mármore eram os tanques alinhados ao longo das paredes.

— Devia ser a lavanderia — disse Stern.

Os homens dos esquadrões especiais tinham fechado um perímetro ao redor de um dos tanques, mantendo-se devidamente a distância para não contaminar a cena. Um deles retirou o capacete e caiu sobre os joelhos para vomitar. Ninguém queria olhar.

Boris foi o primeiro a superar a fileira disposta como uma fronteira em torno do indescritível e estacou em seguida, levando uma das mãos à boca. Sarah Rosa desviou os olhos. Stern exclamou somente:

— Que Deus nos perdoe...

Dr. Gavila permaneceu impassível. Depois foi a vez de Mila.

Anneke.

O corpo jazia imerso em dois centímetros de um líquido turvo.

A pele estava lívida e já apresentava os primeiros sinais da decomposição *post mortem*. E estava nua. Na mão direita, apertava o GPS, que continuava a pulsar, um absurdo brilho de vida artificial naquele quadro de morte.

Anneke também teve o braço esquerdo arrancado, e sua ausência desequilibrava a posição do busto. Mas não era aquilo que perturbava os presentes, nem o estado de conservação do corpo, nem o fato de se ver diante da exibição de uma obscenidade inocente. O que provocava aquelas reações era algo bem diferente.

O cadáver estava sorrindo.

14

Chamava-se padre Timothy. Parecia ter cerca de 35 anos. Cabelos louros e finos, repartidos de lado. E tremia.

Era o único habitante do lugar.

Ocupava a casa paroquial que ficava ao lado da igrejinha: os únicos imóveis do enorme complexo que ainda eram utilizados. O resto estava abandonado havia anos.

— Estou aqui porque a igreja ainda é consagrada — explicou o jovem sacerdote. Mas padre Timothy rezava missa apenas para si mesmo. — Ninguém aparece por aqui. A periferia é muito distante e a autoestrada nos deixou completamente à parte.

Fazia apenas três meses que estava lá. Tinha assumido o lugar de um certo padre Rolf quando este se aposentou e, obviamente, não estava inteirado do que tinha acontecido anteriormente na instituição.

— Quase nunca ponho os pés lá — confessou. — E o que iria fazer naquele lugar?

Foram Sarah Rosa e Mila que o informaram do motivo de sua presença. E da descoberta. Quando ficou sabendo da existência de padre Timothy, Goran preferiu mandar as duas conversarem com ele. Rosa fingia tomar notas num bloquinho, mas dava para ver claramente que não se importava nem um pouco com as palavras do sacerdote. Mila tentava tranquilizá-lo, dizendo que ninguém esperava que soubesse de algo e que não tinha nenhuma culpa em relação ao que havia acontecido.

— Aquela pobre desventurada menina! — exclamou o padre antes de começar a chorar. Estava muito abalado.

— Quando estiver melhor, gostaríamos que fosse nos encontrar na lavanderia — disse Sarah Rosa, reacendendo sua angústia.

— Mas por quê?

— Porque talvez precisemos lhe fazer algumas perguntas sobre a disposição dos locais: aquilo parece um labirinto.

— Mas acabei de dizer que só estive lá dentro umas poucas vezes, não creio que...

Mila interrompeu:

— Serão só alguns minutos, depois da remoção do cadáver.

Tinha incluído habilmente a informação em seu discurso, ao perceber que padre Timothy não queria que a imagem do corpo martirizado da menina ficasse impressa em sua memória. É bem verdade que ele continuaria a viver naquele lugar lúgubre. E já devia ser difícil sem isso.

— Como quiserem — consentiu finalmente, abaixando a cabeça.

Acompanhou-as à porta, repetindo a compromisso de permanecer à disposição.

Retornando para junto dos outros, Rosa seguiu dois passos à frente de Mila de propósito, para marcar a distância que havia entre elas. Em outra ocasião, Mila reagiria à provocação. Mas agora fazia parte de uma equipe e tinha que respeitar as novas regras se queria levar seu trabalho a bom termo.

— Acerto minhas contas com você depois — ruminou Mila.

Mas assim que acabou de formular esse pensamento, percebeu que estava dando como certo que aquilo teria um fim; que, de algum modo, deixariam aquele horror para trás.

Faz parte da natureza humana, pensou. É preciso seguir adiante com a própria vida. Os mortos seriam enterrados e com o tempo tudo aquilo seria metabolizado. Restaria apenas um vago lamento em sua alma, o descarte de um inevitável processo de autoconservação.

Para todos. Mas não para ela, que naquela mesma tarde trataria de tornar aquela lembrança indelével.

É possível retirar muitas informações da cena de um crime, seja sobre a dinâmica dos acontecimentos, seja sobre a personalidade do assassino.

Enquanto a cena do carro de Bermann não podia ser considerada uma verdadeira cena do crime, no caso do segundo cadáver seria possível deduzir muita coisa a respeito de Albert.

Por isso, uma análise aprofundada dos locais se fazia necessária para que pudessem, por meio daquela espécie de exercício coletivo que constituía a verdadeira força de sua equipe, definir melhor a figura do assassino que estavam caçando.

Apesar das tentativas de Sarah Rosa de mantê-la fora daquela dinâmica, Mila tinha por fim ganho um lugar na cadeia de energias — nome com que rebatizou esse exercício por ocasião da descoberta do primeiro cadáver no carro de Bermann — e agora Boris e Stern já a consideravam como um deles.

Assim que os agentes das forças especiais se despediram, Goran e seus homens ocuparam a lavanderia.

A cena tinha sido congelada por luzes fluorescentes instaladas em quatro cavaletes e ligadas a um gerador, já que o edifício não tinha eletricidade.

Nada havia sido tocado. Dr. Chang, no entanto, já estava trabalhando ao redor do cadáver. Tinha trazido consigo, dentro de uma maleta, uma estranha aparelhagem composta de provetas, reagentes químicos e um microscópio. Naquele momento estava retirando uma amostra da água turva em que o cadáver estava parcialmente imerso. Dentro em breve, Krepp também chegaria para fazer seu levantamento.

Tinham cerca de meia hora para deixar o local para a perícia.

— Obviamente, não estamos diante de uma cena primária de crime — começou Goran, entendendo que se tratava de uma cena secundária, pois a morte da menina certamente tinha ocorrido em outro lugar. No caso dos serial killers, o local da descoberta das vítimas é muito mais importante que o lugar onde foram mortas. Na verdade, enquanto o assassinato é sempre um ato que o homicida reserva para si mesmo, tudo o que acontece depois se transforma num modo de partilhar a experiência. Por meio do cadáver da vítima, o assassino instaura uma espécie de conversação com os investigadores.

Desse ponto de vista, Albert não era nada diferente dos outros.

— Precisamos ler a cena. Entender a mensagem que contém e descobrir a quem é destinada. Quem quer começar? Devo lembrar que nenhuma opinião será descartada *a priori*, portanto, sintam-se à vontade para dizer tudo o que vier à cabeça.

Ninguém queria falar primeiro. Eram dúvidas demais se amontoando na mente.

— Talvez o nosso homem tenha passado a infância nesse orfanato. Talvez seu ódio, seu rancor sejam provenientes daqui. Devíamos procurar nos arquivos.

— Francamente, não acho que Albert queira nos dar notícias dele mesmo, Mila.

— Por quê?

— Porque não creio que queira ser capturado... Pelo menos por enquanto. Na verdade, encontramos apenas o segundo cadáver.

— Estou enganada ou os homicidas em série às vezes querem ser presos pela polícia porque não são capazes de parar de matar?

— Babaquice — disse Sarah Rosa com a insolência habitual.

E Goran acrescentou:

— É verdade que a aspiração última de um serial killer é ser preso. Mas não porque é incapaz de se controlar, e sim porque com a captura, ele finalmente consegue vir à luz. Sobretudo quando tem uma personalidade narcisista: quer ser reconhecido pela grandeza de sua obra. E enquanto sua identidade for um mistério, não pode obter o que deseja.

Mila concordou, mas não estava totalmente convencida. Goran percebeu isso e se dirigiu aos outros.

— Talvez seja melhor recapitular como fazer para reconstruir a relação que existe entre a cena do crime e o comportamento organizativo do serial killer.

Era uma aula dirigida a Mila. Mas isso não a incomodou. Era uma forma de colocá-la no mesmo nível dos outros. E pelo modo como Boris e Stern reagiram de imediato, parecia mesmo que não queriam deixá-la para trás.

Foi o mais velho quem tomou a palavra. Fez isso sem olhar diretamente para Mila, pois não queria embaraçá-la.

— Segundo o estado dos locais, subdividimos os serial killers em duas categorias: *desorganizados* e *organizados*.

Boris prosseguiu:

— O que pertence ao primeiro grupo é, justamente, desorganizado em todos os aspectos da própria vida. É um indivíduo que fracassou em seus contatos humanos. É um solitário. Tem uma inteligência inferior à média, uma cultura modesta e faz um trabalho que não requer habilidades específicas. Não é sexualmente competente. Desse ponto de vista, só teve experiências rápidas e desajeitadas.

Goran continuou:

— Em geral, é uma pessoa que sofreu com uma severa disciplina na infância. Por isso, muitos criminologistas sustentam que tende a infligir às próprias vítimas a mesma quantidade de dor e sofrimento que recebeu quando era criança. Portanto, Xsconde um sentimento de raiva e hostilidade que não se manifesta necessariamente no exterior, com as pessoas com quem convive habitualmente.

— O desorganizado não planeja: age espontaneamente — interveio Rosa, que não queria ser excluída.

E Goran definiu:

— A falta de organização do delito torna o serial killer ansioso no momento da consumação. Por isso, tende a agir perto dos locais que lhe são familiares, onde se sente mais à vontade. A ansiedade e o fato de que não se afasta muito o levam a cometer erros como, por exemplo, deixar vestígios que muitas vezes o traem.

— Suas vítimas são, em geral, apenas pessoas que se encontravam no lugar errado, na hora errada. E mata porque esse é o único modo que conhece de se relacionar com os outros — concluiu Stern.

— E o organizado, como se comporta? — perguntou Mila.

— Bem, em primeiro lugar é muito esperto — disse Goran. — Pode ser muito difícil identificá-lo por causa de seu mimetismo perfeito: parece um indivíduo normal, que respeita as leis. Tem um Q.I. elevado. É hábil em seu trabalho. Muitas vezes tem uma posição relevante no seio da comunidade em que vive. Não sofreu traumas particulares na infância. Tem uma família que o ama. É sexualmente competente e não tem problemas para se relacionar com os outros. Mata simples e puramente por prazer.

A última afirmação fez Mila estremecer. Mas não foi a única a ficar chocada, pois, pela primeira vez, Chang se desinteressou do microscópio e levantou os olhos para eles. Talvez ele também estivesse se perguntando como pode um ser humano se satisfazer com o mal que causa a um semelhante.

— É um predador. Seleciona as vítimas cuidadosamente, procurando-as geralmente em locais distantes de onde vive. É astuto, prudente. É capaz de prever a evolução das investigações sobre seus atos, antecipando os movimentos dos investigadores. Por isso, é muito difícil pegá-lo: aprende com a experiência. O organizado vigia, espera, mata. Suas ações podem ser programadas com antecedência de dias ou semanas. Escolhe a vítima com o máximo cuidado. E trata de observá-la. Introduz-se em sua vida, recolhendo informações e anotando bem os seus hábitos. Busca sempre um contato, fingindo determinados comportamentos ou uma certa afinidade para conquistar sua confiança. Para submetê-la, prefere as palavras à força física. Seu trabalho é uma obra de *sedução*.

Mila se virou para olhar o espetáculo da morte encenado naquela sala. Depois disse:

— A sua cena do crime estará sempre limpa, pois sua palavra de ordem é controle.

Goran concordou.

— Ao que parece, já conseguiu enquadrar Albert.

Boris e Stern sorriram. Sarah Rosa evitou cuidadosamente o seu olhar e fingiu que estava vendo a hora no relógio, bufando contra aquela perda de tempo.

— Senhores, temos novidades...

O membro silencioso daquele pequeno consórcio tinha falado: Chang levantou-se segurando nas mãos uma lâmina de vidro recém-saída do olho do microscópio.

— O que é, Chang? — perguntou Dr. Gavila, impaciente.

Mas o legista tinha a intenção de desfrutar o momento. Em seu olhar, ardia a luz de um pequeno triunfo.

— Quando vi o corpo, fiquei me perguntando por que estaria mergulhado em dois dedinhos de água...

— Ora, estamos numa lavanderia — afirmou Boris, como se fosse a coisa mais evidente do mundo.

— Claro, mas assim como a parte elétrica, a instalação hidráulica também não funciona há anos.

A revelação pegou todos eles de surpresa. Sobretudo Goran.

— Mas então o que é aquele líquido?

— Segure-se bem, doutor... São *lágrimas*.

15

O homem é o único ser na natureza capaz de rir ou chorar.

Mila sabia disso. O que ignorava era que o olho humano produz pelo menos três tipos de lágrimas. As basais, que umedecem e nutrem continuamente o globo ocular. As reflexas, que são produzidas quando um elemento estranho penetra no olho. E as lágrimas emocionais, associadas à dor. Estas últimas têm uma composição química diferente: contêm percentuais muito elevados de manganês e de um hormônio, a prolactina.

No mundo dos fenômenos naturais, todas as coisas podem ser reduzidas a uma fórmula, mas explicar por que as lágrimas de dor são fisiologicamente diversas das outras é praticamente impossível.

As lágrimas de Mila não continham prolactina.

Era esse o seu inconfessável segredo.

Não era capaz de sofrer. De sentir a *empatia* necessária para compreender os outros e, portanto, para não se sentir sozinha no seio do gênero humano.

Sempre tinha sido assim? Ou algo ou alguém tinha lhe extirpado essa capacidade?

Percebeu isso quando o pai morreu. Tinha 14 anos. Foi ela quem o encontrou, uma tarde, sem vida sobre a poltrona da sala. Parecia adormecido. Pelo menos foi o que contou quando lhe perguntaram porque não chamou ajuda imediatamente e, ao contrário, ficou ali a velá-lo por quase uma hora. A verdade era que Mila tinha percebido na hora que não havia mais nada a fazer. Mas seu espanto não se relacionava com aquele acontecimento trágico. O que a assustava era antes a sua incapacidade de compreender emocionalmente o que tinha diante dos olhos. Seu pai — o homem mais importante de sua vida, aquele que tinha lhe ensinado tudo, o seu modelo — não existia mais. Para sempre. E mesmo assim, não estava com o coração partido.

Ela chorou no funeral. Não porque a consciência do inelutável tivesse finalmente enchido sua alma de desespero, mas apenas porque era o que todos esperavam de uma filha. Aquelas lágrimas salgadas foram fruto de um enorme esforço.

— É um bloqueio — disse consigo mesma. — Só um bloqueio. É o estresse. Estou em estado de choque. Já deve ter acontecido com outras pessoas.

Experimentou de tudo. Torturou-se com lembranças para sentir pelo menos culpa. Nada.

Não conseguia explicar aquilo. Fechou-se então num silêncio intransponível e não permitiu que ninguém mais lhe perguntasse qualquer coisa sobre seu estado de espírito. Até a mãe, depois de algumas tentativas, habituou-se a ser cortada daquela particularíssima elaboração do luto.

O mundo pensava que estava dilacerada, destruída. Mas, ao contrário, fechada em seu quarto, Mila se perguntava por que alimentava apenas o desejo de retomar sua vidinha de sempre, enterrando aquele homem também em seu coração.

Com o tempo as coisas não mudaram. A dor da perda nunca chegou. Houve, aliás, novos lutos. A avó, uma colega de escola, outros parentes. Também nesses casos, Mila não conseguiu sentir nada além de um impulso nítido de fechar o contato com a morte o mais rápido possível.

A quem poderia se confessar? Olhariam para ela como um monstro, uma insensível, indigna de fazer parte do gênero humano. Apenas sua mãe, em seu leito de morte, percebeu por um instante a indiferença de seu olhar, retirando sua mão da dela como se tivesse sentido um frio repentino.

Terminadas as ocasiões de luto em sua família, foi mais fácil para Mila simular para os estranhos aquilo que não sentia. Ao chegar à idade em que se começa a sentir necessidade de contatos humanos, sobretudo com o outro sexo, uma questão se colocou. "Não posso começar uma história com um homem se não for capaz de sentir empatia por ele", repetia consigo mesma. Porque nesse meio tempo, Mila tinha conseguido definir o seu problema e, no caso, o termo "empatia" — tinha aprendido isso muito bem — significava "capacidade de projetar as próprias emoções numa pessoa para identificar-se com ela".

Foi então que começou a consultar os primeiros psicanalistas. Alguns não sabiam o que responder, outros diziam que a terapia seria longa e difícil, que era preciso escavar bastante para reencontrar as suas "raízes emocionais" e compreender onde o fluxo dos sentimentos tinha se interrompido.

Todos concordavam numa coisa: era preciso remover o bloqueio.

Fez análise durante anos, sem conseguir nada. Até mudou várias vezes de terapeuta e teria continuado infinitamente se um deles — o mais cínico, a quem nunca poderia agradecer o suficiente — lhe disse claramente:

— A dor não existe. Como toda a gama de emoções humanas, aliás. É somente uma questão de química. O amor é apenas uma questão de endorfinas. Com uma seringa de Pentothal posso extirpar de você qualquer exigência afetiva. Somos apenas máquinas de carne.

Finalmente, sentiu-se aliviada. Não satisfeita, mas com certeza aliviada! Não podia fazer nada: seu corpo tinha entrado em "proteção", como acontece com certos aparelhos eletrônicos que sofrem uma sobrecarga e devem preservar os próprios circuitos. O médico tinha lhe dito que havia pessoas que, num dado momento de suas existências, sentiam muita dor, demasiada, muito mais do que um ser humano pode aguentar em toda a sua vida. E desde então, deixavam de viver ou se anestesiavam, se acostumavam.

Mila não sabia se devia considerar aquela insensibilidade uma sorte, mas graças a ela tinha se tornado o que era. Uma descobridora de crianças desaparecidas. Acabar com o sofrimento dos outros a recompensava por aquilo que nunca sentiria. Assim, aquela maldição transformou-se subitamente em seu talento.

Ela as salvava, as levava de volta para casa. Elas agradeciam. Algumas se afeiçoavam e, crescendo, vinham procurá-la para que lhes contasse sua história.

— Se você não tivesse se preocupado comigo... — diziam.

E ela não podia, é claro, revelar de que era feita, na realidade, aquela "preocupação", sempre igual para cada criança que procurava. Podia sentir raiva por tudo o que acontecia com eles — como no caso da menina número 6 — mas jamais sentiu uma verdadeira "compaixão".

Tinha aceitado o seu destino. Mas mesmo assim, se colocava uma pergunta.

Seria capaz de amar alguém algum dia?

Não sabendo responder, Mila tinha esvaziado a mente e o coração há muito tempo. Jamais teria um amor, um marido, um namorado, nem filhos, nem mesmo um animal. Porque o segredo é não ter nada a perder, nada que alguém possa lhe tirar. Só assim conseguia entrar na cabeça das pessoas que procurava.

Criando a seu redor o vazio que havia em torno delas.

Mas certo dia surgiu um problema. Aconteceu depois da libertação de um menino das garras do pedófilo que o sequestrou apenas para desfrutar dele durante um fim de semana. Pretendia libertá-lo depois de três dias porque, em sua mente doente, o sequestro era somente um "empréstimo". Não se importava com o estado em que o restituiria à sua família e à vida. Justificava-se dizendo que nunca lhe faria mal algum.

E todo o resto, então? Como ele definia o choque do sequestro? A prisão? A violência?

Não se tratava de uma tentativa desesperada de encontrar uma legitimação, mesmo que débil, para o que tinha cometido. Ele realmente acreditava naquilo! Porque era incapaz de se identificar com a vítima. E, no fundo, Mila sabia: aquele homem era igual a ela.

Daquele dia em diante, resolveu que não poderia permitir que sua alma se privasse daquela medida fundamental dos outros e da vida que era a compaixão. Mesmo que não a encontrasse dentro de si, haveria de provocá-la artificialmente.

Mila tinha mentido para o esquadrão e para Dr. Gavila. Na realidade, já possuía uma consciência bem clara do que era um serial killer. Ou pelo menos de um aspecto de seu comportamento.

O sadismo.

Quase sempre, na base do modo de agir de um homicida em série percebem-se componentes sádicos bem marcados e enraizados. As vítimas são consideradas "objetos" de cujo sofrimento, de cujo uso se pode extrair alguma vantagem pessoal.

Por meio do uso sádico da vítima, o serial killer consegue sentir prazer.

É possível reconhecer neles, com frequência, uma incapacidade de estabelecer relações maduras e completas com os outros que, por isso, são degradados de pessoas para coisas. A violência, nesse caso, é apenas a descoberta de uma possibilidade de contato com o resto do mundo.

— Não quero que isso aconteça comigo também — refletiu Mila. Ter alguma coisa em comum com aqueles assassinos incapazes de piedade lhe provocava náuseas.

Depois da descoberta do cadáver de Anneke, enquanto deixava a casa do padre Thimoty na companhia de Rosa, prometeu a si mesma que naquela mesma noite faria com que a lembrança do que tinha acontecido com aquela menina fosse indelével. E assim, no fim do dia, enquanto os outros retornavam ao Estúdio para recapitular e organizar os resultados da investigação, pediu licença por algumas horas.

Depois, como já tinha feito muitas outras vezes, passou numa farmácia. Adquiriu tudo o que precisava. Antisséptico, curativos, algodão hidrófilo, um rolo de bandagens estéreis, agulha e linha de sutura.

E uma lâmina de barbear.

Com uma ideia bem clara na cabeça, voltou ao motel, a seu velho quarto. Não tinha fechado a conta e mantinha o pagamento em dia justamente para aqueles casos. Fechou as cortinas e acendeu apenas a luz da cabeceira de uma das camas. Sentou e derrubou o conteúdo do saquinho de papel em cima da cama.

Tirou os jeans.

Depois de derramar um pouco de antisséptico nas mãos, esfregou bem. Em seguida, empapou um chumaço de algodão hidrófilo com o líquido e aplicou sobre a pele do interior da coxa direita. Mais acima ficava a ferida já cicatrizada da tentativa anterior, muito desajeitada. Mas dessa vez não haveria problemas, ela seria forte. Arrancou com os lábios o papel que envolvia a lâmina. Segurou bem firme entre os dedos. Fechou os olhos e abaixou a mão. Contou até três, depois acariciou a pele no interior da perna. Sentiu o fio da lâmina afundar na carne viva e deslizar, abrindo um vasto sulco.

A dor física explodiu em todo o seu fragor silencioso. Espalhou-se da ferida para o corpo inteiro. Atingiu o ápice em sua cabeça, limpando-a das imagens de morte.

— Isso é para você, Anneke — disse Mila ao silêncio.

Depois, finalmente chorou.

Um sorriso entre lágrimas.

Essa era a imagem simbólica da cena do crime. Depois, vinha o detalhe não negligenciável de que o corpo da segunda menina tenha sido encontrado nu numa lavanderia.

— A intenção seria purificar a criatura com o pranto? — perguntou Roche.

Mas, como sempre, Goran Gavila não acreditava em explicações tão simplistas. Até o momento, o modelo homicida de Albert tinha se mostrado refinado demais para cair em semelhante banalidade. Ele se via bem acima dos homicidas em série que o precederam.

No Estúdio o cansaço já era perceptível. Mila tinha voltado do motel por volta das 21 horas, com os olhos congestionados e mancando ligeiramente da perna direita. Foi logo se deitar no dormitório para descansar um pouco, sem desfazer o leito nem sequer tirar a roupa. Por volta das 11 horas foi despertada por Goran, que, no corredor, falava em voz baixa no celular. Continuou imóvel, dando a impressão de que ainda dormia. Na realidade, escutava. Intuiu que quem estava do outro lado da linha não era a esposa, mas uma babá, ou talvez governanta, que a certa altura ele chamou de "Sra. Runa". Perguntou sobre Tommy — então esse era o nome do menino — se tinha comido e feito os deveres e se por acaso tinha se comportado mal. Goran resmungou várias vezes enquanto a Sra. Runa tratava de informá-lo. A conversa terminou com o criminologista prometendo passar em casa no dia seguinte para rever Tommy pelo menos por algumas horas.

Enrodilhada de costas para a porta, Mila não se moveu. Mas quando Goran desligou, teve a impressão de que estava parado na porta do dormitório com o olhar voltado justamente em sua direção. Podia perceber parte de sua sombra projetada na parede diante dela. O que teria acontecido se ela se virasse? Seus olhos se encontrariam naquela penumbra. Talvez o embaraço inicial desse lugar a algo mais. Um mudo diálogo de olhares. Mas seria realmente disso que Mila sentia falta? Porque aquele homem exercia uma estranha atração sobre ela, mas não saberia dizer exatamente de que era feito aquele fascínio. Finalmente, resolveu virar. Mas Goran não estava mais lá.

Pouco depois, adormeceu de novo.

— Mila... Mila...

Como um sussurro, a voz de Boris se insinuou num sonho de árvores negras e estradas sem fim. Mila abriu o olhos e deu com ele ao lado de seu leito. Não a tocou para acordá-la. Limitou-se a chamar seu nome. Mas sorria.

— Que horas são? Dormi demais?

— Não, são 6 horas... Vou sair, Gavila quer que entreviste alguns velhos hóspedes do orfanato. Fiquei pensando se você gostaria de vir comigo...

Ela não se espantou com a proposta. Aliás, pelo embaraço de Boris, percebeu que a ideia não tinha sido sua.

— Está certo, estou indo.

O rapagão fez que sim, grato por poupá-lo de novas insistências.

Cerca de 15 minutos depois se reencontraram no estacionamento diante do edifício. O motor do carro já estava ligado e Boris esperava do lado de fora, apoiado na carroceria com um cigarro entre os lábios. Usava uma parca acolchoada que chegava quase até os joelhos. Mila usava a costumeira jaqueta de couro. Quando fez as malas, não previa que ia fazer tanto frio naquele lugar. O sol desmaiado que se insinuava entre os edifícios mal chegava a derreter os montes de neve suja nos cantos das ruas e ainda por cima não duraria muito: a meteorologia previa uma tempestade para aquele mesma tarde.

— Deveria se agasalhar um pouco mais, sabia? — disse Boris, dando uma olhadela preocupada para suas roupas. — Isso aqui congela nessa época do ano.

A cabine era quente e acolhedora. Em cima do painel havia um copo de plástico e um saquinho de papel.

— Croissants quentes e café?

— Todos seus! — respondeu ele, lembrando de sua gulodice.

Era uma oferta de paz. Mila aceitou sem comentários. Com a boca cheia, perguntou:

— Para onde estamos indo exatamente?

— Já disse: ouvir alguns caras que viveram no orfanato. Gavila está convencido de que a encenação preparada com o cadáver na lavanderia não é um espetáculo montado só para nós.

— Talvez evoque algo do passado.

— Muito distante, se for isso. Lugares como esses felizmente já não existem mais há quase 28 anos. Desde que mudaram a lei, abolindo finalmente os orfanatos.

Havia algo de sofrido no tom de Boris, que logo em seguida confessou: estive num lugar parecido com este, sabia? Tinha mais ou menos 10 anos. Nunca conheci meu pai, e minha mãe não conseguia me criar sozinha. Então me deixou estacionado lá por um tempo.

Mila não sabia o que dizer, embaraçada com aquela revelação tão pessoal. Boris intuiu a verdade.

— Não precisa dizer nada, não se preocupe. Nem sei por que resolvi lhe contar isso.

— Sinto muito, mas não sou uma pessoa muito expansiva. Posso parecer fria para muita gente.

— Não para mim.

Entretanto, Boris olhava para a rua. O trânsito era lento por causa do gelo que ainda cobria o asfalto. A fumaça dos escapamentos estava parada a meia altura. As pessoas caminhavam com pressa nas calçadas.

— Stern — que Deus o conserve tal como é — conseguiu localizar uma dúzia de ex-hóspedes da instituição. Nós ficamos com a metade. O resto ficou por conta dele e de Rosa.

— Só 12?

— Entre os que moram por aqui. Não sei precisamente o que o doutor tem em mente, mas ele acha que podemos desenterrar alguma coisa...

A verdade é que não tinham alternativas e que, às vezes, é preciso se agarrar a tudo o que houver para reencaminhar a investigação.

Naquela manhã, entrevistaram quatro dos ex-internos do orfanato. Todos tinham mais de 28 anos e mais ou menos o mesmo pedigree criminal. Colégio, reformatório, prisão, liberdade condicional, prisão de novo, liberdade condicional sob controle do serviço social. Só um tinha conseguido ficar totalmente limpo graças à igreja: tinha se tornado pastor de uma das várias comunidades evangélicas presentes na área. Outros dois viviam de expedientes. O quarto estava em prisão domiciliar por tráfico. Mas quando cada um deles rememorava o tempo passado na instituição, Mila e Boris puderam notar uma repentina perturbação. Gente que tinha conhecido a prisão, a verdadeira, e nem assim conseguia esquecer aquele lugar.

— Viu a cara deles? — perguntou Mila ao colega depois da quarta visita. — Você também acha que algo ruim acontecia naquele orfanato?

— Não era muito diferente de outros lugares como ele, pode acreditar. Acho que, na verdade, é algo ligado ao fato de ser criança. Quando crescemos, tudo passa por nós, até as piores coisas. Mas quando você tem pouca idade, parece que as lembranças ficam impressas na carne e não vão embora nunca mais.

Toda vez que, com a necessária cautela, contavam a história da descoberta do corpo na lavanderia, os entrevistados se limitavam a balançar a cabeça. Aquele obscuro simbolismo nada representava para eles.

Por volta do meio-dia, Mila e Boris pararam numa lanchonete e rapidamente comeram sanduíches de atum com dois cappuccinos.

O céu estava pesado de nuvens. Os meteorologistas não tinham se enganado: logo voltaria a nevar.

Ainda tinham mais dois encontros antes que a tempestade os surpreendesse, impedindo-os de voltar. Resolveram começar pelo que morava mais longe.

— O nome dele é Feldher e mora a cerca de 30 quilômetros daqui.

Boris estava de bom humor. Mila gostaria de aproveitar para perguntar mais algo a respeito de Goran. Aquele homem a intrigava: parecia impossível que tivesse uma vida privada, uma companheira, um filho. Sua mulher, em particular, era um mistério. Sobretudo depois da conversa que Mila tinha ouvido na noite anterior. Onde estaria a mulher? Por que não estava em casa cuidando do pequeno Tommy? Por que havia uma "Sra. Runa" em seu lugar? Talvez Boris pudesse dar uma resposta a essas perguntas. Mas, sem saber como abordar o assunto, Mila acabou desistindo.

Quando chegaram à casa de Feldher já eram quase 14 horas da tarde. Tentaram ligar para anunciar a visita, mas a voz gravada, de uma companhia telefônica, informou que o número tinha sido desativado.

— Ao que tudo indica, nosso amigo não está numa fase muito boa — foi o comentário de Boris.

Quando viram o lugar em que morava, isso só fez se confirmar. A casa — se é que podia ser chamada assim — ficava no meio de um depósito de ferro-velho, cercada por carcaças de automóveis. Um cão de pelo ruivo, que parecia enferrujado como tudo que o cercava, recebeu os dois com um latido rouco. Um homem por volta dos 40 surgiu em seguida na soleira da porta. Usava apenas uma camiseta imunda e jeans, apesar do frio.

— É o Sr. Feldher?

— Sim... E vocês, quem são?

Boris levantou a mão com o distintivo:

— Podemos conversar?

Feldher não parecia contente com a visita, mas fez um sinal para que entrassem.

Tinha uma barriga enorme e dedos amarelados de nicotina. O interior da casa parecia com ele: sujo e bagunçado. Serviu chá frio em copos diferentes, acendeu um cigarro e foi se sentar numa espreguiçadeira bamba, deixando o sofá para eles.

— Só me encontraram por acaso. Em geral, trabalho...

— E por que não está trabalhando hoje? — perguntou Mila.

O homem olhou para fora:

— A neve. Ninguém contrata um pedreiro com um tempo desses. Estou perdendo um monte de dias.

Mila e Boris giravam o copo de chá entre a mãos, sem beber. Feldher não parecia ofendido.

— Então por que não tenta outro trabalho? — arriscou Mila, para fingir interesse e instaurar um contato.

Feldher bufou.

— Já tentei! Pensam que não tentei? Mas também não deu certo, assim como meu casamento. Aquela piranha estava procurando coisa melhor. Repetia todo santo dia que eu não valia nada. Agora trabalha como camareira por dois tostões e divide um apartamento com mais duas desgraçadas feito ela. Fui lá ver, sabiam? É um local administrado pela nova Igreja dela! Eles conseguiram convencê-la de que até alguém que não serve para nada pode encontrar um lugar no paraíso! Imaginem só!

Mila lembrou que tinham cruzado com pelo menos uma dúzia daquelas novas igrejas no caminho. Todas exibiam grandes letreiros de néon com o nome da congregação, além do slogan que a caracterizava. Há alguns anos, começaram a proliferar também naquelas bandas, amealhando fiéis, sobretudo entre os desempregados da grande indústria, mães solteiras e pessoas desiludidas com as igrejas tradicionais. Embora as várias confissões fizessem um esforço para parecerem diversas entre si, o que as unia era a adesão irrestrita às teorias criacionistas, à homofobia, ao antiabortismo, à afirmação do princípio de que todo indivíduo tem o direito de possuir uma arma e à defesa incondicional da pena de morte.

Quem sabe como Feldher reagiria se contasse que um de seus ex-colegas do orfanato tinha conseguido se tornar pastor de uma daquelas igrejas.

— Quando chegaram, pensei que era gente deles: aparecem por aqui para pregar o evangelho! No mês passado aquela baranga da minha ex-mulher mandou uma dupla para tentar me converter! — riu ele, exibindo duas filas de dentes cariados.

Mila tentou sair do tema conjugal e perguntou meio por acaso:

— O que fazia antes de ser pedreiro, Sr. Feldher?

— Não vai acreditar... — O homem sorriu, dando uma olhada para a sujeira que o cercava:

— Eu tinha montado uma pequena lavanderia.

Os dois agentes evitaram se entreolhar, para não revelar a Feldher o quanto aquela revelação podia ser interessante. Mila não deixou de notar que Boris deslizava a mão pelo corpo, liberando a trava do revólver. Lembrou que, quando chegaram ao local, viu que os celulares não tinham cobertura. Não sabiam muito sobre aquele homem e é sempre melhor tomar cuidado.

— Já esteve na prisão, Sr. Feldher?

— Só por pequenos delitos, nada que pudesse impedir um homem honesto de dormir à noite.

Boris parecia estar anotando mentalmente a informação. Ao mesmo tempo, encarava Feldher, tentando deixá-lo pouco à vontade.

— Mas o que posso fazer por vocês, *policiais*? — disse o homem, sem esconder um certo desagrado.

— Pelo que sabemos, o senhor passou a infância e grande parte da adolescência num orfanato de padres — retomou Boris com cautela.

Feldher olhou para ele com desconfiança: como os outros, não esperava que dois tiras se abalassem até ali por aquele motivo.

— Os melhores anos de minha vida — disse maldosamente.

Boris explicou as razões que os trouxeram. Feldher parecia se divertir com a ideia de saber da história antes que caísse nas garras da imprensa.

— Poderia ganhar um monte de dinheiro contando tudo isso aos jornais, sabia? — foi seu único comentário.

Boris o encarou diretamente nos olhos.

— Tente e estará preso.

O sorriso se apagou no rosto de Feldher. O agente se inclinou em sua direção. Era uma técnica de interrogatório que Mila também conhecia. Os interlocutores, a menos que sejam ligados por laços afetivos ou de intimidade, tendem sempre a respeitar um limite invisível. Nesse caso, ao contrário, o interrogador se aproxima do interrogado invadindo sua esfera para desestabilizá-lo.

— Sr. Feldher, tenho certeza de que está se divertindo muito, recebendo dois tiras em sua casa, oferecendo um chá no qual pode ter até mijado e curtindo com a cara deles, sentados como dois babacas com o copo na mão e sem coragem de beber.

Feldher não disse uma palavra. Mila olhou para Boris: não sabia se tinha sido uma boa escolha diante da situação. Mas logo saberiam. Então o agente pousou calmamente o copo de chá intocado na mesinha e voltou a fitar o homem nos olhos.

— Agora, queira contar, por favor, algo sobre sua estada no orfanato...

Feldher abaixou os olhos, a sua voz era um sussurro:

— Pode-se dizer que nasci naquele lugar. Nunca conheci meus pais. Fui levado para lá assim que minha mãe me cuspiu fora. Quem me deu esse nome foi padre Rolf, dizia que tinha pertencido a um sujeito conhecido, que tinha morrido ainda jovem na guerra. Sei por que aquele padre doido achava que, como o nome já tinha dado azar a um cara, para mim ia trazer sorte!

Lá fora, o cão recomeçou a latir e Feldher se distraiu gritando com ele:

— Quieto Koch!

Depois, voltou a falar com os visitantes.

— Tive muito outros antes desse. Antigamente, esse lugar aqui era um esgoto. Quando comprei, me garantiram que tinha sido saneado. Mas de vez em quando brota alguma coisa: esgoto e todo tipo de porcaria, sobretudo quando chove. Os cães bebem a água, a barriga vai ficando inchada e acabam morrendo. Só sobrou o Koch, mas acho que ele também já está indo.

Feldher divagava. Não parecia muito interessado em retornar com eles àquele lugar que tinha marcado seu destino. Com a história dos cachorros mortos, procurava fazer um pacto com seus interlocutores, esperando que o deixassem em paz. Mas eles não podiam largar a presa.

Mila tentou ser convincente quando disse:

— Gostaria que fizesse um esforço, Sr. Feldher.

— Certo: diga...

— Queria que nos dissesse que imagem lhe vem à cabeça diante da frase "um sorriso entre lágrimas"...

— É aquilo que os psiquiatras fazem, não? Uma espécie de jogo de associação de ideias?

— É, uma espécie — concordou ela.

Feldher começou a pensar. Fez isso de modo teatral, com os olhos voltados para o alto e uma das mãos coçando o queixo. Talvez quisesse dar a impressão de que estava colaborando ou talvez tivesse entendido que não poderiam acusá-lo de "omissão de lembranças" e estava apenas debochando deles. Depois, ao contrário, ele disse:

— Billy Moore.

— Quem era, um colega?

— Ah, era um menino extraordinário! Tinha 7 anos quando chegou. Estava sempre alegre, sorridente. Não demorou para se transformar no mascote de todo mundo... Naquela época já estavam para fechar a portas: éramos apenas 16.

— Toda aquela enorme instituição para tão poucos?

— Até os padres tinham ido embora. Ficou só o padre Rolf... Eu era um dos maiores, tinha 15 anos, mais ou menos... A história de Billy era tristíssima: seus pais se suicidaram, se enforcaram. Quem encontrou os corpos foi ele. Não gritou, nem procurou ajuda: em vez disso, subiu numa cadeira e, agarrando-se a eles, conseguiu soltá-los do teto.

— São experiências que marcam.

— Mas não o Billy. Estava sempre feliz. Era capaz de se adaptar até ao pior. Para ele, tudo era brincadeira. Nunca tínhamos visto algo assim. Para nós, aquele lugar era uma prisão, mas Billy nem dava bola. Tinha uma energia, não sei como explicar... Tinha duas manias: os malditos patins de rodas com que andava para cima e para baixo pelos corredores desertos e jogos de futebol! Mas não gostava de jogar. Preferia ficar na beira do campo fazendo a narração! "Aqui é Billy Moore do estádio Asteca na Cidade do México para a final da Copa do Mundo de Futebol..." No aniversário dele, juntamos um dinheiro e compramos uma droga de um gravador! Coisa de doido: ele gravava horas e horas daquela coisa e depois ficava ouvindo!

Feldher divagava e a conversa estava perdendo o rumo. Mila tentou recolocá-la nos trilhos.

— Fale dos últimos meses no orfanato...

— Como já disse, estavam para fechar e nós só tínhamos duas saídas: sermos finalmente adotados ou acabar em outras instituições, tipo casa-família. Mas éramos órfãos tipo B, ninguém ia nos querer. Com Billy, ao contrário, era diferente: eles faziam fila! Todos se apaixonavam por ele à primeira vista e queriam levá-lo.

— E como acabou a história? Billy encontrou uma boa família?

— Billy morreu, minha senhora.

Disse isso com tal desilusão que parecia ter acontecido com ele. E talvez fosse isso mesmo, como se aquele menino representasse uma espécie de resgate também para os colegas. Alguém que finalmente conseguia se dar bem.

— O que aconteceu? — perguntou Boris.

— Meningite.

O homem esfregou o nariz, os olhos brilhantes. Virou para a janela, porque não queria demonstrar fraqueza diante de estranhos. Mila estava certa de que assim que fossem embora de lá, a lembrança de Billy continuaria a vagar como um velho fantasma naquela casa. Mas justamente graças às lágrimas, Feldher tinha conquistado a confiança dos dois: Mila viu que Boris afastava a mão da cartucheira. O sujeito era inócuo.

— A meningite só pegou Billy. Mas com medo de que virasse uma epidemia, nos mandaram embora de um dia para o outro... Que merda de sorte, hein! Fez um esforço para rir. — Bem, nos deram um desconto na pena, não? Aquela latrina foi desativada seis meses antes do previsto.

Enquanto se levantavam para ir embora, Boris ainda perguntou:

— Reencontrou algum de seus colegas?

— Não, mas uns dois anos atrás encontrei de novo com padre Rolf.

— Agora está aposentado.

— Esperava que tivesse batido as botas.

— Por quê? — perguntou Mila, imaginando o pior. — Ele fez algum mal a vocês?

— Não, nunca. Mas quando você passa a infância num lugar daqueles, aprende a odiar tudo o que recorda que um dia esteve lá.

Um pensamento não muito diferente do de Boris, que se viu concordando involuntariamente.

Feldher não os acompanhou até a porta. Inclinou-se sobre a mesinha e pegou o copo de chá frio que Boris não tinha bebido. Aproximou-o dos lábios e bebeu de um só gole.

Depois olhou de novo para eles, provocativo:

— Bons dias!

Uma velha foto de grupo — os meninos que tinham vivido no orfanato por último, antes do fechamento — encontrada na peça que um dia foi o escritório do padre Rolf.

Dos 16 meninos posando ao lado do velho sacerdote, só um sorria para a objetiva.

Um sorriso entre lágrimas.

Os olhos alegres, os cabelos despenteados, um incisivo que faltava, uma vistosa mancha de gordura no pulôver verde, exibida como se fosse uma medalha de mérito.

Billy Moore repousava para sempre naquela foto e no pequeno cemitério ao lado da igreja do orfanato. Não era o único menino sepultado ali, mas seu túmulo era o mais bonito. Com um anjo de pedra que abria as asas num gesto de proteção.

Depois de ouvir a história na voz de Mila e Boris, Gavila pediu que Stern procurasse todos os documentos relacionados à morte de Billy. O agente entrou em ação com a costumeira presteza e, ao comparar os papéis, uma estranha coincidência saltou aos olhos.

— Em caso de doenças potencialmente infecciosas como a meningite, é obrigatório informar as autoridades sanitárias. O médico que recebeu a denúncia de padre Rolf é o mesmo que redigiu o atestado de óbito. Os dois documentos têm a mesma data.

Goran tentou refletir:

— O hospital mais próximo fica a 30 quilômetros. Provavelmente ele nem se deu ao trabalho de verificar pessoalmente.

— Confiou na palavra do padre — acrescentou Boris. — Os padres geralmente não mentem...

— Nem sempre — pensou Mila.

Nessa altura dos fatos, Goran não teve mais dúvidas:

— Precisamos exumar o corpo.

A neve tinha começado a cair em pequenos flocos que pareciam preparar o terreno para os grandes que viriam em seguida. Precisavam andar rápido.

Os coveiros de Chang estavam trabalhando e, com o auxílio de uma pequena pá mecânica, escavando a terra endurecida pelo gelo. Na expectativa, ninguém abria a boca.

O inspetor-chefe Roche tinha sido informado da evolução das investigações e tinha alertado a imprensa, que estava em cócegas. Talvez Feldher realmente tentasse especular com a informação sigilosa recebida dos policiais. De resto, como Roche costumava dizer:

— Quando a mídia não sabe, inventa.

Portanto, precisavam ser rápidos, antes que alguém resolvesse preencher aquele silêncio com alguma fábula bem arquitetada. E depois seria muito mais complicado desmentir tudo.

Houve um rumor surdo. A pá mecânica tinha finalmente tocado em alguma coisa.

Os homens de Chang enfiaram-se na cova e continuaram as escavações à mão. Uma tela de plástico revestia o caixão para retardar o processo de decomposição. Foi cortada. Pelo corte, entrevia-se a tampa de um pequeno caixão branco.

— Está tudo podre — anunciou o legista depois de uma rápida olhada. — Se trouxermos para cima, corremos o risco de quebrar tudo. E com essa neve é pior ainda — acrescentou Chang, dirigindo-se a Goran, à espera de sua decisão final.

— Está bem... Pode abrir.

Ninguém esperava que o criminologista ordenasse uma exumação *in loco*. Então os homens de Chang estenderam um encerado sobre a fossa, preso a estacas, como se fosse um grande guarda-chuva abrigando o local.

O patologista vestiu um corpete com uma lâmpada no ombro e desceu para a cova sob o olhar atento do anjo de pedra. Diante dele, um técnico com um maçarico começou a dissolver a solda de zinco do caixão e a tampa finalmente se moveu.

— Como despertar um menino morto há 28 anos? — perguntou-se Mila. Provavelmente, Billy Moore merecia uma breve cerimônia ou uma prece. Mas ninguém tinha nem tempo nem vontade de fazê-lo.

Quando Chang abriu o caixão, os pobres restos de Billy Moore surgiram, junto ao que ainda restava de um traje de primeira comunhão. Elegante, com uma gravata de nó pronto e calças com bainha inglesa. Num canto do ataúde, estavam os patins enferrujados e um velho gravador.

Mila rememorou o testemunho de Feldher: "Tinha duas manias: os malditos patins de rodas com que andava para cima e para baixo nos corredores desertos e jogos de futebol! Mas não gostava de jogar. Preferia ficar na beira do campo fazendo a narração."

Eram os únicos pertences de Billy Moore.

Chang começou a talhar lentamente o tecido da roupa, usando um bisturi, e, mesmo naquela posição incômoda, seus gestos foram rápidos e precisos. Verificou o estado de conservação do esqueleto. Depois, dirigindo-se ao resto do esquadrão, declarou:

— Apresenta diversas fraturas. Não seria capaz de dizer à primeira vista quantas são... Mas posso dizer com certeza que esse menino não morreu de meningite.

16

Conduzido por Sarah Rosa, padre Timothy entrou no trailer da unidade móvel, onde Goran esperava por ele junto com os outros. O sacerdote ainda parecia ansioso.

— Precisamos de um favor do senhor — começou Stern. — Precisamos falar urgentemente com padre Rolf.

— Mas eu já disse: está aposentado. Não sei onde pode estar agora. Quando cheguei, há seis meses, estive com ele por algumas horas. Foi só o tempo de receber algumas instruções. Explicou um pouco as coisas, entregou alguns documentos, as chaves e foi embora.

Boris dirigiu-se a Stern:

— Talvez fosse melhor falar diretamente com a Cúria. Na sua opinião, para onde eles mandam os padres quando se aposentam?

— Ouvi dizer que existe uma espécie de casa de repouso.

— Pode ser, mas...

Viraram-se de novo para padre Timothy.

— Então? — encorajou Stern.

— Acho que me lembro de que padre Rolf tinha intenção de ir viver com a irmã... Sim, contou que ela tinha mais ou menos a sua idade e que nunca se casou.

O sacerdote parecia contente por ter, enfim, dado uma contribuição para as investigações. Tanto que chegou a oferecer a ajuda antes negada.

— Eu mesmo posso falar com a Cúria. Pensando bem, não deve ser difícil descobrir por onde anda o padre Rolf. E assim, pode ser que algo me venha à memória.

O jovem padre parecia tranquilizado.

Nesse momento, Goran interveio:

— Seria um grande favor e evitaríamos publicidade desnecessária sobre o que aconteceu por aqui. Penso que isso não desagradaria à Cúria.

— Também acho — consentiu padre Timothy, sério.

Quando o sacerdote deixou o trailer, Sarah Rosa falou com Goran, visivelmente contrariada.

— Todos estamos de acordo com o fato de que a morte de Billy não foi um acidente, por que não obter um mandado de prisão contra padre Rolf? É evidente que tem algo a ver com tudo isso!

— Claro, mas não é o responsável pelo assassinato do menino.

Mila não deixou escapar que, pela primeira vez, Goran usava a palavra assassinato. As fraturas de Billy só apontavam para uma morte violenta, mas ninguém tinha prova alguma em mãos.

— E como é que sabe de maneira tão segura que o padre não é o culpado? — continuou Rosa.

— Padre Rolf só fez encobrir tudo. Inventou a história da meningite de Billy, de modo que ninguém se arriscasse a aprofundar a história, com medo do contágio. E o mundo lá fora fez todo o resto: ninguém se importava mesmo com aqueles órfãos. Isso é claro para vocês também, não?

— Além disso, o orfanato já tinha fechado as portas — apoiou Mila.

— Padre Rolf é o único que conhecia a verdade, por isso precisamos interrogá-lo. Mas tenho medo de que, se fôssemos procurá-lo com um mandado... bem, poderíamos não encontrá-lo. Está velho e poderia estar determinado a levar essa história para o túmulo.

— O que devemos fazer então? — Boris estava impaciente. — Teremos que esperar que aquele cretino dê notícias?

— Claro que não — respondeu o criminologista. E voltou a atenção para a planta do orfanato que Stern tinha pego no cadastro municipal. Indicou uma área a Boris e Rosa.

— Devem ir ao pavilhão leste. Estão vendo? Aqui está o arquivo com as pastas dos meninos internados no orfanato até a data do fechamento. Claro que só os últimos 16 meninos nos interessam.

Goran entregou-lhes a foto do grupo em que se destacava o sorriso de Billy Moore. Virou-a: no verso viam-se as assinaturas de todos os meninos presentes na fotografia.

— Comparar os nomes: precisamos do único cuja pasta não está entre as outras...

Boris e Rosa olharam espantados.

— Como sabe que falta uma?

— Porque Billy Moore foi morto por um de seus colegas.

Na mesma foto do grupo que mostrava Billy Moore todo sorridente, o lugar de Ronald Dermis era o terceiro à esquerda. Tinha 8 anos. Isso queria dizer que era o mascote antes da chegada de Billy.

Para uma criança, o ciúme pode ser um motivo suficiente para desejar a morte de alguém.

Como saiu da instituição junto com os outros, a burocracia tinha perdido seu rastro. Tinha sido adotado? Improvável. Talvez tivesse acabado numa casa de família. Era um mistério. Era quase certo que por trás desse vazio de informações se escondia a mão de padre Rolf.

Era absolutamente necessário encontrar o sacerdote.

Padre Timothy tinha garantido que a Cúria estava tratando disso:

— A irmã faleceu e ele pediu à Igreja para voltar a ser leigo.

Na prática, tinha renunciado à batina. Talvez tenha sido o sentimento de culpa por ter encoberto um homicídio, talvez a insuportável descoberta de que o mal sabe muito bem se esconder no semblante de um menino.

Esta e outras hipóteses agitavam o esquadrão.

— Ainda não resolvi se devo dar início à maior caçada ao homem do século ou se, ao contrário, devo esperar que se digne a me dar alguma resposta!

As paredes de gesso acartonado do escritório de Roche tremeram ao som de sua voz. A ansiedade do inspetor-chefe, no entanto, esbarrava na obstinada calma de Goran e retornava.

— Estão em cima de mim por causa da história da sexta menina: dizem que não estamos fazendo tudo o que devíamos!

— Não vamos conseguir encontrá-la enquanto Albert não resolver deixar algum indício. Acabei de falar com Krepp: disse que a cena desse crime também está limpa.

— Diga pelo menos se acha que Ronald Dermis e Albert são a mesma pessoa!

— Já cometemos esse erro com Alexander Bermann. Por enquanto evitarei qualquer conclusão apressada.

Era um conselho e Roche não costumava aceitar palpites sobre a gestão política dos casos. Mas dessa vez aceitou.

— Mas também não podemos ficar aqui à espera de que aquele psicopata nos leve para onde bem entender. Desse modo, nunca salvaremos a menina! Admitindo que ainda esteja viva, claro.

— Só há uma pessoa que pode salvá-la. E é ele mesmo.

— Espera realmente que nos entregue a menina espontaneamente?

— Só estou dizendo que, à certa altura, ele poderia até desejar cometer um erro.

— Merda! Acha mesmo que posso viver de esperanças enquanto tem gente me esperando lá fora para me desancar? Quero resultados, doutor!

Goran estava habituado aos ataques de fúria de Roche. Não eram dirigidos a ele em especial. O inspetor-chefe ficava furioso com o mundo inteiro. Era um efeito colateral do cargo: quando se está muito no alto, tem sempre alguém querendo derrubá-lo.

— Já me esquivei de muita merda nesse período e nem tudo era dirigido a mim pessoalmente.

Goran sabia ser paciente, mas tinha consciência de que isso nem sempre funcionava com Roche e, portanto, resolveu tomar a iniciativa para ver se ele largava de seu pé.

— Quer que lhe conte o que está me enlouquecendo?

— Qualquer coisa que me tire desse impasse, por gentileza.

— Não disse nada a ninguém até agora... As lágrimas.

— Sim, e daí?

— Havia pelo menos uns cinco litros ao redor do corpo da segunda menina! Lágrimas são salinas, tendem a secar quase imediatamente. Mas aquelas não. Fiquei me perguntando o porquê.

— E por que, pelo amor de Deus?

— São artificiais: reproduzem exatamente a composição química das humanas, mas são uma ilusão. E, portanto, não secam... Sabe como se faz para criar lágrimas artificiais?

— Não faço a menor ideia.

— Aí está: Albert sabe. E fez isso, gastou tempo. Sabe o que isso significa?

— Diga.

— Que organizou tudo com calma. Tudo o que está nos mostrando é fruto de um plano concebido em anos de preparação! E nós temos que responder a seus movimentos em pouco tempo. É isso que significa!

Roche encostou-se no espaldar da cadeira, com o olhar fixo no vazio.

— O que nos espera, na sua opinião?

— Francamente, temo que o pior ainda esteja por acontecer.

Mila desceu aos subterrâneos do Instituto Médico Legal. Tinha comprado algumas figurinhas de jogadores de futebol famosos — ou pelo menos era o que tinha garantido o vendedor. Aquele pequeno gesto fazia parte de um ritual de adeus. No necrotério, de fato, Chang tinha recomposto o corpo de Billy Moore para sepultá-lo novamente sob o anjo de pedra.

O patologista estava completando a autópsia e radiografando as fraturas. As chapas estavam expostas num painel luminoso diante do qual estava parado Boris. Mila espantou-se ao vê-lo ali.

Quando percebeu sua presença, o policial sentiu necessidade de justificar-se.

— Passei para ver se tinha alguma novidade.

— E tem? — perguntou Mila, continuando seu jogo para não constrangê-lo. Era evidente que Boris estava lá por motivos pessoais.

Chang interrompeu o trabalho para responder pessoalmente à pergunta de Mila.

— O corpo caiu de um lugar alto. Pela gravidade e quantidade das fraturas que identifiquei no esqueleto, podemos deduzir que a morte foi quase instantânea.

Por trás daquele "quase" escondia-se a esperança e, junto com ela, a angústia.

— Obviamente, ninguém pode dizer se Billy se jogou ou foi empurrado...

— Obviamente.

Mila notou um prospecto de uma funerária em cima de uma das cadeiras. Com certeza, não era um serviço fornecido pela polícia. Devia ser ideia de Boris, paga do próprio bolso, para que Billy recebesse sepultura digna. Numa pequena prateleira ainda se viam os patins, agora perfeitamente lustrados, e o gravador, presente de aniversário do qual o menino nunca se separava.

— Chang talvez tenha descoberto onde aconteceu a morte — anunciou Boris.

O legista dirigiu-se para algumas fotos ampliadas do colégio.

— Os corpos que caem no vazio adquirem peso com a velocidade: é um efeito da força da gravidade. No final, é como se fossem esmagados no chão por uma mão invisível. Assim, cruzando os dados relativos à idade da vítima — no que diz respeito à calcificação óssea — com aqueles da gravidade das fraturas, obtemos uma altura provável da queda. Neste caso, mais de 15 metros. Portanto, considerando a altura média do edifício e a inclinação do terreno, posso afirmar quase com certeza que o menino caiu da torre, aqui nesse ponto... estão vendo?

Mais um "quase" misturado às palavras de Chang enquanto mostrava o lugar exato na foto. Naquele momento, um assistente surgiu na porta.

— Dr. Vross, está sendo chamado...

Por um instante, Mila não conseguiu associar o rosto do legista a seu verdadeiro nome. Ao que parecia, nenhum dos assistentes ousava tratá-lo por Chang.

— Desculpem — despediu-se ele, deixando-os sozinhos.

— Também preciso ir — disse Mila e Boris concordou.

No caminho, passou ao lado da prateleira com os patins e o gravador de Billy e depositou as figurinhas compradas ao lado deles. Boris percebeu.

— Ali temos a voz dele...

— O quê? — perguntou ela, que não tinha entendido.

Boris indicou o gravador com um aceno de cabeça e repetiu:

— A voz de Billy. Suas narrações inventadas...

Sorriu. Mas era um sorriso triste.

— Conseguiu ouvir?

Boris fez que sim.

— É, mas só o início, depois não consegui mais...

— Entendo... — disse Mila e calou-se.

— A fita está quase inteira, sabia? Os ácidos da... (não conseguia dizer a palavra) decomposição quase não a atacaram. Chang diz que isso é muito raro. Talvez seja devido à natureza do terreno em que está sepultado. Estava sem pilhas, mas eu coloquei.

Mila fingiu espanto, para abrandar a tensão de Boris:

— Então o gravador está funcionando...?

— Claro, é japonês!

Riram juntos.

— Se importa de ouvir junto comigo?

Mila pensou um pouco antes de responder. Na verdade, não tinha muita vontade. "Tem certas coisas que devem repousar em paz", pensava. Mas pensando melhor, no caso quem precisava ouvir aquilo era Boris, e não quis dizer não.

— Tudo bem, pode ligar.

Boris se aproximou do gravador, apertou o play e, naquela fria sala de autópsias, Billy Moore voltou à vida.

— ... Estamos no mítico estádio de Wembley, caros ouvintes, amantes do esporte! A partida tem tudo para ficar na história do futebol: Inglaterra x Alemanha!

O tom de voz era cheio de vivacidade, com o esse sibilante em que a frase inevitavelmente tropeçava. Aquelas palavras escondiam o som de um sorriso e tinha-se realmente a impressão de vê-lo, Billy, na despreocupação de seus poucos anos, tentando dar ao mundo um pouco da alegria que o caracterizava.

Mila e Boris sorriram com ele.

— A temperatura está amena e, apesar do outono já adiantado, não há previsões de chuva. Os times já estão enfileirados no círculo central do gramado para os hinos nacionais... As arquibancadas estão cheias de torcedores em todos os tipos de lugares! Que espetáculo, senhoras e senhores! Estamos prestes a assistir a um grande desafio do futebol. Mas antes, a lista dos jogadores escal... *Meu Deus, eu me arrependo e lamento por todos os meus pecados, pois ao pecar, mereci os castigos que me destes. E muito mais por ter-Vos ofendido, a Vós, infinitamente bom e digno de ser amado acima de tudo.*

Mila e Boris se entreolharam, sem entender nada. A voz que tinha se sobreposto à da primeira gravação era muito fraca.

— É uma prece.

— Mas não é Billy...

—... Prometo, com Vossa santa ajuda, não Vos ofender nunca mais e fugir das próximas ocasiões de pecado. Por misericórdia, senhor, perdoai-me!

— *Está bem.*

A voz de um homem.

— *O que quer me dizer?*

— *Disse muitos palavrões ultimamente. E há três dias roubei biscoitos da despensa, mas Jonathan comeu junto comigo... E também... também copiei os deveres de matemática.*

— *Mais nada?*

— Deve ser padre Rolf — disse Mila.

— ...

— *Pense bem, Ron.*

O nome pronunciado congelou o silêncio da sala. E Ronald Dermis também voltou a ser um menino.

— *Na verdade... tem uma coisa...*

— *Não quer me dizer?*

— *...Não.*

— *Se não contar, como posso absolvê-lo?*

— *...Não sei.*

— *Sabe o que aconteceu com Billy, não sabe, Ron?*

— *Deus o levou.*

— *Não foi Deus, Ron. Sabe quem foi?*

— *Ele caiu. Caiu da torre.*

— *Mas você estava com ele...*

— *...Estava.*

— *De quem foi a ideia de ir lá para cima?*

— *... Alguém escondeu os patins dele na torre.*

— *Foi você?*

— *...Sim.*

— *E também empurrou ele?*

— ...

— *Ronald, estou pedindo: responda à pergunta.*

— ...

— *Ninguém vai castigá-lo se contar o que aconteceu. É uma promessa.*

— *Ele pediu que eu fizesse aquilo.*

— *Ele quem? Billy? Billy pediu que o empurrasse?*

— *Não.*

— *Então foi algum outro menino?*

— *Não.*

— *Então quem foi?*

— *...*

— *Ron.*

— *Sim.*

— *Ande, responda. Essa pessoa de quem está falando não existe, não é mesmo? É apenas fruto de sua imaginação...*

— *Não.*

— *Não tem mais ninguém aqui. Só eu e seus colegas.*

— *Ele vem só para mim.*

— *Ouça bem, Ron: quero que me diga que está muito arrependido pelo que houve com Billy.*

— *... Estou muito arrependido pelo que houve com Billy.*

— *Espero que esteja sendo sincero... Em todo caso, isso será um segredo entre mim, você e Nosso Senhor.*

— *Está bem.*

— *Nunca poderá falar disso com ninguém.*

— *Está bem.*

— *Eu o absolvo de seus pecados. Em nome do Pai, do Filho e do Espírito Santo, amém.*

— *Amém.*

17

— Estamos procurando por um certo Ronald Dermis — anunciou Roche à numerosa plateia de flashes e microfones. — Deve ter cerca de 36 anos. Cabelos castanhos, olhos castanhos, pele clara.

Apresentou aos presentes uma manipulação gráfica feita com base na foto em que posava junto com os colegas. Mostrava um hipotético Ron adulto.

— Há razões para crer que este homem está envolvido no sequestro das meninas desaparecidas. Pedimos a quem quer que o conheça, tenha notícias ou tenha estabelecido contato com ele nos últimos trinta anos que informe à polícia. Obrigado.

Esta última palavra disparou um coro de perguntas e súplicas por parte dos jornalistas:

— Sr. Roche!... Inspetor-chefe!... Uma pergunta!...

Roche ignorou-os, abandonando a cena por uma porta secundária.

Foi um movimento inevitável. Era preciso dar o alarme.

À descoberta de Boris e Mila seguiram-se duas horas febris. Agora a situação era clara.

Padre Rolf tinha registrado a confissão de Ron no gravador de Billy. Depois, tratou de sepultá-la junto com ele, como quem planta uma semente sabendo que cedo ou tarde dará seus frutos, com a esperança de que a verdade, um dia, pudesse redimir todos eles: aquele que, apesar da pouca idade, cometeu aquela abominação; aquele que a sofreu e aquele que resolveu esconder os fatos sob sete palmos de terra.

— *...Em todo caso, isso será um segredo entre mim, você e Nosso Senhor...*

Goran comentou:

— Como Albert poderia saber dessa história? Padre Rolf e Ron eram os únicos que conheciam o segredo. Portanto, a única explicação possível é que Ron e Albert sejam a mesma pessoa.

Talvez a decisão de entregar Alexander Bermann à polícia também tivesse que ser reavaliada desse ponto de vista. O criminologista não lembrava quem tinha levantado a suspeita de que o serial killer tivesse denunciado um pedófilo por ter sofrido abusos em criança. Talvez Sarah Rosa. Mas, na hora, Stern descartou a hipótese e Gavila concordou com ele. Agora tinha que admitir que estava enganado.

— As vítimas preferidas dos pedófilos são os órfãos e os meninos de rua, porque não têm ninguém para defendê-los.

Goran estava furioso consigo mesmo por não ter percebido isso antes, mesmo tendo todas as peças do quebra-cabeça diante dos olhos desde o começo. Ao contrário, tinha se deixado seduzir pela ideia de que Albert era um estrategista sutil.

— O serial killer tenta nos contar uma história com o que faz: a história de seu conflito interior — repetia sem cessar a seus alunos.

Por que tinha permitido que uma hipótese diferente desviasse sua atenção?

— Ele me pegou pelo orgulho. Achei que só estava interessado em nos desafiar. E me agradava pensar que estava diante de um adversário que queria ser mais esperto que eu.

Depois de assistir à coletiva com a imprensa dada por Roche pela TV, o criminologista havia reunido o esquadrão nas dependências da lavanderia do orfanato, onde Anneke tinha sido encontrada. Achou que era o melhor lugar para a retomada das investigações. Aquele breve *mea culpa* serviu para eliminar qualquer dúvida sobre o fato de que ainda eram um time e não apenas um laboratório para as experiências do Dr. Gavila.

O cadáver da segunda menina tinha sido removido há tempos e o tanque de mármore esvaziado das lágrimas. Só as lâmpadas fluorescentes e o zumbido do gerador permaneciam. Dentro em pouco, eles também seriam levados dali.

Goran pediu que chamassem padre Timothy. O sacerdote chegou ofegante e em evidente estado de agitação: embora nada naquela sala recordasse a cena do crime, ele se sentia incomodado.

— Ninguém consegue encontrar padre Rolf — começou o sacerdote. — Acho que realmente...

— É claro que padre Rolf está morto — interrompeu Goran bruscamente. — Do contrário, teria se apresentado depois do apelo de Roche.

Padre Timothy parecia abalado.

— O que posso fazer pelos senhores, então?

Goran tomou tempo para escolher bem as palavras. Depois, dirigiu-se a todos:

— Pode parecer estranho, sei disso... Mas gostaria que recitássemos uma prece.

Rosa não conseguiu disfarçar o espanto. Nem Boris, que logo trocou olhares com ela. Mila surpreendeu-se. Mas Stern, que era muito religioso, não. Foi o primeiro a aceitar a proposta de Goran. Colocou-se no centro da sala e estendeu os braços para os lados para segurar as mãos dos outros, formando um círculo. Mila foi a primeira a se aproximar. Rosa a seguiu, a contragosto. Boris era o mais relutante, mas não podia recusar o convite do Dr. Gavila. Padre Timothy concordou, finalmente sereno, antes de tomar lugar no meio deles.

Goran não sabia rezar e talvez nem existissem preces adequadas para um momento como aquele. Mas mesmo assim, tentou, em tom melancólico.

— Nesses últimos tempos testemunhamos coisas terríveis. O que aconteceu aqui, aliás, é indizível. Não sei se existe um Deus. Mas sempre desejei que sim. Sei com certeza que o mal existe. Porque o mal pode ser demonstrado. O bem, nunca. O mal deixa vestígios de si, à sua passagem. Corpos de crianças inocentes, por exemplo. O bem só pode ser testemunhado. Mas isso não nos basta, a nós que buscamos provas concretas... — Goran fez uma pausa. — Se houvesse um Deus, gostaria de Lhe perguntar... Por que Billy Moore teve que morrer? De onde vinha o ódio de Ronald Dermis? O que aconteceu com ele naqueles anos? Como aprendeu a matar? Que razão o levou a escolher o mal? E por que não põe um fim em todo esse horror?

As perguntas de Goran ficaram suspensas no silêncio que os circundava.

— Quando o senhor quiser, padre... — disse o irrepreensível Stern logo em seguida.

E padre Timothy assumiu o controle daquela pequena assembleia. Juntou as mãos e começou a entoar um hino sacro. Sua voz — segura e muito bonita — dominou o eco daqueles ambientes e começou a serpentear a seu redor. Mila fechou os olhos e se deixou levar pelas palavras. Eram em latim, mas o sentido seria evidente até para o mais surdo dos homens. Com aquele canto, padre Timothy instaurava a paz onde antes havia o caos, limpando tudo do excremento funesto do mal.

A carta era endereçada ao departamento de Ciências Comportamentais. Seria classificada como mensagem de um mitômano se a caligrafia não apresentasse algumas correspondências com a de um dever de casa que Ronald Dermis fez quando era criança.

Tinha sido escrita numa folha de caderno, com uma comuníssima esferográfica. O remetente não se preocupou com as digitais que deixou na folha.

Ao que parecia, Albert não precisava mais de certas finezas.

O texto estava concentrado no centro da folha, numa única frase quase sem pontuação.

para aqueles que estão me caçando
Billy era um maldito um MALDITO! e fiz muito bem em matá-lo eu o odiava e teria nos feito mal porque encontraria uma família e nós não o que fizeram comigo foi muito pior e NINGUÉM veio me salvar NINGUÉM. sempre estive aqui diante dos olhos de vocês e não me viam mas depois ELE chegou. ELE me entendia. me ensinou que foram vocês que quiseram que eu fosse assim não me viam e agora me veem? pior para vocês no final a culpa vai ser só de vocês eu sou o que sou. NINGUÉM pode impedir tudo isso NINGUÉM.

RONALD

Goran levou uma cópia da carta para estudá-la melhor. Passaria a noite em casa, junto com Tommy. Estava mesmo precisando de uma noite com o filho. Já não o via há dias.

Atravessou a soleira do apartamento e ouviu seus passos se aproximando imediatamente.

— Tudo bem, papai?

Goran tirou-o do chão num abraço carinhoso.

— Não posso reclamar. E você?

— Comigo tudo bem.

Eram as três palavras mágicas. Seu filho tinha aprendido a usá-las quando os dois estavam sozinhos. Como se dissesse a Goran que não havia motivo para preocupação, porque com ele, "tudo bem". Não sentia falta da mãe. Estava se habituando a não sentir sua falta.

Aquilo era, também, o limite. Com aquelas três palavras encerrava-se o assunto. Tudo ficava em paz. "Muito bem, já lembramos o quanto dói ficar sem ela. Agora podemos seguir em frente."

Era exatamente o que acontecia.

Goran tinha trazido um saco de papel que Tommy tratou de explorar, impaciente.

— Oba! Comida chinesa!

— Achei que ia gostar de variar um pouco o cardápio da Sra. Runa.

Tommy fez uma pausa de desgosto:

— Detesto as almôndegas dela! Põe hortelã demais: tem gosto de pasta de dente!

Goran riu: de fato, o menino não estava errado.

— Vamos, vá lavar as mãos...

Tommy correu para o banheiro. De volta, começou a botar a mesa. Goran tinha transferido a maioria dos objetos que ficavam nas prateleiras superiores da cozinha para as que podia alcançar: queria que participasse do novo arranjo familiar. Fazer as coisas juntos significava que tinham que cuidar um do outro e, portanto, nenhum dos dois podia "largar mão". Nenhum dos dois tinha o direito de se abandonar à tristeza.

Tommy pegou uma travessa onde arrumou os *wan ton* fritos e o molho agridoce, enquanto o pai dividia o arroz cantonês em duas tigelas. Tinham os pauzinhos para comer e, no lugar do sorvete frito, Goran tinha comprado uma caixa de sorvete marmorizado com baunilha.

Jantaram trocando informações sobre o dia. Tommy contou como estava indo a organização do acampamento de verão dos escoteiros. Ele perguntou pela escola e descobriu com orgulho que o filho tinha ganho um "ótimo" em ginástica.

— Eu era uma droga em quase todos os esportes — admitiu Goran.

— E em qual você era bom?

— Xadrez.

— Mas xadrez não é esporte.

— Como não: faz parte até das Olimpíadas!

Tommy não parecia muito convencido. Mas já tinha aprendido que o pai não mentia nunca. Foi uma dura lição, na verdade. Porque da primeira vez em que perguntou pela mãe, Goran tinha contado a verdade, sem rodeios. "Sem enganação", como dizia Tommy quando queria garantir a lealdade de alguém. E o pai satisfez sua curiosidade. Não por vingança, nem para punir a mãe. As mentiras — ou pior, as meias verdades — só fariam aumentar a angústia do menino. Teria que enfrentar duas grandes mentiras sozinho: a da mãe que tinha ido embora e a do pai, que não tinha coragem de dizer isso a ele.

— Um dia você me ensina a jogar xadrez?

— Claro.

Com aquela promessa solene, Goran levou-o até sua cama. Depois se trancou no escritório. Pegou a carta de Ronald e leu pela enésima vez. De todo o texto, algo chamou sua atenção desde o início — a frase: "Depois ELE chegou. ELE me entendia. me ensinou."

A palavra ELE tinha sido escrita voluntariamente em letras maiúsculas. Goran já tinha ouvido aquela estranha referência antes. Estava na fita da confissão de Ronald a padre Rolf.

— Ele vem só para mim.

Era um exemplo claro de dissociação da personalidade, em que o Eu negativo era sempre separado do Eu agente. E se transforma em ELE.

"Fui EU. Mas foi ELE quem me mandou fazer. A culpa de quem sou é DELE."

Naquele contexto, todos os outros se transformavam em NINGUÉM. Escrito igualmente com letras maiúsculas.

NINGUÉM veio me salvar. NINGUÉM pode impedir tudo isso.

Ron queria ser salvo. Mas todos se esqueceram dele e do fato de que, na verdade, era apenas um menino.

Tinha saído para comprar comida. E depois de uma inútil peregrinação entre lojas e lanchonetes fechadas antes da hora por causa do mau tempo, Mila teve que se contentar com uma sopa pré-cozida comprada numa delicatéssen.

Pensava em esquentá-la no micro-ondas que tinha visto no Estúdio. Já era tarde demais quando lembrou que não sabia se ele estava funcionando.

Voltou ao apartamento antes que o frio pungente da noite paralisasse seus músculos, impedindo-a de caminhar. Seria ótimo se o macacão e os sapatos de jogging estivessem ali: não se exercitava há alguns dias e o ácido lático acumulado nas juntas dificultava os movimentos.

Quando estava prestes a entrar, viu Sarah Rosa na calçada em frente, discutindo animadamente com um homem. Ele tentava acalmá-la, mas não parecia obter muito sucesso. Mila pensou que devia ser o marido e sentiu uma grande simpatia por ele. Antes que a megera percebesse sua presença e tivesse com isso mais um motivo para odiá-la, Mila entrou no edifício.

Nas escadas, cruzou com Boris e Stern.

— Vão para onde?

— Dar uma passada no Departamento para ver como anda a caçada ao nosso homem — respondeu Boris, colocando um cigarro entre os lábios. — Quer vir conosco?

— Não, obrigada.

Boris notou a sopa.

— Então, bom apetite.

Mila continuou a subir e ouviu quando falou com o colega mais velho:

— Deveria voltar a fumar.

— Você é que deveria trocar por isso aqui...

Mila reconheceu o barulhinho da caixa de balinhas de Stern e deu um sorriso.

Estava sozinha no Estúdio. Goran ia passar a noite em casa com o filho. Ela não gostou muito. Tinha se acostumado com sua presença e considerava seu método de investigação bastante interessante. Com exceção da prece do dia anterior. Se sua mãe estivesse viva e a visse participar daquele ritual, não acreditaria nos próprios olhos.

O micro-ondas funcionava. A sopa não era tão ruim assim. Ou talvez a fome a fizesse parecer melhor. Com a tigela e uma colher, Mila se acomodou no dormitório, contente em tê-lo só para si, pelo menos por enquanto.

Sentou de pernas cruzadas na cama. A ferida na coxa esquerda fisgava um pouco, mas estava cicatrizando. "Tudo sempre cicatriza", pensou. Entre uma colherada e outra, pegou uma fotocópia da carta de Dermis e colocou diante de si. Claro que Ronald tinha um senso de oportunidade extraordinário para reaparecer na história. Mas havia algo em suas palavras que não se encaixava bem. Mila não teve coragem de comentar o assunto com Goran, pois achava que não estava em condições de lhe dar conselhos. Mas a ideia a atormentou a tarde inteira.

A carta também tinha sido entregue à imprensa. O que era bastante incomum. Parecia claro que Gavila tinha decidido afagar o ego de seu serial killer. Era como se lhe dissesse: "Está vendo? Estamos prestando atenção em você!" Mas na realidade só queria distraí-lo da menina que mantinha prisioneira. "Não sei quanto tempo poderá resistir ao impulso de matá-la", tinha deixado escapar algumas horas antes.

Mila tentou afastar aquele pensamento e voltou a se concentrar na carta. A forma escolhida por Ronald para a missiva a incomodava. Era isso que lhe parecia dissonante. Não sabia dizer por que, mas o texto centralizado na folha, numa espécie de linha única sem interrupções, a impedia de perceber claramente o conteúdo.

Resolveu decompô-lo. Apoiou a tigela e foi procurar um bloco e um lápis.

– *para os que estão me caçando:*

– *billy era um maldito um MALDITO! e fiz muito bem em matá-lo. eu o odiava e teria nos feito mal porque encontraria uma família e nós não*

– *o que fizeram comigo foi muito pior e NINGUÉM veio me salvar NINGUÉM.*

– *sempre estive aqui diante dos olhos de vocês e não me viam*

– *mas depois ELE chegou. ELE me entendia. me ensinou*

– *foram vocês que quiseram que eu fosse assim. não me viam e agora me veem? pior para vocês no final a culpa vai ser só de vocês*

– *eu sou o que sou. NINGUÉM pode impedir tudo isso NINGUÉM.*

– *RONALD*

Mila releu os períodos, um de cada vez. Era um desabafo carregado de ódio e rancor. Era dirigido a todos, sem distinções. Porque Billy, na mente de seu assassino, representava algo de grande, de totalizante. Algo que Ron nunca poderia ter.

A felicidade.

Apesar de ter assistido ao suicídio dos próprios pais, Billy era alegre. Apesar de ser um órfão série B, seria adotado. Apesar de não ter nada para oferecer, Billy era amado por todos.

Ao matá-lo, Ronald apagaria para sempre o sorriso da face hipócrita do mundo.

Porém, quanto mais lia aquelas palavras, mais claro ficava que as frases que compunham a carta não pareciam uma confissão ou um desafio, mas antes uma série de *respostas*. Como se alguém estivesse interrogando Ronald e ele não visse a hora de quebrar o silêncio que o aprisionava há tanto tempo, de libertar-se do segredo imposto por padre Rolf.

Mas que perguntas eram essas? E quem as fazia?

Mila tentou rememorar o que Goran disse em sua prece. Falou da constatação de que o bem não é demonstrável, enquanto inúmeros exemplos do mal surgem diante dos nossos olhos. *Provas*. Ronald achava que tinha realizado uma ação positiva, necessária, ao matar o colega. Para ele, Billy representava o mal. E quem poderia demonstrar que não tinha agido corretamente? Sua lógica era perfeita. Quem poderia garantir que, ao crescer, Billy não se transformaria num péssimo homem? Quem poderia garantir com certeza?

Quando era pequena, nas aulas de catecismo, Mila sempre se colocava uma pergunta. Mesmo depois de crescida, a interrogação não a abandonou.

Por que um Deus que se presume bom permite que as crianças morram?

Pensando bem, era exatamente isso que contrastava com a ideia de amor e justiça que permeava os Evangelhos.

Mas talvez o destino de morrer muito jovem seja reservado por Deus a seus piores filhos. E talvez as crianças que ela salvava acabassem se transformando em assassinos ou serial killers. Provavelmente, o que fazia era um erro. Se alguém tivesse assassinado Adolf Hitler ou Jeffrey Dahmer ou Charles Manson quando ainda usavam fraldas teria feito uma boa ou má ação? No entanto, seus assassinos seriam punidos e condenados por isso e nunca celebrados como salvadores da humanidade!

Concluiu que o bem e o mal muitas vezes se confundem. Que, às vezes, um é instrumento do outro e vice-versa.

— Assim como as palavras de uma prece podem se confundir com as palavras delirantes de um homicida — pensou.

Primeiro foram as cócegas na base do pescoço. Como se algo se aproximasse de um local escondido atrás dela. Depois, repetiu aquele último pensamento e, nesse exato momento, percebeu que conhecia muito bem as perguntas que Ronald tinha tentado responder em sua carta.

Estavam contidas na prece de Goran.

Fez um esforço para recordá-las, embora só tivesse ouvido uma vez. Fez várias tentativas em seu bloco. Errou a ordem e teve que recomeçar, mas no final, lá estavam elas, diante de seus olhos. Então tentou combiná-las com as frases da carta, recompondo aquele diálogo a distância.

No fim, releu tudo.

Era evidente desde a primeira frase.

— A todos que estão me caçando.

Eram palavras dirigidas diretamente a eles. Para responder às questões que o criminologista tinha silenciado...

— Por que Billy Moore teve que morrer?

— Billy era um maldito um MALDITO! e fiz muito bem em matá-lo eu o odiava e teria nos feito mal porque encontraria uma família e nós não

— De onde vinha o ódio de Ronald Dermis?

— o que foi feito comigo foi muito pior e NINGUÉM veio me salvar NINGUÉM.

— O que tinha acontecido com ele naqueles anos?

— sempre estive aqui diante dos olhos de vocês e não me viam

— Como aprendeu a matar?

— mas depois ELE chegou. ELE me entendia. me ensinou

— Que razão o levou a preferir o mal?

— foram vocês que quiseram que eu fosse assim. não me viam. agora me veem? pior para vocês no final a culpa vai ser só de vocês

— E por que não põe um fim em todo esse horror?

— eu sou o que sou NINGUÉM pode impedir tudo isso. NINGUÉM.

Mila não sabia o que pensar. Mas talvez a resposta à sua pergunta estivesse no pé de página.

Um nome.

— RONALD.

Precisava verificar sua suposição imediatamente.

18

Um céu inchado esvaziava de neve as suas nuvens violáceas.

Mila só conseguiu encontrar um táxi depois de esperar mais de quarenta minutos no meio da rua. Quando soube para onde iam, o taxista protestou. Disse que era longe demais, que nunca encontraria outro passageiro para a volta com um tempo daqueles e de noite. Só se convenceu quando Mila se ofereceu para pagar o dobro da corrida.

Vários centímetros de neve já tinham se acumulado sobre o asfalto, tornando inútil o trabalho de espalhar sal nas ruas para que a neve não virasse gelo. Só era possível circular com correntes nos pneus e isso afetava a velocidade. O ar do táxi era viciado e Mila viu uns restos de kebab com cebola no banco ao lado do motorista. O cheiro se misturava com o de um desodorante de pinho colocado numa das bocas do aquecimento. Não era, com certeza, a melhor maneira de receber os fregueses.

Enquanto atravessavam a cidade, Mila teve tempo para reordenar seus pensamentos. Tinha certeza de que sua teoria era correta e, à medida que se aproximava de seu destino, essa convicção só fazia se reforçar. Pensou em telefonar a Gavila para confirmá-la, mas seu celular estava quase descarregado. Portanto, adiou o telefonema para quando encontrasse o que buscava.

Ultrapassaram a área dos trevos na autoestrada. No posto de pedágio, uma patrulha da polícia parava o trânsito, mandando os carros retornarem.

— Tem neve demais, é perigoso! — repetiam os guardas aos motoristas.

Alguns caminhões estacionaram no acostamento, na esperança de recomeçar a viagem na manhã seguinte.

O táxi ultrapassou o pedágio, enfiando-se numa estrada secundária. Era possível chegar ao orfanato sem passar pela autoestrada. Provavelmente, antes era o único caminho, e por sorte o taxista o conhecia.

Mandou que a deixasse ao lado do portão. Mila nem pensou em pedir que a esperasse, oferecendo mais dinheiro. Estava convencida de que não tinha se enganado e em breve o local seria novamente invadido por seus colegas.

— Não quer que espere até acabar o que veio fazer? — ofereceu o homem quando se deu conta do estado de abandono daquele lugar.

— Não, obrigada, pode ir.

O taxista não insistiu, deu a volta e inverteu a marcha, deixando no ar um leve rastro de kebab.

Mila pulou o portão e percorreu a alameda de terra afundando os pés na neve misturada à lama. Sabia que os policiais tinham levantado acampamento por ordem de Roche e que até o trailer da unidade móvel tinha sido retirado. Não havia mais nada naquele lugar que pudesse interessar às investigações.

— Até esta noite — pensou ela.

Chegou diante da entrada principal, mas a porta, arrombada pelas unidades especiais, estava trancada com um novo ferrolho. Virou para a casa paroquial, tentando ver se padre Timothy ainda estava acordado.

Tinha chegado até ali, agora não tinha outra escolha.

Dirigiu-se para a casa do padre. Bateu várias vezes, até que uma janela se iluminou no segundo andar. Padre Timothy apareceu logo em seguida.

— Quem é?

— Padre, sou da polícia. Já nos vimos antes, lembra?

O sacerdote tentou focalizá-la melhor no meio da neve densa.

— Sim, claro. O que quer a essa hora? Pensei que já tinham encerrado por aqui...

— Eu sei, desculpe, mas preciso verificar algo nas dependências da lavanderia. Poderia me dar as chaves, por favor?

— Está bem, estou descendo.

Mila já estava se perguntando a razão de tanta demora quando, alguns minutos depois, ouviu barulho de ferragens atrás da porta, indicando que o padre estava puxando os ferrolhos. Ele surgiu envolto num casaco desfiado e gasto nos cotovelos, com a costumeira expressão suave no rosto.

— Você está tremendo.

— Não se preocupe, padre.

— Entre para se secar um pouco enquanto procuro as chaves. Na verdade, vocês deixaram uma bela bagunça.

Mila seguiu-o para dentro de casa. O impacto do calor produziu um efeito imediato de bem-estar.

— Já ia dormir.

— Sinto muito.

— Não tem importância. Quer uma xícara de chá? Sempre tomo chá antes de dormir, é relaxante.

— Não, obrigada. Queria retornar o mais rápido possível.

— Beba que vai lhe fazer bem. Já está pronto, é só servir. Nesse meio tempo, vou pegar as chaves.

Ele saiu da sala e ela foi até a pequena cozinha indicada pelo padre. De fato, o bule de chá estava em cima da mesa. O perfume se espalhava com o vapor e Mila não resistiu. Serviu uma xícara e colocou bastante açúcar. O terrível chá gelado que Feldher tentou impingir a ela e a Boris em sua casa no ferro-velho lhe voltou à memória. Sabe-se lá de onde tinha vindo a água com que o fez.

Padre Timothy retornou com um molho enorme de chaves. Ainda estava separando a chave certa.

— Está melhor agora, não? — sorriu o padre, satisfeito por ter insistido.

Mila devolveu o sorriso:

— Sim, bem melhor.

— Aqui está: acho que é esta que abre o portão principal... Quer que vá com você?

— Não, obrigada — e percebeu que o sacerdote relaxava imediatamente. — Mas gostaria de lhe pedir um favor...

— Pode dizer.

Estendeu um bilhete.

— Se não voltar dentro de uma hora, ligue para este número e peça ajuda.

Padre Timothy empalideceu.

— Pensei que não havia mais perigo.

— É só uma precaução. Na verdade, acho que não vai acontecer nada comigo. Só que não sei muito bem como me locomover naquele edifício: poderia sofrer algum acidente... E depois, lá não tem luz.

Assim que disse a última frase, percebeu que não tinha considerado aquele detalhe. O que faria? Não havia eletricidade e o gerador usado para as lâmpadas fluorescentes com certeza tinha sido desmontado e retirado junto com o resto da aparelhagem.

— Droga! — exclamou. — O senhor não teria uma lanterna elétrica?

— Sinto muito, policial... Mas se tiver trazido um celular, pode usar a luz da tela...

Não tinha pensado nisso.

— Obrigada pela dica.

— Não há de quê.

Logo em seguida, Mila saiu novamente para a noite fria, enquanto o padre fechava um a um os ferrolhos da porta às suas costas.

Subiu a pequena ladeira até chegar à entrada do orfanato. Enfiou a chave na fechadura e sentiu o eco dos cliques se perdendo na sala que ela guardava.

Abriu e tornou a fechar a enorme porta.

Estava lá dentro.

Os pombos reunidos na claraboia saudaram sua presença com um frenético bater de asas. A tela do celular emitia uma débil luz verde, que só permitia distinguir uma porção limitada do que tinha diante de si. Uma escuridão intensa estava à espreita nas bordas daquele círculo de luz, pronta para transbordar e invadi-lo de um momento para outro.

Mila tentou rememorar o trajeto que conduzia à lavanderia. E se encaminhou para lá.

O rumor de seus passos violava o silêncio. Seu hálito se condensava no ar frio. Logo chegou às portas da cozinha e reconheceu o perfil das grandes caldeiras de ferro. Daí passou para o refeitório, onde teve que ficar atenta para não esbarrar nas mesas de fórmica. Bateu numa delas com os quadris, fazendo cair as cadeiras que estavam de cabeça para baixo em cima dela. O barulho, ampliado pelo eco, foi quase ensurdecedor. Enquanto arrumava, Mila viu a entrada que levava ao andar de baixo por meio de uma estreita escada em caracol. Entrou naquele túnel de pedra e desceu lentamente os degraus que o tempo tornou escorregadios.

Chegou à lavanderia.

Deslocou o celular para olhar ao redor. No tanque de mármore que abrigou o corpo de Anneke alguém tinha colocado uma flor. Mila recordou a prece que tinham recitado todos juntos naquela sala.

E começou a procurar.

Primeiro, olhou ao longo dos cantos das paredes, depois percorreu o rodapé com os dedos. Nada. Evitava se perguntar quanto a bateria do celular duraria antes de descarregar. O que a preocupava não era a perspectiva de ter que retornar na escuridão, mas a ideia de que, sem aquela pouca luz, levaria muito mais tempo: em uma hora, padre Timothy pediria ajuda e ela faria um papelão. Precisava se apressar.

— Onde estará? — pensou. — Sei que está em algum lugar...

Um som fortíssimo e repentino fez seu coração estremecer no peito. Passaram-se alguns segundos antes de reconhecer o toque do telefone.

Girou a tela e leu:

— Goran.

Enfiou o fone no ouvido e atendeu.

— Não ficou ninguém no Estúdio? Liguei pelo menos umas dez vezes na última hora.

— Boris e Stern saíram, mas Sarah Rosa devia estar lá.

— E você, onde está?

Mila pensou que também não era o caso de contar uma mentira. Embora ainda não estivesse totalmente segura de sua suposição, resolveu informá-lo.

— Acho que Ronald estava nos ouvindo na outra noite.

— E por que pensa isso?

— Comparei a carta com as perguntas que o senhor colocou em nossa prece. Parecem respostas...

— É uma ótima dedução.

O criminologista não parecia muito surpreso. Talvez já tivesse chegado à mesma conclusão. Mila se sentiu meio boba por ter pensado que poderia surpreendê-lo.

— Mas não respondeu à minha pergunta: onde está agora?

— Estou procurando o microfone.

— Que microfone?

— O microfone que Ronald colocou na lavanderia.

— Está no orfanato?!

Agora, o tom de Goran era de alarme.

— Estou.

— Tem que sair daí imediatamente!

— Por quê?

— Não existe microfone algum, Mila!

— Mas tenho certeza de que...

Goran interrompeu:

— Ouça: os agentes varreram a área, eles teriam achado!

Naquele instante, sentiu-se realmente estúpida. O criminologista tinha razão: como tinha sido tão leviana a ponto de não pensar nisso? O que tinha na cabeça?

— Mas então como ele pôde... — não concluiu a frase. Uma imaginária gota gelada deslizou perpendicularmente por suas costas.

— Ele estava aqui.

— A prece foi só um truque para que ele se revelasse!

— Por que não pensei nisso antes?

— Mila, saia daí pelo amor de Deus!

Naquele momento, Mila se deu conta do risco que estava correndo. Tirou a pistola e se dirigiu a passos largos para a saída, distante pelo menos 200 metros de onde estava. Uma distância enorme a cobrir com aquela "presença" no prédio.

— Quem será? — perguntou-se Mila enquanto subia a escada em caracol até o refeitório.

Quando percebeu que as pernas perdiam força e começavam a ceder, entendeu tudo.

— O chá...

Havia interferência na linha. Ouviu a voz de Goran no fone perguntando:

— O quê?

— Padre Timothy é Ronald, não é?

Interferência. Chiados. Mais interferência.

— É! Depois da morte de Billy Moore, padre Rolf mandou todo mundo embora do orfanato antes da verdadeira data de fechamento. Exceto Ronald. Ficou com ele, pois temia sua natureza, mas achava que podia mantê-lo sob controle.

— Acho que me drogou.

A voz de Goran era intermitente.

— ... disse? Não... tendo...

— Acho que... — tentou repetir Mila, mas as palavras se empastaram em sua boca.

Caiu para a frente.

O fone saiu do ouvido. O telefone escapou de sua mão e rolou para baixo de uma das mesas. As batidas de seu coração se aceleravam de medo, facilitando a difusão da droga no organismo. Seus sentidos se entorpeceram. Mas ainda conseguia ouvir Goran que, do fone caído a alguns metros de distância, dizia:

— Mila! Mila... ponda! ...ouve?

Fechou os olhos, com medo de não conseguir reabri-los mais. Depois disse a si mesma que não ia morrer num lugar como aquele.

— Adrenalina... Preciso de adrenalina...

Sabia como encontrá-la. Ainda apertava a pistola na mão direita. Apontou-a de modo que o cano tocasse o deltoide. E disparou. O tiro dilacerou o couro da jaqueta e rasgou a carne ecoando poderosamente no abismo que a circundava. Deu um berro com a dor que a queimava. Mas recobrou a consciência.

Goran gritou seu nome claramente:

— Mila!

Deslizou na direção da luz da tela do celular. Agarrou-o e disse a Gavila.

— Está tudo bem.

Levantou e recomeçou a caminhar. O esforço necessário para dar um único passo era enorme. Sentiu como se estivesse num daqueles sonhos de perseguição em que você não consegue fugir, pois as pernas pesam como se estivessem mergulhadas até os joelhos num líquido muito denso.

A ferida pulsava, mas não estava perdendo muito sangue. Conseguiu acertar a medida do tiro. Apertou os dentes e, passo a passo, teve a impressão de que a saída estava cada vez mais próxima.

— Se já sabiam de tudo, por que não prenderam aquele desgraçado de uma vez? — berrou ao celular. — E por que não fui informada?

A voz do criminologista era clara de novo:

— Sinto muito, Mila. Queríamos que continuasse se comportando com naturalidade com ele, para não levantar suspeitas. Está sendo monitorado a distância. Colocamos localizadores em seu carro. Esperávamos que pudesse nos levar à sexta menina...

— Mas ele não fez isso...

— Porque ele não é Albert, Mila.

— Mas é tão perigoso quanto, não é?

Goran calou-se um segundo mais do que devia. Era.

— Já dei o alarme, estão chegando aí. Mas precisarão de algum tempo: o cordão de vigilância fica num raio de uns dois quilômetros.

— Façam o que fizerem, será tarde demais — pensou Mila. Com aquele clima e a droga que circulava em seu organismo minando suas forças, não tinha esperanças. E sabia disso. Devia ter dado atenção àquela droga de taxista quando tentou dissuadi-la de ir até lá! E — maldição! — por que não tinha aceito quando se ofereceu para esperá-la até que acabasse o que tinha a fazer? Teve nojo do cheiro de kebab com cebola que empestava o carro, era isso! E agora, lá estava ela, presa numa armadilha em que caiu sozinha. Talvez porque, inconscientemente, uma parte dela desejasse aquilo. A ideia de correr riscos a seduzia. Até de morrer!

— Não! — reagiu. — Quero viver.

Ronald — aliás, padre Timothy — ainda não tinha entrado em ação. Mas tinha certeza de que não teria que esperar muito.

Três breves sons em sequência a tiraram de seus pensamentos.

— Merda — disse, enquanto a bateria do celular a abandonava definitivamente.

A escuridão se fechou sobre ela como os dedos de uma mão.

Quantas vezes tinha se visto em maus lençóis? A bem da verdade, já tinha acontecido antes. Na casa do professor de música, por exemplo. Mas quantas vezes tinha se visto numa situação daquelas? A resposta que deu foi assustadora.

— Nunca.

Drogada, ferida, sem forças e também sem celular. Teve vontade de rir daquela última falta: afinal, o que poderia fazer com o telefone? Talvez ligar para algum velho amigo:

— Oi, tudo bem? Estou à beira da morte, sabia?!

A escuridão era a pior coisa. Mas deveria considerá-la uma vantagem: se não podia ver Ronald, ele também não a veria.

— Está esperando que eu tente sair...

De fato, só tinha vontade de ver aquele lugar pelas costas. Mas também tinha consciência de que não podia seguir seu instinto ou morreria.

— Preciso me esconder e esperar pela chegada de reforços.

Decidiu que aquela era a decisão mais prudente, porque o sono poderia surpreendê-la de um momento a outro. Mas ainda tinha a pistola e isso a tranquilizava. Talvez ele também estivesse armado. Mas Ronald não parecia ser muito bom com armas, pelo menos não tão bom quanto ela. No entanto, tinha interpretado muito bem o papel do tímido e apreensivo padre Timothy. Na verdade, pensou Mila, podia esconder muitas outras habilidades.

Acocorou-se sob uma das mesas do enorme refeitório e ficou à espreita. O eco não ajudava: ampliava sons inúteis, obscuros estalos enganadores e distantes que não tinha como interpretar. E suas pálpebras se fechavam, inexoráveis.

— Não pode me ver. Não pode me ver — repetia consigo mesma sem cessar. — Sabe que estou armada: se fizer o menor barulho ou usar uma lanterna para me procurar, é um homem morto.

Cores inverossímeis começaram a balançar diante de seus olhos.

— Deve ser a droga... — pensou.

As cores se transformavam em figuras e se animavam só para ela. Não era possível que estivesse imaginando tudo aquilo. Na realidade, eram relâmpagos repentinos que se acendiam em vários pontos da sala.

— Aquele desgraçado está aqui e está usando um flash!

Mila tentou apontar a pistola. Mas aquelas luzes ofuscantes, alteradas pelo efeito alucinógeno da droga, tornavam impossível localizá-lo.

Era prisioneira de um enorme caleidoscópio.

Sacudiu a cabeça, porém não era mais dona de si. Pouco depois, sentiu um frêmito se espalhando pelos músculos dos braços e das pernas, como uma convulsão que não conseguia controlar. Por mais que tentasse afastá-la, a ideia da morte voltava a seduzi-la com a promessa de que, se fechasse os olhos, tudo aquilo teria fim. Para sempre.

Quanto tempo tinha se passado? Meia hora? Dez minutos? E quanto tempo ainda lhe restava?

Naquele exato momento, conseguiu ouvi-lo.

Estava próximo. Muito próximo. A não mais de 4 ou 5 metros dela.

Ela o viu!

Durou apenas uma fração de segundo. Na coroa luminosa que o circundava, percebeu o sorriso sinistro que escorria de seu rosto.

Mila sabia que ele podia descobri-la a qualquer momento e ela não teria mais energia suficiente para atirar. Portanto, tinha que tentar alvejá-lo antes disso, mesmo a custo de revelar sua posição.

Mirou no escuro, apontando a arma na direção em que pensava que reapareceria de repente à luz do flash. Era um tiro ao acaso, mas não tinha alternativa.

Estava prestes a apertar o gatilho quando Ronald começou a cantar.

A mesma belíssima voz que se ouviu quando padre Timothy entoou o hino sacro para todo o esquadrão. Era um contrassenso, uma ironia da natureza que semelhante dom estivesse guardado no coração surdo de um assassino. De lá brotava, alto e apavorante, aquele canto de morte.

Poderia ser doce e tocante. Mas, ao contrário, Mila só sentia medo. Suas pernas cederam definitivamente, assim como os músculos dos braços. E deixou-se cair, deslizando até o chão.

O brilho de um flash.

O torpor a envolveu como uma coberta fria. Ouviu bem nitidamente os passos de Ronald que se aproximavam para desentocá-la.

Mais um relâmpago.

— Acabou. Agora ele vai me ver.

Na realidade, não se importava com o modo que escolheria para matá-la. Abandonou-se às adulações da morte com uma tranquilidade inesperada. Seu último pensamento foi para a menina número 6.

— Nunca saberei quem é você...

Um clarão a envolveu completamente.

A coronha do revólver sendo retirada de sua mão. Duas mãos que a agarravam. Sentiu que a erguiam. Tentou dizer algo, mas os sons ficaram presos em sua garganta.

Perdeu os sentidos.

Despertou ao perceber um movimento bamboleante: Ronald a carregava nas costas e estava subindo alguns degraus.

Desmaiou novamente.

Um cheiro fortíssimo de amoníaco sugou-a para fora daquele sono artificial. Ronald estava agitando o vidrinho debaixo de seu nariz. Tinha amarrado suas mãos, mas queria que estivesse acordada.

Um vento gélido esbofeteava seu rosto. Estavam ao ar livre. Onde se encontravam? Mila intuiu que deviam estar num lugar alto. Em seguida, lembrou-se da foto ampliada do orfanato exibida por Chang para mostrar o local de onde Billy Moore caiu.

— A torre. Estamos na torre!

Ronald desinteressou-se dela por um instante. Viu que se dirigia para o parapeito e olhava para baixo.

— Quer me jogar daqui!

Depois, ele voltou e agarrou-a pelas pernas, arrastando-a até a mureta. Com as poucas forças que lhe restavam, Mila tentou chutar, sem sucesso.

Gritou. Debateu-se. Um desespero cego inundava seu coração. Ele a colocou de costas sobre o parapeito. Com a cabeça caída para trás, Mila encarou o vazio embaixo dela. Em seguida, pela cortina de neve, conseguiu perceber a distância a luz difusa dos carros da polícia que se aproximavam pela autoestrada.

Ronald encostou a boca em seu ouvido. Sentiu seu hálito quente enquanto sussurrava:

— Tarde demais, não chegarão a tempo...

E começou a empurrá-la. Mesmo com as mãos amarradas atrás das costas, ela conseguiu agarrar a borda escorregadia da mureta. Resistiu com todo o seu ser, mas não aguentaria muito tempo. Seu único aliado era o gelo que cobria o pavimento da torre, fazendo deslizar o pé em que Ronald se apoiava a cada tentativa de dar o empurrão definitivo. Viu o rosto dele se deformando no esforço e perdendo a calma por causa de sua resistência obstinada. Foi então que Ronald mudou de técnica. Resolveu erguer suas pernas por cima do parapeito. Colocou-se bem diante dela e, naquele instante preciso, um desesperado instinto de sobrevivência fez com que ela concentrasse toda a sua força e enfiasse o joelho em seu baixo ventre.

Ronald recuou, dobrando-se, sem fôlego, com as mãos juntas na barriga. Mila compreendeu que aquela era a sua última oportunidade antes que ele se recuperasse.

Sem energia, sua única aliada agora era a gravidade.

A ferida no deltoide estava em fogo, mas Mila não deu ouvidos à dor. Endireitou-se: agora o gelo jogava contra ela, mas tomou impulso assim mesmo, lançando-se contra ele. Ronald só percebeu quando ela estava em cima dele e perdeu o equilíbrio. Agitou os braços buscando apoio, mas metade de seu corpo já estava do outro lado da mureta.

Quando viu que não ia se safar, Ronald estendeu a mão para agarrar Mila e tentar arrastá-la consigo para o abismo escancarado lá embaixo. Ela viu seus dedos tocarem a ponta de sua jaqueta, numa última, terrível carícia. E assistiu à queda em câmera lenta, como se os flocos brancos atenuassem sua velocidade.

A escuridão a engoliu.

19

Uma escuridão profundíssima.

Diafragma perfeito entre o sono e a vigília. A febre aumentou. Pode senti-la nas faces vermelhas, nas pernas doloridas, no estômago pegando fogo.

Não sabe quando começam ou terminam os seus dias. Está deitada ali há horas ou talvez semanas. O tempo não existe no ventre do monstro que a engoliu: ele se dilata e se contrai como um estômago que digere lentamente o seu pasto. E não serve, aqui o tempo não serve para nada. Porque não é capaz de responder à mais importante das perguntas:

— Quando vai acabar?

A privação do tempo é a pior das punições. Mais que a dor no braço esquerdo, que às vezes irradia para o pescoço e aperta tanto suas têmporas que ela se sente mal. Porque algo ficou evidente para ela.

Tudo aquilo é um castigo.

Mas não sabe exatamente qual foi o pecado que causou aquela punição. "Talvez seja porque me comportei mal com minha mãe e meu pai, fui teimosa demais, sentava na mesa e não queria beber o leite, sempre achava um jeito de despejar tudo na pia quando eles não estavam olhando; ou porque pedi um gato com a promessa de que cuidaria dele mas, depois de conhecer Houdini, resolvi pedir um cachorro e eles ficaram furiosos, dizendo que não podiam abandonar o gato e então tentei convencê-los de que Houdini não gosta nem um pouco de mim; ou talvez seja porque não tirei boas notas na escola, esse ano o primeiro boletim foi praticamente um desastre e preciso me recuperar em geografia e desenho; ou quem sabe foi por causa dos três cigarros que fumei escondida no teto do ginásio com meu primo, mas não traguei — não, não, é por causa das presilhas em forma de joaninha que roubei no centro comercial, juro que foi só aquela vez, e porque sou muito teimosa, sobretudo com minha mãe: ela sempre quer escolher minha roupa, não entende que já sou grande e não gosto das coisas que ela compra para mim, porque agora nossos gostos são diferentes."

Quando está acordada, continua a pensar numa explicação, insiste em procurar um motivo que justifique tudo o que está acontecendo. Assim, imagina até as coisas mais absurdas. Mas sempre que pensa ter descoberto uma razão, ela desmorona como um castelo de cartas porque a pena é grande demais em relação à culpa.

E às vezes fica com raiva porque a mãe e o pai ainda não apareceram para buscá-la.

"O que estão esperando para vir me soltar? Será que já esqueceram que têm uma filha?"

Depois, porém, se arrepende. E começa a chamá-los de novo em pensamento, na esperança de possuir algum poder telepático. É o último recurso que lhe resta.

Há também os momentos em que se convence de que está morta.

"Claro, estou morta e me sepultaram aqui embaixo. Na verdade, não consigo me mexer porque estou num caixão. E ficarei assim para sempre..."

Mas em seguida a dor trata de recordar que está viva. Aquela dor que é ao mesmo tempo uma condenação e uma libertação. É capaz de arrancá-la do sono e trazê-la de volta à realidade. Como agora.

Um líquido quente desliza dentro de seu braço direito. Ela o sente. É agradável. Cheira a remédio. Alguém está cuidando dela. Não sabe se deve ficar contente ou não, porque isso pode significar duas coisas. A primeira é que não está sozinha. A segunda é que não sabe se a presença a seu lado é boa ou má.

Aprendeu a esperar por ela. Sabe quando irá se manifestar. Entendeu, por exemplo, que o cansaço que a invade a todo momento e o sono em que mergulha de repente não são determinados livremente por seu organismo. É uma droga que entorpece seus sentidos.

E ela chega só quando a droga faz efeito.

Senta a seu lado e trata de alimentá-la pacientemente com uma colher. O sabor é doce e não precisa mastigar. Em seguida, lhe dá água. Nunca a toca, nunca diz nada. Ela, ao contrário, gostaria de falar, mas seus lábios se recusam a formar qualquer palavra e sua garganta a emitir os sons necessários. Às vezes, sente aquela presença se movendo a seu redor. Às vezes, parece que está lá, imóvel, olhando para ela.

Uma nova fisgada. Um grito destroçado que repercute nas paredes de sua prisão. E a traz de volta a si.

Uma pequena luz, distante, se incrusta agora na escuridão. Um pontinho vermelho apareceu de repente para limitar seu breve horizonte. O que será? Tenta ver melhor, mas não consegue. Em seguida, sente algo sob a mão direita. Algo que não estava ali antes, um objeto com a consistência áspera e irregular. Parece feito de escamas. Sente nojo. É duro. Com certeza é um animal morto. Queria afastá-lo, mas está solidamente grudado à palma de sua mão. Com as poucas forças de que dispõe, tenta sacudi-lo da mão. Mas ao mexer o pulso, começa a resolver aquele mistério... Não é um bicho morto. É duro porque é de plástico. Não está grudado em sua mão, mas simplesmente preso à palma com esparadrapo. E não é coberto de escamas, mas de teclas.

É um controle remoto.

De repente, tudo fica claro. Basta levantar um pouco o pulso, apontar o objeto para a luzinha vermelha e apertar uma tecla ao acaso. A sequência de rumores que se segue confirma que não estava enganada. Primeiro um estalo. Depois a fita se rebobinando rapidamente. O som familiar de um vídeo. Ao mesmo tempo, uma tela se ilumina em sua frente.

Pela primeira vez, a luz clareia a sala.

Está cercada de paredes de rocha escura. Está deitada no que parece ser um leito de hospital, com as grades e a cabeceira de aço. A seu lado, há um suporte com uma bolsa de soro que termina numa agulha no seu braço direito. O esquerdo está completamente escondido por bandagens muito apertadas que imobilizam todo o tórax. Na mesa há vários potinhos de papinha. E muitos, muitos medicamentos. Além da televisão, no entanto, ainda paira uma escuridão impenetrável.

Finalmente, a fita do vídeo acaba de rebobinar. E para de repente. Em seguida, recomeça bem lentamente. E o chiado do áudio prenuncia o começo do filme. Pouco depois, tem início uma musiquinha alegre e estridente — o áudio é um pouco distorcido. Em seguida, a tela se enche de cores desfocadas. Surge um homenzinho de macacão azul e chapéu de caubói. E também um cavalo de pernas muito longas. O homenzinho tenta montá-lo, mas não consegue. As tentativas se repetem e se concluem sempre da mesma forma: o homenzinho rola no chão e o cavalo ri. Continua assim por mais dez minutos. Depois o desenho animado termina sem apresentar os créditos. Quando chega ao fim, a fita retorna sozinha. E começa do início. Sempre o homenzinho. Sempre o cavalo no qual nunca conseguirá montar. E também ela, que continua a olhar, embora já saiba como tudo vai acabar com aquele cavalo impertinente.

Ela espera.

Porque é a única coisa que lhe resta. A esperança. A capacidade de não se abandonar totalmente ao horror. Talvez a pessoa que escolheu aquele desenho para ela tivesse a intenção oposta. Mas o homezinho que não se entrega e resiste, apesar dos tombos e da dor, lhe dá coragem.

"Força, de volta à sela!", diz ela a cada vez em sua mente. Antes que o sono chegue para dominá-la novamente.

Procuradoria de █████

Gabinete do Procurador-Geral

J. B. Marin

11 de dez. – c. a.

Aos cuidados do Diretor, Sr. Alphonse Bérenger.

a/c Cárcere de █████.

Distrito Penitenciário nº 45.

Assunto: em resposta ao relatório "confidencial" de 12 de setembro.

Egrégio Dr. Bérenger,

Dando sequência a sua requisição de um suplemento de investigação sobre o elemento detido junto a seu Estabelecimento Penal e classificado até agora apenas com o número de matrícula RK-357/9, sinto ter de lhe informar que a pesquisa ulterior sobre a identidade do homem não obteve nenhum sucesso.

Concordo com o senhor quando afirma que deve subsistir a suspeita fundamentada de que o detento RK-357/9 possa ter cometido algo de mais grave no passado e estaria fazendo de tudo para manter-se incógnito. Nessa altura, o exame de DNA é o único instrumento de que poderíamos dispor para obter uma confirmação ou um desmentido.

Contudo, como o senhor bem sabe, não podemos obrigar o detento RK-357/9 a fazer o exame. De fato, estaríamos incorrendo em uma grave violação de seus direitos, na medida em que o crime pelo qual foi condenado (recusa a fornecer seus dados pessoais ao oficiais públicos) não prevê tal procedimento.

Seria diferente se existissem indícios "substanciais" e "inequívocos" de que o detento RK-357/9 estivesse envol-

vido em algum delito grave ou se subsistissem "sérios motivos de periculosidade social".
Atualmente, porém, temos que descartar tal possibilidade.

À luz disso, o único meio que nos resta para obter o seu DNA é retirá-lo diretamente de materiais de proveniência orgânica, com a única condição de que tal material tenha sido <u>perdido casualmente ou deixado espontaneamente no local</u> pelo elemento no curso de suas atividades cotidianas habituais.
Considerando a mania de higiene do detento RK-357/9, este Gabinete autoriza os guardas carcerários a entrar sem aviso prévio em sua cela para inspecioná-la com o objetivo de detectar o supracitado material orgânico.

Na esperança de que o expediente seja adequado à obtenção de nosso objetivo, receba meus melhores cumprimentos.

Vice-Procurador
Matthew Sedris

20

Hospital militar de R.
16 de fevereiro

— Podem dizer o que quiserem, não dê ouvidos! É uma ótima policial, entendeu bem?

O sargento Morexu tinha lançado mão de todo o seu espírito cigano para manifestar sua solidariedade. Nunca tinha falado com ela naquele tom exaltado, quase paternal. No entanto, Mila sentia que não merecia aquela defesa. O telefonema do chefe chegou inesperadamente, assim que a notícia de sua incursão noturna ao orfanato se espalhou. Tinha certeza de que jogariam a culpa pela morte de Ronald Dermis em cima dela, apesar de ter sido em legítima defesa.

Estava internada num hospital militar. A escolha não recaiu sobre uma instituição civil porque, sabiamente, Roche quis afastá-la da curiosidade da imprensa. Por isso, era a única ocupante de toda a ala. E quando perguntou por que não havia nenhum outro paciente, a resposta lapidar foi que o setor tinha sido projetado para receber infectados num eventual ataque bacteriológico.

Os lençóis das camas eram trocados a cada semana, lavados e passados. Na farmácia, os remédios vencidos eram substituídos imediatamente. E todo esse desperdício destinava-se apenas à eventualidade de alguém resolver espalhar um vírus ou uma bactéria geneticamente modificados que, fosse como fosse, não deixaria sobreviventes.

— Mais insensato, impossível — pensou Mila.

A lesão no braço tinha sido suturada com cerca de quarenta pontos por um gentil cirurgião que não fez nenhuma menção às outras cicatrizes quando veio examiná-la. Tinha se limitado a dizer:

— Não poderiam ter escolhido um lugar melhor para um ferimento por arma de fogo.

— E o que vírus e bactérias têm a ver com tiros de pistola? — perguntou ela, provocadora. Ele se limitou a sorrir.

Depois, um outro médico a examinou um par de vezes, verificando sua pressão e tomando sua temperatura. Os efeitos do potente sonífero ministrado por padre Timothy desapareceram sozinhos em poucas horas. Um diurético tinha feito o resto.

Mila teve tempo suficiente para refletir.

Não podia deixar de pensar na menina número 6. Ela não tinha um hospital inteiro à sua disposição. A maior esperança era de que Albert a mantivesse sob o efeito permanente de sedativos. Os especialistas a quem Roche tinha pedido um parecer sobre suas probabilidades de sobrevivência manifestaram pessimismo, levando em conta não apenas os graves danos físicos, mas também o choque sofrido e o estresse ao qual era submetida.

"Talvez não tenha nem percebido que não tem mais o braço", pensou Mila. É algo que acontece com frequência com quem sofre uma amputação. Tinha ouvido falar de alguns feridos de guerra que, apesar de terem perdido um membro, continuavam a sentir um resíduo de sensibilidade naquela parte do corpo, captando sensações de movimento, além de dor e, às vezes, até cócegas. Os médicos chamam isso de "percepção do membro fantasma".

Aqueles pensamentos a perturbavam profundamente, ampliados pelo silêncio oprimente daquele pavilhão do hospital. Talvez pela primeira vez depois de tantos anos, percebeu que desejava companhia. Antes do telefonema de Morexu, ninguém tinha aparecido. Nem Goran, nem Boris, nem Stern e menos ainda Rosa. O que só podia significar uma coisa: estavam tomando uma decisão a seu respeito, se deviam mantê-la no esquadrão ou não. Embora a última palavra coubesse de qualquer forma a Roche.

Estava furiosa por ter sido tão ingênua. Talvez merecesse mesmo a desconfiança deles. O único pensamento que a consolava era a certeza manifestada por Goran de que Ronald Dermis não podia ser Albert. Do contrário, não haveria mais nada a fazer pela sexta menina.

Isolada naquele lugar, nada sabia sobre a evolução das investigações. Pediu informações atualizadas para a enfermeira que trouxe o desjejum: pouco depois, ela retornou com um jornal do dia.

Até a sexta página, não se falava de outro assunto. As poucas notícias que vazavam eram narradas em várias versões e aumentadas desmesuradamente. As pessoas estavam ávidas por novidades. Depois que a opinião pública ficou sabendo da existência de uma sexta menina, o senso de solidariedade tinha despertado em todo o país, levando as pessoas a realizarem gestos até bem pouco tempo atrás impensáveis, como organizar vigílias de preces ou grupos de apoio. Uma campanha foi criada: "Uma vela em cada janela." As chamas marcariam o tempo da espera pelo "milagre" e só se apagariam quando a sexta menina voltasse para casa. Pessoas habituadas a se ignorar por toda uma vida estavam tentando, graças à tragédia, um novo tipo de experiência: o contato humano. Não tinham que se esforçar pela busca de pretextos para estabelecer relações umas com as outras, pois era evidente que agora tinham algo em comum: a piedade por aquela criatura. E isso ajudava a comunicação entre eles. E isso acontecia em toda parte. Em todos os programas de televisão, também não se falava de outro assunto.

Mas entre todas as iniciativas, uma em particular criou sensação, criando constrangimento até entre os investigadores.

A recompensa.

Dez milhões a qualquer um que desse informações úteis para salvar a sexta menina. Uma quantia enorme, que não podia deixar de desencadear grandes polêmicas. Alguns, de fato, sustentavam que isso arruinaria a espontaneidade das manifestações de solidariedade. Outros consideravam a ideia justa, capaz de finalmente chegar a um resultado, pois além de uma bondade de fachada, ainda imperava o egoísmo que só uma promessa de lucro poderia derrotar.

Assim, sem perceber, o país voltou a se dividir.

A iniciativa da recompensa partiu da Fundação Rockford.

Quando Mila perguntou à enfermeira quem se escondia por traz da instituição benemérita, a mulher arregalou os olhos de espanto.

— Todo mundo sabe quem é Joseph B. Rockford!

Totalmente absorvida na busca de crianças desaparecidas, aquela reação fez com que Mila compreendesse o quanto andava distante do mundo real.

— Sinto muito, mas não sei — respondeu. E pensou como era absurda uma situação em que o destino de um magnata se entrelaçava fatalmente com o destino de uma menina desconhecida: dois seres humanos que até aquele dia certamente levavam vidas distantes e muito diferentes, e que provavelmente continuariam assim até o fim de seus dias, se Albert não tivesse pensado em uni-los.

Adormeceu sobre esses pensamentos e finalmente pôde se beneficiar de um sono sem sonhos que limpou sua mente dos restos daqueles dias de horror. Quando despertou, restaurada, não estava sozinha.

Gavila estava sentado ao lado da cama.

Mila levantou, perguntando-se há quanto tempo ele estaria ali. Ele a tranquilizou.

— Preferi esperar em vez de acordá-la. Parecia tão serena. Fiz mal?

— Não — mentiu ela. Mas, ao contrário, é como se ele a tivesse flagrado num momento em que estava completamente indefesa. Mas antes que ele percebesse seu constrangimento, apressou-se a mudar de assunto:

— Querem que eu fique em observação, mas já avisei que vou sair hoje à tarde.

Goran olhou a hora:

— Então é melhor se apressar: já é quase noite.

Mila se espantou por ter dormido tanto tempo.

— Tem novidades?

— Estou voltando de uma reunião com o inspetor-chefe Roche.

— Ah, então é isso que veio fazer aqui — pensou ela. — Quis me comunicar pessoalmente que estou fora.

Mas estava enganada.

— Encontramos padre Rolf.

Mila sentiu o estômago se contrair, imaginando o pior.

— Morreu cerca de um ano atrás de causas naturais.

— Onde ele o sepultou?

Pela pergunta, Goran compreendeu que Mila já tinha entendido tudo.

— Atrás da igreja. Havia outras fossas com carcaças de animais.

— Padre Rolf o mantinha sob controle.

— Ao que tudo indica, foi isso mesmo. Ronald sofria de um transtorno de personalidade limítrofe. Era um serial killer *in fieri*, em potencial, e o padre percebeu isso. A matança de animais é bem característica desses casos. Começa sempre assim: quando o indivíduo não consegue mais se satisfazer com isso, desvia a atenção para seus semelhantes. Cedo ou tarde, Ronald também começaria a matar seres humanos. No fundo, essa experiência fazia parte de sua bagagem emocional desde criança.

— Mas conseguimos detê-lo.

Goran sacudiu a cabeça, grave.

— Na realidade, foi Albert quem o deteve.

Era paradoxal, mas também era verdade.

— Mas Roche preferia ter um infarto do que ter que admitir uma coisa dessas!

Mila pensou que Goran só estava tentando adiar a notícia de seu afastamento do caso com toda aquela conversa e resolveu ir direto ao assunto.

— Estou fora, não é?

Ele pareceu espantado.

— Por que está dizendo isso?

— Porque fiz uma cagada.

— Todo mundo faz.

— Provoquei a morte de Ronald Dermis e, assim, nunca saberemos como é que Albert ficou sabendo da sua história...

— Antes de mais nada, acho que Ronald já tinha incluído a morte em seus planos: queria se livrar da dúvida que o angustiava há muitos anos. Padre Rolf o transformou num falso padre, convencendo-o de que poderia viver como um homem dedicado ao próximo e a Deus. Mas ele não queria amar o próximo, queria matá-lo e gozar o prazer que lhe proporcionava.

— E como Albert ficou sabendo disso?

O rosto de Goran ficou sombrio.

— Deve ter entrado em contato com Ronald em algum período de sua vida. Não consigo imaginar outra explicação. Entendeu o que padre Rolf já tinha compreendido antes dele. E obteve sucesso porque ele e Ronald são semelhantes. De algum modo, conseguiram se encontrar e se reconhecer.

Mila respirou fundo pensando no destino. Ronald Dermis só tinha sido compreendido por duas pessoas em toda a sua vida. Um padre que não encontrou solução melhor do que escondê-lo do mundo e um semelhante que provavelmente lhe revelou sua verdadeira natureza.

— Você seria a segunda...

As palavras de Goran a trouxeram de volta.

— O quê?

— Se não tivesse conseguido detê-lo, Ronald a mataria como fez com Billy Moore tantos anos atrás.

Nessa altura, retirou um envelope do bolso interno do paletó e lhe passou.

— Pensei que tinha direito de vê-las...

Mila pegou o envelope e abriu. No interior, viu as fotos tiradas por Ronald enquanto a perseguia no refeitório. No canto de uma das imagens, estava ela. Acocorada sob a mesa, com os olhos arregalados de medo.

— Não sou muito fotogênica — disse, tentando desdramatizar. Mas Goran percebeu que estava abalada.

— Hoje de manhã Roche nos liberou por 24 horas... Ou pelo menos até que o próximo cadáver apareça.

— Não quero férias, ainda temos que encontrar a sexta menina — protestou Mila. — Ela não pode esperar!

— Acho que o inspetor-chefe sabe disso... Mas temo que esteja tentando jogar uma outra cartada.

— A recompensa — disse Mila imediatamente.

— Poderia trazer resultados inesperados.

— E as pesquisas nos registros profissionais dos médicos? E a teoria de que Albert poderia ser um dos registrados?

— Uma pista fraca. Desde o início, ninguém acreditava muito nela. Assim como não creio que as investigações sobre os prováveis medicamentos para manter a menina viva dê em alguma coisa. Nosso homem pode tê-los conseguido de mil formas. É esperto e preparado, não se esqueça disso.

— Ao que tudo indica, bem mais que nós — foi a resposta arrevesada de Mila.

Goran não se ofendeu.

— Vim aqui para pegá-la, não para brigar.

— Pegar? O que pretende fazer?

— Levá-la para jantar... E a propósito, gostaria que começasse a me chamar de você.

Assim que saíram do hospital, Mila insistiu para que passassem no Estúdio: queria tomar um banho e mudar de roupa. Continuava a repetir consigo mesma que se a bala não tivesse furado o suéter e se o resto da roupa não estivesse cheia de sangue, ficaria com as mesmas roupas. Na realidade, estava toda agitada com aquele inesperado convite para jantar e não queria estar cheirando a suor e tintura de iodo.

O acordo tácito com Dr. Gavila — embora agora tivesse que se habituar a chamá-lo pelo nome — era que aquilo não podia ser considerado um verdadeiro encontro por simples prazer e que retornaria ao Estúdio logo depois do jantar para retomar o trabalho. No entanto — embora se sentisse culpada em relação à sexta menina — não conseguia evitar uma certa alegria pelo encontro.

Não podia entrar no chuveiro por causa dos ferimentos, de forma que foi se lavando aos pedaços até esgotar toda a reserva do pequeno boiler.

Vestiu um suéter de gola alta, preto. Os únicos jeans que tinha para trocar aderiam provocativamente ao traseiro, mas não tinha escolha. A jaqueta de couro estava rasgada na altura do ombro esquerdo, onde tinha atirado em si mesma, portanto não podia usá-la. No entanto, para sua grande surpresa, havia uma parca verde militar estendida em sua cama, com um bilhete do lado: *O frio aqui mata mais que bala de revólver. Do amigo, Boris.*

Sentiu o peito se encher de afeto e reconhecimento. Sobretudo porque Boris tinha assinado como "amigo". O que afastava qualquer dúvida sobre suas prováveis intenções. No casaco havia também uma caixa de balinhas de hortelã, contribuição de Stern àquele gesto de amizade.

Há muitos anos não usava outra cor senão o preto. A parca verde, no entanto, lhe caiu bem. O tamanho também. Quando a viu descer do Estúdio, Goran não deu a impressão de ter notado o novo look. Ele, que era bastante descuidado, provavelmente também não dava nenhuma atenção à aparência dos outros.

Andaram a pé até o restaurante. Foi um passeio agradável e, graças ao presente de Boris, Mila não sentiu frio.

O letreiro da *steakhouse* prometia suculentas bistecas de Angus argentino. Sentaram numa mesa para dois, ao lado da vidraça. Lá fora, a neve cobria tudo e um céu avermelhado e fumacento prenunciava mais neve para a noite. No interior do local, as pessoas conversavam e sorriam, despreocupadas. Um som de jazz aquecia a atmosfera e servia de fundo para conversas inocentes.

No cardápio, tudo parecia bom e Mila levou algum tempo para decidir. No final, optou por uma bisteca de boi bem passada e batatas ao forno com bastante alecrim. Goran escolheu uma *entrecôte* com salada de tomate. Para beber, ambos pediram apenas água com gás.

Mila não tinha a menor ideia do que iam conversar: sobre trabalho ou sobre suas vidas. A segunda opção, embora interessante, a incomodava. Mas antes precisava matar uma curiosidade.

— O que aconteceu de verdade?

— Como assim?

— Roche queria me afastar da investigação, mas depois mudou de ideia... Por quê?

Goran hesitou, mas finalmente decidiu contar.

— Resolvemos votar.

— Votar? — espantou-se ela. — Então o sim ganhou.

— Na verdade, não havia uma grande margem para os nãos.

— Mas... Como?

— Até Sarah Rosa votou a favor de sua permanência — disse ele, intuindo o motivo daquela reação.

Mila estava boquiaberta.

— Até a minha pior inimiga!

— Não deveria ser tão dura com ela.

— Na verdade, achava que era ao contrário...

— Rosa está passando por um período difícil: está se separando do marido.

Mila gostaria de dizer que os tinha visto brigando em frente ao Estúdio, mas reprimiu-se para não parecer indiscreta.

— Sinto muito.

— Nunca é fácil quando há filhos no meio.

Mila achou que se tratava de uma referência que ia além de Sarah Rosa e talvez o envolvesse diretamente.

— A filha de Sarah Rosa reagiu muito mal, está sofrendo de distúrbios alimentares. Como resultado, os pais continuam a viver sob o mesmo teto, mas você pode imaginar os efeitos de uma convivência nessa situação.

— E isso a autoriza a implicar comigo?

— Como última a chegar, além de única outra "fêmea" da matilha, é o alvo mais fácil para ela. Com certeza não vai descarregar em cima de Boris ou Stern, que conhece há anos...

Mila serviu um pouco de água mineral, depois dirigiu sua curiosidade para os outros colegas.

— Queria conhecê-los melhor para saber como me comportar com eles — foi a desculpa.

— Bem, a meu ver, com Boris não é preciso muito: é exatamente como parece ser.

— É verdade — admitiu Mila.

— Posso dizer que esteve no Exército, onde se tornou especialista em técnicas de interrogatório. Já pude vê-lo em ação muitas vezes, mas sempre me impressiona. Consegue penetrar na mente de qualquer um.

— Não achei que fosse tão bom assim.

— Mas é. Uns dois anos atrás prenderam um sujeito suspeito de assassinar e ocultar os cadáveres do casal com quem vivia. Precisava ver que tipo: frio, calmíssimo. Depois de 18 horas de interrogatório cerrado, durante as quais cinco agentes se revezaram para mantê-lo sob pressão, não havia admitido nada. Em seguida foi a vez de Boris: ficou vinte minutos na sala com ele e o sujeito confessou tudo.

— Nossa! E Stern?

— Stern é um bom homem. Aliás, acho que inventaram essa expressão justamente para ele. Está casado há 37 anos. Tem dois filhos homens, gêmeos e alistados na Marinha.

— Parece um sujeito tranquilo. Notei que é muito religioso...

— Vai à missa todo domingo e até canta no coro.

— Acho os ternos dele o máximo, parece o protagonista de um seriado dos anos 1970!

Goran riu, estava de acordo. Depois ficou sério de novo e acrescentou:

— Sua esposa, Marie, ficou cinco anos em diálise, à espera de um rim que não chegava. Há dois anos, Stern resolveu doar um dos seus.

Surpresa e admirada, Mila não sabia o que dizer.

Goran prosseguiu:

— O homem renunciou a uma bela metade do tempo de vida que lhe resta para que ela tivesse ao menos uma esperança.

— Deve ser muito apaixonado.

— É, acho que sim... — disse Goran, com uma ponta de amargura que não lhe passou despercebida.

Naquele exato momento chegaram os pedidos. Comeram em silêncio, sem que a falta de diálogo pesasse nem um pouco, como duas pessoas que se conhecem tão bem que não precisam ficar enchendo os silêncios com palavras para não se sentirem embaraçadas.

— Preciso lhe dizer uma coisa — retomou ela quando terminavam. — Aconteceu logo que cheguei, na segunda noite em que coloquei os pés no motel onde me hospedei antes de me mudar para o Estúdio.

— Estou ouvindo...

— Poderia ser bobagem ou talvez apenas uma sensação, mas... tive a impressão de que alguém estava me seguindo quando atravessei o pátio.

— O que significa *tive a impressão*?

— Parecia que imitava meus passos.

— E por que alguém iria segui-la?

— Foi por isso que não falei com ninguém. Também me pareceu absurdo. Talvez seja só imaginação...

Goran registrou a informação e se calou.

Quando chegaram ao café, Mila olhou para o relógio.

— Queria ir a um lugar — disse.

— A essa hora?

— Sim.

— Certo. Vou pedir a conta.

Mila se ofereceu para pagar a metade, mas ele reivindicou rigidamente o seu direito de pagar, já que a tinha convidado. Com sua típica — e quase pitoresca — desordem, tirou do bolso, junto com moedas, notas e papéis com anotações, algumas bolinhas coloridas.

— São do meu filho, Tommy.

— Ah, não sabia que era... — fingiu ela.

— Não, não sou — apressou-se ele a dizer, baixando os olhos. Depois acrescentou: — Não mais.

Mila nunca tinha assistido a um funeral noturno. O de Ronald Dermis foi o primeiro. Decidiram assim por razões de segurança pública. Para ela, a ideia de que alguém pudesse se vingar de um cadáver era tão lúgubre quanto o próprio funeral.

Os coveiros trabalhavam ao redor da fossa. Não usavam escavadeira. O terreno estava congelado e removê-lo era tão difícil quanto cansativo. Eram quatro e se revezavam a cada cinco minutos, dois escavando e dois iluminando o local com lanternas. De vez em quando um deles praguejava contra aquele maldito frio e, para se aquecer, compartilhavam uma garrafa de Wild Turkey.

Goran e Mila observavam a cena em silêncio. O caixão que continha os restos mortais de Ronald ainda estava no furgão. Um pouco mais adiante estava a lápide que seria colocada no final: nenhum nome, nenhuma data, só um número progressivo. E uma pequena cruz.

Naquele momento, a cena da queda de Ronald da torre ressurgiu na mente de Mila. Enquanto caía, não distinguiu nenhum medo em seu rosto, nenhum espanto. Era como se, no fundo, a morte não o desagradasse. Talvez ele também, como Alexander Bermann, preferisse aquela solução. Ceder ao desejo de anular-se para sempre.

— Tudo bem? — perguntou Goran, penetrando em seu silêncio.

Mila virou-se para ele.

— Tudo bem.

Foi então que percebeu alguém atrás de uma árvore do cemitério. Olhou melhor e reconheceu Feldher. Ao que parecia, o funeral secreto de Ronald não era tão secreto assim.

O pedreiro usava um casacão de lã xadrez e segurava uma latinha de cerveja, como se estivesse fazendo o último brinde ao velho amigo de infância, embora não o visse há anos. Mila achou que era algo positivo: sempre há lugar para a piedade, mesmo no lugar em que se enterra o mal.

Se não fosse Feldher, com sua ajuda involuntária, eles não estariam ali. O mérito por ter detido aquele serial killer *in fieri*, como dizia Goran, também era seu. Sabe-se lá quantas vítimas em potencial tinham sido salvas.

Quando cruzou seu olhar, Feldher amassou a latinha e se dirigiu para a picape estacionada não muito longe. Voltaria para a solidão de sua casa no depósito, para o chá frio em copos desemparelhados, para o cão cor de ferrugem, à espera de que a mesma morte anônima se apresentasse um dia à sua porta.

O motivo que levou Mila a comparecer ao apressado funeral de Ronald muito provavelmente tinha a ver com a frase que ouvira de Goran no hospital:

— Se não tivesse conseguido detê-lo, Ronald a mataria, como fez com Billy Moore tantos anos atrás.

E depois dela talvez tivesse continuado.

— As pessoas não sabem, mas segundo as nossas estatísticas existem de seis a oito serial killers em atividade atualmente nesse país. No entanto, ninguém ainda conseguiu identificá-los — disse Goran, enquanto os coveiros depositavam a caixa de madeira na cova.

Mila estava chocada.

— Como é possível?

— Porque atacam ao acaso, sem nenhum esquema. Ou porque até agora ninguém tenha conseguido ligar entre si homicídios aparentemente tão diversos. Ou, enfim, porque as vítimas não são merecedoras de uma investigação mais aprofundada... Quando, por exemplo, uma prostituta é encontrada numa sarjeta: na maior parte dos casos foi o cafetão, o seu protetor, ou então um cliente. Considerando os riscos da profissão, dez prostitutas assassinadas entram numa média aceitável e nem sempre são incluídas na casuística de homicídios em série. É difícil de aceitar, eu sei, mas infelizmente é assim.

Uma lufada de vento levantou pequenos moinhos de neve e poeira. Mila sentiu um arrepio, enrolando-se ainda mais na parca.

— Qual é o sentido disso tudo? — perguntou. A pergunta escondia, na verdade, uma invocação. Não tinha nada a ver com o caso que estavam investigando, nem com a profissão que tinha abraçado. Era uma prece, um modo de render-se à incapacidade de compreender certas dinâmicas do mal, mas também um fervoroso pedido de salvação. E certamente não esperava uma resposta.

Mas Goran falou.

— Deus é silencioso. O diabo sussurra...

Nenhum dos dois disse mais nada.

Os coveiros começaram a cobrir a cova com a terra gelada. Os golpes de pá ecoavam no cemitério. Depois, o celular de Goran tocou. Ainda não tivera tempo de retirá-lo do bolso do casacão quando o telefone de Mila também começou a soar.

Não era preciso responder para saber que tinham encontrado a terceira menina.

21

A família Kobashi — pai, mãe e dois filhos, um menino de 15 anos e uma menina de 12 — morava no prestigioso condomínio de Capo Alto. Sessenta hectares mergulhados no verde, com piscina, haras, campo de golfe e um clube reservado aos proprietários das quarenta mansões que o compunham. Um refúgio da alta burguesia formada sobretudo por médicos especialistas, arquitetos e advogados.

Um muro de 2 metros, sabiamente mascarado por uma sebe, separava do resto do mundo aquele paraíso para poucos eleitos. Havia um serviço de guarda 24 horas por dia. Os olhos eletrônicos de setenta câmeras vigiavam todo o perímetro e uma firma de segurança particular garantia a tranquilidade dos moradores.

Kobashi era dentista. Renda elevada, uma Maserati e uma Mercedes na garagem, uma segunda casa nas montanhas, um veleiro e uma invejável coleção de vinhos na adega. Sua mulher cuidava da educação dos filhos, além da decoração da casa com objetos únicos e caríssimos.

— Estavam nos trópicos há três semanas, voltaram ontem à noite — anunciou Stern enquanto Goran e Mila se dirigiam para a mansão. — O motivo das férias foi justamente a história das meninas sequestradas. Sua filha tem mais ou menos a mesma idade, de modo que acharam melhor dispensar a criadagem e mudar de ares por um tempo.

— Onde estão agora?

— No hotel. Estão sendo vigiados só por segurança. A mulher teve que tomar Valium. Estão, para dizer o mínimo, em estado de choque.

As últimas palavras de Stern serviam também para prepará-los para o que iam ver dentro em breve.

A casa não era mais uma casa. Agora era definida como "novo cenário da investigação". Tinha sido inteiramente cercada por uma fita para manter os vizinhos, que se acotovelavam para saber o que tinha ocorrido, afastados.

— Pelo menos a imprensa não vai poder chegar aqui — notou Goran.

Caminharam ao longo do gramado que separava a mansão da rua. O jardim era bem cuidado e havia esplêndidas plantas invernais ornamentando as aleias onde, no verão, a Sra. Kobashi cultivaria pessoalmente as suas rosas premiadas.

Havia um agente postado na porta que só deixava passar o pessoal autorizado. Tanto Krepp quanto Chang estavam lá, com seus respectivos esquadrões em ação. Pouco antes de Goran e Mila atravessarem a soleira, o inspetor-chefe Roche saiu.

— Vocês nem imaginam... — disse, com o rosto cinza e segurando um lenço sobre a boca. — Essa história está ganhando contornos cada vez mais horripilantes. Queria que tivéssemos conseguido impedir esse massacre... São apenas meninas, santo Deus!

O desabafo de Roche parecia autêntico.

— Como se não bastasse, os moradores já estão reclamando da nossa presença e fazendo pressão sobre seus contatos políticos para que nos mandem embora o mais rápido possível! Vocês se dão conta? Agora tenho que ligar para uma merda de senador para garantir que seremos rápidos!

Mila atravessou a pequena multidão de moradores reunida diante da mansão. Aquele era seu Éden particular e eles eram vistos como invasores.

Mas num canto daquele paraíso tinha se aberto, inesperadamente, uma brecha para o inferno.

Stern estendeu o pote com a pasta de cânfora para passar debaixo do nariz. Mila completou o ritual de apresentação à morte vestindo um protetor de sapatos de plástico e luvas de látex. O agente diante da porta afastou-se para deixá-los passar.

Na entrada, ainda se viam as malas das férias e as bolsas de suvenires. O voo que trouxe os Kobashi do sol dos trópicos para aquele fevereiro gelado tinha aterrissado por volta das 22 horas. Em seguida, correram para casa no intuito de reencontrar os velhos hábitos e o conforto de um lugar que, depois daquilo, nunca mais seria o mesmo para eles. A criadagem só voltaria da folga no dia seguinte, portanto eles foram os primeiros a atravessar aquela porta.

O cheiro poluía o ar.

— Foi isso que os Kobashi sentiram assim que abriram a porta — pensou Mila. — Depois acenderam as luzes...

No amplo salão, os técnicos da perícia e a equipe do legista se moviam em gestos coordenados, como se fossem guiados por um coreógrafo misterioso e invisível. O pavimento de mármore precioso refletia impiedosamente a luz das lâmpadas fluorescentes. A decoração alternava peças de design moderno com móveis de antiquariato. Três sofás de couro cor de poeira delimitavam os lados de um quadrado diante de uma enorme lareira de pedra rosa.

No sofá, estava sentado o cadáver da menina.

Tinha os olhos abertos — de um azul salpicado. *E olhava para eles.*

Aquele olhar fixo era a última semelhança humana no rosto devastado. Os processos de deterioração já estavam em estado avançado. A falta do braço esquerdo lhe conferia uma postura oblíqua. Como se fosse deslizar para um lado a qualquer momento. Mas, ao contrário, permanecia sentada.

Usava um vestidinho de flores azuis. As costuras e o corte revelavam uma confecção caseira: muito provavelmente tinha sido feito sob medida. Mila observou o trabalho de crochê nas meias brancas, o cinto de cetim fechado na cintura por um botão de madrepérola.

Estava vestida como uma boneca. *Uma boneca quebrada.*

A policial não conseguiu fitá-la mais de alguns segundos. Desviou o olhar para baixo e notou pela primeira vez o tapete adamascado entre os sofás. Tinha desenhos de rosas persas e ondas multicoloridas. Teve a impressão fugaz de que as figuras representadas se moviam. Em seguida, olhou melhor.

O tapete estava completamente coberto por pequenos insetos, que formigavam e se amontoavam uns sobre os outros.

Mila levou a mão instintivamente ao ferimento no braço e apertou. Qualquer um que visse pensaria que sentia dor. No entanto, era o inverso.

Como sempre, buscava conforto na dor.

A pontada foi breve, mas restituiu a força que precisava para enfrentar aquela representação obscena. Quando se sentiu saciada do espasmo, parou de apertar. Ouviu quando Dr. Chang disse a Goran:

— São larvas de *Sarcophaga carnaria*. Seu ciclo biológico é muito rápido se estiverem num ambiente quente. E são extremamente vorazes.

Mila sabia o que o médico estava dizendo, pois seus casos de desaparecimento também culminavam muitas vezes com o encontro de um cadáver. Com frequência, precisava não só do ritual piedoso do reconhecimento, mas também do procedimento mais prosaico da datação dos restos mortais. Vários insetos participam das diferentes fases que se seguem à morte, sobretudo quando os restos ficam descobertos. A chamada "fauna cadavérica" se divide em oito times. Cada um deles se manifesta em uma das várias etapas das modificações sofridas pelas substâncias orgânicas depois do óbito. Assim, de acordo com a espécie em ação, é possível determinar o momento da morte.

A *Sarcophaga carnaria* era uma mosca vivípara e costumava fazer parte do segundo time, já que Mila ouviu o patologista acrescentar que o cadáver devia estar ali há pelo menos um semana.

— Albert teve todo o tempo para agir enquanto os proprietários estavam fora.

— Mas tem algo que realmente não consigo explicar... — acrescentou Chang. — Como esse desgraçado fez para trazer o corpo para cá com setenta câmeras de guarda e cerca de trinta seguranças controlando a área 24 horas por dia?

22

— Tivemos um problema de sobrecarga de energia na instalação — disse o comandante da segurança particular de Capo Alto quando Sarah Rosa pediu explicações sobre o blecaute de três horas nos registros das câmeras uma semana antes, quando presumivelmente Albert tinha trazido a menina para a casa dos Kobashi.

— E isso não levantou suspeitas?

— Não, senhora...

— Entendi. — E não disse mais nada, desviando, no entanto, os olhos para os galões de capitão que o homem exibia no uniforme. Uma patente falsa, como sua função, aliás. Os seguranças que deviam garantir a integridade dos moradores eram, na verdade, apenas *body-builders* de uniforme. Seu único treinamento consistia num curso pago de três meses, ministrado por policiais aposentados na sede da empresa que os empregaria. Seu equipamento constava de um fone ligado a um walkie-talkie e de um spray de pimenta. Albert, portanto, não teve que se esforçar muito para enganá-los. Além disso, localizaram uma brecha de 1,5 metro no muro perimetral, bem escondida pela sebe que cobria toda a cerca. Aquele capricho estético tinha inutilizado a única medida verdadeiramente "de segurança" de Capo Alto.

Agora a questão era entender por que Albert tinha escolhido exatamente aquele lugar e aquela família.

O temor de estar enfrentando um novo Alexander Bermann levou Roche a autorizar qualquer tipo de investigação, mesmo a mais invasiva, em relação a Kobashi e sua mulher.

Boris foi encarregado de espremer o dentista.

O homem provavelmente não tinha a menor ideia do tratamento especial que lhe seria reservado nas horas seguintes. Um interrogatório conduzido por um profissional não tem nenhuma semelhança com o que acontece normalmente nas delegacias de polícia de meio mundo, onde tudo se baseia na quebra da resistência do suspeito por meio de horas e horas de pressão psicológica e vigília forçada, respondendo sempre às mesmas perguntas.

Boris quase nunca tentava fazer as pessoas que interrogava caírem em contradição, pois sabia que muitas vezes o estresse produz efeitos negativos sobre o depoimento que, consequentemente, torna-se passível de ataques nos tribunais por parte de um bom advogado. Também não lhe interessavam as meias-confissões, nem as tentativas de acordo que os suspeitos faziam quando se sentiam perdidos.

Não. O agente Klaus Boris só se interessava pela confissão completa.

Mila o viu na cozinha do Estúdio se preparando para entrar em cena. Pois no fundo era disso mesmo que se tratava: de uma peça em que muitas vezes os papéis se invertem. Servindo-se da mentira, Boris poderia penetrar nas defesas de Kobashi.

Tinha arregaçado as mangas da camisa, segurava uma garrafinha de água e caminhava para a frente e para trás, exercitando as pernas: ao contrário de Kobashi, Boris realmente não ficaria sentado nunca, dominando-o o tempo todo com sua estatura.

Enquanto isso, Stern o atualizava sobre tudo o que tinha conseguido descobrir sobre o suspeito naquele curto espaço de tempo.

— O dentista sonega parte de seus impostos. Tem um caixa dois no qual deposita as entradas não declaradas do consultório e os prêmios dos torneios de golfe de semiprofissionais dos quais participa quase todos os fins de semana... A Sra. Kobashi, ao contrário, prefere outro tipo de passatempo: toda quarta-feira à tarde encontra-se com um conhecido advogado num hotel do centro. Inútil dizer que o advogado joga golfe todos os fins de semana com seu marido...

Aquelas informações funcionariam nos interrogatórios como um pé de cabra. Boris poderia dosá-las, usando-as apenas nos momentos oportunos para derrubar o dentista.

A sala para os interrogatórios tinha sido equipada e anexada ao Estúdio muito tempo antes. Era estreita, quase sufocante, sem janelas e com uma única entrada que Boris fecharia a chave assim que entrasse junto com o indiciado. Em seguida, meteria a chave no bolso, como sempre fazia: um simples gesto para sancionar as posições de força.

A luz fluorescente era potente e o lustre emitia um zumbido irritante: aquele som também fazia parte dos instrumentos de pressão de Boris. Ele mitigaria seu efeito usando tampões de algodão nos ouvidos.

Um falso espelho separava a peça de outra saleta, com entrada independente, onde os outros membros do esquadrão poderiam assistir ao interrogatório. Era muito importante que o interrogado estivesse sempre de perfil em relação ao espelho, nunca de frente: tinha que se sentir observado sem poder devolver aquele olhar invisível.

Tanto a mesa quanto as paredes eram pintadas de branco: a monocromia servia para impedir que encontrasse um ponto qualquer em que concentrar a atenção e refletir sobre as respostas. Sua cadeira tinha uma das pernas mais curta, capengando o tempo todo para irritá-lo.

Mila entrou na sala contígua no momento em que Sarah Rosa preparava o VSA (*Voice Stress Analyzer*), aparelho que permite medir o estresse pelas variações da voz: microtremores, associados às contrações musculares, determinam oscilações por minuto numa frequência entre os 10 e os 12 hertz. Quando uma pessoa mente, a quantidade de sangue nas cordas vocais diminui por causa da tensão, reduzindo, portanto, a vibrações. Um computador analisaria as microvariações nas palavras de Kobashi, revelando suas mentiras.

Mas a técnica mais importante que o agente especial Klaus Boris usaria — aquela em que era praticamente um mestre — era a observação do comportamento.

Kobashi foi conduzido à sala de interrogatório depois de ter sido gentilmente convidado — mas sem nenhum aviso prévio — a prestar alguns esclarecimentos. Os agentes que receberam a missão de escoltá-lo desde o hotel em que estava hospedado com a família deixaram-no sentado sozinho no banco de trás do carro e escolheram um trajeto mais longo até o Estúdio para aumentar seu estado de dúvida e incerteza.

Já que seria apenas uma conversa informal, Kobashi não tinha pedido a assistência de um advogado. Temia que um pedido desses levantasse suspeitas de culpa. E Boris contava exatamente com isso.

Na sala, o dentista exibia um ar abatido. Mila o observou. Usava calças amarelas, de verão. Provavelmente fazia parte de um dos trajes de golfe que levou para as férias nos trópicos e que agora constituíam seu único guarda-roupa. Usava um pulôver fúcsia, cuja gola deixava entrever uma camisa polo branca.

Tinha sido informado que dentro em breve chegaria um interrogador para lhe fazer algumas perguntas. Kobashi concordou, pousando as mãos no colo, em posição de defesa.

Enquanto isso, Boris o observava do outro lado do espelho, concedendo-se uma longa espera para estudá-lo bem.

Kobashi viu uma pasta sobre a mesa com seu nome impresso. Tinha sido colocada por Boris. O dentista não tocaria nela, assim como não desviaria os olhos para o espelho, embora soubesse muito bem que estava sendo observado.

Na realidade, a pasta estava vazia.

— Parece a sala de espera de um dentista, não? — ironizou Sarah Rosa, fitando o infeliz atrás do vidro.

Em seguida, Boris anunciou:

— Bem, vamos começar.

Pouco depois, cruzou a soleira da sala de interrogatório. Cumprimentou Kobashi, fechou a porta a chave e pediu desculpas pelo atraso. Esclareceu mais uma vez que as perguntas que lhe faria eram apenas um pedido de esclarecimento, depois pegou a pasta da mesa, fingindo ler algo.

— Dr. Kobashi, o senhor tem 43 anos, não é mesmo?

— Exato.

— Há quanto tempo exerce a profissão de dentista?

— Sou um cirurgião-ortodontista — fez questão de explicar. — De todo modo, exerço a profissão há 15 anos.

Boris levou mais um pouco de tempo para examinar seus papéis invisíveis.

— Posso lhe perguntar qual foi a sua renda no ano passado?

O homem estremeceu levemente. Boris havia desferido o primeiro golpe: a referência à renda pressupunha uma alusão aos impostos.

Conforme previsto, o dentista mentiu despudoradamente sobre sua situação econômica e Mila não pôde deixar de notar como era ingênuo ao adotar tal procedimento. Aquela conversa dizia respeito apenas ao homicídio em questão e qualquer informação fiscal que emergisse não teria nenhuma relevância, nem poderia ser transmitida à Receita.

O homem também mentiu sobre outros detalhes, achando que poderia administrar tranquilamente as respostas. Boris deixou que prosseguisse.

Mila conhecia o jogo de Boris. Já tinha visto alguns colegas da velha escola utilizarem-no, embora o agente especial fosse indubitavelmente um praticante de nível bastante superior.

Quando um indivíduo mente deve efetuar um intenso trabalho psicológico para compensar uma série de tensões. Para tornar suas respostas mais plausíveis, é obrigado a lançar mão de informações verdadeiras, já sedimentadas em sua memória, e a recorrer a mecanismos de elaboração lógica para amalgamá-las à mentira que está contando.

Isso exige um esforço enorme, além de doses notáveis de imaginação.

Cada vez que se conta uma mentira, é preciso lembrar sempre de todos os fatos que a mantêm de pé. Quando são muitas mentiras, o jogo fica cada vez mais complexo. É mais ou menos como o equilibrista de circo, que gira vários pratinhos sobre varetas. Cada vez que acrescenta um, o exercício se torna mais difícil, obrigando-o a correr de um lado a outro sem parar.

É justamente nesse momento que se fica mais fraco e exposto.

No momento que Kobashi começasse a usar a própria imaginação, Boris seria capaz de perceber. O aumento da ansiedade gera microações anômalas, como curvar a espinha, esfregar as mãos, massagear as têmporas ou os pulsos, que muitas vezes se fazem acompanhar por alterações fisiológicas, como aumento da sudorese, da tonalidade da voz e de movimentos oculares incontroláveis.

Mas um especialista bem treinado como Boris sabia também que não passam de indícios e como tais devem ser tratados. Para conseguir comprovar que o sujeito está mentindo, é necessário levá-lo a admitir as próprias responsabilidades.

Quando Boris achou que Kobashi se sentia bastante seguro de si, passou ao contra-ataque insinuando elementos relacionados a Albert e ao desaparecimento das seis meninas na conversa.

Duas horas depois, Kobashi estava extenuado por uma artilharia pesada de questões cada vez mais íntimas e insistentes. Boris tinha apertado o cerco a seu redor, reduzindo seu espaço de defesa. Naquele momento, o dentista não pensava mais em chamar um advogado, só queria escapar dali o mais rápido possível. Pela forma como desmoronou psicologicamente, diria qualquer coisa, desde que lhe devolvessem a liberdade. Talvez confessasse até que era o próprio Albert.

Só que não seria verdade.

Quando Boris percebeu isso, saiu da sala com a desculpa de ir buscar um copo d'água e foi até Goran e os outros na saleta atrás do espelho.

— Não tem nada a ver com a história — disse. — E não sabe de nada.

Goran concordou.

Sarah Rosa tinha acabado de voltar com os resultados das análises dos computadores e dos celulares usados pela família Kobashi, que não tinham fornecido nenhuma pista. E também não havia nada que pudesse interessar entre suas amizades e conhecimentos.

— Então, com certeza se trata da casa — concluiu o criminologista.

Talvez a residência dos Kobashi tivesse sido palco — como no caso do orfanato — de algo terrível que nunca tinha vindo à tona.

Mas aquela teoria também era fraca.

— A mansão foi construída por último no único lote que restava no condomínio. A construção terminou cerca de três meses atrás e os Kobashi foram os primeiros e únicos proprietários — disse Stern.

Mas Goran não se deu por vencido:

— Aquela casa esconde um segredo.

Stern captou a mensagem no ar e perguntou:

— Por onde começamos?

Goran pensou um segundo e depois ordenou:

— Comecem escavando o jardim.

Primeiro chegaram os cães de cadáver, capazes de farejar restos humanos em grandes profundidades. Depois foi a vez dos georradares para sondar o subsolo, mas nada de suspeito apareceu nas telas verdes.

Mila observava os homens trabalhando e a sequência de tentativas: ainda esperava que Chang fornecesse a identidade da menina encontrada na casa através do confronto com o DNA dos pais da vítima.

Começaram a escavar por volta das 15 horas. As pequenas escavadeiras removiam a terra do jardim, destruindo a sábia arquitetura dos exteriores, que devia ter custado muito esforço e dinheiro. Agora, tudo estava sendo retirado e amontoado sem cuidado sobre os caminhões.

O rumor dos motores diesel perturbava a quietude de Capo Alto. Como se não bastasse, as vibrações produzidas pelas escavadeiras faziam soar os alarmes da Maserati de Kobashi a todo momento.

Depois do jardim, as buscas deslocaram-se para a casa. Contrataram uma empresa especializada para retirar as pesadas lajes de mármore do salão. As paredes internas foram auscultadas em busca de partes ocas, trazidas em seguida à luz a golpes de picaretas. Até os móveis tiveram a mesma triste sorte: desmontados e cortados, tinham se transformado em lixo. As escavações prosseguiram na adega e na área dos alicerces.

Quem autorizou a devastação foi Roche. O Departamento não podia se permitir mais um fracasso, mesmo a custo de sofrer um processo por perdas e danos. Mas os Kobashi não tinham nenhuma intenção de voltar a viver ali. Tudo o que lhes pertencia tinha sido irremediavelmente contaminado pelo horror. Venderiam a propriedade a um preço inferior ao da compra, pois sua vida dourada não seria a mesma com a lembrança do acontecido.

Por volta das 18 horas, o nervosismo dos que trabalhavam na cena do crime era palpável.

— Alguém quer desligar esse maldito alarme? — berrou Roche, indicando a Maserati de Kobashi.

— Não conseguimos encontrar o controle remoto do carro! — respondeu Boris.

— Liguem para o dentista e peçam a ele! Será que tenho que resolver tudo?

Estavam presos num círculo vicioso. Em vez de uni-los, a tensão jogava uns contra os outros, frustrados por não conseguirem resolver o enigma que Albert tinha elaborado para eles.

— Por que será que vestiu a menina como uma boneca?

A pergunta enlouqueceu Goran. Mila nunca o tinha visto daquele jeito. Havia algo de pessoal no desafio que tinha aceito. E talvez nem o próprio criminologista se desse conta disso. E era algo que minava irremediavelmente a sua capacidade de raciocinar com lucidez.

Mila se mantinha a distância, estressada com a espera. Que sentido tinha o comportamento de Albert?

Naqueles poucos dias em contato estreito com o esquadrão e com os métodos do Dr. Gavila, tinha aprendido muito. Por exemplo, que um serial killer é um sujeito que mata em intervalos de tempo variáveis — de poucas horas a meses e até mesmo anos — com uma tendência maníaca a repetir comportamentos que não é capaz de conter. Por isso, em seu histórico não se encontram motivos tais como ódio ou vingança. O serial killer age por causa da renovação de uma motivação específica, que é unicamente a necessidade ou o prazer de matar.

Mas Albert desmentia totalmente essa definição.

Tinha sequestrado as meninas, matando-as logo a seguir, uma após a outra, para manter apenas uma em vida. Por quê? O assassinato em si não lhe dava prazer, era apenas um instrumento para chamar atenção. Mas não para si mesmo. Para outras pessoas: Alexander Barmann, um pedófilo; Ronald Dermis, um seu semelhante que estava prestes a entrar em ação.

Graças a ele os dois foram detidos. No fundo, estava prestando um serviço à sociedade. Paradoxalmente, era possível dizer que *seu mal visava ao bem*.

Mas quem era Albert realmente?

Um homem qualquer — porque era disso que se tratava, não de um monstro nem de uma sombra — que naquele instante preciso se movia no mundo como se nada tivesse acontecido. Fazia suas compras, perambulava pelas ruas, encontrava pessoas — empregados, passantes, vizinhos de casa — que não tinham a menor ideia de quem ele era na verdade.

Caminhava entre eles e era invisível.

Mas além daquela fachada estava a verdade. E a verdade era feita de violência. Com ela, os serial killers experimentavam uma sensação de poder capaz de resolver, pelo menos temporariamente, a sua sensação de inferioridade. A violência perpetrada permite que atinjam um duplo objetivo: obter prazer e se sentir potente. Sem necessidade de estabelecer relações com ninguém. O resultado máximo com um dispêndio mínimo de ansiedade provocada pelo contato humano.

— É como se esses indivíduos só existissem por meio da morte de outros — pensou Mila.

À meia-noite o alarme do carro de Kobashi marcou mais uma vez a passagem infrutífera do tempo, relembrando a todos, inexoravelmente, que os esforços realizados até então tinham sido praticamente inúteis.

Do subsolo não emergiu nenhuma novidade. A mansão tinha sido praticamente desventrada, mas as paredes não revelaram nenhum segredo.

Mila estava sentada na calçada diante da casa quando Boris se aproximou com um celular na mão.

— Estou tentando ligar, mas está fora da área de cobertura...

Mila verificou seu aparelho.

— Talvez seja justamente por isso que Chang não ligou para me dar os resultados do exame de DNA.

Boris olhou ao redor.

— Bem, resta o consolo de saber que também falta algo aos ricos, não?

Sorriu, colocou o telefone de volta no bolso e sentou ao seu lado. Mila ainda não tinha agradecido pela parca, e aproveitou para fazê-lo naquele momento.

— De nada — respondeu ele.

Naquele momento repararam que os seguranças particulares de Capo Alto estavam formando um cordão de isolamento ao redor da casa.

— O que houve?

— A imprensa está chegando — anunciou Boris. — Roche resolveu autorizar a filmagem da casa: alguns minutos para os telejornais, para provar que estamos fazendo todo o possível.

Viu aqueles falsos policiais tomarem seus lugares: eram ridículos nos uniformes azuis e laranja, confeccionados sob medida para colocar em evidência suas formas musculosas, com uma expressão dura no rosto e o fone do walkie-talkie para conferir um toque de profissionalismo.

— Idiotas, Albert enganou vocês todos fazendo um buraco no muro e dando um tilt em suas câmeras com um simples curto-circuito! — pensou.

— Depois de tantas horas sem respostas, Roche deve estar espumando...

— Aquele ali sempre acha um meio de se sair bem, não se preocupe.

Boris pegou o papel e um envelope com tabaco e começou a enrolar um cigarro silenciosamente. Mila teve a nítida impressão de que queria dizer algo, mas não diretamente. E se continuasse em silêncio, não estaria ajudando.

Resolveu lhe dar uma mãozinha:

— Como passou as 24 horas de liberdade concedidas por Roche?

Boris foi evasivo.

— Dormi e pensei no caso. Às vezes é bom para clarear as ideias... Soube que saiu com Gavila ontem à noite.

— Ah, finalmente falou! — mas Mila estava enganada ao pensar que a observação de Boris era motivada por ciúme. Suas intenções eram outras e percebeu isso no que disse em seguida.

— Acho que ele sofreu muito.

Estava se referindo à esposa de Goran. E falava num tom tão aflito que fazia pensar que o que quer que tivesse acontecido com o casal tinha acabado por atingir o esquadrão também.

— Realmente, não sei de nada — disse ela. — Ele não tocou no assunto. Só uma alusão no final da noite.

— Então talvez seja melhor que fique sabendo logo...

Antes de prosseguir, Boris acendeu o cigarro, deu uma tragada profunda e soltou a fumaça. Estava buscando as palavras certas.

— A mulher do Dr. Gavila era magnífica: além de bonita, muito gentil. Perdi a conta das vezes em que fomos, nós todos, comer em sua casa. Fazia parte do grupo, era como se ela também tivesse um papel no time. Quando tínhamos um caso difícil nas mãos, aqueles jantares eram a única trégua depois de uma jornada em meio ao sangue e aos cadáveres. Um ritual de reconciliação com a vida, não sei se me explico bem...

— E depois, o que houve?

— Aconteceu faz um ano e meio. Sem nenhum aviso, sem dar um indício, ela partiu.

— Ela o deixou?

— Não só Gavila, mas Tommy também, seu único filho. É um menino muito doce e desde então vive só com o pai.

Mila tinha intuído que a tristeza de uma separação pesava sobre o criminologista, mas não poderia imaginar tudo aquilo. "Como uma mãe pode abandonar o próprio filho?", perguntou-se.

— Por que foi embora?

— Ninguém nunca entendeu. Talvez tivesse outro homem, talvez estivesse cansada daquela vida, quem pode saber... Não deixou nem um bilhete. Fez as malas e foi embora. Ponto.

— Não sei se resistiria à tentação de saber o motivo.

— O mais estranho é que ele nunca nos pediu que descobríssemos onde ela estava.

O tom de Boris mudou e ele olhou ao redor antes de prosseguir, verificando se Goran não estava por perto.

— E tem uma coisa que Goran não sabe e não deve saber...

Mila fez que sim, dando a entender que podia confiar nela.

— Bem... Alguns meses depois, eu e Stern conseguimos localizá-la. Vivia numa cidade da costa. Não fomos diretamente à sua casa, mas nos colocamos em seu caminho na esperança de que viesse falar conosco.

— E ela?...

— Ficou surpresa ao nos ver. Mas depois, cumprimentou com um gesto, baixou os olhos e seguiu em frente.

Fez-se um silêncio que Mila não conseguiu interpretar. Boris jogou a ponta do cigarro fora, sem dar atenção ao olhar de um dos seguranças que foi retirá-la da grama imediatamente.

— Por que está me contando isso, Boris?

— Porque o Dr. Gavila é meu amigo. E você também, embora há menos tempo.

Boris certamente percebeu algo que nem ela nem Goran tinham percebido. Algo que dizia respeito aos dois. E estava apenas tentando protegê-los.

— Quando a mulher foi embora, Gavila resistiu. Precisava fazê-lo, sobretudo por causa do filho. Parecia o mesmo de sempre: preciso, pontual, eficiente. Começou a se descuidar apenas das roupas. Era algo sem importância, não precisávamos nos alarmar. Mas depois veio o caso "Wilson Pickett"...

— Como o cantor?

— Sim, foi o nome que demos.

Era evidente que Boris já estava arrependido de ter mencionado aquilo, de forma que se limitou a acrescentar:

— Deu tudo errado. Cometemos alguns erros e alguém ameaçou dissolver o esquadrão e dar bilhete azul ao Dr. Gavila. Quem nos defendeu foi Roche, insistindo para que mantivéssemos nossos postos.

Mila ia perguntar o que tinha acontecido, certa de que no final Boris contaria tudo, quando o alarme da Maserati de Kobashi disparou de novo.

— Cacete! Esse som perfura o cérebro!

Naquele instante, Mila virou os olhos para a casa casualmente e, num segundo, catalogou uma série de imagens que chamaram sua atenção: no rosto dos seguranças apareceu a mesma expressão de enfado e todos levaram a mão ao fone do walkie-talkie como se houvesse uma repentina e insuportável interferência.

Mila olhou de novo para a Maserati. Depois pegou o celular no bolso: continuava sem cobertura. Teve uma ideia.

— Tem um lugar onde ainda não procuramos... — disse a Boris.

— Que lugar?

Mila apontou para cima.

— No éter.

Menos de meia hora depois, no frio da noite, os especialistas do esquadrão de eletrônica já tinham começado a examinar a área. Cada um deles usava um fone e segurava uma pequena parabólica apontada para o alto. Iam por todo lado — muito lentos e silenciosos como fantasmas — tentando captar eventuais sinais de rádio ou de frequências suspeitas, no caso de o éter esconder mesmo alguma mensagem.

E a mensagem realmente estava lá.

Era *aquilo* que interferia no alarme da Maserati de Kobashi e inibia o campo de ação dos celulares. E que tinha se inserido nos walkie-talkies dos seguranças sob a forma de apito insuportável.

Quando os homens da eletrônica o identificaram, disseram que era bastante fraco.

Pouco depois, a transmissão foi transferida para um receptor.

Reuniram-se em torno para ouvir o que a escuridão tinha a dizer.

Não eram palavras, mas sons.

Nadavam num mar de chiados no qual mergulhavam de vez em quando para em seguida reemergir. Mas havia uma harmonia naquela sucessão de notas exatas. Breves e depois prolongadas.

— Três pontos, três linhas e mais três pontos — traduziu Goran para todos os presentes. Na língua do código de rádio mais famoso do mundo, aqueles sons elementares tinham um significado unívoco.

S.O.S.

— De onde vem? — perguntou o criminologista.

O técnico observou o espectro do sinal que se compunha e decompunha no monitor. Depois levantou os olhos para a rua e indicou:

— Da casa em frente.

23

Estava o tempo todo diante de seus olhos.

A casa em frente passou o dia inteiro muda, observando suas laboriosas tentativas de chegar à solução do enigma. Estava ali, a poucos metros, e chamava por eles, repetindo seu singular e anacrônico pedido de socorro.

A casa de dois andares pertencia a Yvonne Gress. A pintora, como diziam os vizinhos. Ela vivia com os dois filhos, um menino de 11 anos e uma menina de 16. Mudaram-se para Capo Alto depois do divórcio de Yvonne, quando ela começou a cultivar de novo a paixão pelas artes plásticas, abandonada ainda mocinha ao casar com o jovem e promissor advogado Gress.

No início, os quadros abstratos de Yvonne não foram bem aceitos. A galeria em que estavam expostos fechou sua individual de pintura sem vender uma única peça. No entanto, confiante em seu talento, Yvonne não desistiu. E quando uma amiga encomendou um retrato a óleo de sua família para pendurar sobre a lareira, descobriu que possuía um insuspeito talento *naïf*. Em pouquíssimo tempo se transformou na retratista mais requisitada por quem desejava imortalizar a própria estirpe sobre tela, em vez das costumeiras fotografias.

Quando a mensagem Morse desviou as atenções para a casa do outro lado da rua, um dos seguranças observou que, de fato, fazia um bom tempo que Yvonne e os filhos não davam o ar de sua graça.

As cortinas nas janelas estavam fechadas. Impossível, portanto, olhar para dentro.

Antes que Roche desse a ordem de entrar na casa, Goran tentou ligar para o telefone da mulher. Pouco depois, no silêncio geral da rua, ouviu-se um toque, leve mas nítido, proveniente do interior da casa. Ninguém atendeu.

Também tentaram contatar seu ex-marido, na esperança de que pelo menos as crianças estivessem com ele. Quando conseguiram encontrá-lo, disse que não falava com os filhos há um bom tempo. Não era estranho, já que havia abandonado a família por uma modelo de 20 anos e considerava o depósito pontual da pensão alimentícia um exercício suficiente de seus deveres paternais.

Os técnicos colocaram sensores térmicos ao redor do perímetro da casa, para identificar eventuais fontes de calor no ambiente.

— Se houver algo vivo naquela casa, logo ficaremos sabendo — disse Roche, que confiava cegamente na eficácia da tecnologia.

Enquanto isso, controlaram a utilização de luz, gás e água. O fornecimento não tinha sido cortado, pois os boletos eram pagos no sistema de débito automático, mas os medidores tinham parado três meses antes: sinal de que nenhuma lâmpada tinha sido acesa lá dentro num período de cerca de 90 dias.

— Foi mais ou menos na época em que terminaram a construção da mansão dos Kobashi e o dentista se transferiu para cá com a família — observou Stern.

Goran pediu:

— Rosa, examine, por favor, os registros das câmeras do circuito fechado: existe alguma ligação entre essas duas casas e precisamos descobrir qual é.

— Espero que a instalação não tenha sofrido nenhum outro blecaute — suspirou a mulher.

— Vamos nos preparar para entrar — anunciou Gavila.

Nesse meio-tempo, Boris começou a vestir as roupas de proteção confeccionadas em Kevlar na unidade móvel.

— Quero entrar — declarou, quando viu Mila aparecer na soleira do trailer. — Não podem me impedir, quem vai entrar sou eu.

Não suportava a ideia de que Roche mandasse os esquadrões especiais entrarem primeiro.

— Só sabem fazer confusão. Lá dentro, teremos que nos movimentar no escuro...

— Bem, imagino que saibam se virar — comentou Mila, mas sem intenção de contradizê-lo frontalmente.

— Mas será que sabem salvaguardar as evidências? — perguntou ele em tom irônico.

— Então também quero ir.

Boris parou um instante e levantou os olhos para ela, sem dizer nada.

— Acho que mereço, afinal fui eu quem descobriu que a mensagem estava...

Interrompeu-a jogando um segundo colete à prova de bala em cima dela.

Em pouco tempo, saíram do trailer para encontrar Goran e Roche, decididos a fazer valer suas razões.

— Nem pensar — disse imediatamente o inspetor-chefe, liquidando o assunto. — Essa é uma operação para as forças especiais. Não posso me permitir uma leviandade dessas.

— Ouça, inspetor... — Boris parou diante de Roche de modo que não pudesse desviar os olhos. — Mande-nos, eu e Mila, como batedores. Os outros só entram se for realmente necessário.

Roche não queria ceder.

— Sou um ex-soldado, fui treinado para essas operações. Stern, que tem vinte anos de experiência no campo, pode confirmar isso: se ele não tivesse tirado um rim, estaria aqui se candidatando junto comigo — sabe disso muito bem. Depois, tem a agente Mila Vasquez: ela entrou sozinha na casa de um maníaco que mantinha um menino e uma mocinha prisioneiros.

Se Boris soubesse como tudo tinha se passado realmente, como arriscou a própria pele e a dos reféns, não apoiaria sua candidatura de modo tão veemente, pensou Mila com amargura.

— Pensem bem: há uma menina viva em algum lugar, mas não vai continuar assim por muito tempo. Toda cena do crime pode revelar algo mais sobre seu sequestrador.

Em seguida, Boris apontou para a casa de Yvonne Gress:

— Se houver algo lá dentro que possa nos aproximar de Albert, temos que garantir a tempo que não seja destruído. E a única maneira é mandarnos, eu e Mila.

— Acho que não, agente especial — foi a resposta impassível de Roche.

Boris se aproximou um passo, fitando-o cara a cara.

— Quer mais complicações? Não está ruim o bastante do jeito que está...

Aquela frase poderia parecer uma ameaça enigmática, pensou Mila. Estava surpresa em ver Boris se dirigir naquele tom a um superior. Parecia algo só entre os dois, excluindo tanto ela quanto Goran.

Roche olhou para Gavila por um longo instante: precisava de um conselho ou simplesmente de alguém para dividir a responsabilidade pela decisão?

Mas o criminologista, sem fazer nenhum cálculo oportunista sobre o assunto, apenas concordou.

— Espero que não tenhamos de nos arrepender — o inspetor-chefe usou o plural intencionalmente, sublinhando a corresponsabilidade de Goran.

Naquele instante, um técnico se aproximou com um monitor para as análises térmicas.

— Sr. Roche, os sensores captaram alguma coisa no segundo andar... Alguma coisa viva.

E o olhar de todos se moveu novamente para a casa.

— O elemento continua no segundo andar e não sai de lá — anunciou Stern pelo rádio. Boris escandiu bem os números da contagem regressiva antes de girar a maçaneta da porta de entrada. A chave reserva tinha sido entregue pelo chefe da segurança privada: havia um exemplar para cada casa, mantidas para uma emergência.

Mila observou a concentração de Boris. Atrás deles, os homens das forças de intervenção estavam prontos para agir. O agente especial foi o primeiro a atravessar a soleira da porta e ela o seguiu. Empunhavam suas armas e, além das proteções em Kevlar, usavam bonés com fone, microfone e uma pequena lanterna na altura da têmpora direita. De fora, Stern os guiava pelo rádio, vigiando ao mesmo tempo os movimentos da silhueta revelada pelos sensores térmicos numa tela. A silhueta apresentava múltiplas gradações de cores, o que indicava as diversas temperaturas do corpo, indo do azul ao amarelo e ao vermelho. Era impossível distinguir sua forma.

No entanto, parecia um corpo estendido no chão.

Podia ser um ferido. Mas antes de verificar, Boris e Mila tinham que realizar uma busca cuidadosa, segundo os procedimentos que previam certificar-se primeiro da segurança dos vários ambientes.

No exterior da casa havia dois enormes e potentes refletores que iluminavam as duas fachadas. Mas a luz não penetrava com muita força no interior, por causa das cortinas fechadas. Mila tentou se habituar à escuridão.

— Tudo bem? — perguntou Boris à meia-voz.

— Tudo bem — confirmou ela.

Enquanto isso, onde antes ficava a grama dos Kobashi, estava parado Goran Gavila, desejando um cigarro como não desejava há muito tempo. Estava preocupado. Sobretudo com Mila. A seu lado, Sarah Rosa examinava os vídeos do circuito fechado de televisão sentada numa instalação móvel diante de quatro monitores. Se realmente havia uma ligação entre as duas casas que se defrontava, logo descobririam.

A primeira coisa que Mila notou na casa de Yvonne Gress foi a desordem.

Da entrada tinha-se uma visão completa da sala, à esquerda, e da cozinha, à direita. Na mesa, amontoavam-se caixas de cereais abertas, garrafas de suco de laranja semivazias e caixas de leite azedo. Havia também muitas latinhas vazias de cerveja. A despensa estava aberta e parte da comida espalhada pelo chão.

A mesa tinha quatro cadeiras. *Mas só uma estava fora do lugar.*

A pia estava cheia de pratos sujos e panelas com resíduos incrustados. Mila apontou o raio da lanterna para a geladeira: debaixo de um ímã com forma de tartaruga, via-se a foto de uma mulher loura por volta dos 40, abraçando sorridente um menino e uma mocinha um pouco mais velha.

Na sala, uma mesa baixa diante de uma enorme tela de plasma estava coberta de garrafas de destilados vazias, mais latinhas de cerveja e cinzeiros que transbordavam de pontas de cigarro. Uma poltrona tinha sido arrastada para o centro do aposento e viam-se marcas de sapatos enlameados sobre o carpete.

Boris chamou a atenção de Mila e exibiu a planta da casa, indicando que iam se separar e se encontrar mais tarde na base da escada que levava ao andar de cima. Indicou os quartos atrás da cozinha, reservando para si mesmo a biblioteca e o estúdio.

— Stern, tudo na mesma no andar de cima? — sussurrou Boris pelo rádio.

— Não se mexeu — foi a resposta.

Trocaram um aceno e Mila se encaminhou na direção que ele tinha indicado.

— Aqui! — disse Sarah Rosa naquele instante, dirigindo-se ao monitor. — Olhe aqui...

Goran debruçou-se sobre seu ombro: segundo a data impressa no canto da tela, as imagens remontavam a nove meses antes. A casa dos Kobashi ainda era um canteiro de obras. Acelerando a projeção, os operários andavam em torno da fachada inacabada como frenéticas formigas.

— Olhe agora...

Rosa deixou a gravação avançar um pouco mais, até o pôr do sol, quando todos deixaram a obra, indo para casa com a promessa de retornar no dia seguinte. Depois, colocou o vídeo na velocidade normal.

Naquele momento, apareceu alguém na moldura da porta de entrada da casa dos Kobashi.

Era uma sombra, parada, como quem espera. E fumava.

A brasa intermitente do cigarro revelava sua presença. O homem estava no interior da mansão do dentista esperando que a noite caísse definitivamente. Quando ficou escuro o bastante, saiu. Olhou ao redor e só então percorreu os poucos metros que o separavam da casa em frente, onde entrou sem bater.

— Escutem...

Mila estava no laboratório de Yvonne Gress, entre telas amontoadas em cada canto, cavaletes e tintas espalhados cá e lá: quando ouviu a voz de Goran no fone, parou.

— Provavelmente descobrimos o que aconteceu na casa.

Mila ficou esperando pela sequência.

— Estamos lidando com um *parasita*.

Mila não entendeu, mas Goran explicou a definição.

— Toda noite, um dos operários que trabalhava na construção da casa dos Kobashi ficava por ali na hora do encerramento dos trabalhos e, em seguida, se introduzia na casa em frente. Tememos que possa ter... — o criminologista se concedeu uma pausa para definir melhor uma ideia um tanto assustadora — sequestrado a família em sua própria casa.

O hóspede toma posse do ninho alheio, assumindo os comportamentos da outra espécie. Reproduzindo-os numa imitação grotesca, consegue se convencer de que faz parte dela. Justifica qualquer coisa com seu amor infecto. Não aceita ser rejeitado como um corpo estranho. Mas quando se cansa daquela ficção, se desembaraça de seus novos familiares e busca um outro ninho para infestar.

Enquanto observava os sinais pútridos de sua passagem pelo estúdio de Yvonne, Mila relembrou as larvas de *Sarcophaga carnaria* que se banqueteavam no tapete dos Kobashi.

Depois ouviu a voz de Stern:

— Por quanto tempo?

— Seis meses — foi a resposta de Goran.

Mila sentiu um aperto no estômago: durante seis meses, Yvonne e seus filhos foram prisioneiros de um psicopata que podia fazer com eles o que bem entendesse. E além do mais, no meio de dezenas de outras casas, de outras famílias, que se isolaram naquele lugar de gente rica pensando que podiam escapar dos horrores do mundo, confiando num ideal absurdo de segurança.

Seis meses. E ninguém percebeu nada.

A grama tinha sido cortada a cada semana e as rosas nas aleias continuaram a receber os cuidados amorosos dos jardineiros do condomínio residencial. As luzes do portão acenderam-se todas as noites segundo o timer sincronizado no horário indicado pelo regulamento condominial. As crianças tinham andado de bicicleta ou jogado bola diante da casa, as senhoras tinham passeado, conversando amenidades e trocando receitas de doces, os homens tinham feito jogging domingo de manhã e lavado seus carros diante das garagens.

Seis meses. E ninguém tinha visto.

Ninguém se perguntou o porquê daquelas cortinas fechadas mesmo de dia. Ninguém notou a correspondência se acumulando na caixa. Ninguém tinha feito caso da ausência de Yvonne e de seus filhos nas ocasiões festivas do clube, como o baile de outono e o bingo de 23 de dezembro. Os enfeites de Natal — iguais para todo o condomínio — foram colocados pelos empregados, como de hábito, ao redor e na própria casa, e removidos depois das festas. O telefone tinha tocado. Yvonne e seus filhos não abriram a porta quando alguém bateu. Mas mesmo assim, ninguém suspeitou.

Os únicos parentes da Sra. Gress viviam longe. Mas nem eles acharam estranho aquele silêncio prolongado por tanto tempo.

Em todo aquele longuíssimo período, a pequena família tinha invocado, rezado todos os dias por uma ajuda ou uma atenção que nunca chegaram.

— Trata-se provavelmente de um sádico. E esse era o seu jogo, o seu divertimento.

— Sua casa de bonecas — corrigiu mentalmente Mila, relembrando a forma como Albert tinha vestido o corpo abandonado no sofá dos Kobashi.

Pensou nas inúmeras violências que Yvonne e seus filhos devem ter suportado durante aquele tempo todo. Seis meses de sevícias. Seis meses de tortura. Seis meses de agonia. Mas, olhando melhor, o mundo inteiro precisou de menos tempo ainda para se esquecer deles.

E nem os "guardiões da lei" perceberam algo, nem depois de ficarem estacionados por mais de 24 horas — em estado de alerta! — bem diante da casa. Eles também eram culpados, cúmplices. Inclusive ela.

Mais uma vez, refletiu Mila, Albert tinha trazido à luz a hipocrisia daquela porção do gênero humano que se sente "normal" porque não costuma arrancar os braços e matar meninas inocentes. Mas que é capaz de um crime igualmente grave: a indiferença.

Boris interrompeu o fluxo dos pensamentos de Mila.

— Stern, como está o andar de cima?

— O caminho continua livre.

— Certo, então vamos começar a subir.

Encontraram-se conforme combinado ao pé da escada que levava ao segundo andar, onde ficavam os quartos de dormir.

Boris fez sinal a Mila para que o cobrisse. A partir daquele momento, observariam o mais absoluto silêncio nos rádios para não revelar suas posições. Stern estava autorizado a rompê-lo apenas no caso de alguma movimentação da silhueta viva.

Começaram a subir. O carpete que revestia os degraus também estava coberto de manchas, impressões e restos de comida. Na parede, ao longo da escada, fotos de férias, aniversários e festas familiares e, em cima, dominando tudo, um retrato a óleo de Yvonne com os filhos. Alguém tinha furado os olhos da pintura, talvez incomodado por aquele olhar insistente.

Quando chegaram ao patamar, Boris se afastou para permitir que Mila ficasse a seu lado. Depois avançou na frente: várias portas semicerradas davam para um corredor que, no fundo, dobrava à esquerda.

Atrás da última esquina, encontrava-se a única presença viva em toda a casa.

Boris e Mila começaram a caminhar lentamente naquela direção. Passando ao lado de uma das portas que estava só encostada, Mila reconheceu o som cadenciado do código Morse que tinham localizado no éter. Abriu a porta devagar e se viu diante do quarto do menino de 11 anos. Havia pôsteres de planetas nas paredes e livros de astronomia nas prateleiras. Diante da janela gradeada estava posicionado um telescópio.

Na pequena escrivaninha havia um diorama de ciências: a reprodução em escala de um posto telegráfico do início do século XX. Consistia numa mesinha de madeira com duas pilhas secas conectadas por eletrodos e fio de arame a um disco furado que rodava sobre um carretel em intervalos regulares — três pontos, três linhas, três pontos. O conjunto foi conectado depois a um walkie-talkie em forma de dinossauro por um pequeno cabo. Sobre o diorama destacava-se uma plaquinha de latão com a inscrição: 1º Prêmio.

Era de lá que vinha o sinal.

O menino de 11 anos tinha transformado seu trabalho escolar numa estação transmissora, enganando os controles e restrições do homem que os mantinha prisioneiros.

Mila deslocou a lanterna para a cama desfeita. Embaixo dela havia um balde de plástico sujo. A agente percebeu marcas arranhadas na cabeceira.

Do lado oposto do corredor ficava o quarto da menina de 16 anos. Na porta, letras coloridas compunham um nome: Keira. Mila deu uma olhada rápida da soleira. Os lençóis estavam amontoados no chão. Uma gaveta do armário que continha roupa de baixo estava caída no piso. O espelho da cômoda tinha sido colocado diante da cama. Não era difícil imaginar o porquê. Também nesse caso, a cabeceira exibia marcas de atrito.

— Algemas — pensou Mila. — Ele os mantinha presos à cama durante o dia.

O balde de plástico sujo dessa vez estava num canto. Devia servir para as necessidades físicas.

Cerca de 2 metros depois ficava o quarto de Yvonne. O colchão estava imundo e só tinha um lençol. Havia manchas de vômito no tapete e absorventes usados espalhados por todo lado. Numa parede via-se um prego que antes talvez sustentasse um quadro, mas do qual pendia agora um cinto de couro bem à vista, recordando quem comandava e como.

— Era seu quarto de brinquedos, desgraçado! E talvez fizesse uma visitinha à mocinha às vezes! E quando se cansava delas, entrava no quarto do menino, nem que fosse só para espancá-lo...

A raiva era o único sentimento que lhe tinha sido concedido nessa vida. E Mila se aproveitava disso, bebendo desse poço avidamente.

Quantas vezes Yvonne Gress deve ter sido obrigada a ser "gentil" com aquele monstro só para segurá-lo junto a si e evitar que fosse se aliviar com seus filhos.

— Rapazes, tem algo se movendo — o tom de Stern era alarmado.

Boris e Mila viraram-se simultaneamente para o ângulo em que terminava o corredor. Não havia mais tempo para buscas. Apontaram as pistolas e as lanternas naquela exata direção, esperando ver algo despontar a qualquer momento.

— Parado! — intimou Boris.

— Está indo na direção de vocês.

Mila apoiou o dedo no gatilho e começou uma leve pressão. Sentia o coração bater em seus ouvidos num crescendo.

— Está logo atrás daquele canto.

A presença se fez anunciar por um débil lamento. Esticou o focinho peludo e olhou para eles. Era um terra-nova. Mila ergueu a arma e viu que Boris fazia o mesmo.

— Tudo bem — disse ele no rádio —, é só um cão.

Tinha o pelo áspero e grudento, os olhos avermelhados e estava ferido numa pata.

— Ele não o matou — pensou Mila, aproximando-se.

— Vem cá, totó, vem...

— Resistiu sozinho aqui por pelo menos três meses: como conseguiu? — perguntou Boris.

À medida que Mila avançava em sua direção, o animal andava para trás.

— Cuidado, está assustado, pode morder.

Mila não deu ouvidos às recomendações de Boris e continuou a se aproximar lentamente do terra-nova. Estava de joelhos para tranquilizá-lo e ao mesmo tempo chamava:

— Vem, cachorrinho, vem cá.

Quando chegou mais perto, viu que usava uma plaquinha pendurada na coleira. À luz da lanterna leu o nome.

— Vem cá, Terry, coragem...

Finalmente, o cão deixou que se aproximasse. Mila colocou a mão diante do focinho para que sentisse seu cheiro.

Boris estava impaciente.

— Ok, vamos acabar de verificar esse andar para que os outros possam entrar.

O cão ergueu a pata para Mila, como se quisesse indicar algo.

— Espere...

— O quê?

Mila não respondeu e, ao contrário, levantou ao ver que o terra-nova tinha se virado para a esquina escura do corredor.

— Quer que a gente vá atrás dele.

Foram atrás. Dobraram a esquina e viram que o corredor terminava alguns metros depois. No fundo, à direita, havia um último quarto.

Boris verificou na planta.

— Dá para os fundos, mas não sei o que é.

A porta estava fechada. Diante dela, havia alguns objetos abandonados. Uma colcha com estamparia de ossos, uma bolinha colorida, uma trela e restos de comida.

— Veja só quem saqueou a despensa — disse Mila.

— Por que será que trouxe a comida para cá?

O terra-nova se aproximou da porta como se confirmasse que aquela era a sua toca.

— Está dizendo que ele se refugiou aí sozinho? Mas por quê?

Como se quisesse responder à pergunta de Mila, o cão começou a arranhar a madeira da porta e a ganir.

— Quer que a gente entre...

Mila pegou a guia e prendeu o cão a um dos aquecedores.

— Fique quietinho aí, Terry...

O animal latiu, como se entendesse. Afastaram os objetos da entrada e Mila segurou a maçaneta enquanto Boris mantinha a porta sob mira: os sensores térmicos não indicavam outras presenças na casa, mas nunca se sabe... Os dois, no entanto, estavam convencidos de que atrás daquela frágil barreira se escondia o trágico epílogo do que tinha acontecido ali durante todos aqueles meses.

Mila desceu a mão até a lingueta estalar e empurrou. A luz da lanterna perfurou a escuridão. Os raios varreram tudo de um lado ao outro.

O quarto estava vazio.

Media cerca de 20 metros quadrados. O pavimento não tinha carpete e as paredes eram brancas. A janela estava fechada por uma cortina pesada. Do teto pendia uma lâmpada. Era como se aquele quarto nunca tivesse sido utilizado.

— Por que será que nos trouxe até aqui? — perguntou Mila, mais a si mesma do que a Boris. — E onde estão Yvonne e os filhos?

Mas a pergunta certa era: onde estão seus corpos?

— Stern.

— Alô?

— Mande a perícia entrar, nós já encerramos.

Mila voltou para o corredor e libertou o cão, que fugiu de seu controle e se enfiou no quarto. Mila correu atrás dele e viu que se enrodilhava num canto.

— Não pode ficar aqui, Terry!

Mas o cão não saía do lugar. Aproximou-se com a trela na mão. O animal latiu de novo, mas não parecia ameaçador. Depois, ele começou a farejar o chão próximo ao rodapé. Não havia nada ali. Mas depois, ela viu.

Uma manchinha castanha.

Tinha menos de 3 milímetros de diâmetro. Aproximou-se em seguida e viu que era oval, com a superfície levemente crespa.

Mila não tinha dúvidas sobre o que era.

— Foi aqui que aconteceu — disse.

Boris não entendeu.

Então Mila se virou para ele:

— Foi aqui que ele os matou.

— Na realidade, percebemos que alguém estava entrando na casa... Mas a Sra. Yvonne Gress era uma mulher sozinha, atraente... Por isso, costumava receber visitas masculinas das vizinhanças nessas horas tardias.

O comandante da segurança privada fez um sinal de entendimento e Goran reagiu, erguendo-se na ponta dos pés para olhá-lo bem dentro dos olhos.

— Nunca mais ouse insinuar coisas desse tipo.

Disse isso num tom neutro, mas que continha todo o alcance daquela ameaça.

O falso policial deveria tentar justificar a si mesmo e a seus homens por aquela gravíssima falha, mas, ao contrário, estava ensaiando o papel combinado com os advogados do condomínio de Capo Alto. Sua estratégia consistia em dar a entender que Yvonne era uma mulher fácil porque era solteira e independente.

Goran observou que a *criatura* — pois não era possível defini-lo de outra maneira — que entrou e saiu de sua casa durante seis meses tinha se aproveitado justamente desse pretexto para agir com toda a tranquilidade.

O criminologista e Rosa viram inúmeros vídeos daquele longo período de tempo. Tiveram que acelerar a fita, mas a mesma cena se repetia sempre. Às vezes, o homem não ficava à noite e Goran imaginou que seriam os melhores momentos para a família sequestrada. Mas talvez também os piores, pois não seriam desamarrados da cama e não podiam receber água ou comida se ele não estivesse ali para cuidar deles.

A violência significava sobrevivência. Na eterna luta em busca do mal menor.

Nos vídeos, o homem também aparecia de dia, trabalhando no canteiro de obras. Usava sempre um boné com viseira, que impedia que a câmeras registrassem seu rosto.

Stern interrogou o proprietário da empresa de construção que o empregou como temporário. Ele revelou que o homem se chamava Lebrinsky, mas o nome era falso. Acontecia muito, sobretudo porque os canteiros de obras empregavam muitos estrangeiros ilegais. Pela lei, o empregador só era obrigado a pedir documentos, não a verificar se eram autênticos.

Alguns operários que trabalharam na casa dos Kobashi na época disseram que era um sujeito taciturno, que não se metia com os outros. Colocaram suas lembranças à disposição para fazer um retrato falado. Mas as reconstituições se mostraram muito diferentes umas das outras para que pudessem ser úteis.

Quando terminou com o chefe da segurança, Goran foi conversar com os outros no interior da casa de Yvonne Gress, que nesse ínterim tinha se transformado no reino de Krepp e seus homens.

Os piercings do especialista em impressões digitais tilintavam alegres em seu rosto enquanto se movia naqueles ambientes, como um elfo num bosque encantado. Porque era exatamente isso que a casa parecia: o carpete estava inteiramente coberto por peças de plástico transparente e as lâmpadas fluorescentes despontavam cá e lá, destacando uma área ou somente um detalhe. Homens de macacão branco e óculos de proteção em plexiglass cobriam todas as superfícies com pós e reagentes.

— OK, nosso homem não é muito esperto — começou Krepp. — Além da bagunça feita pelo cachorro, deixou todo o tipo de restos jogados por aí: latinhas, pontas de cigarro, copos usados. Tem tanto DNA que dava até para cloná-lo! — ironizou o especialista.

— Impressões digitais? — perguntou Sarah Rosa.

— Aos montes! Mas infelizmente, ele nunca foi hóspede em uma penitenciária e não é fichado.

Goran balançou a cabeça: uma quantidade enorme de vestígios e não conseguiam chegar a nenhum suspeito. Com certeza o parasita era muito menos inteligente que Albert, que teve o cuidado de desligar as câmeras de segurança várias vezes antes de entrar com o cadáver da menina na casa dos Kobashi. Exatamente por isso, havia algo que não batia para Goran.

— O que me diz dos corpos? Vimos os vídeos e o parasita não levou nada para fora dessa casa.

— Porque eles não saíram pela porta...

Todos se interrogaram com os olhos, tentando entender o sentido daquela frase. Krepp concluiu:

— Estamos verificando as descargas, acho que foi assim que se livrou deles.

Ele os tinha cortado em pedaços, deduziu Goran. Aquele maníaco tinha brincado de maridinho carinhoso e papaizinho adorado e depois, um belo dia, cansou deles, talvez apenas porque o trabalho na casa em frente tinha chegado ao fim. E entrou ali pela última vez. Quem sabe se Yvonne e os filhos perceberam que o fim estava próximo...

— Mas deixei o mais estranho para o final... — disse Krepp.

— O quê?

— O quarto vazio no andar de cima, no qual a nossa amiga policial encontrou a manchinha de sangue.

Mila se sentiu questionada por um olhar de Krepp. Goran viu que se enrijecia, na defensiva. O especialista causava aquele efeito em muita gente.

— O quarto do segundo andar será a minha Capela Sistina — enfatizou ele. — A mancha nos faz supor que o massacre aconteceu ali. E que depois ele limpou tudo, embora certos detalhes tenham lhe escapado. Mas ele fez mais que isso: chegou a pintar as paredes!

— E por que faria isso? — perguntou Boris.

— Porque é um idiota, claro. Depois de deixar aquele exagero de provas e de se desfazer dos restos jogando no esgoto, já tinha uma prisão perpétua garantida. Então por que se dar ao trabalho de repintar um dos quartos?

A razão disso também não estava clara para Goran.

— O que vai fazer agora?

— Retirar a tinta e ver o que encontramos por baixo. Vai levar algum tempo, mas com as novas técnicas posso recuperar todas as manchas de sangue que aquele idiota tentou ocultar de modo tão simplório.

Goran não estava convencido.

— Por enquanto, só temos sequestro de pessoas e ocultação de cadáver. Vai pegar prisão perpétua, mas isso não significa que fizemos justiça. Para revelar a verdade e botar uma acusação de homicídio em suas costas, precisamos desse sangue.

— Vai tê-lo, doutor.

No momento, tudo o que tinham era uma descrição bastante sumária do elemento que procuravam. Compararam com os dados recolhidos por Krepp.

— Diria que se trata de um homem de 40, 50 anos — começou a listar Rosa. — De compleição robusta e cerca de 1,78 metro de altura.

— As marcas de sapatos no carpete indicam número 43, e posso dizer que corresponde ao resto.

— Fumante.

— Cigarros que ele mesmo fazia com tabaco e papel.

— Como eu — disse Boris. — É sempre um prazer descobrir coisas em comum com gente como essa.

— E diria que gosta de cães — conclui Krepp.

— Só porque deixou o terra-nova vivo? — perguntou Mila.

— Não, minha cara. Descobrimos os pelos de um vira-lata.

— Mas quem disse que foi o nosso homem quem o trouxe?

— Estavam na lama que compunha as marcas de sapato deixadas no carpete. Obviamente, também havia material da construção — cimento, argamassa, solventes — que serviu como aglutinante de todo o resto. Inclusive tudo o que o elemento trazia de casa.

Krepp olhou para Mila com ar de quem foi desafiado de maneira leviana e conseguiu vencer com sua esmagadora perspicácia. Depois daquele parêntese de glória, desviou os olhos dela e voltou a ser o frio profissional que todos conheciam.

— E tem mais uma coisa, porém ainda não sei se é digna de nota.

— Diga, diga assim mesmo — pressionou Goran, manifestando todo o seu interesse, pois sabia que Krepp gostava que implorassem.

— Na lama sob os sapatos havia uma grande concentração de bactérias. Pedi a opinião de um químico de minha confiança.

— Por que químico e não biólogo?

— Porque intuí que se tratava de "bactérias devoradoras de lixo", existentes na natureza e empregadas para diversos fins, como devorar plásticos e derivados de petróleo. Depois especificou:

— Na verdade não comem coisa alguma, apenas produzem uma enzima. São usadas para sanear antigos depósitos de lixo.

Diante daquelas palavras, Goran notou que Mila virou os olhos rapidamente para Boris, que fez o mesmo.

— Antigos depósitos? Puta que pariu... Sabemos quem é.

24

Feldher esperava por eles.

O parasita tinha se entocado em seu covil, em cima da montanha de lixo.

Tinha armas de todo tipo, que acumulava há meses, preparando-se para o ajuste de contas. A bem da verdade, não tinha feito muito esforço para se esconder. Sabia muito bem que cedo ou tarde alguém viria lhe pedir explicações.

Mila chegou com o resto do esquadrão, seguindo as unidades especiais que se colocaram ao redor da propriedade.

Do alto de seu posto, Feldher podia controlar as ruas que levavam ao antigo depósito. Além disso, tinha cortado as árvores que pudessem impedir uma visão perfeita. Mas não começou a atirar imediatamente. Esperou que se colocassem em seus postos para dar início a seu tiro ao alvo.

Mirou primeiro o próprio cão, Koch, um vira-lata ruivo que perambulava entre carcaças de ferro. Abateu o animal com um tiro certeiro, na cabeça. Queria mostrar àqueles homens lá fora que não estava de brincadeira. Mas talvez quisesse poupar o animal de um fim pior, pensou Mila.

Acocorada atrás de um dos blindados, a policial observava a cena. Quanto tempo tinha se passado desde que pusera os pés naquela casa com Boris? Foram apenas para perguntar a Feldher sobre a instituição religiosa em que cresceu. Mas ele guardava um segredo bem pior que o de Ronald Dermis.

Tinha mentido sobre várias questões.

Quando Boris perguntou se já tinha estado preso, respondeu afirmativamente. Mas não era verdade. Por isso não tinham encontrado nada que correspondesse às impressões deixadas na casa de Yvonne Gress. A mentira serviu, porém, para que se certificasse de que os agentes que enfrentava não sabiam quase nada sobre ele. E Boris não desconfiou, pois em geral ninguém mente para fornecer uma imagem negativa de si mesmo.

E Feldher tinha feito isso. Tinha sido esperto, considerou Mila.

Tinha feito suas avaliações e começado a jogar com eles, certo de que não tinham elementos para relacioná-lo à casa de Yvonne. Se tivesse pensado o contrário, provavelmente não teriam saído vivos daquela casa.

Em seguida, foi Mila quem se deixou enganar por sua presença no funeral de Ronald. Acreditou que se tratava de um gesto de piedade, mas na verdade Feldher estava controlando a situação.

— Venham me pegar, seus merdas!

Os tiros em sequência de uma metralhadora rasgaram o ar, alguns deles batendo surdamente nos blindados, outros ecoando entre as carcaças.

— Filhos da puta! Não vão me pegar vivo!

Ninguém respondia, ninguém dialogava com ele. Mila olhou ao redor: não havia nenhum negociador com um megafone na mão para tentar convencê-lo a largar as armas. Feldher já tinha assinado sua sentença de morte. Nenhum dos homens lá fora tinha interesse em salvar sua vida.

Só esperavam um movimento em falso para eliminá-lo da face da terra.

Uma dupla de atiradores de elite já estava a postos, prontos para atirar assim que se expusesse um pouco mais. No momento, deixavam que desafogasse. Assim, era mais provável que cometesse um erro.

— Ela era minha, seus merdas! Minha! Só dei o que ela queria!

Estava provocando. E a julgar pela tensão no rosto que fitavam, a tentativa era um sucesso.

— Temos que pegá-lo vivo — disse Goran a certa altura. — Só assim poderemos descobrir que ligação havia entre ele e Albert.

— Não creio que os homens das unidades especiais concordem, doutor — disse Stern.

— Então precisamos falar com Roche: precisa dar ordens para convocar um negociador.

— Feldher não vai se entregar: já previu tudo, inclusive o seu próprio fim — observou Sarah Rosa. — Está tentando provocar um golpe de cena para o grande final.

Não estava enganada. O especialista em bombas tinha identificado algumas variações no terreno que circundava a casa.

— Minas subterrâneas — disse um deles a Roche, quando ele chegou para juntar-se à companhia.

— Com toda a porcaria acumulada lá embaixo, seria um fim de mundo.

Um geólogo foi consultado, confirmando que o depósito que formava a colina podia esconder em seu cerne bolsões de metano gerados pela decomposição do lixo.

— Precisam se afastar daqui imediatamente: um incêndio poderia ser devastador.

Goran insistia com o inspetor-chefe para que ao menos tentassem negociar com Feldher. Por fim, Roche lhe concedeu meia hora.

O criminologista queria usar o telefone, mas Mila lembrou que a linha tinha sido cortada por inadimplência, pois quando Boris e ela tentaram falar com Feldher alguns dias antes, uma voz gravada tinha dado essa informação. A companhia telefônica levou sete minutos para refazer os contatos. Restavam apenas 23 para convencer aquele homem a se render. Mas quando o telefone começou a tocar, Feldher reagiu atirando nele.

Goran não se deu por vencido. Muniu-se de um megafone e se colocou atrás do blindado mais próximo da casa.

— Feldher, sou o Dr. Goran Gavila!

— Foda-se! — e seguiu-se um disparo.

— Precisa me ouvir: desprezo você tanto quanto todos os que estão comigo agora.

Mila percebeu que Goran não queria enrolar Feldher com o que não era verdade, pois de nada serviria. O homem já havia traçado seu próprio destino. Por isso, o criminologista tratou de colocar logo as cartas na mesa.

— Seu bosta, não quero ouvir nada! — outro tiro, dessa vez a poucos centímetros de onde Goran se encontrava. Embora estivesse bem protegido, o doutor estremeceu.

— Mas vai ouvir, porque o que tenho a dizer lhe interessa!

Que espécie de oferta poderia fazer naquela altura dos fatos? Mila não percebeu o sentido da estratégia de Goran.

— Você nos serve, Feldher, porque provavelmente conhece o homem que mantém a sexta menina prisioneira. Nós o chamamos de Albert, mas tenho certeza de que sabe qual é o seu verdadeiro nome.

— Estou pouco me lixando!

— Não é verdade, pois essa informação vale muito agora!

A recompensa.

Então era esse o jogo de Goran! Os 10 milhões oferecidos pela Fundação Rockford a quem fornecesse informações úteis para a salvação da menina número 6.

Alguém poderia se perguntar que benefício poderia tirar do dinheiro um homem que estava certo de que pegaria prisão perpétua. Mila entendeu. O criminologista queria introduzir na mente de Feldher a ideia de que poderia se dar bem, de que poderia "enganar o sistema". Justamente aquele que o perseguiu por toda a vida, transformando-o no que era. Um miserável, um falido. Com aquele dinheiro poderia pagar um grande advogado de defesa, que alegaria doença mental, opção processual geralmente reservada aos acusados ricos, pois é difícil de sustentar e de demonstrar sem os meios econômicos adequados. Feldher poderia esperar uma condenação inferior — talvez apenas vinte anos — que não cumpriria na prisão, mas entre os doentes do manicômio judiciário. Depois, assim que saísse, poderia gozar o resto de sua riqueza. Como um homem livre.

Goran tinha acertado o alvo, pois Feldher sempre desejou ser alguém. Foi por isso que entrou na casa de Yvonne Gress. Para saber, pelo menos uma vez na vida, como é viver como privilegiado, num lugar de rico, com uma bela mulher, filhos e coisas boas.

Agora tinha a possibilidade de obter um duplo resultado: ganhar aquele dinheiro e sair livre.

Sairia com as próprias pernas daquela casa, desfilando sorridente diante de mais de cem policiais que o queriam morto. Mas, sobretudo, sairia como um homem rico. De certa forma, até como *herói.*

Feldher não proferiu mais nenhum insulto e também não disparou nenhum tiro como resposta. Estava pensando.

O criminologista aproveitou aquele silêncio para alimentar ainda mais as suas expectativas.

— Ninguém pode lhe tirar o que já ganhou. E, embora não goste de admiti-lo, muitos terão que lhe agradecer. Mas por ora, deponha as armas, saia daí e deixe que o prendam...

— Mais uma vez, o mal que vem para o bem — refletiu Mila. Goran estava usando a mesma técnica de Albert.

Passaram-se alguns segundos que lhe pareceram intermináveis. Mas sabia que quanto mais tempo passava, maior era a esperança de que o plano desse certo. Detrás do blindado que a protegia, viu um dos homens das unidades especiais esticando uma haste com um espelhinho para verificar a posição de Feldher na casa.

Pouco depois, conseguiu captar sua imagem.

Dele, viam-se apenas o ombro e a nuca. Usava uma jaqueta camuflada e um chapéu de caçador. Depois, entreviu seu perfil por um instante, o queixo com a barba inculta.

Foi uma questão de décimos de segundo. Feldher levantou o fuzil, talvez para atirar, talvez em sinal de rendição.

O assobio sufocado passou rapidamente sobre suas cabeças.

Antes que Mila pudesse perceber o que estava acontecendo, o primeiro projétil já tinha atingido Feldher no pescoço. Depois chegou o segundo, de outra direção.

— Não! — berrou Goran. — Parem! Não atirem!

Mila viu os atiradores de elite das unidades especiais saírem de seus abrigos para mirar melhor.

Os dois furos que Feldher tinha no pescoço cuspiam vapores de sangue ao ritmo dos batimentos da carótida. O homem se arrastou sobre uma perna, com a boca escancarada. Com uma das mãos, tentou inutilmente tamponar as feridas, enquanto com a outra procurava manter o fuzil erguido para responder ao fogo.

Goran, sem ligar para o perigo, saiu a descoberto na tentativa desesperada de parar o tempo.

Naquele momento, um terceiro disparo mais preciso que os outros atingiu o alvo na nuca.

O parasita havia sido abatido.

25

— Sabine gosta de cachorro, sabia?

Tinha falado no presente, pensou Mila. Era normal: aquela mãe ainda não tinha se apercebido da dor. Dentro em breve começaria. E a mulher não teria paz nem sono por muitos dias.

Mas agora não, ainda era cedo demais.

Em casos como aquele, não se sabe o porquê, a dor deixa um espaço, um diafragma entre ela mesma e a notícia, uma barreira elástica que se alonga e volta atrás, sem permitir que as palavras "encontramos o corpo de sua filha" levem a mensagem ao destino. As palavras batem naquele estranho sentimento de calma e voltam. Uma breve pausa de resignação antes da queda.

Duas horas antes, Chang entregou a Mila um envelope com os resultados do teste de DNA. A menina no sofá dos Kobashi era Sabine.

A terceira a ser sequestrada.

E a terceira a ser encontrada.

Já era um esquema consolidado. Um *modus operandi*, como diria Goran. Mesmo que ninguém tivesse feito conjecturas sobre a identidade do cadáver, todos esperavam que fosse ela.

Mila tinha deixado seus companheiros questionando-se sobre a derrota sofrida na casa de Feldher e procurando naquela montanha de lixo possíveis indícios que remetessem a Albert. Havia pedido um carro ao Departamento e agora estava na sala da casa dos pais de Sabine, numa área campestre habitada sobretudo por criadores de cavalos e gente que tinha escolhido viver em contato com a natureza. Tinha percorrido quase 50 quilômetros para chegar lá. O sol estava se pondo e ela pôde desfrutar da paisagem de bosques atravessados por riachos que desembocavam em laguinhos cor de âmbar. Pensava que, para os pais de Sabine, receber a sua visita, mesmo naquela hora inesperada, podia ser tranquilizador, um sinal de que pelo menos alguém tinha se preocupado com sua menina. Não estava enganada.

A mãe de Sabine era miúda e de físico enxuto, o rosto escavado por pequenas rugas que lhe davam força.

Mila observava as fotos que a mulher colocou em suas mãos, ouvia o relato dos primeiros e únicos sete anos da vida da menina. O pai, ao contrário, estava de pé num canto da sala, apoiado na parede, com o olhar baixo e as mãos cruzadas nas costas: balançava-se, concentrado apenas na própria respiração. Mila estava convencida de que a mulher era a verdadeira personalidade forte da casa.

— Sabine nasceu prematura: oito semanas antes do previsto. Na época, dissemos que foi assim porque ela tinha uma vontade louca de chegar ao mundo. É um pouco verdade... — sorriu e olhou para o marido, que concordou. — Os médicos logo disseram que não sobreviveria, pois o coração era muito fraquinho. Mas contra todas as previsões, Sabine resistia. Tinha o comprimento da minha mão e pesava apenas 500 gramas, mas lutava bravamente dentro da incubadora. E semana após semana, seu coração ia ficando mais forte... Então os médicos foram obrigados a mudar de ideia e disseram que provavelmente sobreviveria, mas que sua vida seria marcada por hospitais, remédios e cirurgias. Em suma, que deveríamos ter desejado que morresse... — fez uma pausa. — Eu fiz isso. Numa certa altura, estava tão convencida de que minha menina ia sofrer pelo resto de seus dias, que rezei para seu coração parar, mas Sabine foi mais forte do que minhas preces: desenvolveu-se como uma menina normal e, oito meses depois do nascimento, nós a trouxemos para casa.

A mulher se interrompeu. Por um instante, sua expressão mudou. Tornou-se má.

— Aquele filho da puta inutilizou todos os seus esforços!

Sabine era a menor entre as vítimas de Albert. Tinha sido sequestrada em um carrossel. Diante da mãe e do pai, sob os olhos de todos os outros pais.

— Mas cada um olhava apenas para o próprio filho — disse Sarah Rosa na primeira reunião do Pensatório. E Mila recordou que tinha acrescentado: — As pessoas estão pouco se lixando, essa é a verdade.

Mila não tinha ido àquela casa apenas para consolar os pais de Sabine, mas também para fazer algumas perguntas. Sabia que tinha que aproveitar aqueles momentos antes que o sofrimento emergisse de seu refúgio temporário e apagasse tudo, irremediavelmente. Também estava consciente do fato de que os dois cônjuges já tinham sido interrogados dezenas de vezes sobre as circunstâncias do desaparecimento da menina. Mas talvez os interrogadores não tivessem a sua experiência em matéria de crianças desaparecidas.

— O fato — começou a agente — é que vocês dois são os únicos que podem ter visto ou notado algo. Das outras vezes, o sequestrador agiu em locais isolados ou quando estava sozinho com as vítimas. Nesse caso, resolveu correr um risco. É possível que algo não tenha funcionado.

— Quer que lhe conte tudo desde o início?

— Sim, por favor.

A mulher reuniu suas ideias e começou:

— Era uma noite especial para nós. Deve saber que quando minha filha completou 3 anos, resolvemos deixar o trabalho na cidade e nos mudamos para cá. O que nos atraía era a natureza e a possibilidade de criar nossa menina longe do barulho e da poluição.

— Estava dizendo que a noite em que sua filha foi sequestrada era especial para vocês...

— É verdade. — A mulher buscou o olhar do marido, depois prosseguiu: — Nós ganhamos na loteria. Uma bela soma. Não dava para ficar rico, mas era suficiente para garantir um futuro digno para Sabine e também para seus filhos... Nunca tinha jogado antes, é verdade. Mas certa manhã comprei um bilhete e aconteceu.

A mulher se concedeu um sorriso forçado.

— Aposto que sempre se perguntou que cara teria um vencedor da loteria.

Mila fez que sim.

— Bem, agora já sabe.

— Então foram comemorar no parque de diversões, não é mesmo?

— É.

— Gostaria que reconstituísse exatamente para mim os momentos em que Sabine estava no carrossel.

— Escolhemos juntas o cavalinho azul. Nas duas primeiras voltas o pai ficou com ela. Depois Sabine insistiu para fazer um último terço sozinha. Era muito teimosa, de modo que resolvemos deixar.

— Entendo, é assim mesmo com as crianças — disse Mila para absolvê-la preventivamente de qualquer senso de culpa.

A mulher ergueu os olhos para ela, depois disse com segurança:

— Nos degraus do carrossel estavam os outros pais, cada um ao lado de seu filho. Fiquei com os olhos pregados na minha. Juro que não perdi um instante sequer daquela volta. À exceção dos segundos em que Sabine se encontrava do lado oposto ao nosso.

— Ele a fez desaparecer como um jogo de prestidigitação — tinha sido o comentário de Stern no Pensatório, referindo-se ao cavalinho que reapareceu sem ela.

Mila explicou:

— Nossa hipótese é de que o sequestrador já estivesse no carrossel: um pai entre tantos. A partir daí, deduzimos que deve ter a aparência de um homem comum: conseguiu passar por um pai de família, escapando imediatamente com a menina e se confundindo na multidão. Talvez Sabine tenha chorado ou protestado. Mas ninguém deu importância porque, aos olhos dos outros, parecia só uma menina fazendo manha.

Provavelmente, a ideia de que Albert tinha se passado por pai de Sabine machucava mais que o resto todo.

— Garanto, agente Vasquez, que se houvesse um homem estranho naquele carrossel, eu perceberia. As mães têm um sexto sentido para essas coisas.

Disse isso com tal convicção que Mila não teve coragem de contradizê-la e rebater.

Albert tinha conseguido se mimetizar perfeitamente.

Vinte e cinco agentes de polícia fechados numa sala por dez dias tinham examinado atentamente centenas de fotos feitas no parque de diversões naquela noite. Também viram os vídeos amadores realizados pelas famílias. Nada. Nenhum instantâneo tinha pego Sabine com seu sequestrador, nem de raspão. Não apareciam em nenhum fotograma, nem mesmo como sombras descoloridas ao fundo.

Como não tinha mais perguntas a fazer, Mila se despediu. Antes de ir, a mãe de Sabine insistiu para que levasse uma foto de sua filha.

— Assim não vai esquecê-la — disse sem saber que, fosse como fosse, não poderia fazê-lo, e que em algumas horas teria impresso um tributo àquela morte em sua pele, sob a forma de uma nova cicatriz.

— Vão prendê-lo, não vão?

A pergunta do pai de Sabine não a surpreendeu, a bem dizer, já esperava por ela. Todos perguntam. Vão encontrar minha filha? Vão prender o assassino?

E deu a resposta que dava a todos nesse caso.

— Faremos todo o possível.

A mãe de Sabine desejou que a filha morresse. Tinha sido ouvida com sete anos de atraso. Mila não parava de pensar nisso enquanto dirigia de volta ao Estúdio. Os bosques que na ida tinham alegrado a viagem agora eram dedos escuros que subiam para o céu, movidos pelo vento.

Tinha programado o navegador GPS para que a levasse de volta, indicando o percurso mais rápido. Depois, ajustou a tela para a modalidade noturna. Aquela luz azul era relaxante.

O rádio do carro só pegava estações AM e, depois de peregrinar em vão entre as frequências, conseguiu sintonizar uma que transmitia velhos clássicos. A foto de Sabine estava no banco a seu lado. Graças aos céus, seus pais tinham sido poupados da dolorosa prática do reconhecimento do corpo, com os restos em decomposição e tomados pela fauna cadavérica. Abençoou por isso a conquista do exame de DNA.

A breve conversa a tinha deixado com uma sensação de incompletude. Faltava algo, algo que não funcionou e que a tinha bloqueado. Era uma simples consideração. Aquela mulher comprou um bilhete de loteria num dia qualquer e ganhou. Sua filha tinha sido vítima de um serial killer.

Dois eventos improváveis numa única vida.

Mas o terrível era que a duas coisas estavam ligadas.

Se não tivesse ganho a loteria, nunca iriam festejar no parque de diversões. E Sabine não teria sido sequestrada brutalmente. A contrapartida definitiva daquele golpe de sorte havia sido a morte.

— Não é verdade — repetiu consigo mesma. — Ele escolheu as famílias, não as meninas. Teria pego Sabine de qualquer jeito.

Mas nem aquele pensamento dissipava seu mal-estar e não via a hora de chegar ao Estúdio para relaxar e conseguir finalmente afastá-lo.

A estrada serpenteava entre as colinas. De tanto em tanto, surgiam os letreiros dos criadores de cavalos. Ficavam bem distantes uns dos outros, e para chegar lá precisaria pegar estradas secundárias que muitas vezes corriam vários quilômetros em meio ao nada. Durante toda a viagem, Mila só tinha cruzado com dois ou três carros que vinham no sentido contrário e uma ceifeira-debulhadora com os faroletes acesos para indicar sua marcha lenta aos outros veículos.

A rádio tocou um velho sucesso de Wilson Pickett, "You Can't Stand Alone"...

Levou alguns segundos para ligar o nome do artista ao caso citado por Boris quando falou de Goran e sua esposa.

— Deu tudo errado. Cometemos alguns erros e alguém ameaçou dissolver o esquadrão e dar bilhete azul ao Dr. Gavila. Quem nos defendeu foi Roche, insistindo para que mantivéssemos os postos — tinha explicado.

O que tinha acontecido? Teria a ver com as fotos da bela mulher que tinha entrevisto no Estúdio? Seus novos companheiros não tinham colocado os pés naquele apartamento desde então?

Eram perguntas para as quais, fosse como fosse, não encontraria respostas sozinha. Afastou-as. Depois girou o botão do aquecimento mais um ponto: lá fora fazia 3 graus negativos, mas na cabine o clima era ameno. Tinha até tirado a parca antes de começar a dirigir, esperando que o carro aquecesse gradualmente. A passagem do frio intenso ao calor tinha, enfim, acalmado seus nervos.

Entregou-se agradavelmente ao cansaço que, pouco a pouco, tomava conta dela. Contas feitas, aquela viagem de carro vinha a calhar. Num canto do para-brisa, o céu, coberto de nuvens durante os últimos dias, se abriu de repente. Como se alguém tivesse descosturado um remendo, revelando um grupo de estrelas esparsas e filtrando a luz da Lua.

Naquele momento, na solidão dos bosques, Mila sentiu-se privilegiada. Como se aquele espetáculo inesperado fosse só para ela. Quando a estrada fez a curva, o rasgão luminoso se deslocou sobre a tela do para-brisa. Seguiu-o com os olhos. Mas quando seus olhos pousaram por um instante no retrovisor, viu um reflexo.

A luz da Lua se espelhava na carroceria de um carro que a seguia de faróis apagados.

O céu se fechou sobre ela. E a escuridão voltou. Mila tentou conservar a calma. Mais uma vez, alguém estava seguindo seus passos, como tinha acontecido no pátio de cascalho do motel. Mas, se da primeira vez aceitou que aquilo poderia ser fruto de sua imaginação, agora estava absolutamente convencida de sua realidade.

— Preciso manter a calma e pensar.

Se acelerasse, revelaria seu próprio estado de alerta. Além do mais, não conhecia a habilidade de seu seguidor na direção: naquelas estradas de difícil acesso e desconhecidas para ela, uma fuga poderia ser fatal. Não havia casas à vista, e o primeiro centro habitado ficava a pelo menos 30 quilômetros. Além disso, a aventura noturna no orfanato, com Ronald Dermis e seu chá cheio de drogas, tinha exposto sua coragem a dura prova. Até então, não admitia isso e sustentava, ao contrário, que estava bem e não tinha sofrido nenhum choque. Mas agora já não tinha tanta certeza de que conseguiria enfrentar outra situação de perigo. Os tendões dos braços se enrijeceram, a tensão nervosa subiu. Sentia o coração ganhar velocidade e não sabia como detê-lo. O pânico estava tomando conta dela.

— Preciso ficar calma, ficar calma e raciocinar.

Desligou o rádio para concentrar-se melhor. Percebeu que o seguidor estava usando suas luzes traseiras como referência para dirigir sem faróis. Então, fixou por um segundo a tela do GPS. Tirou-o de onde estava e colocou-o sobre as pernas.

Depois, esticou o braço até o interruptor e *desligou a luz*.

Acelerou de repente. À sua frente, havia apenas um muro de escuridão. Sem saber para onde ia, confiava apenas na trajetória indicada pelo GPS. Curva à direita de 40 graus. Obedeceu e viu o cursor desenhar o percurso na tela. Retilíneo. Seguiu por ali com uma leve derrapada. Tinha as mãos solidamente apoiadas no volante: sem orientação, bastaria uma pequena variação para jogá-la fora da estrada. Curva à esquerda, 60 graus. Dessa vez, teve que engatar a marcha rapidamente para não perder o controle e deu uma guinada no volante. Outra reta, mais longa que a anterior. Quanto tempo ainda poderia resistir sem acender as luzes? Tinha conseguido enganar a pessoa que estava nos seus calcanhares?

Aproveitando a estrada reta diante de si, deslocou os olhos para o retrovisor por um segundo.

Os faróis do carro atrás dela se acenderam.

Seu seguidor tinha finalmente se revelado, ela não conseguira despistá-lo. As luzes de seu carro projetavam um raio sobre ela e além dela, na estrada diante de si. Mila virou a tempo de fazer a curva e, ao mesmo tempo, reacendeu os faróis. Acelerou percorrendo pouco mais de 300 metros a toda velocidade.

Então parou de surpresa no acostamento e olhou novamente o retrovisor.

O ronronar do motor junto com o tambor que tinha no peito eram os únicos rumores que ouvia. O outro carro tinha parado antes da curva. Mila via o feixe branco dos faróis alongado sobre o asfalto. O rugido do escapamento fazia pensar numa fera selvagem prestes a dar o último bote sobre a presa.

— Pode vir, estou esperando.

Pegou o revólver e tratou de armá-lo. Não sabia de onde vinha aquela coragem que não conseguia enxergar apenas alguns minutos antes. O desespero a levava a um duelo absurdo no meio do nada.

Mas o perseguidor não aceitou o convite. Os faróis além da curva desapareceram, dando lugar a dois frágeis reflexos vermelhos.

O carro tinha dado meia-volta.

Mila não se mexeu. Depois, voltou a respirar normalmente.

Abaixou os olhos para o banco ao lado, como se estivesse procurando o consolo do sorriso de Sabine.

Foi só então que percebeu que tinha algo errado com aquela foto.

Era um pouco mais de meia-noite quando chegou ao Estúdio. Ainda tinha os nervos tensos e durante todo o trajeto não tinha parado de pensar na foto de Sabine, sempre olhando ao redor, à espera de que o perseguidor despontasse de um momento a outro de uma rua lateral ou estivesse à espreita atrás de alguma curva.

Subiu correndo as escadas que levavam ao apartamento. Queria falar com Goran imediatamente e informar o esquadrão do que tinha acontecido. Talvez tivesse sido seguida por Albert. Mas por que ela? E depois, tinha aquela história de Sabine, mas podia estar enganada...

Quando chegou ao andar, abriu a pesada porta blindada com as chaves que Stern tinha lhe dado, passou pela guarita e se viu mergulhada no mais completo silêncio. O rangido de suas solas de borracha no pavimento de linóleo era o único som naquelas salas, que passou em revista rapidamente. Primeiro a sala comum, onde notou um cigarro que se consumiu sozinho numa longa fita de cinzas na beira do cinzeiro. Na mesa da cozinha, encontrou os restos de um jantar — o garfo apoiado ao lado do prato, uma porção de torta quase intocada — como se alguém tivesse sido obrigado a interromper sua refeição de repente. As luzes estavam todas acesas, até a do Pensatório. Mila acelerou o passo até o dormitório: algo tinha acontecido. O leito de Stern estava desfeito, no travesseiro havia uma caixinha de menta.

Um sinal do celular anunciou que tinha recebido uma SMS. Leu.

Estamos na casa Gress. Krepp quer nos mostrar algo. Venha. Boris.

26

Ao chegar à casa de Yvonne Gress, viu que nem todos tinham entrado: Sarah Rosa estava despindo o macacão e os protetores de sapatos ao lado do furgão. Mila tinha reparado que estava bem mais tranquila no trato com ela nos últimos dias. Mantinha-se distante, quase sempre imersa nos próprios pensamentos. Talvez por causa de seus problemas familiares.

Rosa ergueu os olhos para ela.

— Cacete! Não perde uma, hein?!

"Fica o dito pelo não dito...", pensou Mila.

Ignorou-a, tentando entrar no furgão para pegar o macacão. Mas Rosa se colocou na escadinha, impedindo sua passagem.

— Ei, estou falando com você!

— O que quer?

— Gosta de bancar a professora, não é?

Seu rosto estava a poucos centímetros do seu. Mais embaixo, Mila podia sentir seu hálito de cigarro, chiclete e café. Gostaria de evitá-la ou, quem sabe, jogar umas coisinhas em sua cara. Mas depois se lembrou do que Goran tinha dito sobre a separação do marido e os distúrbios alimentares da filha e decidiu relevar.

— O que tem contra mim, Rosa? Só estou fazendo o meu trabalho.

— Então já devia ter encontrado a menina número 6, não acha?

— Vou encontrar.

— Sabe de uma coisa? Acho que não vai ficar muito tempo nesse esquadrão. Por enquanto, parece que conquistou todo mundo, mas cedo ou tarde eles vão entender que não precisamos de você.

Rosa se afastou, mas Mila ficou onde estava.

— Se me odeia tanto, por que votou para que eu ficasse quando Roche quis me afastar depois da história do orfanato?

A mulher se virou para ela, o olhar irônico.

— Quem disse isso?

— Dr. Gavila.

Rosa deixou escapar uma risada e sacudiu a cabeça.

— Veja, minha cara, é exatamente esse tipo de coisa que vai tirá-la daqui. Se ele lhe disse isso em confiança, contar para mim foi traição. E, além do mais, ele enganou você... Porque votei contra.

E deixou-a lá, petrificada, dirigindo-se para a casa com passos firmes. Mila a seguiu com os olhos, perplexa com o que tinha dito. Depois entrou no furgão para se trocar.

Krepp tinha garantido que seria a sua Capela Sistina. A comparação com o quarto do segundo andar da casa de Yvonne não era tão absurda.

Na era moderna, a obra-prima de Michelangelo sofreu uma restauração radical que devolveu às pinturas o seu esplendor original, liberando-as de espessa camada de poeira, fumaça e cola animal acumulada durante séculos de exposição a velas e braseiros. Os especialistas tinham começado seu trabalho em um pedacinho — quase um selo — para ter uma ideia mais precisa do que estava escondido por baixo. Sua surpresa foi imensa: a grossa camada de fuligem ocultava cores extraordinárias, impossíveis até de imaginar anteriormente.

Assim, Krepp começou com uma simples gota de sangue — a que Mila encontrou com a ajuda do terra-nova — para chegar à realização de sua obra-prima.

— Nas descargas da casa não havia material orgânico — disse o especialista da perícia. — Mas os encanamentos estavam muito gastos e havia traços de ácido hidroclorídrico. Nossa hipótese é de que Feldher usou o ácido para corroer os restos das vítimas e, assim, desfazer-se deles com facilidade. O ácido também é muito eficaz em tecidos ósseos.

Mila só pegou a última parte da frase, quando chegou ao patamar do segundo andar. Krepp estava no centro do corredor e diante dele estavam Goran, Boris e Stern. Mais atrás, Rosa, apoiada na parede.

— Logo, o único elemento que temos para atribuir o massacre a Feldher é aquela manchinha de sangue.

— Já mandou para análise?

— Chang acha que temos noventa por cento de possibilidades de que pertença ao menino.

Goran voltou a olhar para Mila, depois falou com Krepp:

— Bem, estamos todos aqui. Podemos começar...

Estavam à sua espera. Devia se sentir lisonjeada, mas ainda não tinha conseguido engolir as palavras de Sarah Rosa. Em quem acreditar? Naquela louca histérica que a perseguia desde o começo ou em Goran?

Nesse ínterim, antes de convidá-los a entrar no quarto, Krepp fazia uma recomendação: — Só podemos ficar lá dentro 15 minutos no máximo, portanto, se têm alguma pergunta, façam agora.

Calaram-se.

— Muito bem, vamos entrar.

O quarto estava vedado por uma porta dupla de vidro, tendo no centro uma portinhola que permitia a entrada de uma pessoa por vez. Servia para preservar o microclima. Antes de entrar, um assistente de Krepp tomou a temperatura de cada um deles com um termômetro infravermelho, semelhante ao que se usa normalmente nas crianças. Depois colocou os dados num computador ligado aos umidificadores presentes no quarto, que corrigiriam seus aportes para que as condições térmicas do local não se alterassem.

As razões desses procedimentos foram explicadas pelo próprio Krepp, que entrou por último.

— O principal problema foi a tinta usada por Feldher para cobrir as paredes. Não podíamos removê-la com um solvente comum sem retirar também o que havia por baixo.

— E como fizeram? — perguntou Goran.

— Tratamos de analisar e descobrimos que se tratava de uma tinta a base d'água que usa como aglutinante uma gordura de origem vegetal. Bastava colocar no ar uma solução de álcool refinado e deixá-la em suspensão por algumas horas para diluir a gordura. Na prática, reduzimos a espessura da tinta sobre as paredes. Se houver sangue por baixo, o Luminol pode torná-lo visível...

3-aminoftalato, mais conhecido como Luminol.

É a substância na qual se baseia grande parte da técnica da polícia científica moderna, a partir da atividade de catalisador do grupo EME contido na hemoglobina. Ao reagir a esse elemento do sangue, o Luminol produz uma fluorescência azul típica, só perceptível no escuro. Para que seja eficaz, no entanto, o produto deve ser combinado com um agente oxidante, em geral o peróxido de hidrogênio, e em seguida nebulizado no ar em solução aquosa.

O Luminol só tem um inconveniente: a duração do efeito fluorescente é de apenas trinta segundos. O que torna o teste praticamente irrepetível depois da primeira vez.

Por isso, uma série de máquinas fotográficas com película de longa exposição precisa documentar cada experiência antes que desapareça para sempre.

Krepp distribuiu máscaras munidas de filtros especiais e óculos de proteção, pois — embora nada tenha sido demonstrado — existe o temor de que o Luminol possa ser cancerígeno. Depois dirigiu-se a Gavila:

— Quando quiser...

— Podemos começar.

Com um walkie-talkie, Krepp deu a ordem aos homens do lado de fora.

Primeiro, todas as luzes foram desligadas.

A sensação não era agradável para Mila. Naquela escuridão claustrofóbica, só conseguia reconhecer sua respiração curta que, filtrada pela máscara, parecia quase um ronco profundo, sobrepujado apenas pela respiração mecânica e funda dos umidificadores, que bombeavam vapor no quarto.

Tentou manter a calma, embora a ansiedade crescesse em seu peito e não visse a hora daquele experimento ter fim.

Depois, o barulho mudou. Os tubos começaram a lançar no ar a solução química que tornaria o sangue nas paredes visível. Em pouco tempo, o assobio sutil da nova substância se fez acompanhar de um leve brilho azulado que começou a se compor a seu redor. Parecia a luz do sol filtrada pelas profundezas marinhas.

De início, Mila pensou que fosse apenas um efeito ótico, uma espécie de miragem criada por sua mente em resposta ao estado de hiperventilação. Mas quando o efeito aumentou, percebeu que podia ver seus companheiros novamente. Como se alguém reacendesse a luz, substituindo a cor gélida das lâmpadas fluorescentes por aquela nova tonalidade índigo. Começou a perguntar o que estava acontecendo, mas depois entendeu.

A quantidade de sangue nas paredes era tão grande que o efeito do Luminol as iluminava por completo.

Os jatos se entrecruzavam em todas as direções, mas pareciam partir exatamente do centro do quarto. O teto parecia um colcha estrelada. A magnificência da representação só era quebrada pela consciência do que havia produzido aquela ilusão de ótica.

Feldher tinha usado uma serra elétrica para reduzir os corpos a um amontoado de carne moída, uma massa fácil de descarregar dentro de uma privada.

Mila notou que os outros estavam tão petrificados quanto ela. Olhavam ao redor como autômatos, enquanto as máquinas fotográficas de precisão, dispostas ao longo do perímetro, continuavam a clicar, inexoráveis e impiedosas. Haviam se passado apenas 15 segundos e o Luminol continuava a fazer aparecer novas manchas, sempre mais latentes.

E eles fixavam aquele horror.

Depois, Boris ergueu o braço para um lado do quarto, indicando aos presentes algo que, pouco a pouco, aflorava na parede.

— Olhem... — disse ele.

O Luminol não conseguia penetrar naquela área da parede, não encontrava nada e a área permanecia branca, emoldurada por manchinhas azuis que desenhavam seu contorno. Como quando se usa um spray de tinta sobre um objeto colocado contra uma parede e depois, atrás dele, sua forma fica impressa. Como uma silhueta recortada sobre a tinta. Como o negativo de uma fotografia.

Cada um deles pensou que a marca parecia vagamente com uma sombra humana.

Enquanto Feldher trabalhava nos corpos de Yvonne e seus filhos com uma ferocidade atroz, alguém, num canto do quarto, assistia impassível ao espetáculo.

27

Chamaram seu nome.

Tem certeza. Não estava sonhando. Foi o que a arrancou do sono dessa vez, não o medo, nem a consciência repentina do lugar onde se encontra há sabe-se lá quanto tempo.

O efeito da droga que confunde seus sentidos evaporou no momento exato em que ouviu seu nome ecoando no ventre do monstro. Quase como um eco que veio buscá-la de não sei onde e que finalmente a encontrou.

— Estou aqui! — gostaria de gritar, mas não consegue, sua boca ainda está empastada.

E agora há também os barulhos. Sons que não havia antes. Sim, são passos de sapatos pesados. Vários sapatos juntos. Tem gente! Onde? Estão acima dela, em torno dela. Em toda parte, mas sempre distantes, distantes demais. O que estão fazendo lá? Vieram procurá-la? Claro, é isso. Estão ali por ela. Mas não podem vê-la no ventre do monstro. Então a única saída é fazer com que a ouçam.

— Socorro — tenta dizer.

Sua voz sai destroçada, infectada por dias de agonia induzida, de sono violento e covarde, ministrado a gosto, sem critério, apenas para mantê-la tranquila enquanto o monstro a digere em seu estômago de pedra. E o mundo lá fora se esquece lentamente dela.

— Mas se tem alguém aqui agora é porque ainda não me esqueceram.

O pensamento lhe dá uma força que não pensava possuir. Uma reserva guardada pelo corpo num esconderijo profundo, para ser usada apenas em emergências. Começa a raciocinar.

— Como posso avisar da minha presença?

O braço esquerdo continua enfaixado. Suas pernas pesam. O braço direito é sua única possibilidade, a ramificação que ainda a mantém ligada ao mundo. O controle remoto continua preso à palma de sua mão. Ligado apenas àquele desenho animado maluco que já consumiu sua mente. Ela o ergue, aponta para a tela. O vo-

lume é normal, mas talvez consiga aumentar. Tenta, mas não consegue encontrar o botão certo. Talvez porque todos sirvam apenas para dar a mesma ordem. Enquanto isso, os rumores lá fora continuam. A voz que ouve pertence a uma mulher. Mas há um homem com ela. São dois, aliás.

— Preciso chamá-los! Tenho que fazer algo para que me notem, senão vou morrer aqui embaixo!

É a primeira vez que aventa a possibilidade de morrer. Até então tinha evitado aquele pensamento. Talvez tenha feito isso como uma espécie de sortilégio. Talvez porque uma menina não deva pensar na morte. Mas agora percebe que se ninguém vier salvá-la, este será o seu destino.

O mais absurdo é que a pessoa que quer pôr fim em seus dias agora cuida dela. Enfaixou seu braço e lhe dá remédios pelo soro. Cuida escrupulosamente dela. Por que faz isso se, no final, vai matá-la de qualquer jeito? Só tem um motivo para mantê-la viva ali embaixo. E suspeita de que ainda vai lhe causar muito mais dor.

Por isso, esta talvez seja a única ocasião que tem para sair de lá, voltar para sua casa e rever seus entes queridos. Sua mãe, seu pai, seu avô e até Houdini. Jura que vai gostar até daquele gato maldito se o pesadelo acabar.

Ergue a mão e começa a bater forte com o controle na beirada de aço do leito. O som que consegue produzir é irritante até para ela, mas é libertador. Mais forte, cada vez mais forte até sentir que o retângulo de plástico começa a quebrar. Não importa: aqueles sons metálicos tornam-se cada vez mais raivosos. De sua garganta, explode também um grito partido.

— Estou aqui!

O controle se solta da mão e ela é obrigada a parar. Mas ouve algo lá em cima. Pode ser positivo. Ou não. Talvez tenham percebido que está ali e estejam tentando ouvir melhor. É isso, não podem ter ido embora! Então recomeça a bater, apesar da dor no braço direito, que atravessa seus ombros e repercute no braço esquerdo. Embora isso só sirva para aumentar seu desespero. Porque se ninguém ouvir, depois será pior ainda, tem certeza disso. Alguém vai se vingar dela. E vai fazê-la pagar.

Lágrimas frias descem por suas faces. Mas os rumores recomeçam e ela recupera a coragem.

Uma sombra se destaca da parede de rocha e vem em sua direção.

Ela a vê, mas mesmo assim, continua. Quando a sombra está bem perto, consegue perceber suas mãos delicadas, o vestidinho azul, os cabelos castanhos que caem macios sobre os ombros.

A sombra se dirige a ela com a voz de uma menina.

— Agora chega — diz ela. — Podem nos ouvir.

Depois apoia a mão na sua. Aquele contato é suficiente para detê-la.

— Por favor — acrescenta depois.

E sua súplica é tão aflita que ela se convence e não recomeça. Não conhece o motivo que levou aquela menina a desejar algo tão absurdo quanto permanecer ali dentro. Mas obedece assim mesmo. Não sabe se começa a chorar por aquela tentativa fracassada ou se fica feliz por ter descoberto que não está sozinha. Sente-se tão grata porque a primeira presença humana de que tem conhecimento é uma menina como ela, que não quer decepcioná-la. E assim, esquece até que queria ir embora.

As vozes e os rumores lá em cima não existem mais. Dessa vez o silêncio é definitivo.

A menina retira a mão da sua.

— Fique — suplica ela agora.

— Não se preocupe, vamos nos ver de novo...

Afasta-se, voltando à escuridão. E ela deixa que vá. Agarra-se àquela pequena e insignificante promessa para continuar a ter esperança.

28

— A poltrona de Alexander Bermann!

No Pensatório, o esquadrão está concentrado nas palavras de Gavila. Sua memória voltou ao bairro-gueto onde o pedófilo mantinha seu covil e ao computador que usava para ir à caça via internet.

— Krepp não encontrou impressões na velha poltrona de couro que estava no subtérreo!

Para Goran, agora aquilo assumia inesperadamente a aura de uma revelação.

— No resto sim, montões delas, mas na poltrona, não! Por quê? Porque alguém se deu ao trabalho de eliminá-las!

Em seguida, o criminologista foi até a parede onde todos os relatórios, fotos e folhas com os resultados das investigações do caso do orfanato estavam pregados com percevejos. Arrancou uma delas e começou a ler. Era a transcrição da gravação em que Ronald Dermis, menino, se confessava a padre Rolf, encontrada no gravador que estava no caixão de Billy Moore.

"Sabe o que aconteceu com Billy, não sabe, Ron?"; "Deus o levou"; "Não foi Deus, Ron. Sabe quem foi?"; "Ele caiu, caiu da torre."; "Mas você estava com ele."; "Estava..." — E mais adiante o padre afirma: "Ninguém vai puni-lo se disser o que aconteceu. É uma promessa." — E vejam como Ronald responde: "*Ele me disse para fazer aquilo...*" — Entenderam? *Ele*!

Goran passou os rostos que o observavam perplexos em revista.

— Ouçam agora o que padre Rolf pergunta: "Ele quem? Billy mandou que o empurrasse?"; "Não", responde Ronald. "Então foi um dos meninos?" E Ronald novamente: "Não."; "Então quem foi? Vamos, responda. Essa pessoa de que está falando não existe, não é? É fruto de sua imaginação", e Ronald parece seguro quando nega mais uma vez, mas padre Rolf o pressiona: "Não tem mais ninguém aqui. Só você e seus colegas." E Ronald finalmente responde: "*Ele vem só para mim..*"

Pouco a pouco, todos começam a entender.

Excitado como um rapazinho, Goran correu de novo para as folhas na parede e pegou uma cópia da carta que Ronald, já adulto, enviou aos investigadores.

— Uma frase desse bilhete me chamou atenção: "*depois ELE chegou. ELE me entendia. ELE me ensinou.*"

Mostrou a carta, indicando o trecho.

— Estão vendo? A palavra *ele* foi escrita voluntariamente em maiúsculas... Já tinha pensado sobre isso, mas cheguei a uma conclusão errada. Pensei que era um exemplo claro de dissociação da personalidade, no qual o Eu negativo sempre aparece separado do Eu agente. E por isso, se transforma em ELE... "Fui EU, mas quem mandou foi ELE. a culpa pelo que sou é DELE..." Eu estava enganado! E estava cometendo o mesmo erro que padre Rolf cometeu 30 anos antes! Quando Ronald nomeava um Ele durante a confissão, o padre pensava que estava se referindo a si mesmo, apenas tentando exteriorizar a própria culpa. É típico das crianças. Mas o Ronald que conhecemos não era mais um menino...

Mila percebeu que um pouco da energia do olhar de Goran se apagava Acontecia toda vez que cometia um erro de avaliação.

— Esse ELE a que Ronald se refere não é uma projeção de sua psique, um duplo a quem atribui a responsabilidade pelas próprias ações! Não, trata-se do mesmo Ele que ficava sentado na poltrona de Alexander Bermann cada vez que ele ia à caça de crianças na internet! Feldher deixa uma miríade de vestígios na casa de Yvonne Gress, mas se preocupa em pintar o quarto do massacre porque na parede está a única coisa que precisa ocultar... ou talvez evidenciar: a imagem imortalizada no sangue do homem que assiste! Portanto, *Ele* é *Albert*.

— Sinto muito, mas não se sustenta — afirmou Sarah Rosa com uma calma e segurança que espantou os demais. — Vimos os vídeos do sistema de vigilância de Capo Alto e, à parte Feldher, ninguém entrou naquela casa.

Goran virou para ela, apontando com o dedo:

— Exatamente! Porque ele desligou as câmeras com um pequeno blecaute. Pensando melhor, era possível obter o mesmo efeito na parede com uma silhueta de papel ou um manequim. E o que isso indica?

— Que ele é um ótimo criador de ilusões — disse Mila.

— Certo também! Desde o início este homem nos desafia a entender seus truques. Vejam, por exemplo, o sequestro de Sabine no carrossel... Magistral! Dezenas de pessoas, dezenas de pares de olhos no parque de diversões e ninguém percebe nada!

Goran dava a impressão de estar realmente entusiasmado com a habilidade de seu desafiante. Não por falta de piedade pelas vítimas. Não era uma demonstração de falta de humanidade por parte dele. Albert era seu objeto de estudo. Compreender os dispositivos que moviam sua mente era um desafio fascinante.

— No entanto, eu particularmente acredito que Albert estava presente *em pessoa* no quarto em que Feldher massacrou suas vítimas. Excluiria manequins ou truques semelhantes. E sabem por quê? — por um segundo, o criminologista saboreou a expressão de incerteza em seus rostos. — Na disposição das manchas de sangue na parede ao redor da silhueta, Krepp identificou "variações constantes"; a definição é dele. Isso significa que, qualquer que fosse o objeto situado entre o sangue e a parede, ele não estava imóvel, mas se movia!

Sarah Rosa ficou de boca aberta. Não havia mais muito a dizer.

— Sejamos práticos — afirmou Stern. — Se Albert conheceu Ronald Dermis quando era um menino, quantos anos podia ter? Vinte, 30? Portanto, agora deve ter uns 50 ou 60.

— Justo — disse Boris. — E considerando as dimensões da sombra formada na parede do quarto do massacre, diria que tem cerca de 1,60 metro de altura.

— Tem 1,69 metro — precisou Sarah Rosa, que já tinha mandado fazer a medição.

— Temos uma descrição parcial do homem que devemos buscar, já é alguma coisa.

Goran retomou a palavra e disse:

— Bermann, Ronald, Feldher: são como lobos. E muitas vezes os lobos agem em bando. Cada bando tem um chefe. É exatamente isso que Albert está nos dizendo: ele é o líder. Em algum momento da vida esses três indivíduos se encontraram com ele, separadamente ou juntos. Ronald e Feldher se conheciam, cresceram juntos no mesmo orfanato. Mas é presumível que não soubessem quem era Alexander Bermann... O único elemento comum é ele, Albert. Por isso deixou sua assinatura na cena de cada crime.

— E agora, o que vai acontecer? — perguntou Sarah Rosa.

— Podem imaginar vocês mesmos... *Duas*. Faltam dois cadáveres de meninas na lista e, consequentemente, dois componentes do bando.

— E há também a menina número 6 — especificou Mila.

— Sim... Mas essa, Albert reservou para si.

Estava há meia hora na calçada em frente, sem encontrar coragem para bater. Procurava as palavras certas para justificar sua presença. Já estava tão habituada às relações impessoais que até as mais simples abordagens lhe pareciam impossíveis. E enquanto isso, morria de frio sem conseguir se decidir.

— No próximo carro azul que passar, eu vou, prometo.

Já passava das 9 horas e o tráfego era escasso. As janelas da casa de Goran, no terceiro andar do edifício, estavam iluminadas. A estrada banhada pela neve derretida era um concerto metálico de gotas, calhas entupidas e de roucas sarjetas.

— Tudo bem, vou.

Mila saiu do cone de sombra que a protegia até então dos olhares de eventuais vizinhos curiosos e chegou rapidamente à entrada. Era um velho edifício que, em meados dos século XX, devia abrigar uma fábrica, com suas amplas janelas, longas cornijas e cumeeiras que ainda enfeitavam o teto. Havia muitos outros parecidos na região. Provavelmente, todo o bairro tinha sido reformado sob a batuta de algum arquiteto que transformou os velhos laboratórios industriais em condomínios.

Tocou o interfone e esperou.

Passou quase um minuto antes que ouvisse, rascante, a voz de Goran.

— Quem é?

— É Mila. Desculpe, mas precisava falar com você e preferia não falar pelo telefone. Antes, no Estúdio, estava muito ocupado e então pensei que...

— Suba. Terceiro andar.

Seguiu-se um breve sinal elétrico e a fechadura da porta abriu.

Um monta-cargas fazia as vezes de elevador. Para acioná-lo, era preciso fechar a porta de correr à mão e manobrar uma alavanca. Mila subiu lentamente pelos andares, até o terceiro. No patamar só havia uma porta, entreaberta para ela.

— Entre, sente-se.

A voz de Goran veio até ela do interior do apartamento. Mila a seguiu. Era um amplo loft, do qual saíam várias dependências. O chão era de madeira bruta. Os aquecedores de ferro-gusa circundavam as pilastras. Uma grande lareira acesa conferia ao ambiente uma cor de âmbar. Mila fechou a porta atrás de si, perguntando-se onde estaria Goran. Depois, ele pareceu rapidamente na soleira da cozinha.

— Um segundinho e já chego.

— Não se apresse.

Olhou ao redor. Ao contrário da aparência sempre descuidada do criminologista, sua casa era muito ordenada. Não havia um grão de poeira visível e tudo espelhava o esforço que aquele homem despendia para dar um pouco de harmonia à existência do filho.

Pouco depois, ele chegou com um copo d'água na mão.

— Sinto muito, cheguei aqui sem avisar.

— Não tem importância, em geral durmo tarde. — Depois, indicando o copo: — Estava botando Tommy na cama. Não leva muito tempo. Sente e se sirva alguma bebida: tem um bar bem ali no fundo.

Mila fez que sim e viu que ele se dirigia a um dos quartos. Para diluir um pouco o embaraço, foi preparar uma vodca com gelo. Enquanto bebia, em pé ao lado da lareira, entreviu o criminologista pela porta semicerrada do quarto do filho. Estava sentado na cama do menino e contava algo, acariciando seu flanco com a mão. Na penumbra daquele quarto, iluminada apenas por um abajur noturno em forma de palhaço, Tommy aparecia como uma forma sob as cobertas, desenhada pelas carícias do pai.

Naquele ambiente familiar, Goran parecia outra pessoa.

Sabe-se lá por que, a lembrança da primeira vez em que, ainda menina, foi encontrar seu pai no trabalho lhe veio à mente. O homem de paletó e gravata que saía de casa todo dia de manhã parecia transformado. Tornava-se um pessoa dura e séria, muito diferente de seu carinhoso pai. Mila lembrou que tinha ficado muito perturbada.

Para Goran, o raciocínio era oposto. Vê-lo desempenhar o ofício de pai lhe inspirava uma imensa ternura.

Para Mila, aquela dicotomia nunca se realizou. Dela, só havia uma versão. Não existia solução de continuidade em sua vida. Nunca deixava de ser a policial que procurava pessoas desaparecidas. Porque as seguia sempre. Em seus dias livres, quando estava de folga, quando fazia suas compras. Examinar rostos de estranhos tinha se transformado num hábito.

Os menores que desaparecem, como todo mundo, têm uma história. Mas essa história se interrompe num determinado momento. Mila repercorria seus pequenos passos perdidos no escuro. Nunca esquecia os seus rostos. Anos podiam se passar, mas ela sempre seria capaz de reconhecê-los.

— Porque as crianças estão entre nós — pensava. — Às vezes, basta procurá-los nos adultos em que se transformaram.

Goran estava contando uma história ao filho. Mila não quis continuar a perturbar aquela cena com seu olhar. Não era espetáculo para seus olhos. Virou, mas logo topou com o sorriso de Tommy num porta-retratos. Se tivesse se encontrado com ele, ficaria sem graça: tinha demorado a subir na esperança de encontrá-lo já na cama.

Tommy era uma parte da vida de Goran que ainda não estava disposta a conhecer.

Pouco depois, ele chegou e anunciou com um sorriso:

— Dormiu...

— Não queria atrapalhar. Mas achei que era importante.

— Já pediu desculpas. Agora, diga-me o que houve.

Sentou num dos sofás e a convidou a sentar a seu lado. O fogo da lareira projetava sombras dançantes nas paredes.

— Aconteceu de novo: alguém me seguiu.

O criminologista enrugou a testa.

— Tem certeza?

— Da outra vez, não, mas dessa, sim.

Contou tudo o que tinha acontecido, tentando não deixar de lado nenhum detalhe. O carro com os faróis apagados, o reflexo da luz na carroceria, o fato de que o perseguidor tivesse preferido dar meia-volta depois que a descobriu.

— Por que alguém iria seguir exatamente você?

Já tinha feito aquela mesma pergunta no restaurante, quando ela mencionou sua sensação de estar sendo seguida no pátio do motel.

— Não consigo achar uma razão válida — concluiu, enfim, depois de uma breve reflexão.

— Agora ele tem certeza de que você sabe. Não vai repetir.

Mila concordou.

— Mas não vim por causa disso.

Goran voltou a olhar para ela.

— Descobriu algo?

— Mais do que ter descoberto, acho que entendi algo. Um dos ilusionismos de Albert.

— Qual deles?

— Como fez para levar a menina do carrossel sem que ninguém percebesse nada.

Os olhos de Goran brilharam de interesse.

— Vamos, estou ouvindo...

— Sempre achamos que era evidente que o sequestrador fosse Albert. Portanto, um homem. Mas, e se fosse uma mulher?

— Por que acha isso?

— Na verdade, foi a mãe de Sabine que me fez pensar pela primeira vez nessa hipótese. Sem que perguntasse nada, ela disse que se houvesse um homem estranho naquele carrossel — portanto, não um dos pais — ela teria percebido. Acrescentando também que toda mãe tem uma espécie de sexto sentido para essas coisas. Eu acredito.

— Por quê?

— Porque a polícia viu centenas de fotos tiradas naquela noite e também os vídeos de amadores, e ninguém notou um homem suspeito. Daí deduzimos que o nosso Albert tem um aspecto totalmente comum... Foi então que pensei que, para uma mulher, seria ainda mais fácil levar a menina.

— Então acha que tem uma cúmplice... — A ideia não o desagradava. — Mas não temos elementos para apoiar uma tese dessas.

— Eu sei. Esse é o problema.

Goran levantou e começou a caminhar pela sala. Massageava a barba por fazer e refletia.

— Não seria a primeira vez... Já aconteceu no passado. Em Gloucester, por exemplo, com Fred e Rosemary West.

O criminologista recapitulou rapidamente o caso do casal serial killer. Ele pedreiro, ela dona de casa. Dez filhos. Juntos, atraíam e matavam moças inocentes depois de obrigá-las a participar de suas orgias eróticas, sepultando-as a seguir no pátio de casa, no número 25 da Cromwell Road. A filha de 16 anos do casal, que provavelmente ousou se rebelar, também tinha acabado sob o pavimento do pórtico. Outras duas vítimas foram encontradas em outros locais ligados a Fred. Doze cadáveres, ao todo. Mas a polícia parou de escavar a casinha cinzenta por medo de desabamentos.

À luz daquele caso exemplar, Gavila considerava que a teoria de Mila, sobre a existência de uma cúmplice de Albert, não era assim tão absurda.

— Talvez seja ela quem cuida da sexta menina.

Goran parecia muito intrigado. Mas não queria se deixar levar pelo entusiasmo.

— Não me entenda mal, Mila: é uma ótima intuição, mas precisamos verificá-la.

— Vai falar com os outros?

— Vamos levá-la em conta. Enquanto isso, vou pedir a um deles para olhar de novo as fotos e vídeos do parque de diversões.

— Poderia ser eu.

— Certo.

— Tem mais uma coisa... É uma curiosidade minha. Tentei achar a resposta sozinha, mas não consegui.

— O que é?

— Nos processos de decomposição, os olhos de um cadáver sofrem uma transformação, não?

— Bem, em geral a íris clareia com o tempo...

Goran ficou olhando para ela, não entendia aonde estava querendo chegar.

— Por que a pergunta?

Mila tirou do bolso a foto de Sabine que a mãe havia lhe dado no fim de sua visita. A mesma que deixou no banco a seu lado durante toda a viagem de volta. Aquela que se viu fitando depois do medo da perseguição, e que tinha gerado aquela dúvida.

Tinha algo de errado.

Goran pegou a foto e olhou.

— O cadáver da menina que encontramos na casa dos Kobashi tinha os olhos azuis — observou Mila. — Já os de Sabine eram *castanhos.*

Durante o trajeto de táxi, Goran não tinha dito uma palavra. Depois daquela revelação, Mila viu seu humor mudar de repente. E disse algo que a impressionou muito.

— Pensamos que sabemos tudo sobre as pessoas que estão ao nosso lado, mas na verdade não sabemos nada...

E depois acrescentou:

— Ele nos enganou.

De início, pensou que o criminologista se referisse a Albert. Mas não era isso.

Assistiu a uma rápida sequência de telefonemas que incluía, além dos membros do esquadrão, também a baby-sitter de Tommy.

— Precisamos sair — anunciou depois, sem se explicar.

— E seu filho?

— A Sra. Runa vai estar aqui em vinte minutos, ele continuará dormindo.

E tinham chamado um táxi.

A sede da Polícia Federal ainda estava iluminada àquela hora. No edifício, havia um vaivém de gente na troca de plantão. Quase todos estavam empenhados naquele caso. As buscas nas casas de suspeitos e nos locais indicados pelos telefonemas de cidadãos voluntários para tentar encontrar o cárcere da sexta menina prosseguiam há dias.

Assim que pagou o taxista, Goran dirigiu-se para a porta principal sem esperar por Mila, que tinha dificuldade em acompanhá-lo. No andar do Departamento de Ciências Comportamentais encontraram Rosa, Boris e Stern esperando por eles.

— O que houve? — perguntou o policial mais velho.

— Preciso de um esclarecimento — respondeu Goran. — Precisamos ver Roche imediatamente.

O inspetor-chefe o viu cair de paraquedas bem no meio de uma reunião que já durava várias horas, entre as altas hierarquias da Polícia Federal. O assunto era exatamente o caso de Albert.

— Precisamos falar com você.

Roche levantou da poltrona e o apontou aos presentes:

— Senhores, todos conhecem o Dr. Gavila, que há anos tem emprestado sua valiosa colaboração a nosso Departamento...

Goran sussurrou em seu ouvido:

— Agora.

O sorriso circunstancial se apagou do rosto de Roche.

— Peço desculpas, temos novidades que exigem minha presença.

Enquanto recolhia algumas folhas da mesa de reunião, Roche sentia o olhar de todos pousado em cima dele. Entretanto, Goran esperava dois passos atrás, enquanto o resto do esquadrão permanecia na soleira da porta.

— Espero que seja realmente importante — disse o inspetor-chefe depois de jogar a pasta com as folhas em cima da escrivaninha de seu gabinete.

Goran esperou que todos entrassem na sala, para fechar a porta e enfrentar Roche cara a cara.

— O cadáver encontrado na sala dos Kobashi não era da terceira menina desaparecida.

O tom e a firmeza não deixavam espaço para desmentidos. O inspetor-chefe sentou e cruzou as mãos.

— Continue...

— Aquela não é Sabine. É Melissa.

Mila lembrou da menina número 4. Era a mais velha das seis, mas seu corpo ainda pouco desenvolvido podia causar confusão. *E tinha os olhos azuis.*

— Continue, estou ouvindo... — repetiu Roche.

— Isso só pode significar duas coisas. Que Albert modificou seu *modus operandi*, porque até agora nos entregava as meninas na ordem em que foram sequestradas. Ou que Chang fez confusão nos exames de DNA...

— Creio que as duas hipóteses são plausíveis — afirmou Roche cheio de segurança.

— Pois eu acho que a primeira é quase impossível... E quanto à segunda, acho que foi você mesmo quem mandou falsificar os resultados antes de entregá-los a Mila!

Roche ficou atônito.

— Ouça, doutor, não vou ficar aqui ouvindo suas acusações!

— Onde encontraram o corpo da menina número 3?

— O quê?

O inspetor-chefe fazia o que podia para parecer surpreso com aquela afirmação.

— Porque é evidente que foi encontrado, do contrário, Albert não iria adiante em sua progressão, passando para a número 4.

— O cadáver estava na casa dos Kobashi há mais de uma semana! Talvez a gente devesse ter encontrado primeiro a menina número 3, como você diz. Mas talvez tenhamos simplesmente encontrado a número 4 primeiro. E Chang acabou trocando as bolas, sei lá!

O criminologista cravou os olhos nos dele.

— Foi por isso que nos deu 24 horas de folga depois do caso do orfanato. Para que não ficássemos em seus calcanhares!

— Goran, já estou farto dessas suas acusações ridículas! Não pode provar nada do que está dizendo!

— É por causa do caso Wilson Pickett, não é mesmo?

— O que aconteceu naquela época não tem nada a ver, posso garantir...

— Na verdade, não confia mais em mim. E talvez não esteja totalmente enganado... Mas se acha que essa investigação também está fugindo ao meu controle, vai ter de dizer isso na minha cara, sem politicagem. Diga e todos daremos um passo atrás, sem criar embaraços e assumindo nossas responsabilidades.

Roche não respondeu imediatamente. Tinha as mãos cruzadas sob o queixo e se balançava na poltrona. Depois, com muita calma, começou:

— Honestamente, não sei mesmo do que você está...

— Ande, diga logo.

A interrupção era de Stern. Roche fulminou-o com os olhos.

— O senhor trate de ficar em seu posto!

Goran virou para olhar para ele. Depois olhou para Boris e Rosa também. Percebeu de imediato que todos sabiam, menos ele e Mila.

— É por isso que Boris foi tão evasivo quando perguntei o que tinha feito em seu dia de liberdade — pensou ela. E recordou o tom levemente ameaçador usado pelo colega ao falar com Roche fora da casa de Yvonne Gress, quando ele se recusou a deixá-lo entrar antes das forças especiais. A ameaça subentendia uma chantagem.

— É isso mesmo, inspetor. Conte tudo e vamos acabar com isso de uma vez — insistiu Sarah Rosa, reforçando Stern.

— Não pode mantê-lo fora disso, não é justo — acrescentou Boris, apontando para o criminologista.

Parecia que queriam se desculpar com ele por tê-lo mantido no escuro e por obedecerem a uma ordem que consideravam injusta.

Roche deixou transcorrerem mais alguns segundos, depois passeou o olhar entre Goran e Mila.

— Certo... Mas se deixarem escapar uma palavra que seja, arruíno os dois.

29

Uma tímida aurora se espalhava sobre os campos.

Iluminava apenas os perfis das colinas que se sucediam como gigantescas ondas de terra. O verde intenso dos campos livres da neve destacava-se sobre as nuvens cinzentas. Uma linha de asfalto deslizava entre os vales, dançando em harmonia com aquela ideia de movimento impressa na paisagem.

Com a testa apoiada na janela posterior do carro, Mila sentia uma calma estranha, talvez devida ao cansaço, talvez à resignação. Não importa o que descobrisse no final daquela viagem, nada mais a surpreenderia. Roche não entregou o jogo completamente. Depois de intimidar os dois, Goran e ela, a manterem a boca fechada, trancafiou-se com o criminologista para um confronto cara a cara.

Mila ficou no corredor, onde Boris explicou os motivos que levaram o inspetor-chefe Roche a deixá-los, Gavila e ela, no escuro.

— Ele efetivamente é um civil e você... Bem, você está aqui apenas como consultora, portanto...

Não havia muito mais a acrescentar. Qualquer que fosse o grande segredo que Roche tentava guardar, a situação tinha que permanecer sob controle. Portanto, era imprescindível evitar vazamentos de informações. E a única forma de fazer isso era limitá-las àqueles que estavam sob seu comando direto e que, por isso mesmo, poderiam ser intimidados.

Além daquilo, Mila não ficou sabendo de mais nada. E também não tinha feito perguntas.

Duas horas depois, a porta do gabinete de Roche se abriu e o inspetor-chefe ordenou que Boris, Stern e Rosa conduzissem Dr. Gavila ao terceiro local. Mesmo sem nomeá-la diretamente, tinha permitido que Mila participasse da expedição.

Saíram do edifício e foram para uma garagem não muito distante. Pegaram dois quatro portas com placas anônimas, que nada tinham a ver com a polícia, para evitar que os jornalistas de plantão na frente do prédio os seguissem.

Mila foi com Stern e Gavila, evitando propositalmente o carro escolhido por Sarah Rosa. Depois da tentativa de jogar areia em sua relação com Goran, não acreditava que conseguisse suportá-la e temia uma explosão de um momento para outro.

Percorreram vários quilômetros. Ela tentou dormir um pouco e, em parte, conseguiu. Quando acordou, já estavam quase chegando.

Não era uma estrada muito utilizada. Mila notou três carros escuros parados à beira da pista, cada um com dois homens a bordo.

— Sentinelas — pensou. — Colocadas para impedir a aproximação de eventuais curiosos.

Acompanharam um muro alto de tijolos vermelhos por quase 1 quilômetro, até chegarem a um pesado portão de ferro.

A estrada se interrompia ali.

Não havia campainha nem interfone. Num mastro, havia uma câmera que, assim que pararam, tratou de procurá-los com seu olho eletrônico. E parou em cima deles. Pelo menos um minuto se passou antes que o portão começasse a abrir automaticamente. A estrada continuava, desaparecendo por trás de um desnível. Não se via nenhuma casa além daquele limite. Só uma extensão de relva.

Andaram mais dez minutos antes de divisarem os espigões de uma construção antiga. A casa apareceu diante deles como se emergisse das vísceras da terra. Era imensa e austera. O estilo era típico das residências dos primeiros anos do século XX, construídas por magnatas do aço ou do petróleo para celebrar suas próprias fortunas.

Mila reconheceu o emblema de pedra que coroava a fachada. Destacava-se um enorme R em baixo-relevo.

Era a casa de Joseph B. Rockford, presidente da fundação homônima, que tinha oferecido uma recompensa de dez milhões a quem ajudasse a encontrar a sexta menina.

Passaram pela casa e foram estacionar os dois carros junto das cavalariças. Para chegar ao terceiro local, que se encontrava na margem oeste de uma propriedade de vários hectares, tinham que tomar um veículo elétrico tipo carrinho de golfe.

Mila foi no carrinho guiado por Stern, que começou a explicar quem era Joseph B. Rockford, as origens da família e de sua enorme riqueza.

A dinastia tinha se iniciado um século atrás com Joseph B. Rockford I, o avô. Contava a lenda que era o filho único de um barbeiro emigrado. Não sentindo vocação para tesouras e navalhas, vendeu a loja do pai para tentar a sorte. Na época, todos investiam na nascente indústria do petróleo, mas Rockford I teve a feliz ideia de utilizar suas economias para fundar uma empresa de perfuração de poços artesianos. Partindo do pressuposto de que o petróleo se encontra quase sempre nos locais menos hospitaleiros da terra, Rockford concluiu que aqueles homens que arriscavam a vida para enriquecer depressa logo sentiriam falta de um bem essencial: a água. A água extraída dos poços artesianos que brotavam nas redondezas das principais jazidas de ouro negro era vendida quase ao dobro do preço do petróleo.

Joseph B. Rockford I morreu milionário. Sua morte ocorreu pouco antes dos 50 anos, causada por uma forma bastante rara e fulminante de câncer no estômago.

Joseph B. Rockford II herdou do pai uma enorme fortuna, que conseguiu duplicar especulando com tudo aquilo que caísse sob seus olhos: da cânabis indiana à construção civil, da criação de gado à eletrônica. Para coroar sua ascensão, casou-se com uma rainha de concurso de beleza, que lhe deu dois filhos.

Mas pouco antes de superar o limite dos 50 anos, surgiram os primeiros sintomas do câncer no estômago que levou sua vida em menos de dois meses.

Seu filho mais novo, Joseph B. Rockford III, sucedeu-o ainda muito jovem na condução do vastíssimo império familiar. Seu primeiro e único ato de comando foi eliminar de seu nome o incômodo apêndice da numeração romana. Não tendo metas econômicas a atingir e podendo se permitir qualquer luxo, Joseph B. Rockford levava uma existência desprovida de objetivos.

A fundação homônima da família foi uma ideia de sua irmã Lara. A instituição se propunha a garantir alimentação saudável, um teto sobre a cabeça, cuidados médicos adequados e instrução às crianças menos favorecidas pela sorte do que ela e o irmão. A Fundação Rockford recebeu imediatamente a metade do patrimônio da família. Apesar da generosidade dessa disposição, segundo os cálculos de seus consultores, os Rockford teriam como viver na abundância por pelo menos um século.

Lara Rockford tinha 37 anos e aos 32 havia escapado milagrosamente de um pavoroso acidente de carro. Seu irmão Joseph tinha 49. A forma genética de câncer no estômago que destruiu primeiro o avô, depois o pai, havia se manifestado nele também 11 meses antes.

Joseph B. Rockford estava em coma há 34 dias, à espera da morte.

Mila ouviu atentamente a exposição de Stern enquanto o carrinho em que viajavam saltava sobre as asperezas do terreno, seguindo uma trilha que deve ter se formado espontaneamente naqueles dois dias, por causa da passagem ininterrupta de veículos como aquele.

Depois de cerca de meia hora, chegaram aos limites do terceiro local. Mila reconheceu de longe os operosos macacões brancos que animavam as cenas de qualquer crime. Antes mesmo de ver com os próprios olhos o novo espetáculo que Albert tinha preparado para eles, foi justamente aquela visão que mais a chocou.

Havia mais de uma centena de especialistas em ação.

Uma chuva lacrimosa se abatia sem nenhuma piedade. Abrindo caminho em meio aos funcionários que removiam grandes porções de terra, Mila sentia um certo mal-estar. À medida que os ossos eram trazidos à tona, alguém tratava de catalogá-los e colocá-los em envelopes transparentes, devidamente etiquetados e colocados, a seguir, em suas respectivas caixas.

Numa delas, Mila contou pelo menos trinta fêmures. Numa outra, dez bacias.

Stern falou com Goran.

— A menina foi encontrada mais ou menos ali...

Indicou uma área cercada, coberta de pedaços de plástico para preservá-la das intempéries. No chão destacava-se uma silhueta do corpo feita com látex. A linha branca reproduzia seus contornos. Sem o braço esquerdo.

Sabine.

— Estava deitada na grama em avançado estado de decomposição. Ficou exposta tempo demais para que os animais não farejassem sua presença.

— Quem a descobriu?

— Um dos guardas que vigiam a propriedade.

— E começaram a escavar imediatamente?

— Primeiro trouxemos os cães, mas não farejaram nada. Depois sobrevoamos a área de helicóptero para verificar se havia desigualdades na conformação do terreno. Percebemos que ao redor do ponto em que foi encontrado o corpo, a vegetação era diferente. Mostramos as fotos a um botânico, que confirmou que as variações podiam indicar alguma coisa enterrada.

Mila já tinha ouvido falar daquilo: técnicas semelhantes tinham sido usadas na Bósnia para encontrar as fossas comuns que continham as vítimas da limpeza étnica. A presença de corpos no subsolo tem efeito sobre a vegetação que nasce no local, pois o terreno se enriquece com as substâncias orgânicas derivadas da decomposição.

Goran olhou ao redor.

— Quantos serão?

— Trinta, quarenta corpos, não dá para dizer...

— Há quanto tempo estão aí embaixo?

— Encontramos ossos muito velhos, mas outros pareciam mais recentes.

— A quem pertenciam?

— Homens. Na maioria jovens, entre 16 e 22, 23 anos. A análise das arcadas dentárias confirmou vários casos.

— Coisa capaz de fazer esquecer qualquer precedente — foi o comentário do criminologista, já pensando no que poderia acontecer quando aquela história fosse divulgada. — Roche não acha que vai abafar a história, acha? Com esse mundo de gente por aqui...

— Não, o inspetor-chefe está apenas tentando adiar o anúncio até que as coisas estejam totalmente esclarecidas.

— Mesmo porque ninguém é capaz de explicar o que faz uma fossa comum no meio da bela propriedade dos Rockford — disse isso com uma ponta de indignação que não passou despercebida por ninguém. — Pois eu acho que o inspetor-chefe já tem alguma ideia... E vocês?

Stern não sabia o que responder. Tampouco Boris e Rosa.

— Stern, uma curiosidade... A descoberta ocorreu antes ou depois do oferecimento da recompensa?

— O agente admitiu com um fio de voz:

— Antes.

— Foi o que suspeitei.

Quando voltaram às cavalariças, encontraram Roche esperando por eles ao lado do carro do Departamento que o trouxe. Goran desceu do carrinho de golfe e foi a seu encontro com ar decidido.

— E então, ainda sou o responsável por essa investigação?

— Claro que sim! O que acha, que foi fácil para mim mantê-lo fora?

— Fácil não, visto que de todo modo acabei descobrindo tudo. Diria antes que foi *conveniente*.

— O que pretende dizer?

O inspetor-chefe estava começando a ficar irritado.

— Que eu já teria dado o nome certo ao responsável.

— Como faz para ter tanta certeza de sua identidade?

— Ora, se você também não tivesse pensado que Rockford é o verdadeiro artífice de tudo isso, não teria se esforçado tanto para esconder a história.

Roche tomou-o pelo braço.

— Ouça, Goran, você pensa que a decisão é só minha. Mas não é assim, pode acreditar. São tantas as pressões lá de cima que você nem imagina.

— O que está tentando descobrir? Quanta gente está envolvida nesse horror?

Roche virou para indicar ao motorista que se afastasse. Depois dirigiu-se novamente ao esquadrão.

— Está bem, vamos esclarecer tudo de uma vez por todas... Tenho vontade de vomitar só de pensar nessa história. E nem preciso ameaçá-los para que fiquem de bico calado, pois se deixarem escapar uma única palavra que seja, vão perder tudo o que têm num segundo: a carreira, a aposentadoria... E eu com vocês.

— Já entendemos. E então, o que está por baixo disso? — pressionou Goran.

— Joseph B. Rockford nunca deixou este lugar e esta casa desde o seu nascimento.

— Como assim? — perguntou Boris. — Nunca?

— Nunca — confirmou Roche. — Parece que no início era uma fixação da mãe, uma ex-miss. Alimentou-o com um amor doentio, impedindo-o de viver a infância e a adolescência normalmente.

— Mas quando ela morreu... — tentou objetar Sarah Rosa.

— Quando morreu já era tarde demais: o rapaz não tinha condições de estabelecer o mínimo contato humano. Tinha vivido até então cercado apenas de gente subserviente, empregados da família. Além disso, pairava sobre ele a maldição dos Rockford, ou seja, o fato de que todos os herdeiros homens morriam por volta dos 50 anos de câncer no estômago.

— Talvez a mãe tentasse inconscientemente salvá-lo desse destino — conjecturou Goran.

— E a irmã? — perguntou Mila.

— Uma rebelde — definiu Roche. — Mais nova que ele, foi capaz de escapar a tempo das fixações da mãe. Depois, fez o que quis da própria vida: viajou o mundo inteiro, dilapidando seus bens, consumindo-se nas relações mais absurdas, experimentando todo tipo de droga e vivendo todo tipo de experiência. Tudo isso para ser diferente do irmão, que ficou prisioneiro desse lugar... Até que o acidente de carro de cinco anos atrás praticamente a obrigou a viver trancada junto com ele nessa casa.

— Joseph B. Rockford era homossexual — disse Goran.

E Roche confirmou:

— Era... os cadáveres encontrados nas fossas também dizem isso. Todos na flor da idade.

— Por que matá-los, então? — perguntou Sarah Rosa.

Quem respondeu foi Goran. Já tinha visto acontecer outras vezes.

— O inspetor-chefe pode me corrigir quando estiver errado, mas acho que Rockford não aceitava ser como era. Ou talvez alguém tenha descoberto suas preferências sexuais quando ainda era muito jovem e não o tenha perdoado por isso.

Todos pensaram na mãe, mas ninguém disse seu nome.

— Assim, cada vez que repetia o ato, experimentava uma grande sensação de culpa. Mas em vez de se punir, punia seus amantes... com a morte — concluiu Mila.

— Os cadáveres estão aí e ele não saiu daqui — disse Goran. Portanto, matou-os aqui mesmo. Será possível que ninguém — a criadagem, os jardineiros, os guardas — tenha percebido nada?

Roche tinha a resposta, mas deixou que a deduzissem sozinhos.

— Não posso acreditar — afirmou Boris. — Ele os subornou!

— Comprou seu silêncio durante todos esses anos — acrescentou Stern, enojado.

— Quanto custa a alma de um homem? — pensou Mila. Porque, no fundo, era exatamente disso que se tratava. Já é difícil de admitir que um homem descubra a própria maldade e só sinta prazer com o assassinato de seus semelhantes. Há um nome para ele: assassino ou serial killer. Mas e os outros, os que o cercam, os que não impediram e que, ao contrário, tiraram vantagem de tudo isso? Como podem ser definidos?

— Como será que encontrava os rapazes? — perguntou Goran.

— Ainda não sabemos. Pedimos um mandado de prisão contra seu secretário particular que, desde que descobriram o corpo da menina, desapareceu sem deixar vestígios.

— E o que vão fazer com o resto do pessoal?

— Estão em liberdade restrita até que fique esclarecido se receberam dinheiro ou não e o que sabiam do assunto.

— Rockford não se limitou a corromper os que o cercavam, não é?

Goran tinha lido os pensamentos de Roche, que admitiu:

— Alguns anos atrás, um policial suspeitou: estava investigando o desaparecimento de um adolescente que fugiu de casa e assaltou um armazém. Suas pistas o trouxeram até aqui. Mas então, Rockford falou com amigos poderosos e o agente foi transferido... Outra vez, um casal se afastou pela estrada que costeia a cerca da propriedade e viu alguém que saltava o muro: era um rapaz seminu, ferido numa perna, em estado de choque. Levaram-no para o hospital em seu carro, mas ele só permaneceu lá algumas horas: alguém veio pegá-lo dizendo que era da polícia. Desde então, nunca mais se soube dele. Os médicos e enfermeiras foram silenciados com lautas gorjetas. Os dois que formavam o casal eram amantes, de forma que bastou ameaçar contar tudo para os respectivos cônjuges.

— É terrível — disse Mila.

— Eu sei.

— E o que sabemos sobre a irmã?

— Acho que Lara Rockford não anda nada bem da cabeça. O acidente de carro a deixou realmente muito mal. Aconteceu não muito longe daqui. Fez tudo sozinha: saiu da estrada e bateu num carvalho.

— De todo modo, precisamos falar com ela. E com Rockford também — afirmou Goran. — Provavelmente, esse homem sabe quem é Albert.

— E como é que vai falar com ele? Está em coma irreversível!

— Ele nos passou para trás com esse câncer! — Boris era uma máscara de raiva. — Além de não poder nos ajudar, não vai passar um único dia na prisão pelo que fez!

— Oh, não! Está enganado — disse Roche. — Se o inferno existe, é lá que ele está sendo esperado. Só que está indo bem lenta e dolorosamente: é alérgico à morfina, o desgraçado, portanto não pode ser sedado.

— E por que está sendo mantido vivo?

Roche sorriu ironicamente, levantando as sobrancelhas:

— É o desejo de sua irmã.

*

O interior da residência dos Rockford fazia pensar intencionalmente num castelo. Os mármores negros dominavam a arquitetura dos ambientes e seus veios absorviam toda a luz. Pesadas cortinas de veludo escureciam as janelas. A maioria dos quadros e tapetes reproduziam cenas bucólicas ou de caça. Do teto, pendia um enorme lustre de cristal.

Mila teve uma sensação de frio intenso assim que ultrapassou a soleira da porta. Por mais luxuosa que fosse, aquela casa era dominada por uma atmosfera decadente. Prestando muita atenção, dava para ouvir o eco de silêncios passados, sedimentados no tempo até constituírem aquela calma granítica e opressiva.

Lara Rockford tinha “concordado em recebê-los”. Sabia muito bem que não podia se recusar, mas responder com aquela frase indicava bem que tipo de pessoa teriam pela frente.

Esperava por eles na biblioteca. Mila, Goran e Boris a interrogariam.

Mila a viu de perfil, sentada num sofá de couro, o braço descrevendo uma curva elegante enquanto levava um cigarro aos lábios. Era belíssima. A distância, todos ficaram impressionados com a leve curva da fronte, descendo ao longo de um nariz delicado até a boca carnuda. O olho de um verde intenso, magnético, emoldurado por cílios muito longos.

Mas quando chegaram mais perto e ficaram de frente para ela, perderam-se na visão da outra metade do rosto, devastada por uma enorme cicatriz que, partindo do início dos cabelos, seguia escavando sua testa para mergulhar em seguida numa órbita vazia e descer como o caminho de uma lágrima para terminar sob o queixo.

Mila também percebeu a perna rígida, que nem a outra, cruzada sobre ela, conseguia disfarçar completamente. A seu lado, Lara tinha um livro. A capa estava voltada para baixo e não dava para ver nem o título nem o autor.

— Bom dia — cumprimentou. — A que devo a honra de sua visita?

Não os convidou a sentar. Ficaram de pé no enorme tapete que cobria quase a metade da sala.

— Queríamos fazer algumas perguntas — disse Goran. — Se for possível, naturalmente...

— Por favor, estou ouvindo.

Lara Rockford apagou o que restava de seu cigarro num cinzeiro de alabastro. E pegou outro no maço que estava em seu colo, dentro de uma caixa de couro, junto com um isqueiro de ouro. Enquanto acendia o cigarro, os dedos finos tremeram imperceptivelmente.

— Foi a senhora quem ofereceu a recompensa de 10 milhões a quem ajudasse a encontrar a sexta menina? — perguntou Goran.

— Creio que era o mínimo que podia fazer.

Ela os estava desafiando no terreno da verdade. Talvez quisesse perturbá-los, talvez fosse simplesmente em razão de seu singular anticonformismo, que contrastava nitidamente com a austeridade da casa escolhida como refúgio.

Goran resolveu aceitar o desafio.

— Sabia a respeito de seu irmão?

— Todos sabiam. Todos se calaram.

— E por que agora não?

— O que pretende dizer?

— O guarda que encontrou o corpo da menina: imagino que também estivesse na folha de pagamento...

Mila intuiu o que Goran já tinha entendido, ou seja, que Lara poderia muito bem ter abafado toda aquela história. Mas não quis.

— Acredita na existência da alma?

Enquanto perguntava isso, Lara acariciou o perfil do livro que estava a seu lado.

— E a senhora?

— Tenho pensado nisso há algum tempo...

— É por isso que não permite que os médicos desliguem seu irmão das máquinas que ainda o mantêm em vida?

A mulher não respondeu de imediato. Ergueu os olhos para o teto. Joseph B. Rockford estava no andar de cima, na cama em que dormia desde criança. Seu quarto tinha sido transformado num centro de terapia intensiva digno dos mais modernos hospitais. Estava ligado a máquinas que respiravam por ele, que o alimentavam de medicamentos e de líquidos, limpavam seu sangue e liberavam suas vísceras.

— Não me entendam mal: eu *quero* que meu irmão morra.

Parecia sincera.

— Provavelmente o seu irmão conheceu o homem que sequestrou e matou as cinco meninas e que mantém a sexta prisioneira. Não imagina quem possa ser...

Lara virou seu único olho para Goran: finalmente olhava para ele de frente. Ou melhor, permitia ostensivamente que a olhasse.

— Talvez fosse alguém da criadagem. Alguém entre os que estão aqui agora ou que estiveram no passado. Deveriam verificar.

— Já estamos verificando, mas temo que o homem que buscamos seja esperto demais para nos fazer semelhante favor.

—- Como já devem ter entendido, nessa casa só entrava gente que Joseph pudesse pagar. Contratados e assalariados: todos sob seu controle. Nunca vi nenhum estranho.

— E os rapazes, costumava vê-los? — perguntou Mila num impulso.

A mulher demorou um longo instante antes de responder.

— Também eram pagos. De vez em quando, sobretudo nos últimos tempos, divertia-se em propor uma espécie de contrato em que eles vendiam a própria alma. Pensavam que era uma brincadeira, um jogo para arrancar mais dinheiro de um bilionário maluco. E assinavam. Todos eles. Encontrei alguns pergaminhos no cofre do gabinete. As assinaturas são bem legíveis, embora tenham sido feitas com algo que não é propriamente tinta.

Riu de sua macabra alusão, mas era uma risada estranha, que perturbou Mila. Brotava lá do fundo, como se tivesse sido macerada longamente nos pulmões antes de explodir. Era rouca de nicotina, mas também de dor. Depois pegou o livro colocado a seu lado.

Era o *Fausto*.

Mila deu um passo em sua direção.

— Tem algo contra interrogarmos seu irmão?

Goran e Boris olharam para ela como se tivesse perdido o juízo.

Lara riu de novo.

— E como pensa fazer isso? Está mais morto que vivo! — depois ficou séria e disse:

— É tarde demais.

Mas Mila insistiu:

— Permita que tentemos.

30

À primeira vista, Nicla Papakidis parecia uma mulher frágil.

Talvez porque fosse de baixa estatura e com quadris desproporcionais. Talvez por causa dos olhos que encerravam uma alegria triste, que lembravam uma canção de um musical com Fred Astaire ou uma foto da festa de um velho réveillon, ou ainda o último dia do verão.

Mas ao contrário, era uma mulher muito forte.

Construiu sua força pouco a pouco, em anos de pequenas e grandes adversidades. Nasceu numa cidadezinha, primeira de sete filhos, única mulher. Só tinha 11 anos quando a mãe morreu. Desde então, coube a ela dirigir a casa, cuidar do pai e criar os irmãos. Conseguiu que todos tivessem um diploma, para que pudessem ter um emprego digno. Graças ao dinheiro economizado com renúncias obstinadas e poupanças domésticas, nunca deixou que faltasse nada. Viu cada um deles se casar com ótimas moças, construir suas casas e dar à luz cerca de vinte sobrinhos, que eram sua alegria e seu orgulho. Quando até o irmão menor tinha deixado o teto paterno, ela ficou para cuidar do pai em sua velhice, recusando-se a colocá-lo num asilo. Para que isso não pesasse sobre os irmãos e cunhadas, dizia sempre:

— Não se preocupem comigo. Vocês têm suas famílias, eu sou sozinha. Não é um sacrifício.

Deu assistência ao pai até quando ele já tinha passado dos 90 anos, tratando-o como um recém-nascido. Quando morreu, decidiu reunir os irmãos.

— Tenho 47 anos e agora acho que não vou me casar mais. Nunca terei filhos meus, mas meus sobrinhos são como filhos e isso me basta. Agradeço o convite de cada um de vocês para que fosse viver em sua casa, mas já tomei minha decisão há anos, embora só esteja revelando agora. Não vamos nos rever mais, caros irmãos...! Resolvi dedicar minha vida a Jesus: de amanhã em diante irei para um convento em regime de clausura até o fim de meus dias.

— Então é freira! — disse Boris que, enquanto dirigia, ouvia em silêncio a história que Mila tinha acabado de contar.

— Nicla não é apenas uma freira. É muito mais.

— Ainda não consigo acreditar que tenha convencido Gavila a aceitar. E sobretudo que, em seguida, ele tenha convencido Roche!

— É apenas uma tentativa, o que temos a perder? Além do mais, considero que Nicla é a pessoa certa para manter segredo sobre essa história.

— Ah, isso é claro!

No banco de trás havia uma caixa com um grande laço vermelho.

— Os chocolates são a única fraqueza de Nicla — tinha dito Mila quando pediu que parasse numa confeitaria.

— Mas se é uma freira enclausurada, não pode vir conosco.

— Bem, na verdade a história é um pouco mais complicada...

— Como assim?

— Nicla passou só alguns anos no convento. Quando descobriram o que sabia fazer, mandaram-na de volta para o mundo.

Chegaram um pouco depois de meio-dia. Naquela parte da cidade imperava o caos. Ao barulho do trânsito misturavam-se as músicas dos estéreos, os gritos de brigas que vinham das casas, além dos sons ligados a atividades mais ou menos lícitas que se desenrolavam nas ruas. As pessoas que moravam ali nunca saíam. O centro — a apenas alguns estações de metrô — com seus restaurantes de luxo, butiques e salões de chá era para eles quase tão distante quanto poderia ser o planeta Marte.

Nascia-se e morria-se em bairros como aqueles, e ninguém nunca saía de lá.

O GPS do carro em que viajavam tinha parado de dar informações logo depois do trevo da rodovia. As únicas indicações na rua eram fornecidas por cartazes que assinalavam os limites dos territórios das gangues.

Boris dobrou numa rua lateral, que terminava num beco sem saída. Há alguns minutos, havia percebido um carro no seu encalço, encarregado de acompanhar seus movimentos. O fato de um automóvel com dois policiais estar rodeando a área não passou despercebido às sentinelas que vigiavam cada esquina daquele bairro.

— Basta prosseguir muito lentamente e manter as mãos bem à vista — disse Mila, que já tinha estado naquele lugar outras vezes.

O edifício para o qual se dirigiam encontrava-se no final do beco. Estacionaram no meio das carcaças de dois carros queimados. Desceram e Boris começou a olhar ao redor. Estava prestes a acionar o telecomando da tranca do carro, quando Mila o deteve.

— Não faça isso. E deixe a chaves no carro. Eles seriam capazes de arrombar a porta só para nos afrontar.

— Desculpe, mas o que vai impedi-los de levar o meu carro?

Mila passou para o lado do motorista, remexeu no bolso e tirou um rosário de plástico vermelho. Enrolou-o no espelho retrovisor.

— É o melhor antifurto por aqui.

Boris olhou para ela perplexo. Depois, seguiu-a em direção ao edifício.

O cartaz de papelão na entrada dizia: "A fila para o almoço começa à 1h". E como nem todos os destinatários da mensagem sabiam ler, havia também um desenho com os ponteiros de um relógio sobre um prato fumegante.

O cheiro era um misto de cozinha e desinfetante. No saguão, havia algumas cadeiras de plástico desemparelhadas ao redor de uma mesinha com revistas em cima. Também se viam prospectos informativos sobre diversos temas, da prevenção da cárie nas crianças ao modos de evitar doenças venéreas. O objetivo era fazer com que o local se parecesse com uma sala de espera. Na parede, havia notícias e folhetos diversos que transbordavam de um quadro de avisos. Vozes ecoavam de um ponto a outro dos ambientes, sem que desse para entender exatamente de onde vinham.

Mila puxou Boris pela manga.

— Vamos, é no andar de cima.

Começaram a subir. Não havia um só degrau em bom estado e o corrimão balançava perigosamente.

— Mas que diabo de lugar é esse? — Boris evitava tocar qualquer coisa por medo de algum contágio. Continuou a reclamar até que chegaram ao patamar.

Diante de uma porta envidraçada estava uma moça de cerca de 20 anos, muito bonita. Estava entregando um frasco de remédio a um velho, vestido em farrapos, que cheirava a álcool e suor azedo.

— Tem que tomar todo dia, entendeu?

A moça não dava a impressão de se sentir incomodada pelo fedor. Falava com doçura e em voz alta, escandindo as sílabas, como se costuma fazer com crianças. O velho concordava, mas não parecia muito convencido.

E a moça insistia:

— É muito importante: não pode esquecer nunca. Senão vai acabar como da outra vez, quando chegou aqui quase morto.

Depois pegou um lenço no bolso e amarrou em seu pulso.

— Assim não vai esquecer.

O homem sorriu, feliz. Pegou o frasco e partiu, continuando a admirar o presente em seu braço.

— Em que posso ajudá-los? — perguntou a moça.

— Estamos procurando Nicla Papakidis — disse Mila.

Boris fitava a moça encantado, repentinamente esquecido de todas as lamentações que choramingou pelas escadas.

— Acho que é o último quarto no fundo — disse ela, indicando o corredor às suas costas.

Quando passaram a seu lado, o olhar de Boris desceu para explorar seu decote e topou com a cruz dourada que a moça usava no pescoço.

— Mas é uma...

— É — respondeu Mila, tentando não rir.

— Que pena....

Percorrendo o corredor, puderam ver os vários quartos aos quais dava acesso. Leitos de aço, padiolas ou apenas cadeiras de roda. Todos os lugares estavam ocupados por farrapos humanos, jovens e velhos, sem distinções. Eram doentes de Aids, toxicodependentes e alcoólatras com o fígado reduzido a pasta, ou simplesmente velhos doentes.

Só tinham duas coisas em comum. O olhar cansado e a consciência de terem vivido uma vida de erros. Nenhum hospital os receberia naquelas condições. E provavelmente não tinham uma família para cuidar deles. Ou, se tinham, haviam sido banidos.

Vinham àquele lugar para morrer. Essa era a característica do local. Nicla Papakidis o chamava de "Porto".

— É mesmo um lindo dia, Nora.

A freira penteava cuidadosamente os longos cabelos brancos de uma velhinha deitada no leito voltado para a janela e acompanhava seus gestos com palavras tranquilizadoras.

— Hoje de manhã, passando pelo parque, deixei umas migalhas para os passarinhos. Com toda essa neve, eles ficam o tempo todo no ninho, esquentando uns aos outros.

Mila bateu na porta que já estava aberta. Nicla virou e, quando a viu, seu rosto se iluminou.

— A minha pequena — disse, vindo abraçá-la. — Quem bom vê-la de novo.

Usava um suéter azulão com as mangas arregaçadas até os cotovelos, porque estava sempre com calor, uma saia preta que cobria os joelhos e calçava tênis. Seus cabelos eram grisalhos e curtos. A pele alva valorizava os olhos intensamente azuis. O conjunto transmitia uma ideia de candura e limpeza. Boris notou que usava um rosário vermelho no pescoço, igual ao que Mila tinha enrolado no espelho do carro.

— Quero lhe apresentar Boris, um colega.

Boris deu um passo adiante, meio embaraçado:

— Prazer.

— Acabou de encontrar com a irmã Mery, não? — perguntou Nicla, apertando sua mão.

Boris enrubesceu.

— Realmente...

— Não se preocupe, ela causa esse efeito a muitos... — em seguida, a mulher voltou a olhar para Mila: — Mas o que a trouxe ao Porto, querida?

Ficou séria.

— Deve ter ouvido falar do caso das meninas desaparecidas.

— Rezamos por elas todas as noites. Mas os noticiários não dizem grande coisa.

— E eu também não posso dizer.

Nicla encarou-a:

— Veio por causa da sexta, não?

— O que pode me dizer sobre ela?

Nicla suspirou.

— Estou tentando estabelecer um contato. Mas não é fácil. Meu dom já não é o que era: enfraqueceu muito. Deveria estar contente: se perdesse totalmente o dom, permitiriam que voltasse para o convento com minhas queridas irmãs.

Nicla Papakidis não gostava de ser definida como uma médium. Dizia que não era a palavra certa para definir um "dom de Deus". Não se sentia especial. Seu talento, sim. Ela era apenas o meio escolhido por Deus para carregá-lo e usá-lo para o bem dos outros.

Entre as muitas histórias que tinha contando a Boris quando se encaminhavam para o Porto, Mila falou da época em que descobriu que tinha capacidades sensoriais superiores.

— Já era famosa aos 6 anos, porque conseguia encontrar objetos perdidos: alianças nupciais, chaves de casa, testamentos muito bem escondidos pelos finados... Certa tarde, o chefe da polícia local apresentou-se em sua casa: um menino de 5 anos tinha se perdido e a mãe estava desesperada. Foi levada até a mãe, que implorou para que encontrasse seu filho. Nicla olhou para ela por um momento e disse: "Essa mulher está mentindo. Ela mesma sepultou o menino na horta atrás de casa." E o corpo foi encontrado exatamente lá.

Boris ficou muito perturbado com aquela história. Talvez por isso tenha se sentado um pouco afastado, deixando que Mila conversasse com a freira.

— Quero lhe pedir algo um pouco fora do comum — disse a policial. — Preciso que venha comigo a um lugar e que tente fazer contato com um homem que está morrendo.

Mila tinha usado os favores de Nicla muitas vezes no passado. E muitas vezes a solução dos casos se devia à sua intervenção.

— Minha menina, não posso sair daqui: precisam de mim o tempo todo.

— Eu sei, mas não posso deixar de insistir. É a única esperança que temos de salvar a sexta menina.

— Como eu disse, não tenho mais muita certeza de que meu dom funcione.

— Pensei em você também por um outro motivo... Há uma bela quantia à disposição de quem fornecer informações úteis para encontrar a menina.

— Ouvi dizer. Mas para que ia querer dez milhões?

Mila olhou ao redor, como se fosse natural pensar no uso do dinheiro da recompensa para reformar o local.

— Pode acreditar em mim: quando ouvir toda a história, verá que seria o melhor emprego possível para esse dinheiro. E então, o que me diz?

— Vera vem me visitar hoje.

Quem tinha falado era a senhora no leito. Até o momento, tinha estado muda e imóvel, olhando pela janela.

Nicla se aproximou:

— Claro, Nora, Vera vai passar mais tarde.

— Ela prometeu.

— Sim, eu sei. Prometeu e vai cumprir, você vai ver.

— Mas aquele rapaz está sentado na cadeira dela — disse, indicando Boris, que logo fez menção de levantar.

Mas Nicla o deteve:

— Fique. — Em seguida, em voz baixa: — Vera era sua irmã gêmea. Morreu há setenta anos, quando ainda eram crianças.

A irmã viu que Boris empalideceu e caiu na risada:

— Não, agente, não sou capaz de falar com o além. Mas Nora gosta de ouvir dizer que a irmã virá visitá-la.

Era o efeito das histórias contadas por Mila, e Boris se sentiu um perfeito idiota.

— E então, você vem? — insistiu Mila. — Prometo que alguém vai trazê-la de volta antes do anoitecer.

Nicla Papakidis pensou mais um pouco.

— Trouxe algo para mim?

Um sorriso se abriu no rosto de Mila.

— Os chocolates estão no carro esperando por você.

Nicla concordou satisfeita, depois ficou séria. — O que vou descobrir naquele homem não será agradável, não é?

— Tenho quase certeza que não.

Nicla apertou o rosário que trazia no pescoço.

— Está certo, vamos.

A tendência instintiva a dar formas familiares a imagens desordenadas se chama pareidolia. Nas nuvens, nas constelações ou mesmo nos flocos de aveia que boiam numa xícara de leite.

Do mesmo modo, Nicla Papakidis via coisas aflorarem dentro de si. Não as definia como visões. E além do mais, gostava da palavra *pareidolia*, pois — assim como ela — tinha origem grega.

Explicou isso a Boris enquanto, sentada no banco de trás, comia um chocolatinho depois do outro. O que espantava o policial não era a história da freira, mas o fato de ter encontrado o carro exatamente em seu lugar e sem um arranhão naquele bairro mal-afamado.

— Por que é chamado de Porto?

— Depende daquilo em que você acredita, agente Boris. Alguns nos veem apenas como um ponto de chegada. Outros, de partida.

— E a senhora?

— Ambos.

No começo da tarde, a propriedade dos Rockford apareceu em seu campo de visão.

Diante da casa, Goran e Stern esperavam por eles. Sarah Rosa estava no andar de cima, acertando as coisas com a equipe médica que cuidava do moribundo.

— Chegaram bem em tempo — disse Stern. — A situação piorou hoje de manhã. Os médicos estão certos de que é questão de horas.

Enquanto se preparavam, Gavila se apresentou a Nicla e explicou o que teria de fazer, sem conseguir esconder, no entanto, todo o seu ceticismo. Em outras ocasiões, tinha visto todo tipo de médiuns em ação, dando sua contribuição à justiça. Muitas vezes sua intervenção dava em nada ou servia apenas para turvar as investigações, criando falsas pistas e expectativas inúteis.

A freira não se surpreendeu com a dúvida do criminologista, já tinha visto aquela expressão de incredulidade nos rostos das pessoas.

Stern, religioso como era, não conseguia se convencer do dom de Nicla. Para ele, era apenas charlatanismo. Mas o fato de que era praticado justamente por uma freira o confundia:

— Pelo menos não faz isso por dinheiro — disse pouco antes a uma Sarah Rosa ainda mais cética que ele.

— Gostei do criminologista — confidenciou Nicla a meia-voz, encaminhando-se com Mila para o segundo andar. — É desconfiado e não tenta esconder isso.

Aquele comentário não era fruto de seu dom. Mila compreendeu que partia de seu coração. Ouvindo aquelas palavras de uma amiga tão querida, sentiu um impulso de gratidão. Aquela afirmação varria todas as dúvidas que Sarah Rosa tinha tentado semear em relação a Goran.

O quarto de Joseph B. Rockford ficava no final de um longo corredor revestido de tapetes.

As grandes janelas voltavam-se para o leste, para o sol nascente. Dos balcões, era possível desfrutar a vista dos vales subjacentes.

O leito coberto com um dossel ficava no centro do quarto. Ao redor, as aparelhagens médicas acompanhavam as últimas horas do bilionário. Revelaram um tempo mecânico, feito de bips produzidos pelo monitor cardíaco, de sopros e baforadas do respirador, de gotejamentos ritmados e de um grave e contínuo murmúrio elétrico.

Rockford tinha o busto erguido por vários travesseiros, os braços apoiados ao longo do corpo sobre a colcha bordada e os olhos fechados. Usava um pijama de seda crua, cor-de-rosa pálido, aberto na gola, onde se via o orifício da intubação endotraqueal. Os cabelos ralos eram branquíssimos. O rosto ao redor de um nariz aquilino parecia escavado e o resto do corpo era apenas um relevo sob as cobertas. Parecia um centenário, embora tivesse apenas 50 anos.

Naquele momento, uma enfermeira estava medicando o ferimento no pescoço, trocando a gaze ao redor do bocal que permitia que respirasse. De todo o pessoal que se alternava em torno do leito, 24 horas por dia, só o médico particular e sua assistente tinham recebido permissão para presenciar o que ia acontecer.

Quando os membros do esquadrão atravessaram a soleira da porta, encontraram o olhar de Lara Rockford, que não perderia aquela cena por nada nesse mundo. Estava sentada numa poltrona um pouco afastada e fumava a despeito de qualquer regra de higiene. Quando a enfermeira observou que talvez não devesse fazê-lo, vistas as condições críticas do irmão, a mulher respondeu simplesmente:

— Com certeza já não pode lhe fazer mal.

Nicla avançou com segurança até o leito, observando a cena daquela agonia privilegiada. Um fim de vida tão diferente daqueles miseráveis e obscenamente expostos que via cotidianamente no Porto. Quando chegou perto de Joseph B. Rockford, fez o sinal da cruz. Depois, dirigiu-se a Goran, dizendo:

— Podemos começar.

Não poderiam verbalizar o que estava para acontecer. Nenhum júri levaria em consideração um elemento de prova semelhante. E também não era o caso de levar o experimento ao conhecimento da imprensa. Tudo devia permanecer entre aquelas paredes.

Boris e Stern tomaram lugar, em pé ao lado da porta fechada. Sarah Rosa ficou num canto e se apoiou na parede com os braços cruzados no peito. Nicla posicionou-se numa cadeira ao lado do dossel. Mila sentou a seu lado. Do lado oposto estava Goran, que queria observar tanto a freira quanto Rockford.

A médium começou a se concentrar.

Os médicos usam a Escala de Glasgow para avaliar o coma do paciente. Através de três provas simples — resposta verbal, abertura dos olhos e reação motora — é possível estabelecer o grau de comprometimento da função neurológica.

O recurso à figura da *escala* como referência para o estado de coma não é casual, pois é justamente como se o paciente fosse descendo um degrau após o outro à medida que seu estado de consciência se degrada, até o esgotamento.

À exceção dos testemunhos de quem consegue despertar desse status — sobre a percepção consciente do mundo ao redor e a condição de calma desprovida de sofrimento em que a pessoa flutua —, não se sabe muito sobre o que realmente acontece naquele intervalo entre a vida e a morte. Acrescente-se a isso o fato de que aqueles que despertam de um coma desceram no máximo dois ou três degraus da escala. Alguns neurologistas suspeitam de que existem pelo menos cem.

Mila não sabia onde Joseph B. Rockford se encontrava naquele momento. Talvez estivesse ali com eles e talvez até pudesse ouvi-los. Ou talvez já tivesse descido o suficiente para livrar-se dos próprios fantasmas.

De uma coisa, porém, estava certa: Nicla teria que mergulhar num abismo profundo e insidioso para encontrá-lo.

— Sim, estou começando a ouvir algo...

Nicla mantinha as mãos apoiadas nos joelhos. Mila percebeu que seus dedos começaram a se encolher de tensão.

— Joseph ainda está aqui — anunciou a médium. — Está muito... distante. Mas ainda consegue perceber algo do lado de cá...

Sarah Rosa trocou um olhar cético com Boris. Ele deixou escapar um meio sorriso embaraçado que logo conseguiu reprimir.

— Está muito inquieto. Irritado... Não suporta ter que estar aqui ainda... Queria partir, mas não consegue: alguma coisa o prende... O cheiro o incomoda.

— Que cheiro? — perguntou Mila.

— De flores murchas. Disse que é intolerável.

Farejaram o ar em busca de uma confirmação para aquelas palavras, mas só sentiram um perfume agradável: no parapeito diante da janela havia um grande vaso com flores frescas.

— Tente fazê-lo falar, Nicla.

— Acho que não quer... Não, não quer falar comigo...

— Precisa convencê-lo.

— *Sinto muito...*

— O quê?

Mas a médium não terminou a frase. Disse entretanto:

— Acho que quer me mostrar algo... Sim, é isso... Está me mostrando um quarto... Esse quarto. Mas nós não estamos lá. Nem as máquinas que o mantêm em vida agora... — Nicla enrijeceu-se: Tem alguém com ele.

— Quem é?

— Uma mulher, muito bonita... Acho que é sua mãe.

Com o canto do olho, Mila viu que Lara Rockford se agitava na poltrona, acendendo o enésimo cigarro.

— O que está fazendo?

— Joseph é muito pequeno... Está em seus joelhos e ela está lhe dizendo algo... Avisa que precisa ter cuidado... está dizendo que o mundo lá fora só pode lhe fazer mal. Se ficar aqui, ao contrário, estará sempre seguro... Promete protegê-lo, tomar conta dele e não deixá-lo nunca...

Goran e Mila se olharam. A prisão dourada de Joseph tinha começado assim, com sua mãe tratando de afastá-lo do mundo.

— Está dizendo que entre todos os perigos do mundo, as mulheres são o pior... Lá fora está cheio de mulheres que querem lhe tirar tudo... Mulheres que só vão amá-lo pelo que possui... que vão enganá-lo e se aproveitar dele... — em seguida, a freira repetiu mais uma vez: — Sinto muito...

Mila olhou para Goran de novo. Naquela manhã, diante de Roche, o criminologista tinha afirmado com segurança que a origem do ódio de Rockford — aquele que, com o tempo, iria transformá-lo num homicida em série — estava no fato de que ele não se aceitava tal como era. Porque alguém, muito provavelmente a mãe, acabou descobrindo suas preferências sexuais e nunca o perdoou por isso. Matar o parceiro era uma forma de apagar a culpa.

Mas, evidente, Goran estava enganado.

A narrativa da médium desmentia em parte a sua teoria. A homossexualidade de Joseph podia facilmente ser ligada às fobias da mãe. Talvez soubesse tudo sobre o filho sem dizer nada.

Mas por que Joseph matava os parceiros?

— Não me dava permissão nem para convidar uma amiga...

Todos se viraram para Lara Rockford. A jovem mulher apertava o cigarro entre os dedos trêmulos e falava com os olhos baixos.

— Era a mãe quem trazia os rapazes para ele — disse Goran.

E ela confirmou:

— Era. E pagava.

As lágrimas começaram a correr do único olho são, transformando seu rosto numa máscara ainda mais grotesca.

— Minha mãe me odiava.

— Por quê? — pressionou o criminologista.

— Porque eu era mulher.

— *Sinto muito...* — disse Nicla de novo.

— Cale-se! — gritou Lara, dirigindo-se ao irmão.

— *Sinto muito, maninha...*

— Calado!

Gritou com raiva, levantando-se. Seu queixo tremia.

— Não podem nem imaginar. Não sabem o que significa se virar e encontrar aqueles olhos em cima de você. Um olhar que a segue aonde for e que você sabe o que significa. Mesmo que não queira admitir, porque só a ideia já lhe faz mal. Acho que ele estava tentando entender... porque se sentia atraído por mim.

Nicla continuava em transe, sacudida por um forte tremor, enquanto Mila segurava sua mão.

— Foi por isso que saiu de casa, não? — Goran fitou Lara Rockford com a intenção de obter aquela resposta a qualquer custo. — Foi então que ele começou a matar...

— Sim, acho que foi isso.

— Mas depois voltou, há cinco anos...

Lara Rockford riu.

— Não sabia de nada. Ele me enganou, dizendo que se sentia sozinho e abandonado por todos. Que eu era sua irmã, que me amava e que por isso tínhamos que fazer as pazes. Que todo o resto era apenas uma fixação minha. Acreditei. Quando cheguei, comportou-se normalmente nos primeiros dias: era doce, afetuoso, cuidava de mim. Não parecia aquele Joseph que conheci quando era pequena. Até que...

Riu de novo. E, mais que as palavras, aquela risada descreveu toda a violência sofrida.

— Não foi um acidente de carro que a deixou assim — insinuou Goran.

Lara confirmou com a cabeça.

— Assim ele poderia ter certeza de que nunca mais iria embora.

Sentiram uma pena enorme daquela jovem, prisioneira não da casa, mas da própria aparência.

— Desculpem — disse, dirigindo-se depois até a porta, arrastando a perna aleijada em seu passo capenga.

Stern e Boris afastaram-se para deixá-la passar. Depois olharam de novo para Goran, à espera de que tomasse uma decisão.

Ele falou com Nicla.

— É capaz de continuar?

— Sou — disse a freira, embora seu cansaço e o esforço que fazia fossem evidentes.

A pergunta seguinte era a mais importante de todas. Não teriam outra oportunidade de fazê-la. Daquela resposta dependia não apenas a sobrevivência da sexta menina, mas também a deles. Se não conseguissem encontrar o sentido do que estava ocorrendo naqueles dias, carregariam para sempre as marcas daquela história, como uma danação.

— Nicla, pergunte a Joseph quando foi que encontrou o homem que era igual a ele...

31

De noite, dava para ouvi-la gritar.

Eram as enxaquecas que não lhe davam paz e não a deixavam dormir. Nem a morfina conseguia mais acalmar as pontadas repentinas. Agitava-se na cama e gritava até perder a voz. A beleza de outrora, que tentou preservar com tantos cuidados da erosão inexorável dos anos, tinha desaparecido totalmente. E tinha se tornado vulgar. Ela que sempre tinha sido tão atenta às palavras, tão contida, tornou-se desbocada e fantasiosa em suas blasfêmias. Tinha uma para cada um. Para seu marido, por ter morrido muito cedo. Para a filha, por ter fugido. E para aquele Deus que permitiu que ficasse daquele jeito.

Só ele conseguia acalmá-la.

Ia até seu quarto e amarrava suas mãos à cama com lenços de seda, para que não se machucasse. Já tinha arrancado os cabelos e tinha o rosto estriado de sangue pisado de todas as vezes em que enfiou as unhas na carne.

— Joseph — chamava, enquanto ele acariciava sua testa. — Diga que fui uma boa mãe. Diga, eu suplico.

E ele, fitando-a com os olhos cheios de lágrimas, confirmava.

Joseph B. Rockford tinha 32 anos. E só faltavam 18 para seu encontro marcado com a morte. Não muito tempo antes, um geneticista famoso foi chamado para verificar se ele teria o mesmo destino do pai e do avô. Dados os parcos conhecimentos da época sobre a hereditariedade genética de doenças, a resposta foi vaga: as probabilidades de que aquela rara síndrome estivesse em ação dentro dele desde o nascimento oscilavam entre 40 e 70 por cento.

Desde então, Joseph viveu tendo diante de si aquele único horizonte. Todo o resto eram apenas “etapas de aproximação”. Como a doença da mãe. Na enorme casa, as noites eram sacudidas por seus gritos desumanos, transportados pelo eco para todas as dependências. Joseph começou a dormir com tampões no ouvido para não padecer aquele suplício.

Mas não era suficiente.

Certa madrugada, despertou por volta das 4 horas. Estava sonhando, mas não conseguia lembrar o quê. Não foi despertado pelo sonho. Sentou na cama, tentando entender o que tinha sido.

Havia um insólito silêncio na casa.

Joseph entendeu. Levantou e vestiu calças, suéter de gola alta e seu Barbour verde. Em seguida, saiu do quarto, passando diante da porta fechada de sua mãe, e seguiu adiante. Desceu as imponentes escadarias de mármore e em poucos minutos estava do lado de fora.

Percorreu a longa alameda da propriedade até chegar ao portão da ala oeste, que em geral era usado apenas pelos fornecedores e pela criadagem. Aquela era a fronteira do mundo para ele. Quantas vezes, quando era pequeno, tinha ido com Lara até ali em suas explorações. Apesar de ser muito mais nova, a irmã sempre quis ir além, demonstrando uma coragem invejável. Mas Joseph sempre retrocedia. Há quase um ano, Lara tinha ido embora. Depois de ter encontrado forças para ultrapassar aquela barreira, não tinha dado mais notícias. Ele sentia sua falta.

Naquela fria manhã de novembro, Joseph ficou alguns minutos imóvel diante do portão. Depois subiu por ele para pular do outro lado. Quando seus pés tocaram o chão, uma nova sensação tomou conta dele, uma vibração no meio do peito que se irradiava pelo tórax. Pela primeira vez, experimentava o que era a alegria.

Encaminhou-se pela estrada asfaltada.

A aurora se anunciou com um clarão no horizonte. A natureza ao seu redor era exatamente idêntica à da propriedade, tanto que, por um segundo, teve a impressão de que não tinha realmente deixado aquele lugar para trás e achou que o portão era apenas um pretexto, pois toda a Criação começava e terminava ali: toda vez que superava aquele limite, tudo recomeçava do início, sempre igual, e assim ao infinito. Uma série interminável de universos paralelos, todos iguais. Cedo ou tarde, iria rever a casa emergindo do caminho e teria a certeza de ter apenas se iludido.

Mas não foi o que aconteceu. À medida que aumentava a distância, aflorava a consciência de que era capaz de fazê-lo.

Não havia ninguém por ali. Nenhum carro, nenhuma casa à vista. O som de seus passos no asfalto era o único traço humano em meio ao canto dos pássaros que começavam a saudar o novo dia. Não havia nenhum vento movendo as árvores, que pareciam fitá-lo à sua passagem como se fosse um estranho. E sentiu a tentação de cumprimentá-las. O ar era fresco e tinha sabor. De geada, de folhas secas e de relva verdíssima.

O sol já não era mais uma promessa. Deslizava sobre os campos, alongando-se e alargando-se como uma maré de óleo. Joseph não seria capaz de dizer quantos quilômetros tinha percorrido. Não tinha um objetivo. Mas isso é que era bom: não se importava. Nos músculos das pernas, o ácido lático pulsava. Nunca suspeitou de que a dor poderia ser agradável. Tinha energia no corpo e ar para respirar. Estas seriam as duas variáveis que decidiriam o resto. Por uma vez, não queria analisar as situações. Até aquele dia, sua mente sempre tinha dominado tudo, impedindo seus passos cada vez com um medo diferente. E embora o desconhecido ainda estivesse à espreita ao seu redor, naqueles poucos momentos já tinha aprendido que, além do perigo, podia também armazenar algo de precioso. Como o espanto, a maravilha.

Foi exatamente isso que sentiu quando percebeu um novo som. Era baixo e distante, mas estava se aproximando atrás dele. Logo o reconheceu: era o barulho de um carro. Virou e viu apenas o teto surgindo atrás de uma ladeira. Depois, o carro voltou a mergulhar na descida, para ressurgir mais adiante. Era uma velha caminhonete bege. Vinha em sua direção. O para-brisa sujo não permitia que visse os passageiros. Joseph resolveu ignorá-lo, virou e continuou seu caminho. Quando o carro chegou perto dele, teve a impressão de que diminuía a velocidade.

— Ei!

Hesitou em se voltar. Talvez fosse alguém querendo pôr um fim em sua aventura. Sim, era isso. Sua mãe tinha acordado e começado a berrar seu nome. Quando não o encontraram na cama, tinham soltado a criadagem atrás dele dentro e fora da propriedade. Talvez o homem que o chamava fosse um dos jardineiros em seu carro particular, já saboreando uma vultosa recompensa.

— Ei, você, para onde está indo? Quer uma carona?

A pergunta o tranquilizou. Não podia ser alguém da casa. O carro chegou junto dele. Joseph não conseguia ver o motorista. Parou, e o carro fez o mesmo.

— Estou indo para o norte — disse o homem ao volante. — Pode evitar alguns quilômetros a pé. Não é muito, mas por aqui não vai encontrar outras caronas.

Sua idade era indefinível. Podia ter 40 anos, talvez menos. O que tornava a avaliação difícil era a barba ruiva, longa e por fazer. Os cabelos também era longos, penteados para trás com o repartido no centro. Tinha olhos cinzentos.

— E então, o que vai fazer? Vai entrar?

Joseph pensou um instante, depois disse:

— Claro, obrigado.

Acomodou-se ao lado do desconhecido e o carro partiu. Os bancos eram forrados de veludo marrom e tão gastos em alguns pontos que revelavam o tecido por baixo. Havia um cheiro misto dos vários desodorantes de carro que se sobrepunham, há anos, pendurados no espelho. O banco de trás tinha sido abaixado para criar um espaço maior, ocupado agora por caixas de papelão e envelopes de plástico, ferramentas e garrafões de medidas diversas. Tudo estava perfeitamente ordenado. No painel de plástico escuro havia traços da cola de velhos adesivos. O rádio, um velho modelo com gravador, reproduzia uma fita de música country. O motorista, que tinha abaixado o volume para falar com ele, voltou a aumentá-lo.

— Está caminhando há muito tempo?

Joseph evitava olhar para ele, com medo de que percebesse que estava prestes a contar uma mentira.

— Sim, desde ontem.

— E não pediu carona?

— Pedi sim. Um caminhão parou, mas estava indo para o outro lado.

— Por que, você está indo para onde?

Não esperava e disse a verdade.

— Não sei.

O homem começou a rir.

— Se não sabe, porque não foi com o caminhoneiro?

Joseph virou e olhou para ele, sério.

— Porque ele perguntava demais.

O homem começou a rir ainda mais forte.

— Meu Deus, gosto desse seu jeito franco, meu jovem.

Usava uma jaqueta de nylon de mangas curtas, calça marrom-claro e um pulôver de lã trabalhada com motivos em forma de losango. Calçava sapatos de trabalho, com sola de borracha reforçada. Segurava o volante com as duas mãos. No pulso esquerdo destacava-se um relógio de quartzo barato, de plástico.

— Ouça, não sei quais são seus planos e não vou pressionar para saber, mas se quiser, moro aqui perto e poderíamos tomar café da manhã em minha casa. O que acha?

Joseph estava para dizer não. Aceitar a carona já tinha sido uma temeridade e agora não devia segui-lo para não se sabe onde, correndo o risco de ser roubado ou coisa pior. Mas depois se deu conta de que só estava sendo condicionado por mais um de seus medos. O futuro era *misterioso*, não *ameaçador* — tinha descoberto isso justamente naquela manhã. E para saborear os frutos, era necessário correr riscos.

— Certo.

— Ovos, bacon e café — prometeu o homem.

Vinte minutos depois deixaram a estrada para pegar um caminho de terra batida. Seguiram lentamente, entre buracos e sacolejos, até chegar às proximidades de uma casa de madeira com teto inclinado. A pintura branca que a cobria estava descascada em vários pontos. A porta de entrada estava quebrada e tufos de capim despontavam cá e lá entre as tábuas. Estacionaram ao lado da entrada.

— Quem é esse cara? — perguntou-se Joseph ao ver o lugar onde morava, embora percebesse que a resposta não seria tão interessante quanto a possibilidade de explorar seu mundo.

— Bem-vindo — disse o homem, assim que atravessaram a soleira.

A primeira peça era de tamanho médio. A decoração se resumia a uma mesa com três cadeiras, um guarda-louça com algumas prateleiras faltando e um velho sofá com o forro rasgado em vários lugares. Numa das paredes havia um quadro sem moldura reproduzindo uma paisagem qualquer.

Ao lado da única janela havia uma lareira de pedra suja de fuligem contendo tições escurecidos e frios. Sobre um banco feito com um tronco de árvore amontoavam-se algumas panelas incrustadas de gordura queimada. No fundo, havia duas portas fechadas.

— Sinto muito, não tem banheiro. Mas lá fora temos um monte de árvores — acrescentou o sujeito, rindo.

Também não havia energia elétrica nem água corrente, mas em seguida o homem trouxe do bagageiro do carro os garrafões que Joseph tinha visto um pouco antes.

Com velhos jornais e a lenha que catou lá fora, ele acendeu o fogo da lareira. Depois de limpar uma frigideira de qualquer jeito, colocou manteiga e, quando esquentou, acrescentou os ovos junto com o bacon. A comida, embora ordinária, emanava um perfume capaz de despertar o apetite.

Joseph o seguia com olhos curiosos e de vez em quando o metralhava de perguntas, como as crianças fazem com os adultos na idade em que começam a descobrir o mundo. Mas o outro não parecia incomodado, ao contrário, parecia gostar de falar.

— Vive aqui há muito tempo?

— Há um mês, mas não é minha verdadeira casa.

— O que quer dizer?

— Aquela ali é a minha verdadeira casa — disse, indicando o carro com o dedo. — Eu corro o mundo.

— Por que parou, então?

— Porque gostei desse lugar. Um dia estava passando pela estrada e vi esse caminho. Entrei e cheguei aqui. A casa estava abandonada há muito tempo. Provavelmente, pertencia aos agricultores: atrás daquela cabana ficam as ferramentas.

— E o que houve com eles?

— Ah, não sei. Devem ter feito como tantos outros: com a crise no campo, partiram em busca de uma vida melhor na cidade. Nessa zona há várias propriedades abandonadas.

— Por que não tentaram vendê-las?

O sujeito deixou escapar uma risada:

— E quem vai comprar um lugar como esse? Essa terra aqui não rende um centavo, meu amigo.

Acabou de cozinhar e verteu o conteúdo da frigideira diretamente nos pratos colocados na mesa. Sem esperar, Joseph afundou o grafo naquela papa amarela. Descobriu que estava com muita fome. O sabor era ótimo.

— Gostou, hein? Coma com calma, pode comer quanto quiser.

Ele continuou a engolir suas garfadas com voracidade. Depois perguntou, com a boca cheia:

— Ainda vai ficar muito tempo por aqui?

— Estava pensando em partir no final da semana: o inverno é muito duro por aqui. Estou acumulando mantimentos e percorrendo as outras chácaras abandonadas, na esperança de encontrar algo que possa me servir. Hoje de manhã encontrei uma torradeira. Acho que está quebrada, mas posso consertar.

Joseph registrava tudo, como se estivesse organizando uma espécie de manual com todo tipo de noções: de como preparar um ótimo café da manhã só com ovos, manteiga e bacon a como fazer provisões de água potável. Talvez pensasse que poderiam ser úteis numa vida nova. A existência daquele desconhecido lhe parecia invejável. Embora dura e difícil, era infinitamente melhor do que a vida que tinha vivido até então.

— Sabe que ainda não nos apresentamos?

Joseph parou a mão com o garfo no meio do caminho.

— Se não quiser dizer seu nome, por mim tudo bem. De qualquer jeito, acho que é muito simpático.

Joseph voltou a comer. O outro não insistiu, mas ele sentiu que tinha o dever de recompensá-lo de alguma maneira pela hospitalidade. Resolveu revelar algo.

— É quase certo que morrerei aos 50 anos.

E explicou a maldição que pesava sobre os herdeiros do sexo masculino em sua família. O homem ouviu com atenção. Sem dizer nomes, Joseph explicou que era rico e contou a origem de sua riqueza. Falou do avô intuitivo e corajoso que plantou a semente de uma grande fortuna. E também do pai, que foi capaz de multiplicar a herança recebida com seu gênio empresarial. Finalmente, falou de si, revelando que não tinha objetivos a atingir, pois tudo já havia sido conquistado. Tinha vindo ao mundo para transmitir duas coisas: um enorme patrimônio e um gene inexoravelmente mortal.

— Entendo que a doença que matou seu pai e seu avô seja inevitável, mas para o dinheiro sempre há uma solução: por que não renuncia à riqueza se não se sente livre?

— Porque cresci em meio ao dinheiro e sem ele não saberia sobreviver um dia sequer. Como pode ver, não importa que escolhas faça, estou sempre destinado a morrer.

— Bobagens! — disse o outro, enquanto levantava para enxaguar a frigideira.

Joseph tentou se explicar melhor:

— Poderia ter tudo o que desejo. Mas exatamente por isso, não tenho ideia do que seja desejo.

— Que merda de discurso! O dinheiro não pode comprar tudo.

— Pode sim, acredite. Se quisesse matá-lo, poderia pagar a alguém para que o fizesse e ninguém nunca ficaria sabendo.

— Já fez isso?— disse o outro, repentinamente sério.

— O quê?

— Já pagou alguém para matar por você?

— Não, mas meu pai e meu avô, sim, tenho certeza.

Houve uma pausa.

— É verdade. Mas se já sabe com antecedência quando vai morrer, está resolvido o problema. Veja: os ricos são infelizes porque sabem que cedo ou tarde terão que deixar tudo o que possuem. Ninguém pode levar seu dinheiro para o túmulo. Já eu não preciso me atormentar pensando em minha morte, alguém pensou nisso por mim.

O homem parou para refletir.

— Mas você tem razão — disse — não desejar nada é muito triste. Deve existir algo que o atrai de verdade, não? É por aí que deve começar.

— Bem, gosto de caminhar. A partir de hoje de manhã, também gosto de ovos com bacon. E gosto de rapazes.

— Quer dizer que...

— Na verdade, não sei. Fico com eles, mas não sei dizer se realmente os desejo.

— Então por que não tenta com uma mulher?

— Devia fazer isso, provavelmente. Mas primeiro teria que *desejar*, entende? Não sei como explicar melhor.

— Não, ao contrário, você foi muito claro.

Colocou a panela em cima das outras no banco. Em seguida, olhou o relógio de quartzo que tinha no pulso.

— São 10 horas, tenho que ir à cidade: preciso de peças para consertar a torradeira.

— Já estou indo, então.

— Não, por quê? Fique aqui e descanse um pouco, se quiser. Voltarei logo e talvez a gente possa comer juntos novamente e conversar. Você é uma figura, sabia?

Joseph examinou o velho sofá com o forro rasgado. Parecia muito convidativo.

— Certo — disse. — Vou dormir um pouco, se permitir.

O homem sorriu.

— Fantástico! — estava saindo quando deu meia-volta. — A propósito, o que gostaria de comer no jantar?

Joseph olhou para ele.

— Não sei, surpreenda-me.

Mãos o sacudiram suavemente. Joseph abriu os olhos e descobriu que já tinha anoitecido.

— Que cansaço, hein? — disse o novo amigo, sorrindo. — Dormiu nove horas seguidas!

Joseph levantou, espreguiçando-se. Fazia muito tempo que não descansava tanto. Logo foi tomado por uma grande moleza.

— Já está na hora do jantar? — perguntou.

— É só o tempo de acender o fogo e preparo algo: comprei frango para assar na brasa e batatas. O cardápio lhe agrada?

— Muito, estou morrendo de fome.

— Abra uma cerveja enquanto espera. Estão no parapeito da janela.

Joseph nunca tinha bebido cerveja, exceto a que sua mãe colocava no ponche de Natal. Pegou uma latinha no pacote de seis e puxou a lingueta. Apoiou os lábios na borda de alumínio e bebeu um longo gole. Sentiu a bebida fria descendo rapidamente pelo esôfago. Foi uma sensação agradável, refrescante. Depois do segundo gole, arrotou.

— Saúde! — exclamou o sujeito.

Lá fora fazia frio, mas dentro o fogo espalhava um calor agradável. A luz da lanterna a gás no centro da mesa iluminava debilmente a sala.

— O ferreiro disse que dá para consertar a torradeira. Deu alguns conselhos sobre o que fazer. Ainda bem, assim posso revender em alguma feira.

— Então é isso que faz para viver?

— Bem, isso também, de vez em quando. As pessoas jogam fora um monte de coisa ainda usável. Eu recupero, conserto e depois ganho um dinheirinho. Fico com algumas para mim, como aquele quadro, por exemplo...

Indicou a paisagem pendurada na parede sem moldura.

— Por que exatamente essa? — perguntou Joseph.

— Não sei, gostei dela. Acho que me lembra o lugar onde nasci, mas talvez nunca tenha estado lá. Quem sabe? Viajei tanto por aí...

— Esteve realmente em tantos lugares assim?

— É, muitos mesmo — pareceu perdido em seus pensamentos por alguns instantes, mas logo voltou: — Meu frango é especial, você vai ver. A propósito, tenho uma surpresa para você.

— Uma surpresa? Que surpresa?

— Agora não, depois do jantar.

Sentaram-se à mesa. O frango com batatas estava bem temperado e crocante. Joseph encheu o prato várias vezes. O sujeito — agora só o chamava assim em sua mente — comia com a boca aberta e já tinha bebido três cervejas. Depois do jantar, pegou um cachimbo entalhado a mão e tabaco. Enquanto se preparava para fumar, disse:

— Sabe, pensei muito no que disse hoje de manhã.

— Em que exatamente?

— Naquela história de "desejar". Achei interessante.

Ah é? E por quê?

Ora, não acho que seja tão mal conhecer o momento exato em que a vida vai chegar ao fim. Na minha opinião é até uma vantagem.

— Como pode dizer uma coisa dessas?

— Bem, naturalmente depende de como você olha o conjunto: se tem tendência a ver o copo meio vazio ou meio cheio. Ou seja: pode ficar sentado aí fazendo as contas do quanto ainda falta. Mas também pode determinar o resto de sua vida em função desse prazo.

— Não entendi.

— Acho que o fato de saber que vai morrer aos 50 anos faz você pensar que não tem nenhum poder sobre sua vida; e é exatamente aí que você se engana, meu amigo.

— O que entende por "poder"?

O sujeito pegou um galhinho do fogo e acendeu o cachimbo com a ponta em brasa. Deu uma tragada profunda antes de responder.

— Poder e desejo caminham juntos. São feitos da mesma maldita essência. O segundo depende do primeiro e vice-versa. E não foi nenhum filósofo de merda que disse isso: foi a própria natureza que estabeleceu assim. Foi como você disse de manhã: só podemos desejar o que não temos e você pensa que tem o poder de conseguir tudo, portanto, não deseja nada. Mas isso só acontece porque seu poder vem do dinheiro.

— Por que, existe algum outro tipo?

— Claro, o poder da vontade, por exemplo. Precisa colocá-la à prova para entender. Mas suspeito de que não quer...

— E por quê? Posso muito bem fazer isso.

O sujeito o observou.

— Tem certeza?

— Claro!

— Bem, antes do jantar falei que tinha uma surpresa para você. Chegou a hora de mostrar. Venha.

Levantou e se dirigiu a uma das duas portas fechadas no fundo da sala. Titubeante, Joseph o seguiu pela soleira entreaberta.

— Olhe.

Deu um passo no escuro e ouviu. Havia algo no quarto que respirava rapidamente. Logo pensou num animal e deu um passo para trás.

— Coragem — incentivou o sujeito — olhe melhor.

Joseph levou alguns segundos para se habituar à escuridão. A pouca luz que vinha do lampião a gás sobre a mesa mal dava para iluminar fracamente o rosto do rapaz. Estava estendido na cama, com as mãos e os pés amarrados aos montantes por grossas cordas. Usava uma camisa xadrez e jeans, mas estava sem sapatos. Um lenço na boca o impedia de falar e, portanto, limitava-se a emitir sons desconexos, semelhantes a grunhidos. Os cabelos na testa estavam ensopados de suor. Debatia-se como um bicho preso e tinha os olhos esbugalhados de medo.

— Quem é? — perguntou Joseph.

— Um presente para você.

— E o que faço com ele?

— O que quiser.

— Mas não sei quem é.

— Nem eu. Estava pegando carona e deixei que entrasse em meu carro quando vinha para cá.

— Talvez devesse desamarrá-lo e deixá-lo ir.

— Se é isso que deseja.

— E por que não seria?

— Porque isso é a demonstração do que é o poder e de como está ligado ao desejo. Se deseja libertá-lo, então liberte. Mas se quer alguma outra coisa dele, tem o poder de escolher.

— Por acaso está falando de sexo?

O sujeito balançou a cabeça, decepcionado.

— Seu horizonte é muito limitado, meu amigo. Tem à sua disposição uma vida humana — a maior e mais assombrosa criação de Deus — e a única coisa que lhe vem à mente é trepar...

— O que poderia fazer com uma vida humana?

— Como você mesmo disse antes: se quisesse matar alguém, bastaria pagar outro alguém para fazê-lo. Mas pensa mesmo que isso lhe dá o poder de tirar uma vida? *Seu dinheiro* tem esse poder, você não. Até o dia em que fizer isso com suas próprias mãos, não saberá o que isso significa.

Joseph olhou de novo para o rapaz, visivelmente aterrorizado.

— Mas não quero saber — disse.

— Porque tem medo. Medo das consequências, de ser punido ou do sentimento de culpa.

— É normal ter medo dessas coisas.

— Não, não é, Joseph.

Nem percebeu que o tinha chamado pelo nome: naquele momento estava muito ocupado olhando ora para ele, ora para o rapaz.

— E se eu dissesse que pode matar, que pode tirar a vida de alguém e que ninguém vai ficar sabendo de nada?

— Ninguém? E você?

— Não se esqueça de que sequestrei o rapaz e trouxe para cá. E também serei aquele que enterrou o cadáver...

Joseph abaixou a cabeça.

— Ninguém mais saberia?

— Se garantisse que ficaria impune, sentiria desejo de experimentar?

Joseph olhou as mãos por um longo instante. Sua respiração se acelerava e uma estranha euforia que nunca tinha experimentado antes subia dentro dele.

— Quero uma faca — disse.

O sujeito foi até a cozinha. Enquanto esperava, Joseph fitou o rapaz, que suplicava com os olhos e chorava. Diante daquelas lágrimas escorrendo silenciosas, Joseph descobriu que não sentia nada. Ninguém choraria sua morte quando, aos 50 anos, o mal do pai e do avô o levasse. Para o mundo, seria sempre o sujeito rico que não merecia qualquer tipo de compaixão.

O sujeito voltou com um facão afiado. Depositou-o em suas mãos.

— Não existe nada mais gratificante do que tirar uma vida — disse ele. — Não de alguém em especial, como um inimigo, ou de alguém que lhe fez mal. De um homem qualquer. Isso lhe confere o poder de Deus.

Deixou-o sozinho e partiu, fechando a porta depois de passar.

A luz da lua deslizava entre as persianas quebradas fazendo brilhar a faca em suas mãos. O rapaz se agitava e Joseph podia sentir sua ânsia, o medo em forma de sons, mas também de cheiros. A respiração ácida, o suor das axilas. Aproximou-se da cama, lentamente, deixando que seus passos rangessem no pavimento de modo que o rapaz pudesse perceber o que estava acontecendo. Apoiou a lâmina do facão no ventre chato. Devia dizer algo? Não conseguia pensar em nada. Um arrepio percorreu seu corpo e aconteceu algo que realmente não esperava: teve uma ereção.

Ergueu a faca alguns centímetros, deslizando a lâmina ao longo do corpo do rapaz até chegar ao estômago. Parou. Tomou fôlego e empurrou lentamente a ponta da lâmina até transpassar o tecido da camisa e tocar a carne. O rapaz tentou gritar, mas só conseguiu emitir uma patética imitação de um grito de dor. Joseph afundou o facão mais alguns centímetros, a pele lacerou-se profundamente, como se rasgasse. Reconheceu o branco da camada de gordura. Mas a ferida ainda não sangrava. Enfiou a faca mais fundo até sentir o calor do sangue na mão e perceber um cheiro forte exalado pelas vísceras. O rapaz encurvou a espinha, favorecendo involuntariamente a sua obra. Apertou mais até sentir que a ponta do facão tocava a espinha dorsal.

O rapaz era um feixe tenso de músculos e carne sob ele. Ficou naquela posição arqueada por alguns instantes. Depois recaiu pesadamente, sem forças, como um objeto inanimado. *E naquele instante, os alarmes...*

...começaram a tocar todos ao mesmo tempo. O médico e a enfermeira colocaram-se ao redor do paciente com o carrinho para as emergências. Inclinada sobre o pavimento, Nicla tentava recobrar o fôlego: o choque do que tinha visto arrancou-a violentamente do transe. Mila pousou as mãos em suas costas, tentando ajudá-la a respirar. O médico abriu o pijama sobre o tórax de Joseph B. Rockford com um gesto brusco, arrancando os botões, que rolaram pelo quarto. Por pouco Boris, que correu para ajudar Mila, não escorregou. Em seguida, o médico colocou as placas que a enfermeira lhe entregou sobre o peito do paciente, gritando:

— Afastem-se! — antes do choque.

Goran se aproximou de Mila.

— Vamos levá-la daqui — disse, ajudando-a a erguer a freira. Enquanto deixavam o quarto junto com Rosa e Stern, a policial virou mais uma vez para Joseph B. Rockford. O corpo estava sendo sacudido pelas descargas mas, sob as cobertas, pôde perceber mesmo assim algo que se parecia com uma ereção.

— Maldito filho da puta! — pensou.

O bip do monitor cardíaco parou numa nota peremptória. Mas naquele instante, Joseph B. Rockford abriu os olhos.

Seus lábios começaram a se mover sem poder emitir nenhum som. As cordas vocais estavam comprometidas pela traqueotomia realizada para permitir que respirasse.

Aquele homem já devia estar morto. As máquinas ao seu redor diziam que era apenas um pedaço de carne sem vida. E, no entanto, tentava se comunicar. Com seus arquejos, parecia alguém que está se afogando e braceja para obter um último bocado de ar.

Não durou muito.

No final, uma mão invisível afundou seu corpo novamente e a alma de Joseph B. Rockford foi engolida por seu leito de morte, deixando como resto apenas um corpo vazio.

32

Assim que se recuperou, Nicla Papakidis se colocou à disposição de um desenhista da Polícia Federal para fazer o retrato falado do homem que tinha visto com Joseph.

O desconhecido que ele batizou de "sujeito" e que se presumia ser Albert.

A barba longa e a densa cabeleira impediam que indicasse com exatidão os traços que se destacavam no rosto. Não sabia como era o maxilar, e o nariz era apenas uma sombra incerta sobre o rosto. O formato dos olhos lhe escapava.

Só podia dizer com certeza que eram cinzentos.

De todo modo, o resultado seria distribuído a toda a tropa, nas rodovias, portos, aeroportos e postos de fronteira. Roche estava avaliando se deviam incluir cópias também para a imprensa, o que comportaria explicações sobre a forma como tinham chegado ao tal retrato. Se revelasse que havia uma médium por trás daquilo, os meios de comunicação deduziriam que os policiais não tinham nada de concreto nas mãos, que tateavam no escuro e tinham recorrido a uma vidente por puro desespero.

— É um risco que vai ter que correr — sugeriu Goran.

O inspetor-chefe tinha encontrado o esquadrão mais uma vez na residência dos Rockford. Não quis ver a freira, pois tinha deixado bem claro desde o início que não queria saber daquela tentativa: como sempre a responsabilidade cairia totalmente sobre Goran. O criminologista aceitou de bom grado, pois já tinha aprendido a confiar no instinto de Mila.

— Pensei numa coisa, querida — disse Nicla à sua predileta enquanto, no furgão da unidade móvel, observavam Gavila e o inspetor-chefe discutindo no gramado diante da casa.

— O quê?

— Que não quero o dinheiro da recompensa.

— Mas se esse for mesmo o homem que procuramos, ele é seu de direito.

— Mas não quero.

— Pense só em tudo o que poderia fazer pelas pessoas de quem cuida diariamente.

— E do que eles precisam além do que já têm? Têm o nosso amor, nosso cuidado, e pode acreditar, quando uma criatura de Deus chega ao final de seus dias, não precisa de nada mais que isso.

— Se pegasse esse dinheiro, poderia pensar que algo de bom saiu de tudo isso...

— O mal só gera mais mal. E essa sempre foi a sua principal característica.

— Uma vez ouvi alguém dizer que o mal sempre pode ser demonstrado, o bem nunca. Porque o mal deixa traços de si quando passa, enquanto o bem só pode ser testemunhado.

Nicla finalmente sorriu.

— É bobagem — foi dizendo. — Olhe, Mila, o fato é que o bem é apenas demasiado fugaz para poder ser registrado de alguma maneira. E sua passagem não produz escórias. O bem é limpo, o mal, ao contrário, emporcalha... No entanto, sou capaz de provar o bem, pois posso vê-lo todos os dias. Quando um dos meus pobres se aproxima do fim, tento ficar com ele o maior tempo possível. Seguro sua mão, ouço o que tem a dizer e se resolve me contar suas culpas, não julgo. Quando entendem o que está acontecendo com eles, se levaram uma vida boa e não causaram mal ou, caso contrário, demonstraram arrependimento... bem, eles sorriem. Não sei por quê, mas é o que acontece, juro. Por isso a prova do bem é o sorriso com que eles desafiam a morte.

Mila fez que sim, revigorada. Não insistiria com Nicla sobre a recompensa. Talvez ela tivesse razão.

Eram quase 17 horas, a freira estava cansada. Mas ainda havia uma última coisa a fazer.

— Tem certeza de que consegue reconhecer a casa abandonada? — perguntou.

— Tenho, sei onde fica.

Seria apenas uma verificação de rotina, antes de voltarem ao Estúdio. Queriam uma prova definitiva das informações fornecidas pela médium.

Mesmo assim, todos quiseram ir.

No carro, Sarah Rosa seguia as indicações de Nicla e virava onde ela mandava. O boletim meteorológico anunciava a chegada de mais neve. De um lado, o céu estava limpo e o sol se punha rapidamente. Do outro, as nuvens já pesavam no horizonte e viam-se os primeiros relâmpagos se aproximando.

Estavam exatamente no meio.

— Temos que andar rápido — disse Stern. — Daqui a pouco vai escurecer.

Chegaram à entrada da estradinha de terra e dobraram. Depois de todos aqueles anos, a casa de madeira ainda estava de pé. A pintura branca tinha descascado completamente e só aparecia em algumas manchas distintas. Expostas às intempéries, as tábuas estavam apodrecendo e a casa parecia um dente cariado.

Saltaram do carro e caminharam em direção à entrada.

— Cuidado, pode desabar — recomendou Boris.

Goran subiu o primeiro degrau. O lugar coincidia com a descrição da freira. A porta estava aberta, o criminologista só precisou empurrá-la. No interior, o pavimento estava coberto por uma camada de húmus e dava para ouvir os ratos correndo sob as mesas, perturbados pela presença deles. Gavila reconheceu o sofá, embora não restasse mais que um esqueleto de molas enferrujadas. O guarda-louça ainda estava lá. Uma parte da lareira de pedra tinha desabado. Goran pegou do bolso uma pequena lanterna para revistar os dois quartos de trás. Boris e Stern também entraram e olhavam ao redor.

Goran abriu a primeira porta.

— Aqui é o quarto de dormir.

Mas a cama não estava mais lá. Em seu lugar, restava uma sombra mais clara no pavimento. Foi ali que Joseph B. Rockford recebeu seu batismo de sangue. Quem seria o rapaz morto naquele quarto quase vinte anos antes?

— Temos que escavar ao redor da casa para ver se há restos humanos — disse Gavila.

— Vou chamar os coveiros e os homens de Chang assim que acabarmos as buscas — ofereceu Stern.

Enquanto isso, do lado de fora, Sarah Rosa passeava nervosamente com as mãos nos bolsos por causa do frio. Nicla e Mila a observavam do interior do carro.

— Você não gosta daquela mulher — disse a freira.

— Na verdade, ela é que não gosta de mim.

— Já tentou entender por quê?

Mila olhou para ela de través.

— Quer dizer que agora a culpada sou eu?

— Não, só estou dizendo que antes de acusar é sempre melhor ter certeza.

— Olhe, ela está no meu pé desde que cheguei.

Nicla ergueu as mãos em sinal de rendição.

— Então não dê importância. Tudo vai passar quando for embora.

Mila balançou a cabeça. Às vezes, o bom-senso da religiosa era insuportável.

Lá dentro, Goran saiu do quarto de dormir e virou automaticamente para a outra porta fechada.

A médium não tinha falado daquele outro quarto.

Apontou a lanterna para a maçaneta e abriu.

Tinha exatamente o mesmo tamanho do outro. E estava vazio. A umidade tinha consumido as paredes e uma pátina de musgo já se aninhava nos cantos. Goran correu o feixe de luz ao redor. Passando por uma das paredes, percebeu algo que refletia a luz.

Fixou a lanterna e viu que eram cinco quadrinhos brilhantes, cada um com cerca de 10 centímetros. Aproximou-se mais um pouco, depois parou. Presos à parede com simples tachinhas de desenho, havia cinco instantâneos.

Debby. Anneke. Sabine. Melissa. Caroline.

Naquelas fotos, ainda estavam vivas. Albert levou as meninas para lá antes de matá-las. E as imortalizou justamente naquele quarto, diante daquela parede. Estavam despenteadas e desarrumadas. O flash impiedoso surpreendeu seus olhos vermelhos de chorar e seus olhares de terror.

Sorriam e acenavam.

Ele as tinha obrigado àquela pose grotesca diante da objetiva. Aquela alegria forçada pelo medo provocava horror.

Debby tinha os lábios contorcidos por um contentamento artificial e parecia que ia romper em lágrimas a qualquer momento.

Anneke tinha um braço levantado e outro abandonado ao lado do corpo, numa postura resignada e sem vida.

Sabine tinha sido surpreendida no momento em que olhava ao redor, tentando entender aquilo que seu coração de menina não conseguia explicar.

Melissa estava tensa, combativa. Mas era evidente que logo ela também cederia.

Caroline estava imóvel, os olhos esbugalhados sobre o sorriso. Incrédula.

Só depois de passá-las em revista, Goran chamou os outros.

Absurdo. Incompreensível. Inutilmente cruel.

Não existia outra maneira de definir. Todos obedeciam ao silêncio que tinha tomado conta deles enquanto voltavam ao Estúdio.

A noite seria longa. Ninguém acreditava que poderia conciliar o sono depois de um dia como aquele. Que, para Mila, já durava 48 horas, durante as quais muitos acontecimentos tinham se sucedido.

A descoberta da silhueta de Albert na parede da casa de Yvonne Gress. A conversa noturna na casa de Goran, quando revelou que tinha sido seguida, além da teoria segundo a qual aquele homem contava com uma cúmplice. Depois, a pergunta sobre os olhos de Sabine, que o fez descobrir a artimanha de Roche. A visita à fantasmagórica mansão dos Rockford. A fossa comum. Lara Rockford. A intervenção de Nicla Papakidis. A exploração da alma de um serial killer.

E, por último, aquelas fotos.

Mila tinha visto muitas fotos em seu trabalho. Imagens de menores tiradas na praia ou no dia de uma apresentação na escola. Eram mostradas por parentes ou pais quando ia encontrá-los. Crianças que desapareciam para reaparecer em outras fotos — muitas vezes nuas ou vestidas com roupas adultas — nas coleções de pedófilos ou nos arquivos dos obituários.

Mas havia algo mais naquelas cinco fotos encontradas na casa abandonada.

Albert sabia que eles chegariam até ali. E estava esperando por eles.

Também teria previsto que conseguiriam explorar as profundezas de seu discípulo Joseph através de uma médium?

— Está nos observando desde o início — foi o lacônico comentário de Gavila. — E está sempre um passo adiante.

Mila refletiu que cada movimento feito por eles tinha sido contornado, evitado e neutralizado. E agora também tinham que estar sempre em guarda.

Era esse o peso que oprimia seus companheiros no carro, enquanto retornavam a seu quartel-general.

E ainda havia dois corpos a descobrir.

O primeiro era um cadáver anunciado. O segundo, com o passar do tempo, seria também. Ninguém tinha coragem de admitir, mas já não havia muitas esperanças de conseguir impedir o assassinato da menina número 6.

Quanto à pequena Caroline, quem poderia dizer que horror revelaria. Podia haver algo pior do que tudo o que tinham descoberto até aquele momento? Se havia, Albert estava se preparando para um *grand finale* com a sexta.

Eram 11 horas quando Boris estacionou a minivan embaixo do Estúdio. Deixou-os descer, fechou o carro e percebeu que estavam esperando por ele para subir.

Não queriam deixá-lo para trás.

O horror que testemunharam deixou-os mais unidos, pois naquele momento só o que lhes restava eram os companheiros. E Mila também fazia parte daquela comunhão. Assim como Goran. Por um momento, tinham sido excluídos, mas durou pouco e só aconteceu por causa da mania de Roche de controlar tudo. Mas a distância tinha sido anulada. E o erro, perdoado.

Subiram lentamente as escadas do edifício. Stern passou o braço pelos ombros de Rosa. — Vá para casa ficar com a família esta noite — disse. Mas ela se limitou a sacudir a cabeça energicamente. Mila entendeu. Rosa não queria romper a corrente. Do contrário, o mundo inteiro não suportaria e os portões que ainda o protegiam teriam se escancarado para os Paladinos do mal, que finalmente iriam se disseminar. Eles eram a última resistência naquela luta e, embora estivessem perdendo, não tinham nenhuma intenção de desistir.

Atravessaram a soleira da porta do Estúdio juntos. Boris atrasou-se para fechar a porta, depois alcançou-os, encontrando-os parados no corredor, como hipnotizados. Não entendeu o que estava acontecendo até entrever, num espaço entre seus ombros, o corpo estendido no chão. Sarah Rosa deu um grito. Mila virou, porque não podia olhar mais. Stern fez o sinal da cruz. Gavila não conseguiu falar.

Caroline, a quinta.

Desta vez, o cadáver da menina era para eles.

Prisão de [redacted]
Distrito Penitenciário n. 45.

Relatório nº 2 — Diretor Dr. Alphonse Bérenger.
16 dez. c.a.

Aos cuidados do gabinete do Procurador-Geral
J. B. Marin

na pessoa do Vice-Procurador
Matthew Sedris

Assunto: RESULTADO INSPEÇÃO — CONFIDENCIAL

Egrégio Sr. Sedris,

A presente correspondência visa informar que a inspeção da cela de isolamento do detento RK-357/9 teve lugar, de surpresa, ontem à noite.
Os guardas fizeram uma irrupção para recolher material orgânico "casualmente perdido ou deixado espontaneamente no local pelo elemento", com o fim de obter sua impressão genética, seguindo conscienciosamente as recomendações do ofício de seu Gabinete.
Revelo que, para seu grande espanto, meus homens encontraram-se diante de uma cela "imaculada". Isso nos deu a impressão de que o detento RK-357/9 estava esperando por nós. Suponho que se mantenha em constante estado de alerta tendo previsto e calculado cada um de nossos movimentos.
Temo que, sem um erro do detento ou uma mudança nas circunstâncias contingentes, será muito difícil obter resultados concretos.
Talvez ainda nos reste uma única possibilidade para solucionar o mistério. Percebemos que algumas vezes o detento RK-357/9, talvez por efeito do próprio isolamento, fala sozinho. Parecem devaneios, pronunciados, aliás, em

voz baixa. Mas para todos os efeitos, parece-nos oportuno esconder, com sua prévia concordância, um microfone na cela para gravar suas palavras.
Obviamente não renunciaremos a repetir as inspeções de surpresa para tentar obter o seu DNA.
Submeto à sua atenção uma última observação: o elemento se mostra sempre tranquilo e disponível. Não se queixa nunca e não parece incomodado com nossas tentativas de induzi-lo ao erro.
Não nos resta muito tempo. Em 86 dias não teremos outra escolha senão recolocá-lo em liberdade.

Respeitosamente,

Diretor
Dr. Alphonse Bérenger.

33

Apartamento denominado "Estúdio", ora renomeado "5º local".
25 de fevereiro.

Nada mais seria como antes.

Com aquela sombra que flutuava sobre eles, trancaram-se no dormitório à espera de que os esquadrões de Chang e Krepp recolhessem o material deixado no apartamento. Roche, informado imediatamente, discutia com Goran havia mais de uma hora.

Stern estava deitado em sua cama, com um braço atrás da nuca e o olhar no teto. Parecia um caubói. O vinco perfeito de seu terno não se ressentiu do estresse das últimas horas e ele nem sequer sentiu necessidade de afrouxar o nó da gravata. Boris estava deitado de lado, mas era evidente que não dormia. O pé esquerdo continuava a bater nervosamente sobre a colcha. Rosa tentava entrar em contato com alguém pelo celular, mas o sinal era fraco demais.

Mila observou os traços de seus silenciosos companheiros e voltou, em seguida, à tela do laptop em seus joelhos. Estava acessando os arquivos com as fotos de amadores tiradas no parque de diversões na noite em que Sabine foi sequestrada. Já tinham sido examinadas sem êxito, mas queria vê-las à luz da hipótese que sugeriu a Goran, ou seja, de que o sequestrador podia ser uma mulher.

— Gostaria de entender que diabos ele fez para entrar aqui carregando o cadáver de Caroline... — admitiu Stern, dando voz à pergunta que atormentava a todos.

— É... eu também gostaria — concordou Rosa.

O edifício de escritórios em que se localizava o Estúdio não era mais vigiado como antes, no tempo em que abrigava testemunhas sob proteção da Justiça. O imóvel estava praticamente vazio e os sistemas de segurança desativados; mesmo assim, o único acesso ao apartamento era a porta de entrada, que era blindada.

— Passou pela entrada principal — observou laconicamente Boris, emergindo de sua falsa letargia.

Mas havia uma coisa que, mais que qualquer outra, estava deixando todo mundo nervoso. Qual seria a mensagem de Albert daquela vez? Por que tinha resolvido jogar uma sombra tão pesada sobre seus perseguidores?

— Acho que só está tentando nos atrasar — opinou Rosa. — Estávamos chegando muito perto e, fazendo isso, ele embaralha as cartas de novo.

— Não, Albert não deixa nada ao acaso — intrometeu-se Mila. — Já nos mostrou que cada movimento seu é planejado com muito cuidado.

Sarah Rosa fuzilou-a com os olhos:

— E daí? O que quer dizer? Que tem um filho de puta entre nós, por acaso?

— Não foi isso que ela quis dizer — interveio Stern. — Só está dizendo que deve haver um objetivo ligado ao plano de Albert: faz parte do jogo que disputa conosco desde o início... Essa razão pode ter algo a ver com esse lugar, com o uso que teve no passado.

— Poderia ser um caso antigo — acrescentou Mila, percebendo que a hipótese caía no vazio.

Antes que o diálogo pudesse recomeçar, Goran entrou no quarto, fechando a porta às suas costas.

— Preciso que prestem muita atenção.

O tom era resoluto. Mila deixou o laptop. Todos pararam para ouvir.

— Ainda somos os titulares da investigação, mas as coisas estão se complicando.

— O que quer dizer? — rosnou Boris.

— Vão entender sozinhos em alguns instantes, mas desde já convido todos vocês a manter a calma. Explicarei depois...

— Depois do quê?

Goran não teve tempo para responder antes que a porta se abrisse e o inspetor-chefe Roche cruzasse a porta. Um cinquentão robusto com um paletó batido, uma gravata fina demais para o pescoço taurino e um charuto apagado apertado entre os dentes entrou com ele.

— À vontade, à vontade... — disse Roche, embora nenhum dos presentes tenha esboçado uma saudação. O inspetor-chefe tinha um sorriso tenso, daqueles que pretendem infundir tranquilidade, mas só fazem criar ansiedade.

— Senhores, a situação está confusa, mas vamos conseguir sair dela: com certeza, não vou deixar que um psicopata semeie dúvidas sobre o trabalho de meus homens!

Como sempre, sublinhou a última frase com um excesso de ênfase.

— Portanto, tomei algumas precauções exclusivamente em seu interesse, trazendo alguém para as investigações — fez o anúncio sem mencionar o homem que estava a seu lado. — Devem entender que razões de oportunidade poderiam me obrigar a afastá-los do caso. É embaraçoso: não conseguimos encontrar esse tal Albert e ele, ao contrário, vem a nosso encontro! Assim, em comum acordo com o Dr. Gavila, entreguei ao capitão Mosca, aqui presente, a tarefa de dar assistência às investigações até o encerramento do caso.

Ninguém disse nada, embora já tivessem entendido em que consistia a "assistência" de que se beneficiariam. Mosca assumiria o controle, deixando-lhes uma única escolha: ficar a seu lado e tentar ganhar um pouco de credibilidade ou se afastar.

Terence Mosca era muito conhecido nos ambientes policiais. Devia sua fama a uma operação de infiltração numa organização de traficantes de droga que durou mais de seis anos. Carregava nas costas centenas de prisões e diversas outras operações sob cobertura. Mas nunca tinha trabalhado com homicídios em série ou crimes patológicos.

Roche só o tinha chamado por um único motivo: anos atrás, Mosca tinha ambicionado o cargo de inspetor-chefe. Visto o modo como as coisas estavam indo, considerou oportuno envolver seu pior rival, de modo que pudesse descarregar em suas costas parte do peso de um fracasso que já considerava mais que provável. Um movimento arriscado, que mostrava como estava se sentindo encurralado: se Terence Mosca resolvesse o caso de Albert, Roche teria que ceder seu posto na hierarquia de comando.

Antes de começar a falar, o capitão deu um passo adiante em relação a Roche, para destacar a própria autonomia.

— O patologista e o especialista da perícia ainda não encontraram nada de significativo. A única coisa que sabemos é que para entrar no apartamento, o elemento forçou a porta blindada.

Quando abriu a porta ao chegar, Boris não notou sinais de arrombamento.

— Tomou muito cuidado para não deixar vestígios: não queria estragar a surpresa.

Mosca continuava a mastigar seu charuto e esquadrinhar todo mundo com as mãos nos bolsos. Não tinha o ar de quem pretende intimidar, mas conseguia assim mesmo.

— Encarreguei alguns agentes de percorrerem as vizinhanças na esperança de desencavar alguma testemunha. Talvez consigam obter a placa de algum carro... Quanto às motivações que levaram o elemento a colocar o cadáver justamente aqui, somos obrigados a improvisar; se têm algo em mente, não se acanhem. No momento, é tudo.

Terence Mosca girou nos calcanhares e sem dar a ninguém a oportunidade de replicar ou acrescentar algo, retornou à cena do crime.

Roche, ao contrário, ficou.

— Não têm muito tempo. Precisam de uma boa ideia e é bom que chegue logo.

Em seguida, o inspetor-chefe também deixou a sala. Goran fechou a porta e os outros logo se reuniram ao seu redor.

— Que novidade é essa? — perguntou Boris, irritado.

— Agora precisamos de uma cão de guarda? — fez eco Rosa.

— Calma, vocês não entenderam — disse Goran. — O capitão Mosca é a pessoa certa nesse momento. Fui eu quem pediu que interviesse.

Ficaram de boca aberta.

— Sei o que estão pensando, mas assim dei uma escapatória a Roche e salvei nossa participação na investigação.

— Oficialmente, ainda estamos no jogo, mas todo mundo sabe que Terence Mosca gosta de trabalhar por conta própria — observou Stern.

— Foi por isso que sugeri exatamente o nome dele: conheço a figura e sei que não vai querer que a gente atrapalhe seus passos e, portanto, não vai se importar com o que estivermos fazendo. Só precisamos mantê-lo atualizado quanto aos nossos movimentos. Só isso.

Parecia a melhor das soluções, mas não eliminava o fardo da suspeita que recaía sobre cada um deles.

— Todo mundo vai estar de olho na gente — Stern sacudiu a cabeça, aborrecido.

— E nós vamos deixar que Mosca se ocupe de Albert, enquanto nós nos dedicamos à menina número 6...

Parecia uma boa estratégia: se conseguissem encontrá-la ainda viva, varreriam aquele clima de suspeita que tinha se criado ao seu redor.

— Acho que Albert deixou o corpo de Caroline aqui para nos prejudicar: mesmo que não descubram nada contra nós, sempre vai ficar uma dúvida.

Embora tentasse parecer calmo de qualquer maneira, Goran sabia muito bem que suas afirmações não era suficientes para tranquilizar o ambiente. Desde que o quinto cadáver tinha sido encontrado, cada um deles tinha começado a olhar para os outros de um modo diverso. Conheciam-se desde sempre, mas ninguém podia excluir a possibilidade de que algum deles escondesse algum segredo. E esse era o verdadeiro objetivo de Albert: dividi-los. O criminologista se perguntava quanto tempo ia se passar antes que a semente da desconfiança começasse a brotar entre eles.

— A última menina não tem muito tempo — afirmou em seguida, com segurança. — O quadro traçado por Albert já está quase completo. Só está se preparando para o final. Mas precisava de campo livre e tratou de nos excluir da competição. Por isso, só temos uma possibilidade de encontrá-la, que passa pela única entre nós que está livre de qualquer suspeita, visto que Albert já tinha planejado tudo quando se juntou ao grupo.

Repentinamente iluminada pelo olhar de todos, Mila ficou incomodada.

— Vai poder se mexer com mais liberdade que nós — encorajou Stern. — Se tivesse que agir só pela sua cabeça, o que faria?

Na verdade, Mila tinha uma ideia, guardada só para si até aquele momento.

— Sei por que escolheu apenas meninas.

Tinham se colocado aquela pergunta no Pensatório, quando o caso ainda estava em seus primeiros lances. Por que Albert não tinha sequestrado meninos também? Seu comportamento não escondia objetivos sexuais, visto que não tocava nas meninas.

— Não, ele só quer matá-las.

Então por que a preferência?

Mila achava que tinha encontrado uma explicação.

— Tinham que ser todas do sexo feminino por causa da número 6. Estou quase convencida de que ele a escolheu *antes* das outras e não por último como quer que a gente acredite. Escolheu outras meninas só para dissimular. Ela foi o primeiro objeto de sua fantasia. O porquê, não sabemos. Talvez tenha alguma característica especial, algo que a distingue das outras. É por isso que tem que manter sua identidade secreta até o final. Não bastava que soubéssemos que uma das meninas sequestradas ainda estava viva. Ele queria que não tivéssemos a menor ideia de quem fosse.

— Porque isso poderia nos levar até ele — concluiu Goran.

Mas eram apenas fascinantes conjecturas que de nada adiantariam.

— A menos que... — disse Mila, intuindo o pensamento dos outros, e repetiu: — A menos que sempre tenha existido um vínculo entre nós e Albert.

Como não tinha mais muito a perder, Mila não teve medo de expor diante de todos a história das vezes em que foi seguida.

— Aconteceu duas vezes. Mas só tenho absoluta certeza da segunda. No pátio do motel foi, mais que outra coisa, uma sensação...

— E então? — perguntou Stern, curioso. — O que tem isso a ver?

— Alguém me seguiu. Talvez tenha acontecido outras vezes, não posso jurar, mas não percebi... Mas por quê? Para me controlar? Para quê? Nunca tive nenhuma informação de importância vital e, entre vocês, sempre fui a última peça da engrenagem.

— Talvez para despistá-la — arriscou Boris.

— Isso também: nunca foi uma "pista" de verdade, a menos que eu tenha realmente me aproximado de algo e tenha me tornado importante sem saber.

— Mas você tinha acabado de chegar quando foi seguida no motel. Isso desmente a hipótese do despiste — disse Goran.

— Então só resta uma explicação... A pessoa que me seguiu queria me *intimidar*.

— E por quê? — perguntou Sarah Rosa.

Mila a ignorou.

— Nos dois casos, o perseguidor não traiu sua presença involuntariamente. Acho, aliás, que se manifestou de caso pensado.

— Certo, já entendemos. Mas por que faria isso? — insistiu Rosa. — Faça-me o favor, essa história não tem nenhum sentido!

Mila se virou bruscamente para ela, fazendo valer a diferença de altura.

— Porque desde o início eu era a única em condições de encontrar a sexta menina — voltou a olhar para eles. — Não me levem a mal, mas os resultados que obtive até hoje me dão razão. Vocês são excelentes para descobrir serial killers. Mas eu encontro pessoas desaparecidas: é o que sempre fiz e o que sei fazer.

Ninguém replicou. Vista sob aquela ótica, Mila representava a ameaça mais concreta para Albert, pois era a única realmente capaz de arruinar seus planos.

— Vamos recapitular: ele sequestrou a sexta menina primeiro. Se, naquela altura, eu descobrisse quem era a número 6, todo o seu plano iria por água abaixo.

— Mas você não descobriu — disse Rosa. — Talvez não seja tão boa quanto pensa.

Mila não aceitou a provocação.

— Quando chegou tão perto de mim no motel, Albert pode ter cometido algum erro. Precisamos retornar àquele momento!

— Como? Não vai dizer que também tem uma máquina do tempo!

Mila sorriu: sem saber, Rosa tinha chegado bem perto da verdade. Porque havia uma forma de voltar no tempo. Ignorando mais uma vez o seu hálito de nicotina, Mila virou para Boris.

— É capaz de fazer um interrogatório sob hipnose?

— Agora, relaxe...

A voz de Boris era apenas um sussurro. Mila estava deitada em sua cama, as mãos ao lado do corpo e os olhos fechados. Ele estava sentado a seu lado.

— Agora quero que comece a contar até cem...

Stern tinha colocado uma toalha em cima do abajur, mergulhando o aposento numa agradável penumbra. Rosa estava entocada em sua cama. Sentado num canto, Goran observava atentamente o que estava acontecendo.

Mila desfiava os números lentamente. Sua respiração começou a ganhar um ritmo regular. Quando terminou de contar, estava perfeitamente relaxada.

— Agora quero que veja coisas em sua mente. Está pronta?

Fez que sim.

— Está num gramado enorme. É de manhã e faz um belo sol. Os raios aquecem a pele de seu rosto e há um perfume de relva e flores. Está caminhando, sem sapatos: pode sentir o frescor da terra sob os pés. E o murmúrio de um riacho chama por você. Vai até lá e se debruça na margem. Mergulha as mãos na água e leva à boca para beber. É tão boa...

A escolha daquelas imagens não era casual: Boris tinha evocado aquelas sensações para assumir o controle de todos os cinco sentidos de Mila. Assim seria mais fácil fazê-la retornar com a memória ao momento exato em que estava no pátio do motel.

— Agora que matou a sede, quero que faça algo para mim. Volte àquela noite de...

— Está bem — respondeu ela.

— É noite, e um carro acabou de levá-la até o motel...

— Está frio — disse ela imediatamente. Goran teve a impressão de ver o arrepio que percorreu seu corpo.

— E o que mais?

— O agente que me acompanhou cumprimenta com um aceno de cabeça e faz o retorno. Estou sozinha no pátio.

— Como é? Pode descrevê-lo?

— Não tem muita luz. Só o letreiro de néon, que balança com o vento. Vejo vários bangalôs na minha frente, mas as janelas estão escuras. Essa noite, sou a única hóspede. Atrás dos bangalôs tem uma cintura de árvores muito altas que dançam. O chão é de cascalho.

— Pode ir.

— Só ouço os meus próprios passos.

Quase dava para ouvir o rumor do cascalho.

— Onde está agora?

— Indo para o meu quarto, passo diante da guarita do porteiro. Não tem ninguém, mas a TV está ligada. Estou carregando um saquinho com dois queijos-quentes: é o meu jantar. Minha respiração se condensa no ar gelado, resolvo ir mais rápido. Meus passos no cascalho ainda são o único rumor a me acompanhar. Meu bangalô é o último da fila.

— Está indo bem.

— Só faltam alguns metros e estou concentrada em meus pensamentos. Mas não vi um buraquinho no chão e dou uma topada... Foi então que ouvi.

Goran não se deu conta, mas se debruçou instintivamente na direção da cama de Mila, como se pudesse alcançá-la naquele pátio, protegendo-a daquela ameaça que pairava sobre ela.

— O que foi que ouviu?

— Um passo no cascalho, atrás de mim. Alguém estava imitando meus passos. Quer se aproximar sem que eu perceba. Mas perdeu o ritmo da minha caminhada.

— E o que faz agora?

— Tento ficar calma, mas estou com medo. Continuo na mesma velocidade na direção do bangalô, embora tenha vontade de sair correndo. Enquanto isso, penso.

— Pensa o quê?

— Que não adianta pegar a arma porque, se ele estiver armado, terá todo o tempo do mundo para atirar primeiro. Penso também na televisão ligada na guarita do porteiro, e que já deve estar morto. E agora é a minha vez... O pânico está aumentando.

— Sim, mas você consegue manter o controle.

— Remexo nos bolsos em busca da chave, pois a única possibilidade que tenho é entrar no quarto... Desde que ele permita.

— Está concentrada naquela porta: só faltam uns poucos metros, não é?

— É. Só vejo a porta no meu campo visual, o contorno desapareceu.

— Mas precisa recuperá-lo...

— Vou tentar...

— O sangue pulsa veloz em suas veias, a adrenalina corre, seus sentidos estão alterados. Quero que descreva o gosto...

— A boca está seca, mas sinto o sabor ácido da saliva.

— O tato...

— O frio da chave do quarto dentro de minha mão suada.

— O olfato...

— O vento traz um estranho cheiro de lixo em decomposição. À minha direita, estão as latas de lixo. E agulhas de pinho, e resina.

— A visão...

— Vejo minha sombra que se prolonga sobre o pátio.

— E depois?

— Vejo a porta do bangalô, é amarela e descascada. Vejo os três degraus que levam até a porta.

Boris tinha deixado por último, intencionalmente, o sentido mais importante, pois a única percepção que Mila teve de seu perseguidor era sonora.

— A audição...

— Não ouço nada, exceto meus passos.

— Escute bem.

Goran viu uma ruga se formar sobre o rosto de Mila, bem no meio dos olhos, devida ao esforço de recordar.

— Estou ouvindo! Agora também consigo distinguir seus passos!

— Ótimo. Mas quero que se concentre mais ainda...

Mila obedeceu. Depois perguntou:

— O que foi isso?

— Não sei — respondeu Boris. — Está sozinha ali, não ouvi nada.

— Mas eu ouvi!

— O quê?

— Aquele som...

— Que som?

— Alguma coisa... metálica. Isso! Alguma coisa metálica que caiu! Caiu no chão, no cascalho!

— Tente ser mais precisa.

— Não sei...

— Vamos...

— É... uma moeda!

— Uma moeda, tem certeza?

— Sim! Uma daquelas de poucos centavos! Ele deixou cair e não notou!

Havia uma pista inesperada. Encontrar a moeda no meio do pátio.

Encontrá-la, levantar as impressões digitais e ir atrás do perseguidor. E a esperança era de que se tratasse de Albert.

Mila continuava com os olhos fechados, mas não parava de repetir:

— Uma moeda! Uma moeda!

Boris retomou o controle.

— Está bem, Mila. Agora preciso despertá-la. Vou contar até cinco, depois bater as mãos e você vai reabrir os olhos.

Começou a recitar lentamente:

— Um, dois, três, quatro... e cinco!

Mila arregalou os olhos. Parecia confusa, perdida. Tentou levantar, mas Boris a manteve deitada, apoiando uma das mãos suavemente em seu ombro.

— Ainda não — disse. — Poderia ficar com a cabeça girando.

— Funcionou? — perguntou ela, fitando-o.

Boris sorriu:

— Ao que tudo indica, temos um indício.

— Preciso encontrá-la de qualquer jeito — disse consigo mesma enquanto varria o cascalho do pátio com a mão. — Vale a minha credibilidade... A minha vida.

Por isso estava tão atenta. Mas tinha que ser rápida. Não dispunha de muito tempo.

Na verdade, a área a ser revistada tinha poucos metros. Exatamente os que a separavam do bangalô, como naquela noite. Estava de quatro, sem se importar de sujar os joelhos do jeans. Afundava as mãos nas pedrinhas claras e os nós dos dedos já exibiam marcas ensanguentadas destacadas pela poeira que recobria as mãos. Mas a dor não a incomodava, ao contrário, até ajudava sua concentração.

— A moeda — continuava a repetir. — Como é que não notei?

Nada mais fácil do que ter sido encontrada por outra pessoa. Um hóspede ou talvez o porteiro.

Chegou ao motel antes dos outros, porque não podia confiar em mais ninguém. E tinha a impressão de que mesmo os companheiros não confiavam mais nela.

— Preciso andar rápido!

Remexia as pedras jogando-as para trás e volta e meia mordia os lábios. Estava nervosa. Com raiva de si mesma, do mundo inteiro. Inspirou e expirou várias vezes, tentando combater a agitação.

Sem saber como, um episódio do tempo em que era apenas uma caloura recém-saída da academia lhe veio à memória. Seu caráter fechado e a dificuldade de estabelecer vínculos com os outros já eram evidentes. Estava patrulhando com um parceiro mais velho que não a suportava. Estavam perseguindo um suspeito pelos becos do bairro chinês. Ele corria muito e não conseguiram pegá-lo, mas o colega achou que, passando por trás do restaurante, tinha jogado algo dentro de uma enorme tina com ostras. Assim, obrigou-a a mergulhar até os joelhos naquela água estagnada e procurar entre os moluscos estragados. Obviamente, não havia nada. É provável que só quisesse lhe dar um lição de caloura. Desde então, não comia mais ostras. Mas tinha aprendido uma importante lição.

As pedrinhas pontiagudas que remexia com tanta ânsia também eram um teste.

Algo para mostrar a si mesma que ainda era capaz de retirar o melhor de cada situação. Por muito tempo, esse tinha sido o seu maior talento. Mas justamente enquanto sentia pena de si mesma, um pensamento atravessou sua mente. Como daquela vez com o colega veterano, alguém a estava colocando à prova.

Na verdade, não havia moeda alguma. Era uma armadilha.

No momento exato em que chegou a essa conclusão, Sarah Rosa ergueu a cabeça e viu Mila se aproximar. Desmascarada e impotente, sua raiva desaparece diante da colega mais jovem e seus olhos se enchem de lágrimas.

— Ele está com sua filha, não é? *É ela a número 6.*

34

Sua mãe está no sonho.

Fala com ela com seu sorriso "mágico" — é como ela mesma chama, porque é realmente muito bom quando não está zangada e é a pessoa mais adorável do mundo, o que agora acontece cada vez mais raramente.

No sonho, sua mãe fala de si, mas também do pai. Agora, seus pais estão se dando bem de novo e não brigam mais. A mãe lhe conta o que têm feito, como vai o trabalho e a vida em casa em sua ausência, e faz até uma lista dos filmes que viram no DVD. Não eram os seus preferidos, claro. Vão esperar que retorne para verem juntos. Gosta de ouvi-la dizer isso. Queria perguntar quando poderá voltar. Mas no sonho, a mãe não pode ouvi-la. É como se falasse por meio de uma tela. Por mais que se esforce, não consegue mudar nada. E o sorriso no rosto de sua mãe agora lhe parece quase impiedoso.

Uma carícia desliza suavemente por seus cabelos e ela desperta.

A pequena mão sobe e desce da cabeça ao travesseiro e uma voz suave murmura uma canção.

— É você!

A alegria é tão grande que esquece onde está. O que conta agora é que a menina não era fruto de sua imaginação.

— Esperei tanto por você — diz.

— Eu sei, mas não pude vir antes.

— Não deixaram?

A menina olha para ela com seus olhinhos sérios.

— Não, tinha outras coisas a fazer.

Não sabe que compromissos a mantiveram tão ocupada que não pôde vir vê-la. Mas agora isso não importa. Tem mil perguntas a fazer. E começa com a mais importante de todas.

— O que estamos fazendo aqui?

Para ela, é evidente que a menina também é prisioneira. Embora só ela esteja amarrada à cama, enquanto a outra, ao que parece, está livre para perambular como quiser pela barriga do monstro.

— Essa é minha casa.

A resposta a desconcerta:

— E eu? Por que estou aqui?

A menina não diz nada e volta a se concentrar em seus cabelos. Ela percebe que está evitando a pergunta e não insiste, a hora certa logo vai chegar.

— Como se chama?

A menina sorria:

— Gloria.

Mas ela olha para a outra atentamente.

— Não...

— Não o quê?

— Conheço você... Não se chama Gloria...

— Sim, me chamo.

Faz um esforço para recordar. Já tinha visto aquele rosto, tem certeza disso.

— Você estava nas caixas de leite!

A menina olha para ela sem entender.

— É isso: vi seu rosto em prospectos também. A cidade estava cheia. Na escola, no supermercado. Foi... — quanto tempo tinha se passado? Ainda estava na quarta série — Foi há três anos.

A menina continuava sem entender.

— Cheguei aqui há pouco. No máximo quatro semanas.

— Estou dizendo que não! Já se passaram pelo menos três anos.

Não acredita.

— Não é verdade.

— É sim, e seus pais fizeram um apelo na televisão!

— Meus pais morreram.

— Não, estão vivos! E seu nome é... Linda! Seu nome é Linda Brown!

A menina fica tensa:

— Meu nome é Gloria. Essa tal de Linda é outra pessoa. Você está fazendo confusão.

Ao ouvir a voz se irritar daquela maneira, resolve não insistir: não quer que vá embora e a deixe sozinha de novo.

— Está bem, Gloria. Como quiser. Devo ter me enganado. Desculpe.

A menina concorda, satisfeita. Depois, como se nada tivesse acontecido, recomeça a pentear seus cabelos com os dedos e a cantarolar.

E ela resolve tentar outra coisa.

— Estou muito mal, Gloria. Não consigo mexer meu braço. Tenho febre o tempo todo. E desmaio a toda hora...

— Já vai melhorar.

— Preciso de um médico.

— Os médicos só fazem confusão.

Aquela frase soa estranha em sua boca. É como se a tivesse ouvido tantas vezes de outra pessoa, que acabou assimilada a seu modo de falar. E agora a repete para ela.

— Vou morrer, sinto isso.

Duas enormes lágrimas escapam de seus olhos. Gloria para e recolhe as duas de suas faces. Depois começa a examinar os próprios dedos, ignorando-a.

— Ouviu o que disse, Gloria? Vou morrer se você não me ajudar.

— Steve disse que vai ficar boa.

— Quem é Steve?

A menina está distraída, mas responde mesmo assim.

— Steve foi quem trouxe você para cá.

— Quem me sequestrou, é o que quer dizer!

A menina volta a encará-la.

— Steve não sequestrou você.

Por mais medo que tenha de irritá-la novamente, não consegue relevar aquilo: sua sobrevivência depende disso.

— Sequestrou sim, e fez o mesmo com você. Tenho certeza.

— Está enganada. Ele nos salvou.

Não queria, mas a resposta a enfureceu.

— Que droga está dizendo? Nos salvou do quê?

Gloria vacila. Pode ver que seus olhos se esvaziam, dando lugar a um estranho temor. Dá um passo atrás, mas consegue agarrá-la pelo pulso. Gloria quer fugir, tenta se libertar, mas não vai deixá-la ir sem uma resposta.

— De quem?

— De Frankie.

Gloria morde os lábios. Não devia ter dito aquilo. Mas agora é tarde.

— Quem é Frankie?

Consegue se soltar e ela está fraca demais para impedir.

— Vamos nos ver de novo, está bem?

Gloria se afasta.

— Não, espere. Não vá embora!

— Você precisa descansar.

— Não, por favor. Não vai voltar.

— Vou sim, vou voltar.

A menina se afasta. Ela desata a chorar. Um nó amargo de desespero se desfaz em sua garganta. E se espalha pelo peito também. Os soluços a dilaceram, a voz se parte quando implora gritando para o nada.

— Por favor! Quem é Frankie?

Mas ninguém responde.

35

— O nome dela é Sandra.

Terence Mosca tinha escrito o nome no alto da página do bloco de notas. Depois ergueu suavemente o olhar para Sarah Rosa.

— Quando foi sequestrada?

A mulher se ajeitou melhor na cadeira antes de responder, tentando reorganizar direito as ideias.

— Já se passaram 47 dias.

Mila tinha razão: Sandra tinha sido raptada antes das outras cinco. E Albert usou-a para atrair Debby Gordon, sua irmã de sangue.

As duas meninas tinham se conhecido numa tarde no parque, admirando os cavalinhos do carrossel. Uma troca de palavras e logo nasceu a simpatia. Debby estava mal por causa da distância de casa. Sandra, pela separação dos pais. Unidas pelas respectivas tristezas, logo se tornaram amigas.

As duas ganharam um bônus grátis para uma volta de carrossel. Não foi casual. Foi Albert quem juntou as duas.

— Como foi o sequestro de Sandra?

— Quando estava indo para a escola — continuou Rosa.

Mila e Goran viram Mosca concordar. Estavam todos lá — na ampla sala do arquivo, no primeiro andar do edifício da Polícia Federal. O capitão tinha escolhido o local de propósito, para evitar que a notícia vazasse e para que aquela conversa não ganhasse ares de interrogatório.

A sala estava deserta naquela hora. Do local em que estavam, partiam longos corredores com prateleiras cheias de pastas. A única luz vinha da mesa de consulta ao redor da qual estavam reunidos. As vozes e os rumores se perdiam no eco e na escuridão.

— O que pode nos dizer de Albert?

— Nunca o vi nem ouvi. Não sei quem é.

— Claro... — ironizou Terence, como se aquilo fosse um agravante para ela.

Formalmente, Sarah Rosa não tinha sido submetida a nenhuma medida de restrição de liberdade. Mas logo seria autuada por cumplicidade em sequestro e homicídio de menores.

Foi Mila quem a identificou ao investigar melhor o sequestro de Sabine no carrossel. Depois de falar com a mãe da menina, pensou que Albert podia ter usado uma mulher para que o sequestro diante de toda aquela gente passasse despercebido. Mas não uma cúmplice qualquer: alguém que pudesse ser chantageado. A mãe da menina número 6, por exemplo.

Mila tinha chegado à confirmação daquela hipótese mirabolante repassando no laptop as fotos de recordação daquela noite no parque de diversões. No fundo de um instantâneo tirado por um pai de família, notou uma massa de cabelos e um esboço de perfil que suscitaram uma intensa coceira na base de seu pescoço, seguida por um nome inequívoco: Sarah Rosa.

— Por que Sabine? — perguntou Mosca.

— Não sei — disse Rosa: — Uma foto dela chegou às minhas mãos, assim como a informação de onde teria que pegá-la. É tudo.

— E ninguém percebeu nada.

No Pensatório, Rosa tinha dito:

— Cada um olhava apenas para o próprio filho. As pessoas estão pouco se lixando, essa é a verdade.

E Mila lembrou. A mulher sabia bem disso porque tinha vivido a situação pessoalmente.

Mosca prosseguiu:

— Então ele conhecia os roteiros das famílias.

— Suponho que sim. Suas instruções para mim eram sempre muito precisas.

— Como passava as ordens?

— Por meio de correio eletrônico.

— Não tentou descobrir a proveniência?

A pergunta do capitão já tinha uma resposta: Sarah Rosa era especialista em informática. Se não conseguiu, ninguém conseguiria.

— De todo modo, guardei todos os emails — depois olhou para os colegas: — Ele é muito esperto, sabiam? E muito hábil — disse isso como quem se justifica. — E está com minha filha — acrescentou.

Seu olhar não tocou em Mila.

Tinha sido hostil com ela desde o primeiro dia porque era realmente a única pessoa capaz de descobrir a identidade da sexta menina, colocando sua vida em risco.

— Foi ele quem mandou que se livrasse logo de Vasquez?

— Não, foi iniciativa minha. Era a única que podia atrapalhar.

Queria demonstrar mais uma vez o seu desprezo. Mas Mila perdoou. Seu pensamento voltou-se para Sandra, a menina que sofria de distúrbios alimentares — como tinha dito Goran — e que agora estava nas mãos de um psicopata, com um braço amputado, submetida a sofrimentos inomináveis. Passou dias obcecada com sua identidade. Agora finalmente tinha uma nome.

— Então seguiu a agente Vasquez duas vezes, para assustá-la e obrigá-la a abandonar a investigação.

— Sim.

Mila lembrava que, depois da perseguição de carro, tinha ido ao Estúdio, mas não havia ninguém. Boris tinha deixado um SMS, avisando que estavam na casa de Yvonne Gress. E ela foi se encontrar com eles. Sarah Rosa estava lá, se arrumando ao lado do furgão da unidade móvel. Mila não se perguntou por que ainda não estava dentro da casa com os outros. Seu atraso não levantou suas suspeitas. Talvez a colega tenha sido mais esperta, atacando primeiro para não lhe dar tempo de pensar e semeando dúvidas a respeito de Goran.

— *E, além do mais, ele enganou você... Porque eu votei contra.*

Mas não tinha feito isso, pois poderia levantar suspeitas.

Terence Mosca não tinha pressa: anotava as respostas de Rosa no bloco, refletindo um pouco antes de continuar com a pergunta seguinte.

— E o que mais fez para ele?

— Entrei escondida no quarto de Debby Gordon, no colégio. Roubei o diário da caixa de lata, ajeitando o cadeado de modo que ninguém percebesse. Depois tirei as fotos em que minha filha aparecia. E deixei o transmissor GPS que levou vocês à segunda descoberta no orfanato...

— Não pensou que, cedo ou tarde, alguém ia desmascará-la? — observou Mosca.

— E eu tinha escolha?

— Foi você quem colocou o cadáver da quinta menina no Estúdio?

— Sim.

— Entrou com sua chave e simulou o arrombamento da porta blindada.

— Para não levantar suspeitas....

— Claro... — então, Mosca encarou-a por alguns instantes. — E sabe por que ele mandou colocar o corpo no Estúdio?

Era a resposta que todos esperavam.

— Não sei.

Mosca respirou profundamente pelo nariz. Aquele gesto queria dizer que a conversa estava encerrada. Em seguida, o capitão falou com Goran.

— Acho que já é suficiente. A menos que o senhor também tenha alguma pergunta a fazer...

— Não, nenhuma — disse o criminologista.

Mosca dirigiu-se novamente à mulher:

— Agente especial Sarah Rosa, em dez minutos vou telefonar para o Procurador, que vai formular oficialmente as acusações contra você. Conforme combinado, essa conversa ficará entre nós, mas aconselho que não abra a boca sem a presença de um bom advogado. Uma última pergunta: tem mais alguém, além de você, envolvido nessa história?

— Se está se referindo a meu marido, ele não sabe de nada. Estamos nos divorciando. Assim que Sandra desapareceu, expulsei-o de casa com uma desculpa qualquer, para que não ficasse sabendo de nada. Temos brigado muito ultimamente porque ele quer ver a filha e acha que estou impedindo.

Mila tinha visto os dois discutindo veementemente diante do Estúdio.

— Bem — disse Mosca, levantando-se. Depois falou com Boris e Stern, indicando Rosa: — Mandarei alguém imediatamente para formalizar a prisão.

Os dois agentes concordaram. O capitão inclinou-se para pegar o bloco ao lado de uma pasta amarela: na capa se entreviam algumas letras de uma inscrição batida à máquina: "W"... "on" e "P".

— Wilson Pickett — pensou ela.

Terence Mosca encaminhou-se lentamente para a saída, seguido por Goran. Mila ficou com Boris e Stern, junto a Rosa. Os dois homens ficaram em silêncio, evitando olhar para a colega que não tinha confiado neles.

— Sinto muito — disse ela com lágrimas nos olhos. — Não tinha escolha — repetiu.

Boris não respondeu, mal conseguia conter a raiva. Stern disse apenas:

— Está bem, mas agora fique tranquila.

Porém, não foi muito convincente.

Foi então que Sarah Rosa olhou para eles, suplicante:

— Encontrem a minha menina, por favor...

Muitos consideram — erradamente — que os serial killers são movidos sempre por motivações sexuais. Mila também pensava assim antes de se envolver no caso de Albert.

Na realidade, segundo seus objetivos finais, existem diversos tipos.

Há os "visionários", que cometem seus crimes dominados por um alter ego com o qual se comunicam e do qual recebem instruções, às vezes sob a forma de visões ou de simples "vozes". Seu comportamento deságua muitas vezes na psicose.

Os "missionários" se colocam uma meta inconsciente e são dominados por uma autoimposta responsabilidade pela melhoria do mundo que os cerca, que passa inevitavelmente pela eliminação de algumas categorias de pessoas: homossexuais, prostitutas, infiéis, advogados, fiscais da receita e assim por diante.

Os "caçadores de poder" possuem autoestima muito baixa. Para eles, a satisfação vem do controle da vida e da morte de suas vítimas. O homicídio se faz acompanhar do ato sexual, mas apenas como instrumento de humilhação.

Por fim, os "hedonistas". Matam apenas pelo prazer de matar. Entre eles — e apenas como subcategoria — incluem-se também os que têm propósitos sexuais.

Benjamim Gorka entrava em todas estas quatro categorias.

Sofria de visões que o levavam a matar apenas prostitutas, depois de estuprá-las, porque não conseguia ter relações com o outro sexo e aquilo lhe dava muito prazer.

Sua vítimas identificadas eram 36, embora só tivesse assumido toda a responsabilidade por oito delas. Temia-se que tivesse matado muitas mais, desaparecendo habilmente com os restos mortais. Ficou em atividade 25 anos antes de ser preso.

A dificuldade de localizá-lo deveu-se em grande parte à variedade e à distância entre os lugares onde atacava.

Foi identificado por Gavila e pelo esquadrão depois de três anos de caça cerrada. Tinham inserido os dados dos diversos homicídios num computador que elaborou um sistema circular que, sobreposto a um mapa rodoviário, revelou que as linhas do esquema correspondiam exatamente ao ciclo de distribuição de mercadorias.

Na verdade, Benjamim Gorka era caminhoneiro.

Sua captura aconteceu na noite de Natal, num posto de serviços da autoestrada. Mas por causa de um equívoco da acusação durante o processo, obteve uma sentença de enfermidade mental parcial e uma estada num manicômio judiciário. Lugar do qual, aliás, nunca mais sairia.

No momento em que foi preso, o país descobriu o nome de um dos assassinos mais brutais de sua história. Para Goran e seus homens, no entanto, Benjamim Gorka seria para sempre Wilson Pickett.

Depois que dois policiais se apresentaram para levar Sarah Rosa, Mila esperou que Boris e Stern fossem embora: queria ficar sozinha no arquivo. Depois, começou a consultar os fichários e encontrou a cópia dos autos que procurava.

Folheando-os, não conseguiu descobrir o motivo que levou o criminologista a batizar o homicida com o nome do famoso cantor. Em compensação, viu as fotos da bela mulher que já tinha visto antes na parede, no dia em que colocou os pés pela primeira vez no Estúdio.

Chamava-se Rebecca Springher. E tinha sido a última vítima de Gorka.

Na verdade, não havia muito mais informação nos autos. Ficou matutando por que o caso constituía uma ferida ainda aberta para os membros do esquadrão e recordou as palavras de Boris quando pediu explicações.

— Deu tudo errado. Cometemos alguns erros e alguém ameaçou dissolver o esquadrão e dar bilhete azul ao Dr. Gavila. Quem nos defendeu foi Roche, insistindo para que mantivéssemos nossos postos.

Algo tinha ido mal. Mas a pasta que tinha nas mãos não indicava nenhum erro, aliás, descrevia a operação como "exemplar" e "perfeitamente concluída".

Não podia ser bem assim, posto que Terence Mosca tinha encontrado algum motivo para meter o nariz na história novamente. Mila desencavou a ata do depoimento de Goran ao tribunal que julgaria o serial killer. Na ocasião, o criminologista definiu Benjamim Gorka como "um psicopata puro, tão raro *in natura* quanto um tigre albino".

Para acrescentar em seguida:

— Estes indivíduos são difíceis de descobrir. De fora, parecem absolutamente normais, homens comuns. Mas escavando um pouco a superfície de normalidade, seu "eu" interior se revela. Aquilo que muitos deles chamam de "a fera". Gorka alimentou-a com seu sonhos, com seus desejos. Muitas vezes, foi obrigado a acertar as contas com ela. Talvez até a tenha combatido por um período da vida. Mas finalmente, se rendeu. Entendeu que só havia uma maneira de fazê-la calar: satisfazer seus desejos. Do contrário, ela o devoraria por dentro.

Enquanto examinava aquela folhas, Mila quase podia ouvir aquelas palavras na voz de Goran.

— Depois, um dia, deu-se uma fratura entre a realidade e o onírico. Foi então que Benjamin começou a planejar o que antes só fantasiava. O instinto de matar existe em cada um de nós. Mas, graças aos céus, somos dotados de um dispositivo que permite controlá-lo, inibi-lo. No entanto, sempre existe um ponto de ruptura.

— Um ponto de ruptura — refletiu Mila.

Foi adiante e parou em outro trecho:

— ... mas logo o ato precisa ser repetido, pois o feito desaparece, a recordação não basta mais e é suplantada por uma sensação de insatisfação e desgosto. As fantasias já não são suficientes e o ritual tem que se repetir. A necessidade precisa ser saciada. Ao infinito.

Ao infinito!

Encontrou-o lá fora, sentado num dos degraus de aço da escada de incêndio. Tinha acendido um cigarro, que levava aos lábios, apertado entre os dedos.

— Mas não diga nada a minha mulher — disse Stern, assim que a viu sair da porta anti-incêndio.

— Não se preocupe, é um segredo — tranquilizou Mila, sentando-se a seu lado.

— Então o que posso fazer por você?

— Como sabe que vim pedir algo?

Stern respondeu erguendo a sobrancelha.

— Albert não vai se deixar pegar, sabe disso tanto quanto eu — disse Mila. — Creio que já planejou a própria morte: ela também faz parte de seu plano.

— Se ele morrer, não me importa. Sei que não é muito cristão dizer certas coisas, mas é isso mesmo.

Mila fitou-o e ficou séria.

— Ele conhece vocês, Stern. Sabe muito a seu respeito, ou não teria depositado o quinto cadáver no Estúdio. Deve ter acompanhado seus casos anteriores. Sabe como se movem, é por isso que consegue antecipar as coisas. E acho que conhece sobretudo Gavila...

— Por que pensa isso?

— Li um depoimento dele ao tribunal num velho caso, e Albert se comporta como se quisesse desmentir suas teorias. É um serial killer *sui generis*. Não parece sofrer de nenhum distúrbio narcísico de personalidade, pois prefere atrair a atenção para outros criminosos e não para si mesmo. Não parece dominado por um instinto irrefreável, pois consegue se controlar muito bem. O que faz não lhe dá prazer, parece mais atraído pelo desafio que lançou. Como explica isso?

— Simples: não explico. E não me interessa.

— Como pode não ligar? — explodiu ela.

— Não disse que estou pouco me lixando, disse que não me *interessa*. É diferente. Quanto a nós, nunca aceitamos o seu "desafio". Só consegue nos manter ligados porque ainda temos uma menina para salvar. E não é verdade que não tem uma personalidade narcísica, pois quer, sim, a nossa atenção. Não a de qualquer um: só a nossa, entende? Os jornalistas simplesmente adorariam se ele enviasse um sinal qualquer, mas Albert não se interessa. Pelo menos por enquanto.

— Porque não sabemos o que tem em mente para o final.

— Exatamente.

— Mas estou convencida de que Albert está tentando chamar atenção para vocês nesse momento. E estou falando do caso Benjamim Gorka.

— Wilson Pickett.

— Gostaria que me falasse disso...

— Leia os autos.

— Boris me contou que tiveram problemas na época...

Stern jogou fora o que restava do cigarro.

— Boris às vezes não sabe o que diz.

— Vamos, Stern, diga o que aconteceu! Não sou a única interessada nessa história... — e contou sobre a pasta que viu na bolsa de Terence Mosca.

Stern ficou pensativo.

— Está bem. Mas não vai gostar, pode crer.

— Estou pronta para tudo.

— Quando pegamos Gorka, começamos a esquadrinhar sua vida. O sujeito praticamente vivia no caminhão, mas encontramos um recibo de compra de uma boa quantidade de provisões. Pensamos que tivesse percebido que o círculo estava se fechando ao seu redor e estivesse se preparando para ficar entocado em algum local seguro até tudo se acalmar.

— Mas não era isso...

— Cerca de um mês depois de sua captura, surgiu a denúncia do desaparecimento de uma prostituta.

— Rebecca Springher.

— Exatamente. Mas a ocorrência remontava mais ou menos à época do Natal.

— Ou seja, quando Gorka foi preso.

— Exato. E o local onde a mulher fazia ponto era um dos locais de passagem do caminhão.

Mila concluiu sozinha:

— Gorka a mantinha prisioneira, as provisões eram para ela.

— Não sabíamos onde estava e quanto ainda resistiria. De modo que perguntamos a ele.

— E ele, claro, negou.

Stern sacudiu a cabeça.

— Não, muito pelo contrário. Admitiu tudo. Mas para revelar o cativeiro, impôs uma pequena condição: só contaria na presença do Dr. Gavila.

Mila não entendeu.

— Mas então qual foi o problema?

— O problema foi que ninguém conseguiu encontrar Dr. Gavila.

— E como é que Gorka sabia disso?

— Não sabia, o filho da puta sádico! Enquanto procurávamos o criminologista, o tempo passava para aquela pobre infeliz. Boris submeteu Gorka a todo tipo de interrogatório.

— E conseguiu fazê-lo falar?

— Não, mas ouvindo a gravação dos interrogatórios anteriores, percebeu que Gorka mencionava casualmente um velho armazém onde havia um poço. Foi Boris quem encontrou Rebecca Springher. Sozinho.

— Mas ela já tinha morrido de inanição.

— Não. Tinha cortado as veias com um abridor de latas que Gorka deixou junto com os alimentos. Mas o que mais dá raiva é outra coisa... segundo o legista, ela se suicidou apenas umas duas horas antes de ser encontrada por Boris.

Mila ficou gelada. Mas perguntou mesmo assim:

— E Gavila, onde estava esse tempo todo?

Stern sorriu, tentando esconder os próprios sentimentos.

— Foi encontrado uma semana depois no banheiro de uma estação rodoviária. Os motoristas chamaram uma ambulância: estava em coma etílico. Tinha deixado o filho com a babá e saído de casa para digerir o abandono da mulher. Quando fomos visitá-lo no hospital, estava irreconhecível.

Talvez aquela história encerrasse a razão da forte ligação dos policiais do esquadrão com um civil como Goran. Pois, mais do que os sucessos, são as tragédias humanas que unem as pessoas, pensou Mila. E uma frase que ouviu de Goran em sua própria casa, quando descobriu que tinha sido enganado por Roche a respeito de Joseph B. Rockford, lhe voltou à memória.

— Pensamos que sabemos tudo sobre as pessoas que estão do nosso lado, mas na verdade não sabemos nada...

Era totalmente verdade, pensou. Por mais que se esforçasse, nunca conseguiria imaginar Goran nas condições em que o encontraram. Bêbado e sem sentidos. E aquele pensamento a incomodava naquele momento. Mudou de assunto.

— Por que chamaram o caso de Wilson Pickett?

— Apelido simpático, não?

— Pelo que entendi, em geral Gavila prefere dar um nome real ao sujeito que pretende capturar, para torná-lo menos etéreo.

— Geralmente — replicou Stern. — Mas nesse caso, abriu uma exceção.

— Por quê?

O agente especial encarou-a:

— Não há motivo para ficar dando tratos à bola, pode ter certeza. Eu mesmo posso explicar. Mas se quiser saber como tudo aconteceu de verdade, deveria fazer algo pessoalmente...

— Estou disposta a tudo.

— Olhe, no caso Benjamim Gorka aconteceu algo muito raro... — e acrescentou: — Já encontrou alguém que conseguiu sobreviver a um serial killer?

36

Não se sobrevive a um serial killer.

Chorar, desesperar-se, implorar, não adianta nada. Ao contrário, alimenta o prazer sádico do homicida. A fuga é a única possibilidade da presa. Mas o medo, o pânico, a incapacidade de compreender o que está acontecendo jogam a favor do predador.

Da mesma forma, são raros os casos em que o serial killer não consuma o assassinato. Isso só acontece quando, no momento em que está para consumar o ato, algo — um freio ativado inadvertidamente por um gesto ou uma frase da vítima — o detém.

Foi exatamente por isso que Cinthia Pearl se transformou numa sobrevivente.

Mila foi encontrá-la no pequeno apartamento que a moça tinha alugado num condomínio próximo do aeroporto. A casa era modesta, mas constituía o mais importante feito da nova Cinthia: a antiga era um acúmulo de experiências negativas, erros repetidos e escolhas equivocadas.

— Eu me prostituía para comprar droga.

Disse isso sem um mínimo de hesitação, como se estivesse falando de outra pessoa. Mila não conseguia acreditar que a jovem mulher que tinha diante de si tivesse nas costas uma existência tão pesada.

Cinthia mal aparentava os 24 anos que tinha. Recebeu a policial ainda vestida com o uniforme de trabalho. Há alguns meses, trabalhava como caixa de um supermercado. A aparência descuidada, com os cabelos ruivos presos num rabo de cavalo e o rosto sem sombra de maquiagem, não conseguia esconder uma beleza selvagem, acompanhada de um fascínio completamente involuntário.

— Quem encontrou esse apartamento para mim foi o agente Stern, junto com sua esposa — disse, orgulhosa.

Mila olhou ao redor para satisfazê-la. Os móveis eram de estilos diversos, reunidos mais para preencher os espaços do que para decorar. Mas dava para ver que era importante para ela. E que cuidava da casa. Tudo estava muito limpo e arrumado. Havia enfeites colocados cá e lá, sobretudo pequenos animais de porcelana.

— São a minha paixão. Faço coleção, sabia?

Viam-se também algumas fotos de um menino. Cinthia era mãe solteira. Seu filho tinha sido retirado de sua guarda por decisão da assistência social e entregue a uma outra família.

Para retomar a guarda, enfrentou um programa de desintoxicação. Em seguida, começou a frequentar a igreja que Stern e a mulher frequentavam. Depois de tantas vicissitudes, finalmente tinha encontrado Deus. E ostentava sua nova fé usando uma medalhinha de são Sebastião. Era seu único enfeite, junto com o anel do rosário que usava no anular.

— Ouça, Srta. Pearl, não quero obrigá-la a me contar o que houve entre a senhorita e Benjamim Gorka...

— Oh, não, hoje em dia falo abertamente disso. No início era difícil lembrar, mas agora acho que superei. Até escrevi uma carta para ele, sabia?

Mila certamente não tinha como saber qual tinha sido a reação de Gorka à carta, mas pensando no tipo de homem que era, estava certa de que a usava como inspiração para masturbações noturnas.

— Ele respondeu?

— Não. Mas tenho intenção de insistir: aquele homem tem uma necessidade desesperada da Palavra.

Falava sentada diante dela e continuava a puxar para baixo a manga direita da camiseta. Mila intuiu que estava tentando esconder alguma tatuagem que agora fazia parte do passado. Provavelmente, ainda não tinha juntado dinheiro suficiente para apagá-la.

— E então, o que aconteceu?

O rosto de Cinthia anuviou-se.

— O encontro ocorreu devido a uma série de coincidências. Não costumava procurar clientes na rua, preferia os bares. Era bem mais seguro e também tinha calefação. Nós, as moças, deixávamos uma gorjeta para o barman — fez uma pausa. — Nasci numa cidadezinha onde a beleza pode ser uma maldição. Você entende rapidamente que pode usá-la para ir embora, enquanto muitos de seus amigos jamais sairão de lá: vão casar entre si e serão infelizes para sempre. Então, eles olham para você cheios de expectativas, como se fosse alguém especial. Você representa a esperança deles.

Mila entendia e provavelmente também conhecia todas a etapas sucessivas daquela história. Cinthia tinha ido embora após terminar o ensino médio. Chegou a uma grande cidade, mas não encontrou o que procurava. Ao contrário, tinha conhecido milhares de moças iguais a ela, com o mesmo ar perdido e o mesmo medo no coração. O ofício de prostituta não foi um imprevisto infeliz, mas a consequência natural de cada passo realizado antes.

O que mais a amargurava quando ouvia histórias assim, era o pensamento de que com apenas 24 anos uma moça como Cinthia Pearl já tivesse queimado toda a energia de sua juventude. Muito cedo na vida, trilhou caminhos terríveis e Benjamim Gorka estava simplesmente esperando no fim da descida.

— Naquela noite peguei um sujeito. Usava aliança no dedo, parecia normal. Saímos em seu carro para fora da cidade. No fim, recusou-se a pagar e até me bateu. Fiquei largada lá, na estrada — suspirou. — Não podia pedir carona: ninguém dá carona a uma prostituta. Então resolvi pegar na esperança de que um novo cliente me trouxesse de volta.

— E Gorka chegou...

— Lembro-me apenas do enorme caminhão encostando. Antes de subir, discutimos um pouco sobre o preço. Parecia gentil. Perguntou: — O que está fazendo aí fora? Entre, senão vai congelar!

Cinthia abaixou os olhos. Falar das coisas que tinha feito para viver não a incomodava. Mas se envergonhava de ter sido tão ingênua.

— Fomos para a parte de trás, na cabine onde ele costumava dormir. Era uma verdadeira casa, sabia? Tinha de tudo. Até aquela espécie de pôster... Não era nenhuma novidade, todos os caminhoneiros têm um. Mas havia algo estranho naquela imagem...

Mila recordou um detalhe lido nos autos: Gorka tirou fotos obscenas das vítimas, transformadas depois em pôsteres.

A singularidade daqueles cartazes é que retratavam cadáveres. Mas Cinthia não tinha como saber disso.

— Subiu em cima de mim e eu deixei. Ele cheirava muito mal e esperei que acabasse logo. Mantinha a cabeça afundada em meu pescoço e assim dava para poupar um pouco de encenação. Dava apenas aqueles gritinhos de sempre. E estava de olhos abertos... — mais uma pausa, um pouco mais longa para recuperar o fôlego. — Não sei quanto tempo minhas pupilas levaram para se acostumar com a penumbra, mas quando acostumaram, vi aquela inscrição no teto da cabine...

Era feita com tinta fosforescente. Mila tinha visto uma reprodução.

Dizia: Eu vou matá-la.

— Comecei a gritar... E ele a rir. Tentei chutar para expulsá-lo, mas era muito maior que eu. Pegou uma faca e começou a me apunhalar. Aparei a primeira punhalada com o antebraço, a segundo me pegou do lado, a terceira atravessou minha barriga. Sentia o sangue escorrendo para fora de mim e pensei: Pronto, estou morta.

— Mas ele parou... Por quê?

— Porque a certa altura, eu disse algo... Foi espontâneo, talvez fosse o pânico, não sei. Disse: Por favor, quando eu morrer, cuide do meu filho. Ele se chama Rick e tem 5 anos... — Sorriu com amargura e sacudiu a cabeça. — Imagine! Realmente, pedi àquele assassino que cuidasse de meu menino... Não sei o que me passou pela cabeça, mas no momento devo ter achado normal. Porque se ele estava tomando a minha vida e eu estava disposta a permitir, depois ele teria que pagar de alguma forma. É absurdo: eu achava que ele ficaria em débito comigo!

— Pode até ser absurdo, mas deteve sua fúria.

— Mas não consigo me perdoar por isso.

Cinthia Pearl deixou escorrer um rio de lágrimas reprimidas.

— Wilson Pickett — disse Mila então.

— Ah, lembro-me bem disso. Estava meio morta naquela cabine e ele pegou o volante. Em pouco tempo, ia me abandonar num estacionamento. Mas eu não sabia que era essa a sua intenção. Estava tonta e fraca com todo o sangue que perdia. Enquanto isso, o rádio transmitia aquela maldita música... "In the Midnight Hour"... Depois desmaiei e despertei no hospital: não me lembrava de nada. A polícia perguntou como tinha me ferido, mas eu não sabia o que responder. Recebi alta e fiquei por uns tempos na casa de uma amiga. Uma noite, ouvi no telejornal a notícia da prisão de Gorka. Mas mesmo quando mostraram uma foto, seu rosto não me disse nada... Tudo aconteceu numa quarta-feira à tarde: estava sozinha em casa e liguei o rádio. Estava tocando a música de Wilson Pickett. Foi só então que minha memória voltou.

Mila entendeu que só deram aquele nome a Gorka depois que já estava preso. E foi escolhido como advertência e memória dos erros cometidos.

— Foi horrível — continuou Cinthia. — Foi como se acontecesse de novo. E depois, fico pensando, sabia? Se tivesse recuperado a memória mais cedo, talvez pudesse ajudar alguma outra a se salvar...

Pelo tom usado, Mila intuiu que aquelas últimas palavras eram pura formalidade. Não que Cinthia não se importasse com a sorte das outras mulheres, mas porque tinha colocado uma espécie de barreira entre o que tinha acontecido com ela e o destino que, ao contrário, coube às outras. Era um dos vários expedientes para seguir em frente que se aprende depois de passar por uma experiência como aquela.

Quase como se confirmasse, Cinthia acrescentou:

— Um mês atrás, encontrei com os pais de Rebecca Springher, a última moça morta.

— Não foi morta — pensou Mila. — É muito pior: ele a obrigou a se suicidar.

— Participamos juntos de uma missa em homenagem às vítimas de Benjamim Gorka. Sabe, eles pertencem à mesma congregação que eu. Ficaram me observando o tempo todo e me senti culpada.

— Culpada de quê? — perguntou Mila, que sabia muito bem a resposta.

— Por ter sobrevivido, acho eu.

Mila agradeceu e fez menção de ir embora. Enquanto a acompanhava até a porta, percebeu que Cinthia estava estranhamente silenciosa, como se quisesse perguntar algo, mas não soubesse por onde começar. Então resolveu lhe dar um pouco mais de tempo e, para isso, perguntou onde ficava o banheiro. A moça indicou onde ficava.

Era um cubículo mal arejado. Um par de meias-calças estava pendurado para secar no chuveiro. Ali também se viam bichinhos de porcelana, e a cor dominante era o rosa. A policial inclinou-se sobre a pia para enxaguar o rosto. Estava cansada, esgotada. Tinha comprado antisséptico e todo o necessário para se cortar. Ainda tinha que fazer seu ritual em memória da morte da quinta menina. Tinha adiado, mas não passaria daquela noite.

Aquela dor era necessária.

Enquanto enxugava as mãos e o rosto numa toalhinha, entreviu uma garrafinha de solução para higiene bucal no armarinho. O líquido era escuro demais. Cheirou: era bourbon. Cinthia Pearl também tinha um segredo. Um mau hábito que ficou da velha vida. Mila podia imaginá-la, fechada em seu pequeno banheiro, sentada na privada enquanto se permitia alguns goles, com o olhar perdido nos ladrilhos. Mesmo tendo mudado tanto, e para melhor, Cinthia Pearl não conseguia deixar de cultivar um lado obscuro.

— Faz parte da natureza humana — pensou Mila. — Mas meu segredo vem de mais longe...

Quando finalmente ficou pronta para sair, Cinthia tinha reunido coragem para perguntar se não poderiam se encontrar novamente para ir ao cinema ou ao shopping. Mila compreendeu que precisava desesperadamente de uma amiga e não foi capaz de negar aquela pequena ilusão.

Para deixá-la contente, colocou seu número na memória do celular, embora soubesse que nunca mais iriam se ver.

Vinte minutos depois, Mila chegou à sede da Polícia Federal. Viu vários agentes à paisana mostrando o distintivo na entrada e várias patrulhas retornando simultaneamente: tinha sido chamadas por algum motivo.

Algo tinha acontecido.

Pegou as escadas para não perder tempo na fila que tinha se formado diante dos elevadores. Chegou rapidamente ao terceiro andar do edifício, para onde o quartel-general tinha sido transferido desde a descoberta do cadáver no Estúdio.

— Mosca convocou todo mundo — ouviu um detetive dizer ao telefone. Foi para a sala em que a reunião aconteceria. Na frente da entrada, um monte de policiais se espremiam para tentar encontrar um lugar. Cavalheirescamente, alguém lhe deu a precedência.

Mila achou um lugar vazio numa das últimas filas. Diante dela, porém bem mais para o lado, estavam sentados Boris e Stern. Este último percebeu sua presença e acenou com a cabeça. Mila tentou dizer de longe como tinha sido o encontro com Cinthia, mas ele fez sinal para que deixasse para depois.

O apito agudo do alto-falante interrompeu o zunzunzum por um segundo: um técnico estava ajeitando o microfone na tribuna e tamborilando no bocal para verificar se funcionava. O quadro luminoso e a máquina de café foram arrastados até um canto para dar lugar a outras cadeiras. Mas ainda não era suficiente e alguns policiais já estavam se colocando ao longo das paredes.

Aquela afluência não era normal e Mila pensou imediatamente em algo grave. Além do mais, não tinha visto nem Goran, nem Roche. Imaginava que estariam com Terence Mosca, fechados num gabinete, acertando que versão dos fatos queriam divulgar.

A espera era enervante. Finalmente, viu o inspetor-chefe aparecer na soleira da porta: entrou, mas não foi para a tribuna. Acomodou-se na primeira fila, no posto que um detetive diligente se apressou a lhe oferecer. O rosto de Roche não deixava transparecer nada. Parecia tranquilo: cruzou as pernas e esperou como todos os outros.

Goran e Mosca chegaram juntos. Os agentes que estavam na porta abriram alas, e eles se dirigiram a passos largos para o palco. O criminologista se encostou na escrivaninha encostada na parede, enquanto o capitão tirou o microfone do apoio e, sacudindo o fio, anunciou:

— Senhores, por favor, um pouco de atenção...

Fez-se o silêncio.

— OK... Bem... Vocês foram convidados para essa reunião porque temos uma comunicação importante a fazer — Mosca falava no plural, mas a verdadeira estrela agora era ele. — Diz respeito ao caso da menina encontrada no Estúdio. Infelizmente, como imaginávamos, a cena do crime está limpa. Mas nosso homem já nos habituou a essa conduta. Nenhuma impressão digital, nenhum líquido corpóreo, nenhum vestígio estranho...

Era evidente que Mosca estava ganhando tempo. Mila não foi a única a perceber isso. Apenas Goran, de braços cruzados, parecia tranquilo e fitava o auditório. Sua presença agora era apenas fachada. O capitão tinha assumido o controle total da situação.

— No entanto — prosseguiu Mosca —, creio que descobrimos o motivo pelo qual o serial killer colocou o corpo lá. Tem a ver com o caso que todos certamente recordam: o de Benjamim Gorka...

Um murmúrio atravessou a sala como uma onda imprevista. Mosca abriu os braços para pedir que se calassem, permitindo que concluísse. Foi então que colocou a mão no bolso e seu tom de voz mudou.

— Ao que parece, nós erramos meses atrás. Foi cometido um grave erro.

Usou uma expressão genérica, sem indicar quem seria o responsável pelo equívoco, mas sublinhando voluntariamente as duas últimas palavras.

— Felizmente, ainda podemos remediar...

Naquele momento Mila entreviu algo de estranho com o canto do olho. Stern continuava a olhar para a frente mas, lentamente, levou a mão ao flanco direito, soltando a presilha da cartucheira e liberando sua pistola.

Por um instante, intuiu algo e teve medo.

Mosca ainda disse:

— Rebecca Springher, a última vítima de Gorka, não foi morta por ele... mas por um dos nossos.

O murmúrio se transformou em confusão e Mila percebeu que o capitão apontava para alguém na plateia com os olhos. E era Stern. Viu claramente quando o agente especial se levantou e empunhou a arma de serviço. Tomada pela incerteza, também estava prestes a fazer o mesmo. Mas Stern virou para a esquerda e apontou a arma para Boris.

— O que deu em você, cacete? — perguntou o colega, atônito.

— Coloque as mãos à vista, rapaz. E não me obrigue a repetir, por favor.

37

— É melhor dizer de uma vez como tudo aconteceu realmente.

Tinham chamado três especialistas em interrogatórios do Exército, que se revezariam ininterruptamente para tentar intimidar Boris. Ele conhecia todas as técnicas para se obter uma confissão, mas eles tentariam extenuá-lo com perguntas, sem dar trégua. Acreditavam que a privação de sono agiria melhor que qualquer estratégia.

— Já disse que não sei de nada.

Mila observava o colega do outro lado do falso espelho. Estava sozinha na saleta. A seu lado, havia uma câmera digital que enviava as imagens do interrogatório para um sistema de circuito fechado, poupando os peixes grandes do Departamento — inclusive Roche — de assistir diretamente ao massacre de um de seus melhores homens. Podiam fazer isso sentados comodamente em seus gabinetes.

Mila, ao contrário, quis estar presente. Porque ainda não conseguia acreditar naquela terrível acusação.

— Foi Boris quem encontrou Rebecca Springher, sozinho.

Stern havia dito que, numa sala de interrogatório semelhante àquela que tinha diante de si, Benjamim Gorka tinha fornecido involuntariamente a Boris as indicações de um velho armazém onde havia um poço.

Segundo a versão oficial, que tinha se sustentado até então, o agente especial chegou sozinho ao local e já a encontrou morta.

— Cortou os pulsos com um dos abridores de lata que Gorka deixou junto com algumas provisões. Mas o que dá mais raiva não é isso... Segundo o legista, ela se suicidou apenas duas horas antes que Boris a encontrasse — tinha dito ele.

Duas horas.

Mas Mila tinha examinado os autos e já na época o legista, analisando os resíduos de alimento presentes no estômago da moça e a interrupção dos processos digestivos depois da morte, estabeleceu que não era possível remontar com absoluta certeza ao momento do óbito. E que, na verdade, o evento poderia ter ocorrido até depois das duas fatídicas horas.

Agora, aquela incerteza tinha sido anulada definitivamente.

A acusação era de que quando Boris chegou, Rebecca ainda estava viva. Que diante daquela situação, uma escolha se apresentou diante dele. Salvá-la e se transformar num herói ou realizar a maior utopia de todo assassino.

O homicídio perfeito. Aquele que ficará impune para sempre, completamente desprovido de motivação.

Experimentar, por uma única vez, a embriaguez do controle da vida e da morte de um semelhante, tendo ao mesmo tempo a certeza de poder sair dali livre, pois a culpa será atribuída a outro. Essas considerações foram a tentação de Boris, segundo seus acusadores.

No depoimento diante do tribunal que julgava Benjamim Gorka, Dr. Gavila havia afirmado que "o instinto de matar está em cada um de nós. Mas, graças aos céus, somos dotados também de um dispositivo que permite controlar este instinto, inibi-lo. Existe sempre, porém, um ponto de ruptura".

Boris tinha atingido esse ponto quando se viu diante daquela pobre moça indefesa. No fundo, apenas uma prostituta. Mas Mila não se conformava.

No entanto, aquilo que no início era apenas uma hipótese a ser investigada foi avalizada em seguida quando foi encontrado, durante uma busca na casa de Boris, um fetiche. Um suvenir para o jovem agente especial relembrar no tempo a sua façanha: as calcinhas de renda da moça, surrupiadas do depósito judiciário depois do encerramento do caso.

— Não tem alternativa, Boris. Ficaremos aqui a noite inteira se for necessário. E amanhã também e depois — o interrogador falava cuspindo. Isso também servia para aniquilar moralmente o interrogado.

A porta da saleta se abriu e Mila viu Terence Mosca entrar. Tinha uma vistosa mancha de gordura na lapela do paletó, resíduo de um almoço à base de alguma porcaria de fast-food.

— Como vai? — perguntou o capitão, como sempre com as mãos nos bolsos.

Mila respondeu sem olhar para ele.

— Nada ainda.

— Vai ceder. — Parecia muito seguro de si.

— Por que pensa isso?

— Cedo ou tarde, todos cedem. Ele também sabe disso. Talvez precise de um pouco mais de tempo, mas no final vai escolher o mal menor.

— Por que resolveu prendê-lo na frente de todo mundo?

— Para não lhe dar a possibilidade de reagir.

Mila não esqueceria com facilidade os olhos úmidos de Stern ao colocar as algemas naquele que considerava um terceiro filho. Quando soube dos resultados da busca no apartamento de Boris, o agente especial mais velho se ofereceu para fazer a prisão pessoalmente. E não quis nem discutir quando Roche tentou dissuadi-lo.

— E se Boris não tiver nada com isso?

Mosca interpôs seu corpo entre ela e o vidro e tirou as mãos dos bolsos.

— Em 25 anos de carreira nunca prendi um inocente.

Mila deixou escapar um sorriso irônico.

— Meu Deus, então trata-se do melhor policial do mundo!

— Os júris sempre concluíram meus casos com uma condenação. E não porque eu seja bom no que faço. Quer saber o verdadeiro motivo?

— Não vejo a hora.

— O mundo é um nojo, agente Vasquez.

— Essa consciência deriva de alguma experiência particular? Porque me deixaria realmente curiosa...

Mosca não se irritou, gostava daquele tipo de sarcasmo.

— O que está acontecendo agora, aquilo que estamos descobrindo graças ao nosso... Como é mesmo o nome que lhe deram?

— Albert.

— Bem, aquilo que esse maníaco vem realizando com tanta maestria se parece muito com um pequeno Apocalipse... Sabe o que é o Apocalipse, agente Vasquez? Segundo a Bíblia, é o momento do final dos tempos, quando os pecados dos homens vêm à tona para que possam ser julgados. Esse desgraçado, esse Albert, está nos fazendo assistir a tantos horrores que nesse momento o mundo inteiro — e não apenas esta nação — devia pelo menos parar e pensar... Mas sabe o que está acontecendo na verdade? Mosca não continuava, de modo que Mila fez a pergunta:

— O quê?

— Nada. Absolutamente nada. As pessoas lá fora continuam a matar e enganar o próximo como se nada tivesse acontecido! Acha que os assassinos pararam ou que os ladrões fizeram um exame de consciência? Vou lhe dar um exemplo concreto: hoje de manhã dois agentes da condicional bateram na porta de um ex-presidiário que tinha acabado de sair por bom comportamento. Foram até lá porque este senhor havia esquecido de se apresentar à polícia da área para dar sua assinatura. E sabe o que ele fez: começou a atirar. Assim, sem nenhum motivo. Feriu gravemente um dos dois agentes e agora está entrincheirado na maldita casa, atirando contra quem quer que se aproxime. E por que, na sua opinião?

Mila foi obrigada a admitir.

— Não sei.

— Nem eu. Mas um dos nossos está lutando entre a vida e a morte num leito de hospital e eu preciso inventar uma justificativa até amanhã de manhã para uma pobre viúva que vai perguntar por que seu marido morreu de forma tão idiota! — depois acrescentou tranquilamente: — O mundo é uma merda, agente Vasquez. E Klaus Boris é culpado. Fim da história. Se eu fosse você, me conformava.

Terence Mosca lhe deu as costas, recolocou a mão no bolso e saiu batendo a porta.

— Não sei de nada e isso é pura besteira — estava dizendo Boris. Mas com calma. Depois da fúria inicial, tinha começado a dosar as forças para as horas difíceis que o esperavam.

Mila estava cansada daquela cena. Cansada de ter que ficar revendo sua opinião sobre as pessoas. Aquele era o mesmo Boris que a paquerou quando ela chegou. O mesmo que tinha lhe trazido croissants quentes e café, que tinha lhe dado a parca de presente quando tinha frio. Do outro lado do espelho, ainda estava o colega com quem tinha resolvido grande parte dos mistérios de Albert. O garotão simpático e um pouco desajeitado, capaz de se comover quando falava dos companheiros.

O esquadrão de Goran Gavila caía aos pedaços. Junto com ele, a investigação também desmoronava. Assim como se esfacelava a esperança de salvar realmente a pequena Sandra que agora, em algum lugar, estava exaurindo as poucas energias que ainda a mantinham em vida. No final, teria sido morta não por um serial killer de nome inventado, mas pelo egoísmo e pelos pecados de outros homens e outras mulheres.

E esse era o melhor final que Albert podia imaginar.

Enquanto formulava tais pensamentos, Mila viu surgir no vidro diante de si o rosto de Goran. Estava às suas costas. Mas não olhava para a sala de interrogatório. No reflexo, ele buscava seus olhos.

Mila virou. Olharam-se longamente, em silêncio. Estavam unidos pelo mesmo desconforto, pela mesma aflição. Foi natural inclinar-se para ele, fechar os olhos e procurar seus lábios. Afundar os seus em sua boca e ser correspondida.

Chovia água suja sobre a cidade. Inundava as ruas, sufocava as sarjetas, as calhas a engoliam e voltavam a cuspir sem cessar. O táxi os levou a um pequeno hotel próximo da estação. De fachada escurecida pela fumaça e persianas sempre fechadas, pois quem se hospedava ali não tinha tempo para abri-las.

Era um vaivém de gente. E as camas eram ininterruptamente refeitas. Nos corredores, camareiras insones empurravam carrinhos rangentes com roupa de cama e banho e sabonetes. As travessas com o café da manhã chegavam a qualquer hora. Havia quem se hospedasse apenas para se refrescar e mudar de roupa. E quem vinha para fazer amor.

O porteiro entregou-lhes a chave do 23.

Subiram de elevador, sem trocar uma palavra, de mãos dadas. Mas não como amantes. Como duas pessoas com medo de se perder.

No quarto, móveis desemparelhados, desodorante spray e ranço de nicotina. Beijaram-se de novo. Com mais força dessa vez. Como se quisessem se desfazer dos pensamentos antes das roupas.

Ele pousou a mão num de seus seios pequenos. Ela fechou os olhos.

Brilhante de chuva, a luz do letreiro de um restaurante chinês se infiltrava e entalhava suas silhuetas no escuro.

Goran começou a despi-la.

Ela deixou, esperando uma reação dele.

Descobriu primeiro sua barriga lisa, depois subiu, beijando-a em direção ao tórax.

A primeira cicatriz apareceu na altura dos quadris.

Retirou o pulôver com uma delicadeza infinita.

E viu as outras também.

Mas seus olhos não pararam. Essa tarefa cabia aos lábios.

Para grande surpresa de Mila, começou a percorrer aqueles velhos cortes sobre sua pele com beijos lentíssimos. Como se, de alguma maneira, quisesse curá-los.

Quando retirou os jeans, repetiu a operação nas pernas. Lá onde o sangue ainda era fresco, apenas contido. Lá onde a lâmina tinha se detido recentemente, afundando-se na carne viva.

Mila sentiu de novo todo o sofrimento experimentado a cada vez que impôs aquela punição à sua alma através do corpo. Mas, junto com a velha dor, agora havia algo de muito doce.

Como a coceira sobre uma ferida que cicatriza, que é ao mesmo tempo pungente e agradável.

Depois foi a sua vez de despi-lo. Fez isso como quem retira as pétalas de uma flor. Ele também carregava em si as marcas do sofrimento. Um peito muito magro, escavado pelo desespero. E ossos salientes, onde a carne tinha sido consumida pela tristeza.

Fizeram amor com um ímpeto estranho. Cheio de raiva, de cólera, mas também de urgência. Como se, naquele ato, cada um quisesse versar todo o seu ser no corpo do outro. E por um instante conseguiram até esquecer.

Quando tudo acabou, ficaram um ao lado do ouro — separados, mas ainda unidos — contando o ritmo da própria respiração. Então a pergunta foi surgindo, travestida de silêncio. Mas Mila podia vê-la pairando sobre eles como um pássaro negro.

Referia-se à origem do mal, de seu mal.

Aquele que ela imprimia na carne para depois esconder sob as roupas.

E fatalmente a questão se entrelaçava também com o destino de uma menina, *Sandra*. Enquanto trocavam aqueles sentimentos entre eles, ela — em algum lugar, longe ou perto — estava morrendo.

Antecipando suas palavras, Mila explicou:

— Meu trabalho consiste em encontrar pessoas desaparecidas. Sobretudo crianças. Algumas estiveram sumidas anos inteiros e depois não se lembram de nada. Não sei se é um bem ou um mal. Mas talvez seja o aspecto de minha profissão que mais me causa problema...

— Por quê?

— Porque quando mergulho na escuridão para tirar alguém de lá, é sempre necessário encontrar um motivo, uma razão forte que me traga de volta à luz. É uma espécie de cabo de segurança para retornar. Pois se aprendi alguma coisa, é que a escuridão nos chama, nos seduz com sua vertigem. E é difícil resistir à tentação... Quando retorno junto com a pessoa que salvei, percebo que não estamos sozinhos. Tem sempre algo que vem junto daquele buraco negro, grudado nos sapatos. E é difícil se livrar dele.

Goran virou para olhá-la nos olhos.

— Por que está me dizendo isso?

— Porque venho da escuridão. E é à escuridão que preciso retornar de vez em quando.

38

Está apoiada na parede, com as mãos nas costas, na sombra. Há quanto tempo está lá, fitando-a?

Então resolve chamá-la.

— Gloria....

Ela se aproxima.

Tem no olhar a mesma curiosidade, mas dessa vez há algo diferente. Uma dúvida.

— Lembrei-me de uma coisa... Já tive um gato.

— Eu também tenho um: se chama Houdini.

— É bonito?

— É malvado — mas entende imediatamente que não é essa a resposta que a menina espera, e se corrige: — É. Tem o pelo branco e marrom-clarinho, dorme o tempo todo e está sempre com fome.

Gloria pensa um instante, depois pergunta:

— Na sua opinião, por que será que esqueci o meu?

— Não sei.

— Quer dizer... se eu me esqueci dele, talvez também não me lembre de muitas outras coisas. Talvez nem do meu nome verdadeiro.

— Gosto de Gloria — anima ela, pensando na reação que teve quando revelou que seu nome verdadeiro é Linda Brown.

— Gloria...

— O quê?

— Não quer falar do Steve?

— Steve gosta da gente. E você também vai acabar gostando dele.

— Por que disse que ele nos salvou?

— Porque é verdade. Foi o que ele fez.

— Eu não precisava de ninguém para me salvar.

— Você não sabia, mas estava em perigo.

— O perigo é o Frankie?

Gloria tem medo daquele nome. Fica indecisa. Não sabe se fala ou não. Pesa bem a situação, depois se aproxima mais da cama e fala em voz muito baixa.

— Frankie quer nos fazer mal. Está nos procurando. Por isso, precisamos ficar escondidas aqui.

— Não sei quem é Frankie e por que teria algo contra mim.

— Não é conosco, é com nossos pais.

— Com os meus? E por quê?

Não consegue acreditar, parece uma história absurda. Mas Gloria se mostra muito convencida.

— Nossos pais deixaram furo com ele, coisa de dinheiro.

Mais uma vez a frase que saiu de sua boca parecia emprestada por outra pessoa e repetida passivamente, de cor e salteado.

— Meus pais não devem dinheiro a ninguém.

— Minha mãe e meu pai já morreram. Frankie já acabou com eles. Agora está procurando por mim para acabar o serviço. Mas Steve tem certeza de que nunca vai me encontrar aqui.

— Gloria, escute...

De vez em quando Gloria parece perdida e ela precisa ir buscá-la lá aonde seus pensamentos a levaram.

— Gloria, estou falando com você.

— O que disse?

— Seus pais ainda estão vivos. Lembro que os vi na TV há pouco tempo: estavam num programa de entrevistas falando de você. Estavam enviando parabéns a você por seu aniversário.

Não parece perturbada por aquela revelação. Mas agora começa a considerar a possibilidade de que tudo aquilo seja verdade.

— Não posso ver TV. Só os vídeos que Steve traz.

— Steve. O malvado é Steve, Gloria. Frankie não existe. É uma invenção dele para mantê-la prisioneira aqui.

— Ele existe.

— Pense só: já o viu?

Ela pensa.

— Não.

— Então por que acredita que existe?

Embora Gloria tenha a sua idade, parece ter bem menos que 12 anos. É como se seu cérebro tivesse parado de crescer, permanecendo no tempo em que tinha 9. Ou seja, quando Steve sequestrou Linda Brown. Por isso, sempre precisa pensar mais um pouco sobre as coisas.

— Steve gosta de mim — repete, mais para convencer a si mesma.

— Não, Gloria. Não gosta, não.

— Está querendo dizer que, se tentar sair daqui, Frankie não vai me matar?

— Isso não vai acontecer nunca. E depois, sairemos juntas, você não vai ficar sozinha.

— Você vem comigo?

— Vou. Mas temos que achar um jeito de escapar de Steve.

— Mas você está doente.

— Eu sei. E não consigo mais mexer o braço.

— Está quebrado.

— Como? Não lembro...

— Caíram juntos da escada quando Steve trouxe você para cá. Ele ficou muito zangado com isso: não quer que você saia daí. Ou não vai poder lhe ensinar que deve gostar dele. É muito importante, sabia?

— Nunca vou gostar dele.

Gloria ganha tempo durante alguns segundos.

— Gosto do nome Linda.

— Que bom que você gosta, porque é seu verdadeiro nome.

— Então pode me chamar de Linda...

— Certo, Linda.

Fala lentamente, e ela sorri: — Somos amigas agora?

— De verdade?

— Quando as pessoas dizem seus nomes umas às outras, ficam amigas. Ninguém nunca lhe disse isso?

— Já sei como se chama... Seu nome é Maria Elena.

— Sim, mas todos os meus amigos me chamam de Mila.

39

— Aquele desgraçado se chamava Steve, *Steve Smitty*.

Mila pronunciou aquele nome com desprezo, enquanto Goran segurava sua mão, na cama de viúvo do hotel.

— Era só um idiota que nunca tinha feito nada na vida. Passava de um trabalho estúpido a outro e não conseguia ficar no mesmo emprego nem um mês. Com a morte dos pais, herdou uma casa — aquela em que nos mantinha prisioneiras — e o dinheiro de um seguro de vida. Não muito, mas o suficiente para que pudesse dar vida a seu "grande plano".

Disse isso com ênfase exagerada. Depois, sacudiu a cabeça no travesseiro, rememorando o absurdo daquela história.

— Steve gostava das moças, mas não conseguia se aproximar de nenhuma porque seu pênis era fino como um mindinho e tinha medo de que rissem dele. — Um sorriso zombeteiro e vingativo tranquilizou por um segundo os traços de seu rosto. — Foi assim que começou a se interessar por meninas, convencido de que teria mais sucesso com elas.

— Lembro do caso Linda Brown — disse Goran. — Tinha acabado de obter minha primeira cátedra na universidade. Achei que a polícia havia cometido um monte de erros.

— Erros? Fizeram foi uma bagunça! Steve era um vagabundo inábil, deixou atrás de si um rastro de traços e testemunhas! Como demoraram para encontrá-lo, disseram depois que era muito esperto. Mas era só um idiota! Um idiota com muita sorte...

— Mas conseguiu convencer Linda...

— Enganou-a usando o medo que tinha. Inventou esse sujeito do mal, Frankie, que desempenhava o papel de malvado, só para que ele pudesse ser o bonzinho, o salvador. O imbecil não tinha nem imaginação: deu a ele o nome de uma tartaruga que teve quando era pequeno!

— Funcionou.

Mila acalmou-se.

— Com uma menina aterrorizada e perturbada. É fácil perder o senso de realidade nessas condições. Quando penso que estava numa merda de um porão que eu chamava de "ventre do monstro". A casa ficava em cima, uma casa situada num bairro de periferia, com muitas outras casas ao redor, todas parecidas, todas normais. As pessoas passavam na frente dela e não sabiam que eu estava lá embaixo. A coisa mais atroz é que Linda — ou Gloria, como ele a rebatizou, usando o nome da primeira moça que o rejeitou — podia se movimentar livremente. Mas nem lhe passava pela cabeça sair, embora a porta de entrada estivesse praticamente sempre aberta! Ele não fechava à chave nem quando saía para dar suas voltinhas, de tão seguro que estava com a história de Frankie!

— Teve sorte de sair viva dali.

— Meu braço estava quase necrosado. Por muito tempo, os médicos não tinham muita esperança de conseguir salvá-lo. E depois, estava completamente desnutrida. Aquele infeliz me dava homogeneizados e me tratava com remédios fora da validade que pegava no lixo de uma farmácia. Nem precisava me dopar: meu sangue estava tão envenenado por aquelas porcarias que era um verdadeiro milagre que estivesse consciente!

A chuva lá fora continuava a desabar, lavando as ruas dos resíduos de neve. Rajadas repentinas batiam nas persianas.

— Uma vez, despertei daquela espécie de coma porque ouvi alguém pronunciar meu nome. Até tentei chamar a atenção, mas Linda apareceu bem na hora e me convenceu a ficar quieta. Assim, troquei minha salvação pela pequena alegria de não ficar sozinha. Mas não estava enganada: havia realmente dois agentes lá em cima, revistando a área. Ainda procuravam por mim! Se tivesse gritado mais, talvez tivessem me ouvido. Estávamos separados apenas por um pavimento de madeira. Havia uma mulher com eles e foi ela quem chamou meu nome. Mas não com a voz e sim com a mente.

— Era Nicla Papakidis, não? Foi assim que a conheceu...

— Foi, foi assim. Mas embora não tivesse respondido, ela conseguiu ouvir algo assim mesmo. E então voltou nos dias seguintes, caminhou um pouco ao redor da casa na esperança de perceber algo...

— Então não foi Linda quem a salvou...

Mila bufou.

— Ela? Ela sempre acabava contando tudo a Steve. Era sua pequena e involuntária cúmplice. Durante três anos, ele foi todo o seu mundo. No que dependia dela, Steve era o último adulto na face da terra. E as crianças sempre confiam nos adultos. Mas, Linda à parte, Steve já tinha pensado em se livrar de mim: estava convencido de que morreria logo e tinha até escavado uma fossa na cabana de ferramentas atrás da casa.

As fotos daquela fossa nos jornais a marcaram mais do que qualquer outra coisa.

— Quando saí daquela casa, estava mais morta do que viva. Nem percebi os paramédicos que me levavam na maca, percorrendo as mesmas escadas em que o idiota do Steve me derrubou quando me levou lá para baixo. Não conseguia ver as dezenas de policiais que se espremiam ao redor da casa. Não ouvia os aplausos da multidão reunida para festejar calorosamente a minha libertação. Mas a voz de Nicla me acompanhava e continuava a descrever tudo em minha cabeça, dizendo que eu não podia ir em direção à luz...

— Que luz? — perguntou Goran, curioso.

Mila sorriu.

— Ela estava convencida de que havia uma luz. Talvez por causa de sua fé. Tinha lido em algum lugar, creio eu, que quando morremos nos separamos do corpo e, depois de percorrer um túnel rapidamente, uma luz muito brilhante surge à nossa frente... Nunca disse a ela que não vi nada. Só escuridão. Não queria decepcioná-la.

Goran inclinou-se até ela e beijou seu ombro.

— Deve ter sido terrível.

— Tive muita sorte — disse ela. E seu pensamento voou imediatamente para Sandra, a menina número 6. — Tinha que salvá-la. Mas não consegui. Quantas chances ainda terá de sobreviver?

— Não é culpa sua.

— É, é sim.

Mila levantou, e sentou na borda da cama. Goran esticou o braço para ela. Mas já não conseguia mais tocá-la. A carícia quase esbarrava na pele, sem atingi-la, pois estava distante novamente.

Ele percebeu e deixou que se fosse.

— Vou tomar um banho — disse. — Preciso voltar para casa. Tommy precisa de mim.

Ficou imóvel, ainda nua, até ouvir a água escorrendo no chuveiro. Queria esvaziar a mente de más recordações, voltar a ter um nada branco para preencher com pensamentos leves como os das crianças, um privilégio de que tinha sido privada à força.

A fossa na cabana de ferramentas atrás da casa de Steve não ficou vazia. Dentro dela ficou a sua capacidade de sentir empatia.

Esticou a mão para a mesinha de cabeceira, pegou o controle remoto da TV. Ligou na esperança de que, assim como a água do banho de Goran, conversas e imagens insignificantes varressem todos os restos do mal de sua cabeça.

Na tela, uma mulher segurava um microfone, enquanto o vento e a chuva tentavam arrancá-lo de sua mão. À sua direita, via-se o logotipo de um telejornal. Embaixo, deslizava o texto de uma edição especial. No fundo, distante, uma casa circundada por dezenas de carros de polícia, com as luzes giratórias acesas perfurando a noite.

— ... e dentro de uma hora o inspetor-chefe Roche vai divulgar um comunicado oficial. Enquanto isso, podemos confirmar que a notícia é verdadeira: o maníaco que aterrorizou e perturbou o país com o sequestro e assassinato de meninas inocentes foi identificado...

Mila não conseguia se mexer, com os olhos pregados na tela.

— ... trata-se de um condenado em liberdade provisória que hoje pela manhã abriu fogo sobre dois agentes da condicional que se apresentaram em sua casa para uma verificação de rotina...

Era a história contada por Terence Mosca na saleta ao lado do local onde estavam interrogando Boris. Não conseguia acreditar.

— ... depois da morte do agente ferido no hospital, as unidades especiais enviadas ao local resolveram invadir. Só depois de matar o ex-presidiário, entraram na casa e fizeram uma surpreendente e inesperada descoberta...

— A menina, diga que é a menina!

— ... recordamos, para quem começou a nos assistir só agora, que o nome do criminoso era *Vincent Clarisso*...

"Albert", corrigiu Mila mentalmente.

— ... fontes do Departamento nos informaram que a sexta menina ainda está na residência que se pode ver aqui atrás: ainda está sendo medicada pela equipe de socorro médico. Ainda não temos confirmação, mas tudo indica que a pequena Sandra ainda está viva.

Interceptação ambiental nº 7
de 23 de dezembro c.a.
15 h. 25 m.

Duração: 1 min. e 35 seg.

Detento RK-357/9:
...saber, estar pronto, preparar-se (segue-se palavra incompreensível para o transcritor) ...merecedora de nossa raiva... fazer algo... confiança acima de tudo... [frase incompreensível] bom demais, condescendente... não devemos deixar que nos peguem por aí... saber, estar pronto, preparar-se [palavra incompreensível] tem sempre alguém que se aproveita de nós... a punição necessária... cumprir a pena... não é suficiente compreender as coisas, às vezes é preciso agir consequentemente... saber, estar pronto, preparar-se [palavra incompreensível]... também a matar, matar, matar, matar, matar, matar, matar, matar, matar, matar, matar, matar, matar, matar, matar, matar.

40

Departamento de Ciências Comportamentais.
25 de fevereiro.

Vincent Clarisso era *Albert*.

O homem tinha saído da prisão havia menos de dois meses, depois de ter cumprido um resíduo de pena por assalto à mão armada.

Uma vez em liberdade, tinha dado início a seu plano.

Nenhum precedente por crimes violentos. Nenhum sintoma de doença mental. Nada que fizesse pensar nele como um serial killer em potencial.

O roubo à mão armada tinha sido um "acidente de percurso", segundo os defensores de Vincent no processo. A bobagem de um rapaz que sofria de uma grave dependência de codeína. Clarisso vinha de uma boa família burguesa, o pai era advogado, a mãe professora. Tinha estudado, diplomado-se enfermeiro. Durante um período, trabalhou numa clínica como instrumentador cirúrgico. Lá, provavelmente, adquiriu os conhecimentos necessários para manter Sandra viva depois de ter amputado seu braço.

A hipótese do esquadrão de Gavila, segundo a qual Albert poderia ser um médico, não estava muito distante da verdade.

Vincent Clarisso sedimentou todas essas experiências num estrato embrionário de sua personalidade, para transformar-se, em seguida, num monstro.

Mas Mila não acreditava.

— Não é ele — continuava a repetir enquanto se encaminhava de táxi para o edifício da Polícia Federal.

Depois de ficar sabendo da notícia pela TV, Goran falou por cerca de vinte minutos ao telefone com Stern, que o colocou a par dos últimos detalhes. O criminologista caminhava para a frente e para trás no quarto de hotel, sob o olhar ansioso de Mila. Depois, separaram-se. Ele ligou para a Sra. Runa, pediu que ficasse com Tommy por mais aquela noite e correu imediatamente para o local onde Sandra havia sido encontrada. Mila gostaria de ir com ele, mas sua presença não seria mais justificável. Assim, marcaram encontro mais tarde no Departamento de Ciências Comportamentais.

Já passava da meia-noite, mas a cidade era um grande engarrafamento. As pessoas desceram até as ruas sem ligar para a chuva, para festejar o fim daquele pesadelo. Dava a impressão de que estavam no meio de um belo Ano Novo, com as buzinas soando e todos se cumprimentando, estreitando-se em grandes abraços. Para complicar ainda mais o trânsito, havia postos de bloqueio para interceptar a fuga de eventuais cúmplices de Clarisso e também para manter os curiosos afastados da zona quente onde teve lugar o epílogo da história.

No táxi que avançava a passos de tartaruga, Mila ouviu um novo relatório pelo rádio. Terence Mosca era o homem do dia. Resolver o caso tinha sido um golpe de sorte. Mas como acontecia tantas vezes, a sorte beneficiava apenas quem estava no comando das operações.

Cansada de esperar que a fila de automóveis andasse, resolveu enfrentar a chuva torrencial e desceu do táxi. O edifício da Polícia Federal ficava a uns dois quarteirões. Ela puxou o capuz da parca sobre a cabeça e caminhou a pé, distraída em seus pensamentos.

A figura de Vincent Clarisso não coincidia com o perfil de Albert traçado por Gavila.

Segundo o criminologista, o sujeito tinha usado os cadáveres das seis meninas como uma espécie de indicador. Colocou-os em locais específicos, para revelar horrores que nunca tinham vindo à tona, mas que ele conhecia. Tinham levantado a hipótese de que poderia ser um parceiro desconhecido daqueles criminosos, que todos eles já teriam encontrado em suas vidas.

— São lobos. E os lobos muitas vezes agem em bando. Cada bando tem um chefe. E o que Albert está nos dizendo é exatamente isso: ele é o líder — tinha afirmado Goran.

A convicção de Mila — de que Vincent não era Albert — se consolidou quando ouviu a idade do serial killer: 30 anos. Jovem demais para ter conhecido Ronald Dermis ainda menino, no orfanato, e também Joseph Rockford — de fato, no esquadrão tinham chegado à conclusão de que teria entre 50 e 60 anos. Além do mais, não se parecia nem um pouco com a descrição feita por Nicla, depois de tê-lo visto na mente do milionário.

E enquanto caminhava na chuva, Mila encontrou mais um motivo para sustentar seu ceticismo: Clarisso estava preso enquanto Feldher trucidava Yvonne Gress e seus filhos na mansão de Capo Alto, portanto, não poderia ter assistido ao massacre deixando sua silhueta impressa no sangue da parede!

"Não é ele, estão cometendo um erro. Mas Goran já deve ter percebido e deve estar explicando a eles."

Chegou à sede da Polícia Federal e notou que havia uma certa euforia nos corredores. Os agentes se davam tapinhas nas costas, muitos chegando da cena do crime ainda com o uniforme das unidades de choque, e trocavam as últimas novidades. O relatório passava em seguida de boca em boca, enriquecendo-se com novos detalhes.

Mila foi interceptada por uma policial que informou que o inspetor-chefe Roche queria vê-la com urgência.

— Eu? — perguntou espantada.

— É, está esperando em seu gabinete.

Enquanto subia as escadas, pensou que Roche a teria convocado porque perceberam que algo não batia na reconstrução dos fatos. Talvez toda aquela excitação à sua volta acabasse se desmoronando ou tendo que ser redimensionada.

No Departamento de Ciências Comportamentais só havia alguns agentes à paisana, e nenhum deles estava festejando. A atmosfera era a mesma de um dia comum de trabalho, só que já era noite e todos ainda estavam de serviço.

Teve que esperar um bocado antes que a secretária de Roche a chamasse para entrar no gabinete. Fora da porta, Mila pôde captar algumas palavras ditas pelo inspetor-chefe, provavelmente numa conversa telefônica.

Mas quando cruzou a porta, para sua grande surpresa descobriu que não estava sozinho. Goran Gavila estava com ele.

— Entre, por favor, agente Vasquez — Roche convidou-a a se aproximar com um gesto da mão. Tanto ele quanto Goran estavam de pé, em lados opostos da escrivaninha.

Mila avançou, aproximando-se de Gavila. A intimidade compartilhada apenas uma hora antes tinha definitivamente desaparecido.

— Estava justamente dizendo a Goran que gostaria que você estivesse presente na coletiva com a imprensa que acontecerá amanhã de manhã.

O capitão Mosca concorda comigo. Nunca o teríamos pego sem a sua ajuda. Queremos agradecer.

Mila não conseguiu conter o espanto. E viu que Roche ficou bastante confuso com sua reação.

— Senhor, com todo o respeito... Creio que estamos cometendo um equívoco.

Roche dirigiu-se a Goran:

— Mas de que merda ela está falando?

— Mila, está tudo certo — disse o criminologista calmamente.

— Não, não está. Aquele não é Albert, há várias discrepâncias, eu...

— Não está pensando em dizer tudo isso na coletiva com a imprensa, não? — protestou o inspetor-chefe. — Se está, considere vetada a sua participação.

— Stern também vai concordar.

Roche brandiu uma folha que estava sobre a escrivaninha.

— O agente especial Stern apresentou sua carta de demissão de forma irrevogável e com efeito imediato.

— O quê? O que está acontecendo? — Mila não se conformava. — Esse Vincent não coincide com o perfil.

Goran tentou explicar e em seus olhos ela reencontrou por um instante a mesma doçura com que tinha beijado suas cicatrizes.

— Temos dezenas de dados confrontados indicando que ele é o nosso homem. Cadernos entupidos de anotações sobre os sequestros das meninas, o modo como deveriam ser abandonados os cadáveres, cópias dos projetos dos sistemas de segurança de Capo Alto, uma planta do colégio de Debby Gordon e manuais de eletrônica e informática que Clarisso começou a estudar quando ainda estava na prisão...

— E encontraram também as ligações com Alexander Bermann, Ronald Dermis, Feldher, Rockford e Boris? — perguntou Mila, exasperada.

— Tem um batalhão inteiro de investigadores trabalhando naquela casa e continuam encontrando provas. Você vai ver que logo descobrirão algo sobre essas ligações.

— Não basta, acho que...

— Sandra o identificou — interrompeu Goran. — Disse que ele é o homem que a sequestrou.

Mila pareceu acalmar-se por alguns segundos.

— Como ela está?

— Os médicos estão otimistas.

— Satisfeita agora? — interveio Roche. — Se tem intenção de aprontar alguma confusão, é melhor que volte imediatamente para casa.

Naquele exato momento, a secretária informou ao inspetor-chefe pelo interfone que o prefeito queria falar com ele urgentemente e que seria melhor ir rápido. Roche pegou o paletó da cadeira e saiu, não sem antes advertir Goran:

— Explique a ela que a versão oficial é essa: ou assina embaixo ou larga do meu pé! Depois, foi embora batendo a porta.

Mila esperava que, quando ficassem sozinhos, Goran dissesse algo diferente. Mas ele insistiu:

— Os erros, infelizmente, foram todos nossos.

— Como pode dizer uma coisa dessas?

— Foi um fracasso, Mila. Criamos uma pista falsa e tratamos de segui-la cegamente. E o principal responsável sou eu: todas aquelas conjecturas eram minhas.

— Por que não se pergunta como Vincent Clarisso sabia de tudo sobre os outros criminosos? Foi ele quem revelou tudo!

— Não é esse o ponto... Ao contrário, o ponto é saber como foi que nós não percebemos nada por tanto tempo.

— Não acho que esteja sendo objetivo nesse momento e creio que sei o porquê. Na época do caso Wilson Pickett, Roche salvou sua reputação e lhe deu apoio para manter o esquadrão quando os chefes queriam desmobilizá-lo. Agora você está retribuindo o favor: se aceitar essa versão dos fatos, vai retirar um pouco dos méritos de Terence Mosca, salvando seu posto de inspetor-chefe!

— Acabou! — desabafou Goran.

Por alguns segundos, ninguém disse uma palavra. Em seguida, o criminologista se dirigiu para a porta.

— Diga-me uma coisa... Boris já confessou? — Mila mal teve tempo de formular sua pergunta.

— Ainda não — disse ele sem se virar.

Ficou sozinha na sala. Os punhos cerrados ao lado do corpo. Maldizendo a si mesma e aquele momento. Seus olhos caíram na carta de demissão de Stern. Pegou-a. Naquelas poucas linhas formais não havia nenhum traço dos verdadeiros motivos daquela decisão. Mas para ela, era evidente que o agente devia estar se sentindo traído, primeiro por Boris e agora por Goran.

Quando estava prestes a recolocar a carta na mesa, Mila notou uma folha com registros de ligações telefônicas com o nome de Vincent Clarisso. Provavelmente, Roche tinha pedido os registros para verificar se havia algum peixe grande entre os contatos do maníaco e ficar de olho. Numa história que já tinha envolvido alguém como Joseph B. Rockford, nunca se sabe...

Mas o serial killer não devia ter uma grande vida social, pois só havia uma ligação e remontava apenas ao dia anterior.

Mila leu o número, que lhe pareceu estranhamente familiar.

Tirou o celular do bolso, digitou e o número apareceu acompanhado de um nome e sobrenome.

41

O telefone tocava, mas ninguém atendia.

— Vamos, acorde, droga!

As rodas do táxi levantavam a água que havia se acumulado no asfalto, mas por sorte tinha parado de chover. As ruas estavam tão brilhantes quanto o palco de um musical e parecia que, de um momento a outro, bailarinos entrariam em cena, penteados com brilhantina e vestindo smokings.

A linha caiu e Mila rediscou o número. Era a terceira vez que tentava. No 15º toque, alguém finalmente respondeu.

— Quem é que está ligando a essa hora? — A voz de Cinthia Pearl estava empastada de sono.

— Aqui é Mila Vasquez, lembra? Nos encontramos anteontem...

— Claro, lembro sim... Mas não podemos conversar amanhã? Tomei um comprimido para dormir, sabe?

Não havia nada de estranho no fato de uma sobrevivente de um serial killer fazer uso, além do álcool, de soníferos. Mas Mila não podia esperar: precisava de algumas respostas imediatamente.

— Não, Cinthia, sinto muito: preciso de você agora. Mas não vai demorar muito...

— Está bem.

— Recebeu um telefonema ontem, por volta das 8 da manhã?

— Recebi, estava saindo para o trabalho. O sujeito me fez levar uma bronca do meu chefe por ter chegado atrasada.

— Quem ligou?

— Disse que era um investigador da seguradora. Pedi uma indenização pelo que me aconteceu, sabia?

— Ele não disse o nome?

— Spencer, acho eu. Devo ter anotado em algum lugar.

Era inútil: Vincent Clarisso se apresentou com um nome falso e usou um pretexto para não levantar suspeitas. Mila continuou:

— Deixe para lá. O que esse homem queria com você?

— Queria que lhe contasse minha história por telefone. E falasse também de Benjamin Gorka.

Mila ficou surpresa: por que Vincent Clarisso queria saber detalhes do caso Wilson Pickett? Não tinha deixado o quinto cadáver no Estúdio para revelar ao mundo que Boris era o verdadeiro assassino de Rebecca Springher, e não Benjamin Gorka...?

— E por que queria saber de sua história?

— Para completar o relatório, foi o que disse. O pessoal da seguradora é muito meticuloso.

— E não perguntou ou falou de mais nada?

Cinthia não respondeu imediatamente e Mila ficou com medo que tivesse adormecido. Mas estava só pensando:

— Não, nada mais. Foi muito gentil, aliás. No final, confessou que meu processo já está num estágio bem avançado. Talvez me deem mesmo aquele dinheiro, sabia?

— Fico contente por você e peço desculpas por incomodar a essa hora.

— Se o que disse servir para encontrar a menina que está procurando, não foi incômodo nenhum.

— Na verdade, ela já foi encontrada.

— O quê? Verdade?

— Não vê televisão?

— Costumo me deitar às 21 horas.

A mulher queria saber mais, porém Mila não tinha tempo. Fingiu que tinha outra ligação esperando por ela e desligou.

Antes mesmo de falar com Cinthia, uma nova descoberta estava abrindo espaço em sua mente.

Talvez Boris tivesse caído numa armadilha.

— Olhe, não dá para passar daqui para a frente — disse o taxista virando para ela.

— Não tem importância, é aqui mesmo.

Pagou e desceu do carro. Diante dela havia um cordão de policiais e dezenas de viaturas com as giratórias acesas. Os furgões de várias emissoras de televisão tinham instalado suas aparelhagens de modo a ter sempre um bom enquadramento da casa.

Mila chegou ao local onde tudo tinha começado. A cena do crime identificado sob o nome distintivo de *local zero.*

A casa de Vincent Clarisso.

Ainda não sabia como faria para atravessar as barreiras e entrar na casa. Limitou-se a pegar a carteira de identificação e pendurar no pescoço, na esperança de que ninguém percebesse que não pertencia àquela jurisdição.

À medida que avançava, ia reconhecendo os rostos dos colegas vistos nos corredores do Departamento. Alguns improvisavam reuniões ao redor do bagageiro de um carro. Outros faziam uma pausa, comendo sanduíches e bebendo café. Identificou também o furgão do legista: Chang estava escrevendo seu relatório sentado no degrau do veículo e nem levantou os olhos quando ela passou diante dele.

— Ei, aonde pensa que vai?

Virou e viu um policial obeso que chegou até ela ofegante. Não tinha nenhuma desculpa pronta, devia ter pensado nisso antes, mas não pensou, e agora era bem provável que se desse mal.

— Está comigo.

Krepp caminhava em sua direção. O especialista da perícia tinha um esparadrapo no pescoço do qual despontavam a cabeça e as garras de um dragão alado, certamente a sua última tatuagem. Dirigiu-se ao policial:

— Pode deixar entrar, tem autorização.

O agente considerou aquela garantia suficiente e girou nos calcanhares, retornando para o lugar de onde tinha vindo.

Mila olhou para Krepp, sem saber o que dizer. O homem piscou o olho e seguiu seu caminho. Na verdade, não era tão estranho que a tivesse ajudado, pensou Mila. Os dois — embora de maneira diversas — traziam uma parte de sua história pessoal impressa na pele e na carne.

A alameda que conduzia à entrada da casa era ligeiramente inclinada. As pedras do caminho ainda exibiam os cartuchos do tiroteio que custou a vida de Vincent Clarisso. A porta de entrada tinha sido retirada dos gonzos para facilitar o acesso.

Assim que colocou os pés lá dentro, Mila foi invadida por um forte cheiro de desinfetante.

A sala de estar tinha móveis de fórmica em estilo anos 1960. Um sofá forrado com tecido de arabescos estava coberto por uma capa protetora de plástico. Uma pequena lareira com um falso fogo. O papel de parede exibindo enormes flores marrons estilizadas, que lembravam bocas-de-leão.

Em vez de lâmpadas fluorescentes, o lugar era iluminado por abajures. Aquilo também era um sinal da nova orientação determinada por Terence Mosca. Nada de "cenas" para o capitão. Tudo devia ser muito sóbrio. O estilo velha-guarda dos tiras de antigamente, pensou Mila. E entreviu o próprio Mosca na cozinha, entretido numa reunião de cúpula com seus principais assessores. Evitou aquela direção: precisava passar o mais despercebida que pudesse.

Todos usavam protetores nos sapatos e luvas de látex. Mila também se vestiu e começou a olhar ao redor, misturando-se aos presentes.

Um detetive estava retirando os livros de uma estante. Um por um. Pegava cada um deles, folheava rapidamente e colocava no chão. Um outro revistava as gavetas de um aparador. Um terceiro classificava os objetos sobre os móveis. Nos locais em que os objetos não tinham sido retirados e examinados, tudo parecia maniacamente em ordem.

Não havia um grão de poeira e era possível catalogar tudo com o olhar, como se o lugar designado para cada coisa fosse "exatamente" aquele. Parecia que estavam dentro de um quebra-cabeça terminado.

Mila não sabia o que procurar. Estava ali só porque era o ponto de partida natural. O que a movia era a dúvida acerca do estranho telefonema de Vincent Clarisso para Cinthia Pearl.

Se pediu que a única sobrevivente do caso lhe contasse sua história, talvez Clarisso não soubesse quem era Benjamim Gorka. E se não sabia, talvez o quinto cadáver encontrado no Estúdio não estivesse destinado a incriminar Boris.

Aquela constatação lógica não seria suficiente para livrar o colega, pois havia um forte indício de que Boris tinha assassinado Rebecca Springher: as calcinhas da vítima surrupiadas do depósito judiciário e encontradas na casa do agente durante as buscas.

Mas de todo modo, tinha algo naquela história que não batia.

Mila entendeu a origem do cheiro de desinfetante quando viu o quarto no fundo do breve corredor.

Era um ambiente asséptico, com um leito de hospital envolvido por uma tenda de oxigênio. Havia uma grande quantidade de medicamentos, roupas esterilizadas e aparelhagens médicas. Era a sala de cirurgia em que Vincent tinha realizado a amputação do braço de suas pequenas pacientes, transformada, em seguida, no quarto onde Sandra recebia tratamento.

Passando diante de um outro quarto, viu um agente às voltas com uma televisão de plasma à qual estavam conectados o cabos de uma câmera de vídeo digital. Diante da tela havia uma poltrona com os alto-falantes de um sistema *surround* ao seu redor. Ao lado da TV, uma parede inteira coberta de MiniDVs, classificados apenas com a data. O detetive enfiava um por um na câmera para verificar o conteúdo.

Naquele momento, viam-se as imagens de uma pracinha. Risadas infantis num dia de sol invernal. Mila reconheceu Caroline, a última menina sequestrada e morta por Albert.

Vincent Clarisso tinha estudado as vítimas meticulosamente.

— Ei, alguém me ajude com esse troço! Sou uma negação em eletrônica! — disse o agente, tentando parar o filme. Quando a viu na porta, teve por um instante a feliz sensação de ter sido ouvido, mas logo se deu conta de que nunca a tinha visto antes. Antes que pudesse dizer algo, Mila seguiu adiante.

O terceiro quarto era o mais importante.

Lá dentro havia outra mesa de aço, paredes cobertas de quadros cheios de anotações, post-it de cores diversas e outras coisas do gênero. Parecia que estava no Pensatório. Naquele material, os planos de Vincent estavam expostos em detalhe. Plantas, mapas de ruas, horários e deslocamentos. A planta baixa do colégio de Debby Gordon e do orfanato. Via-se a placa do carro de Alexander Bermann e os roteiros de suas viagens de trabalho. As fotos de Yvonne Gress e dos filhos, e uma imagem do depósito de Feldher. Havia recortes de revistas de variedades falando da fortuna de Joseph B. Rockford. E obviamente os instantâneos de todas as meninas sequestradas.

Na mesa de aço havia outros diagramas, acompanhados de anotações confusas. Como se o trabalho tivesse sido repentinamente interrompido. Era provável que entre aquelas folhas estivesse escondido — talvez para sempre — o epílogo que o serial killer tinha imaginado para seu plano.

Mila virou e estacou. A parede que estava às suas costas até então estava completamente atapetada de fotos dos componentes da unidade de investigação de crimes violentos em ação. Ela também estava lá.

— Então agora estou realmente no ventre do monstro...

Vincent sempre seguiu atentamente os seus movimentos. Mas naquele lugar não havia nada que remetesse ao caso Wilson Pickett nem a Boris.

— Merda! Será que ninguém vem ajudar, cacete! — protestou a voz do agente no quarto ao lado.

— O que houve, Fred?

Finalmente alguém tinha aparecido para ajudá-lo.

— Como é que vou saber o que estou olhando? E sobretudo, como posso classificar tudo isso se não sei o que é?

— Deixe ver...

Mila afastou-se da parede de fotos, apressando-se a deixar a casa. Considerava-se satisfeita. Não tanto pelo que tinha visto, mas pelo que não tinha encontrado.

Benjamim Gorka não estava lá. E Boris não estava lá. Isso era suficiente.

Tinham se enganado com a quinta menina. Ou tinham sido despistados na verdadeira acepção da palavra. A prova era que Vincent Clarisso, quando se deu conta de que as investigações estavam assumindo uma direção diversa da prevista, tinha ligado para Cinthia Pearl para obter mais informações.

Mila resolveu levar tudo isso a Roche, pois tinha certeza de que o inspetor-chefe encontraria uma forma de usar aquelas informações para liberar Boris e embaçar a glória de Terence Mosca.

Passando novamente diante do quarto com a televisão, notou algo na tela. Um lugar que o agente de nome Fred e seu colega não conseguiam identificar.

— É um apartamento, o que mais posso dizer?

— Sim, mas o que vou escrever no relatório?

— Escreva "local desconhecido".

— Tem certeza?

— Tenho. Depois alguém tratará de descobrir que lugar é esse.

Mas Mila conhecia o lugar.

Só então notaram sua presença e viraram para olhar para ela, que não conseguia desgrudar os olhos do vídeo que passava na tela.

— Deseja algo?

Não respondeu e saiu dali. Enquanto atravessava a sala a passos largos, procurava o celular no bolso. Procurou na agenda o número de Goran.

Ele respondeu quando ela já estava na alameda externa.

— O que houve?

— Onde você está? — o tom era alarmado.

Ele não notou.

— Ainda estou aqui no Departamento, tentando organizar uma visita de Sarah Rosa à filha no hospital.

— Quem está em sua casa no momento?

Goran começou a se preocupar.

— A Sra. Runa está com Tommy. Por quê?

— Precisa ir para lá imediatamente!

— Por quê? — repetia ele, ansioso.

Mila ultrapassou o ajuntamento de policiais.

— Vincent tinha um vídeo de seu apartamento!

— O que significa *tinha um vídeo*?

— Que fez um reconhecimento... E se ele tivesse um cúmplice?

Goran calou-se por alguns instantes.

— Ainda está na cena do crime?

— Estou.

— Então está mais perto que eu. Peça a Terence Mosca para liberar um par de agentes e vá até a minha casa. Enquanto isso, vou ligar para a Sra. Runa e mandar ela se trancar lá dentro.

— Certo.

Mila desligou, depois deu meia-volta para voltar à casa e falar com Mosca.

— Espero que não me faça muitas perguntas.

42

— Mila, a Sra. Runa não está atendendo ao telefone!

Amanhecia.

— Não se preocupe, estamos quase chegando, falta pouco.

— Estou chegando, estarei aí em minutos.

O carro da polícia parou, num concerto de pneus cantando na rua tranquila daquele bairro aprazível. Os inquilinos dos prédios vizinhos ainda estavam dormindo. Só os passarinhos tinham começado a saudar o novo dia, empoleirados entre as árvores e as cornijas.

Mila correu para o portão. Tocou o interfone várias vezes. Ninguém respondeu. Tentou uma outra campainha.

— Sim, quem é?

— É a polícia: abra imediatamente, por favor.

A fechadura destravou eletricamente. Mila empurrou o portão e se precipitou para o terceiro andar, seguida pelos dois agentes que estavam com ela. Não usaram o monta-cargas que servia de elevador. Foram pela escada para chegar mais rápido.

— Faça com que não tenha acontecido nada... Faça com que o menino esteja bem...

Mila invocava uma entidade divina na qual tinha deixado de acreditar havia muito tempo. Apesar de ter sido libertada de seu cativeiro pelo próprio Deus, servindo-se do talento de Nicla Papakidis. Mas tinha visto muitas crianças com menos sorte que ela para poder conservar a fé.

— Mas trate de fazer com que não aconteça de novo, faça com que não aconteça dessa vez...

Quando chegaram ao andar, Mila começou a bater insistentemente na porta.

— Talvez a Sra. Runa tenha um sono pesado — pensou. — Agora, ela vai abrir e tudo estará bem...

Mas nada acontecia.

Um dos policiais aproximou-se.

— Quer que a gente arrombe a porta?

Não tinha fôlego para responder, mas fez que sim com a cabeça. Eles tomaram alguma distância e chutaram a porta ao mesmo tempo. A porta se escancarou.

Silêncio. Mas não um silêncio normal. Um silêncio vazio, opressor. Um silêncio sem vida.

Mila empunhou a pistola e foi na frente dos policiais.

— Sra. Runa!

Sua voz se espalhou pelos quartos, mas nenhum deles enviou uma resposta. Fez sinal aos dois agentes para que se separassem. E foi na direção dos quartos de dormir.

Enquanto penetrava lentamente no corredor, sentia tremer a mão direita que segurava a arma. Suas pernas pesavam, os músculos do rosto se contraíram e os olhos começaram a queimar.

Chegou ao quartinho de Tommy. A porta estava encostada. Empurrou com a mão aberta, até revelar todo o aposento. As janelas estavam fechadas, mas o abajur em forma de palhaço rodava na mesinha de cabeceira projetando nas paredes as figuras dos animais do circo. Na cama apoiada à parede, entrevia-se um corpinho embaixo das cobertas.

Estava encolhido em posição fetal. Mila se aproximou em pequenos passos.

— Tommy... — disse em voz baixa. — Tommy, acorde...

Mas o corpinho não se mexia.

Quando chegou na cama, apoiou a pistola ao lado do abajur. Estava se sentindo mal. Não queria retirar as cobertas, não queria descobrir o que já sabia. Sua vontade era deixar tudo aquilo e sair correndo daquele quarto. Não ter que enfrentar mais isso, maldição! Porque já tinha visto aquilo acontecer muitas vezes, vezes demais, e agora tinha medo de que fosse ser assim sempre.

Mas se obrigou a mover a mão até a ponta da coberta. Agarrou-a e puxou de uma só vez.

Ficou alguns segundos com o pedaço de coberta levantado, olhando para os olhos de um velho urso de pelúcia que sorria com expressão beata e imutável.

— Desculpe...

Atônita, Mila estremeceu. Os dois agentes estavam na porta, olhando para ela.

— Ali tem uma porta fechada à chave.

Mila estava prestes a mandar que derrubassem a porta quando ouviu a voz de Goran entrando na casa e chamando o filho:

— Tommy! Tommy!

Ela foi ao seu encontro.

— Não está em seu quarto.

Goran estava desesperado.

— Como não está? Onde está então?

— Tem um quarto fechado à chave ali, sabe o que é?

Confuso e dominado pela ansiedade, Goran não entendia.

— O quê?

— O quarto fechado à chave...

O criminologista parou...

— Ouviu?

— O quê?

— É ele...

Mila não entendia. Goran passou por ela e correu para o escritório.

Quando viu o filho escondido sob a escrivaninha de mogno, não conseguiu conter as lágrimas. Abaixou-se sob a mesa, abraçou o menino e apertou com força.

— Pai, fiquei com medo..

— Sim, eu sei, meu amor. Mas está tudo bem agora.

— A Sra. Runa foi embora. Acordei e ela não estava mais aqui...

— Mas agora estou aqui, certo?

Mila ficou na soleira da porta e recolocou a pistola no coldre, tranquilizada pelas palavras de Goran, agachado sob a escrivaninha.

— Agora vou levar você para tomar seu café. O que gostaria de comer? Que tal uns bolinhos?

Mila sorriu. O susto havia passado.

Goran ainda disse:

— Venha, vou pegá-lo no colo...

Então, ela o viu despontar sob a escrivaninha, fazendo um esforço para ficar em pé de novo.

Mas não havia nenhum menino em seus braços.

— Apresento-lhe uma amiga. Ela se chama Mila...

Goran esperava que seu filho gostasse dela. Em geral, era um pouco arredio com quem não conhecia. Tommy não disse nada, limitou-se a apontar para o rosto dela. Então Goran a examinou melhor: estava chorando.

As lágrimas chegaram sabe-se lá de onde, inesperadas. Mas dessa vez tinham sido provocadas por uma dor que não era mecânica. A ferida que se abriu não estava em sua carne.

— Que houve? Que aconteceu? — perguntou Goran, comportando-se como se realmente sustentasse um peso humano nos braços.

Ela não sabia o que responder. Não parecia que estivesse fingindo.

Goran realmente acreditava que tinha o filho nos braços.

Os dois policiais tinham chegado e olhavam atônitos, prontos para intervir. Mila fez um gesto para que ficassem onde estavam.

— Esperem lá embaixo.

— Mas nós não...

— Desçam e liguem para o Departamento, digam que mandem o agente Stern. Se ouvirem um tiro, não se preocupem, terei sido eu.

Os dois, relutantes, obedeceram.

— O que está acontecendo, Mila? — No tom da pergunta de Goran não havia mais nenhuma defesa. Parecia ter tanto medo da verdade que não conseguia reagir de modo algum. — Por que mandou chamar Stern?

Mila levou um dedo aos lábios fazendo sinal para que ficasse em silêncio.

Depois virou-se e retornou ao corredor. Dirigiu-se para o quarto com a porta trancada. Deu um tiro na fechadura, despedaçando-a, depois empurrou o batente.

O quarto era escuro, mas ainda se podia sentir os resíduos dos gases da decomposição. No grande leito matrimonial havia dois corpos.

Um maior, o outro menor.

Os esqueletos escurecidos, ainda envolvidos por restos de pele que caíam como tecido, estavam fundidos num único abraço.

Goran entrou no quarto. Sentiu o cheiro. Viu os corpos.

— Oh, meu Deus... — disse, sem entender a quem pertenciam aqueles dois cadáveres em seu quarto de dormir. Virou-se para o corredor para impedir que Tommy entrasse... mas não pôde vê-lo.

Olhou novamente para a cama. Aquele corpinho. A verdade desabou sobre ele com uma força impiedosa. E se lembrou de tudo.

Mila o encontrou ao lado da janela. Olhava para fora. Depois de vários dias de neve e chuva, o sol tinha voltado a brilhar.

— Era isso que Albert queria nos dizer com a quinta menina.

Goran não disse nada.

— E você desviou as investigações para Boris. Bastou sugerir a Terence Mosca em que direção devia investigar: foi você quem lhe deu os autos do caso Wilson Pickett que vi em sua bolsa... E era você, mais uma vez, quem tinha acesso às provas do caso Gorka: roubou as calcinhas de Rebecca Springher do depósito judiciário para colocá-las na casa de Boris antes da busca.

Goran fez que sim.

O ar era vidro que se esfacelava cada vez que ela tentava encher os pulmões.

— Por quê? — perguntou Mila com aquele resto de voz que se partia em sua garganta.

— Porque depois de ir embora, ela voltou a essa casa. Porque ela não voltou para ficar. Porque queria me tirar a única coisa que eu ainda podia amar. E porque ele queria ir embora com ela...

— Por quê? — repetiu Mila, sem conseguir conter as lágrimas que brotavam livremente.

— Porque uma manhã acordei e ouvi a voz de Tommy me chamando na cozinha. Fui até lá e o vi sentado em seu lugar de sempre. Estava pedindo seu café da manhã. E fiquei tão feliz que esqueci que ele não estava mais...

— Por quê? — suplicou ela.

E dessa vez ele pensou bem antes de responder:

— Porque os amava.

E sem que ela pudesse impedir, abriu a janela e se atirou no vazio.

43

Sempre desejou um pônei.

Costumava atormentar a mãe e o pai pedindo que lhe dessem um, sem levar em conta que na casa onde moravam não havia um local adequado para o bicho. O pátio atrás era estreito demais e ao lado da garagem havia apenas uma tira de terra, que o avô usava para cultivar uma horta.

Ela insistia assim mesmo. Seus pais achavam que cedo ou tarde se cansaria daquele capricho absurdo, mas em cada aniversário, em cada cartinha para Papai Noel, o pedido voltava sempre.

Quando saiu do ventre do monstro e voltou para casa depois de 21 dias de cativeiro e três meses de hospital, Mila encontrou um lindo pônei branco e marrom esperando por ela no pátio.

Seu pedido tinha sido atendido. Mas ela não conseguiu desfrutá-lo.

Seu pai tinha pedido favores, lançado mão de seus modestos contatos para obter um bom preço de compra. Sua família certamente não nadava em ouro e sempre teve que fazer grandes sacrifícios em casa. Era sobretudo por motivos econômicos que ela era filha única.

Seus pais não podiam se permitir um irmãozinho ou irmãzinha para ela, mas tinham lhe comprado um pônei. E ela não estava feliz.

Tinha fantasiado tantas vezes a eventualidade de finalmente ganhar aquele presente. Falava daquilo sem parar. Imaginava como cuidaria dele, como colocaria enfeites coloridos em sua crina, como trataria de escová-lo bem. Muitas vezes, obrigava o gato a passar pelos mesmos tratamentos. Talvez fosse por isso que Houdini a odiava e não chegava perto dela.

Há uma razão para as crianças gostarem tanto de pôneis. É que eles não crescem jamais, e permanecem imortalizados no encantamento da infância. Uma condição invejável.

Mas depois da libertação, Mila só queria crescer logo, para tentar colocar uma boa distância entre ela e o que tinha lhe acontecido. E se tivesse um pouco de sorte, talvez conseguisse esquecer.

Aquele pônei, ao contrário, com sua absoluta impossibilidade de crescer, representava para ela um pacto insustentável com o tempo.

Quando a retiraram, mais morta do que viva, do fétido porão de Steve, uma nova vida tinha começado para ela. Depois de três meses no hospital para recuperar o uso do braço esquerdo, teve que se reabituar com as coisas do mundo, não somente com o dia a dia de sua casa, mas também com a rotina dos afetos.

Graciela, sua melhor amiga, com quem tinha feito todo o ritual das irmãs de sangue antes de ser sequestrada, agora se comportava de maneira estranha com ela. Não era mais aquela com quem sempre dividia rigorosamente o último chiclete do pacote, aquela diante de quem não tinha vergonha de fazer xixi, aquela com quem tinha trocado um beijo "à francesa", para praticar antes que chegassem os meninos. Não, Graciela estava diferente. Falava com uma espécie de sorriso fixo no rosto e ela teve medo de que acabasse com cãibra nas bochechas, se continuasse assim. Fazia um esforço para ser simpática, gentil, e até parou de dizer palavrões, embora até pouco tempo atrás nem se chamassem pelo nome — "vaca imunda" e "putinha sardenta" eram os apelidos que sempre usavam entre elas.

Tinham furado a ponta do indicador com um prego enferrujado porque seriam amigas para sempre, porque nenhum menino ou namorado poderia separá-las. E no entanto, bastaram umas poucas semanas para escavar um fosso intransponível entre elas.

Pensando bem, aquele furo na ponta do dedo tinha sido a primeira ferida de Mila. Porém, doeu muito mais depois que cicatrizou completamente.

— Parem de me tratar como se tivesse voltado da lua! — queria gritar para todos eles. E a expressão na cara das pessoas! Não suportava aquilo. Inclinavam a cabeça de lado e encrespavam os lábios. Até na escola, onde nunca foi brilhante, agora tratavam seus erros com indulgência.

Estava cansada da condescendência dos outros. Tinha a impressão de ter caído dentro de um filme em branco e preto, daqueles que passam na TV de madrugada, onde os habitantes da terra tinha sido substituídos por clones marcianos e ela conseguia se salvar por ter permanecido no ventre quente daquela cova.

Só havia duas possibilidades. Ou o mundo tinha realmente mudado ou, depois de 21 dias de gestação, o monstro tinha dado à luz uma nova Mila.

Ao seu redor, ninguém mencionava o que tinha acontecido. Era obrigada a viver como se estivesse suspensa numa bolha, como se fosse feita de vidro e pudesse se esfacelar de um momento a outro. Não entendiam que, depois de todos os enganos que tinha sofrido, ela gostaria, ao contrário, de um pouco de autenticidade.

Onze meses depois, o processo contra Steve teve início.

Esperou muito por aquele momento. Todos os jornais e telejornais falavam do assunto, mas seus pais não permitiam que visse — para protegê-la, diziam. Mesmo assim, ela via escondido sempre que podia.

Tanto ela quanto Linda teriam que testemunhar. A Promotoria contava muito mais com ela, pois sua companheira de prisão insistia em defender seu algoz. Tinha recomeçado a exigir que a chamassem de Gloria. Os médicos diziam que Linda sofria de sérios distúrbios mentais. Caberia a Mila, portanto, a tarefa de incriminar Steve.

Nos meses que se seguiram à prisão, Steve tinha feito tudo para parecer um doente mental. Inventou teorias absurdas sobre cúmplices hipotéticos aos quais apenas obedecia. Estava tentando engambelar o mundo com a mesma história que usou com Linda. A história de Frankie, o sócio malvado. Mas foi desmentido assim que um policial descobriu que aquele era apenas o nome de uma tartaruga que teve quando pequeno.

Mas as pessoas queriam acreditar naquela história. Steve era "normal" demais para ser um monstro. Muito igual a eles mesmos. A ideia de que havia alguém por trás dele, um ser ainda misterioso, um verdadeiro monstro, paradoxalmente os tranquilizava.

Mila chegou ao tribunal determinada a devolver a Steve todas as suas culpas, além de um pouco do mal que tinha lhe feito. Tinha que fazê-lo apodrecer atrás das grades e, para tanto, estava disposta a interpretar o papel da pobre vítima que até então tinha se recusado obstinadamente a assumir.

Sentou no banco de testemunhas diante da jaula onde Steve estava, algemado, com a intenção de contar absolutamente tudo sem tirar os olhos de cima dele um instante sequer.

Mas quando o viu — com aquela camisa verde abotoada até a gola, grande demais para ele, que estava reduzido a pele e osso, com aquelas mãos que tremiam enquanto tentava fazer anotações num bloquinho, com aqueles cabelos que tinha cortado sozinho, mais curtos de um lado — sentiu algo que nunca esperou: pena, mas também raiva daquele miserável que a fazia ter pena.

Aquela foi a última vez em que Mila sentiu *empatia* por alguém.

Mas no momento em que descobriu o segredo de Goran, ela chorou.

Por quê?

Uma memória perdida dentro dela dizia que tinham sido lágrimas de comiseração.

Num instante, um dique tinha se rompido em algum lugar, liberando uma gama surpreendente de emoções. Agora tinha até a impressão de que seria capaz de adivinhar o que os outros sentiam.

E na hora em que Roche chegou ao local, percebeu o momento exato em que ele teve a terrível intuição de que estava com as horas contadas, pois seu melhor homem, sua "ponta de lança", tinha lhe servido o pior do venenos.

Terence Mosca, ao contrário, parecia dividido entre a alegria pelo avanço garantido de sua carreira e o mal-estar pela forma como isso acontecia.

Adivinhou imediatamente o desconcerto e a tristeza de Stern, assim que ele atravessou a soleira da porta. E compreendeu imediatamente que ele ia arregaçar as mangas para restabelecer a ordem depois daquele pesadelo.

Empatia.

A única pessoa por quem não conseguia sentir nada era Goran.

Não caiu na armadilha de Steve, como Linda: nunca acreditou na existência de Frankie. Mas acreditou piamente que naquela casa vivia um menino, Tommy. Ouviu falar dele. E também presenciou os telefonemas do pai para a babá, perguntando se estava tudo bem e passando suas recomendações para ela. Chegou a acreditar que estava vendo o menino, enquanto o pai o botava para dormir. E não conseguia perdoá-lo por tudo isso, porque a fazia se sentir estúpida.

Goran Gavila tinha sobrevivido a um voo de 12 metros, mas agora lutava entre a vida e a morte num leito de terapia intensiva.

Sua casa estava sendo vigiada, mas apenas do lado de fora. No interior, só duas pessoas circulavam. O agente especial Stern, depois de protelar momentaneamente a sua demissão, e Mila.

Não procuravam nada, só estavam tentando colocar os acontecimentos em ordem cronológica até obter respostas para as únicas perguntas possíveis. Em que momento um ser humano equilibrado e tranquilo como Goran Gavila começou a engendrar seu plano de morte? Quando a mola da vingança disparou dentro dele? Quando começou a transformar seu ódio num plano?

Mila estava no escritório e ouvia Stern revistando o quarto ao lado. Tinha realizado muitas buscas em sua carreira. Era impressionante como os detalhes da vida de alguém podem ser reveladores.

Enquanto explorava o refúgio onde Gavila amadurecia suas reflexões, tentava manter um certo distanciamento, anotando os detalhes, os pequenos hábitos que acidentalmente poderiam revelar algo de importante.

Goran guardava grampos de papel num cinzeiro de vidro. Fazia ponta nos lápis diretamente na cesta de papel. E tinha um porta-retratos sem foto na escrivaninha.

Aquela moldura vazia era uma janela sobre o abismo do homem que Mila pensou que poderia amar.

Mila desviou os olhos, quase com medo de ser engolida. Então abriu a gaveta ao lado da mesa. Dentro, havia uma pequena pasta. Pegou-a e colocou em cima da outra que já tinha examinado. Era diferente, pois, pela data, tratava-se do último caso de Gavila antes que a história das meninas desaparecidas viesse à tona.

Além dos documentos, continha uma série de cassetes.

Começou a ler o conteúdo dos documentos. Ouviria as fitas depois, se valesse a pena.

Tratava-se de uma correspondência entre o diretor de um presídio — um tal de Alphonse Bérenger — e o gabinete do Procurador. E se referia ao estranho comportamento de um detento identificado apenas por seu número de matrícula.

RK-357/9.

O indivíduo tinha sido encontrado meses antes por dois policiais, vagando à noite pelos campos, sozinho e sem roupas. Desde então, tinha se recusado a fornecer os próprios dados pessoais às autoridades públicas. O exame de suas impressões digitais revelou apenas que não era fichado. Mas um juiz o condenou por obstrução da justiça.

Ainda estava cumprindo pena.

Mila pegou uma das fitas e examinou, tentando imaginar o que poderia conter. Na etiqueta só apareciam uma hora e uma data. Chamou Stern e resumiu rapidamente o que tinha lido.

— Mas ouça o que diz o diretor do presídio... "Desde o momento em que colocou os pés na penitenciária, o detento RK-357/9 não deu mostras de indisciplina e sempre respeitou o regulamento carcerário. Ademais, é um elemento de índole solitária e pouco inclinada à socialização. Talvez por isso ninguém tenha percebido um comportamento particular, que um dos nossos guardas só notou recentemente. O detento RK-357/ 9 limpa e esfrega com um pano de feltro todos os objetos com os quais entra em contato, recolhe todos os pelos e cabelos que perde cotidianamente, lustra perfeitamente os talheres e o vaso sanitário a cada vez que os usa..." O que acha?

— Sei lá. Minha mulher também tem mania de limpeza.

— Mas olhe só como continua: "Estaríamos, portanto, diante de um maníaco por limpeza ou, mais provavelmente, de um indivíduo que quer evitar a qualquer custo deixar vestígios de algum "material orgânico". Nutrimos, consequentemente, a séria suspeita de que o detento RK-357/9 tenha cometido algum crime de particular gravidade e queira nos impedir de coletar material para um exame de DNA capaz de identificá-lo..." E então?

Stern pegou a folha de sua mão e leu.

— Foi em novembro... Não informam se no final conseguiram descobrir algo sobre seu DNA?

— Ao que parece, não podiam obrigá-lo a fazer o teste e nem colher material arbitrariamente, pois isso atentaria contra suas liberdades constitucionais...

— E o que fizeram então?

— Tentaram recolher algum pelo ou cabelo fazendo inspeções de surpresa em sua cela.

— Era mantido em isolamento?

Mila passou as folhas para chegar ao ponto em que tinha lido algo a respeito. Encontrou.

— Eis o que escreve o diretor: "Até hoje, o elemento compartilhou sua cela com outro recluso, o que certamente facilitou sua tarefa de confundir os próprios traços biológicos. Mas posso garantir de que, como primeira medida, ele já foi retirado dessa condição de promiscuidade e colocado em isolamento."

— Mas afinal, conseguiram ou não descobrir o seu DNA?

— Ao que tudo indica, o detento era mais esperto que eles e a cela estava sempre perfeitamente limpa quando chegavam. Mas acabaram notando que falava sozinho e colocaram um microfone escondido para ouvir o que dizia...

— E o que Dr. Gavila tinha com isso?

— Podem ter pedido o parecer de um especialista, sei lá...

Stern pesou um instante.

— Acho que devíamos ouvir as fitas.

Em cima de um dos móveis do escritório havia um velho gravador que Goran provavelmente usava para registrar suas observações. Mila passou uma das fitas para Stern, que foi até o aparelho, enfiou a fita e estava prestes a apertar o play.

— Espere.

Surpreso, Stern virou para ela: estava pálida.

— Cacete!

— O que houve?

— O nome.

— Que nome?

— O nome do preso com quem ele dividia a cela antes de ser colocado em isolamento...

— Diga!

— Ele se chamava Vincent... *Era Vincent Clarisso.*

44

Alphonse Bérenger era um homem de 60 anos com cara de criança.

Seu rosto corado parecia contido por uma densa malha de capilares. Cada vez que sorria, apertava os olhos até transformá-los em duas fendas. Dirigia a penitenciária há 25 anos e faltavam poucos meses para a sua aposentadoria. Era um amante da pesca e num canto de seu gabinete havia uma vara e uma caixa com anzóis e iscas. Em breve, aquela seria a principal ocupação de seus dias.

Bérenger era tido como um bom homem. Nos anos de sua gestão, quase não se registraram episódios de violência na prisão. Dava um toque humano às suas relações com os detentos, e seus guardas raramente recorriam ao uso da força.

Alphonse Bérenger lia a Bíblia e era ateu. Mas acreditava na segunda oportunidade e dizia sempre que cada indivíduo, se quiser, tem direito de fazer por merecer o perdão. Não importava a culpa que carregasse.

Tinha fama de ser um homem íntegro e se considerava em paz com o mundo. Mas fazia algum tempo, não conseguia mais dormir à noite. Sua esposa dizia que era a aproximação da aposentaria, mas não era isso. O que atormentava seus sonhos era a ideia de ter que recolocar o detento RK-357/9 em liberdade sem saber quem era ele e se tinha cometido algum crime atroz.

— Esse sujeito é... um absurdo — disse a Mila enquanto atravessavam um dos portões de segurança, dirigindo-se à ala das celas de isolamento.

— Em que sentido?

— É absolutamente imperturbável. Nós o deixamos sem água corrente, esperando que parasse de lavar tanto. Ele continuou limpando tudo só com trapos. Confiscamos os tais trapos. Começou a usar seu uniforme. Tratamos de obrigá-lo a comer com os talheres da prisão. Ele parou de comer.

— E vocês?

— Não podíamos matá-lo de fome. Contrapôs a cada tentativa nossa uma tenacidade que nos desarmava... ou uma determinação tranquila, pode escolher.

— E a perícia?

— Passaram três dias naquela cela, mas não encontraram material orgânico suficiente para um teste de DNA. Fico me perguntando: como pode ser? Todos perdemos milhares de células a cada dia, sob a forma de minúsculos cílios ou escamas de pele...

Bérenger tinha usado toda a sua paciência de pescador experiente na esperança de que fosse suficiente. Mas não tinha sido. Seu último recurso era aquela agente que se apresentou de surpresa na manhã daquele dia, contando uma história tão absurda que parecia verdadeira.

Percorrendo o longo corredor, chegaram diante de uma porta de ferro pintada de branco. Era a cela de isolamento número 15.

O diretor olhou para Mila:

— Tem certeza?

— Esse homem vai sair em três dias e tenho a impressão de que nunca mais o veremos. Portanto, sim, tenho certeza absoluta.

A pesada porta se abriu e se fechou imediatamente às suas costas. Mila deu o primeiro passo no pequeno universo do detento RK-357/9.

Era diferente de tudo o que imaginou e do retrato falado que Nicla Papakidis tinha feito depois de vê-lo em meio às recordações de Joseph B. Rockford. Exceto por um detalhe: os olhos cinzentos.

Era pequeno de estatura. Tinha ombros estreitos, com os ossos da clavícula à mostra. O macacão laranja da prisão era grande demais e ele tinha que dobrar tanto as mangas quanto a bainha das calças. Tinha poucos cabelos, concentrados nas laterais da cabeça.

Estava sentado na cama e em seus joelhos havia uma tigela de aço, que ele esfregava com um pano de feltro amarelo. A seu lado, na cama, estavam dispostos ordenadamente uma escova de dentes, um pente de plástico e talheres. Mal levantou a cabeça para olhar para Mila, sem parar um instante de esfregar.

Mila estava convencida de que aquele homem sabia quem era ela.

— Olá — disse. — Posso sentar um pouco?

Ele fez que sim educadamente, indicando um banco encostado na parede. Mila pegou e sentou.

O chiado insistente e regular do ato de esfregar sobre o metal era o único som naquele ambiente estreito. Os rumores típicos de uma prisão tinham sido banidos da seção de isolamento, mas tornavam ainda mais pesada a solidão da mente. Mas o detento RK-357/9 não parecia se importar.

— Todos aqui se perguntam quem será o senhor — começou Mila. — Tornou-se uma espécie de obsessão, acho eu. Para o diretor da prisão, por exemplo, e também para o gabinete do procurador. Os outros detentos divulgam sua lenda entre eles.

Ele continuou a olhar para ela, imperturbável.

— Eu não pergunto. Eu sei. Você é a pessoa que nós chamamos de Albert. A pessoa que estamos caçando.

O homem não reagiu.

— Era você na poltrona de Alexander Bermann em seu covil de pedófilo. E se encontrava com Ronald Dermis no orfanato dos padres quando ainda era um menino. Estava presente na casa de Yvonne Gress enquanto Feldher massacrava a mulher e seus filhos: é sua a silhueta no sangue das paredes. Estava junto com Joseph B. Rockford quando ele matou pela primeira vez naquela casa abandonada... Eles eram seus *discípulos*. Insuflou neles o abominável, inspirou-os sua maldade, permanecendo sempre oculto nas sombras...

O homem esfregava, sem perder o ritmo nem por um instante.

— Depois, há pouco mais de quatro meses, resolveu se deixar prender. Fez isso de propósito, não tenho dúvida. Na prisão, encontra Vincent Clarisso, seu companheiro de cela. Tem quase um mês para instruí-lo, antes que acabe de cumprir sua pena. Em seguida, assim que sai da prisão, Clarisso começa a executar seu plano... Sequestrar seis meninas, amputar seus braços esquerdos, colocar os cadáveres de forma que revelasse aqueles horrores que ninguém nunca foi capaz de descobrir... Enquanto Vincent cumpria sua tarefa, estava aqui. E ninguém podia incriminá-lo. Estas quatro paredes são o álibi perfeito... Mas sua obra-prima é Goran Gavila.

Mila tirou do bolso a fita cassete encontrada no escritório do criminologista e a jogou na cama. O homem acompanhou a curva que descreveu antes de aterrissar a poucos centímetros de sua perna esquerda. Não se mexeu, não fez sequer um gesto para se esquivar.

— Dr. Gavila nunca o viu, não o conhecia. Mas você o conhecia.

Mila sentia os batimentos de seu coração acelerarem. Era raiva, ressentimento e algo mais.

— Encontrou um modo de entrar em contato com ele daqui de dentro. É genial: quando o colocaram em isolamento, começou a falar sozinho como um pobre mentecapto, sabendo que iriam colocar um microfone e enviar a gravação a um especialista. Não um especialista qualquer, mas o melhor em sua área...

Mila apontou para a fita.

— Ouvi todas elas, sabia? Horas e horas de gravação... Não eram mensagens endereçadas ao vazio. Eram para Goran... Matar, matar, matar... Ele o ouviu e matou a esposa e o filho. Foi um trabalho paciente sobre sua pisque. Diga-me uma coisa: como faz? Como consegue? Você é muito bom.

O homem não percebeu o sarcasmo ou não deu importância. Mas parecia interessado em descobrir o resto da história, pois não tirava os olhos de cima dela.

— Mas não é o único que consegue entrar na mente dos outros... Aprendi muito sobre os serial killers ultimamente. Aprendi que se dividem em quatro categorias: visionários, missionários, hedonistas e os que buscam o poder... Mas existe uma quinta espécie: costumamos chamá-los de matadores subliminares.

Remexeu nos bolsos, tirou uma folha dobrada, que abriu completamente.

— O mais famoso é Charles Manson, que levou os membros de sua famosa "Família" a perpetrar o massacre de Cielo Drive. Mas acredito que existem dois casos ainda mais emblemáticos...

Leu: "Em 2005, um japonês de nome Fujimatzu conseguiu convencer 18 pessoas, conhecidas via chat e espalhadas pelo mundo, a tirar a própria vida no dia de são Valentino. De idade, sexo, condição econômica e extração social diferentes, eram homens e mulheres normalíssimos, sem problemas aparentes." Ergueu os olhos para o detento:

— Como conseguiu convencê-los ainda é um mistério... Mas ouça essa aqui, é minha preferida: "Em 1999, Roger Blest, de Akron, Ohio, mata seis mulheres. Quando capturado, conta aos policiais que o interrogam que o assassinato tinha sido 'sugerido' por um certo Rudolf Migby. O juiz e o júri pensam que quer passar por doente mental e o condenam à injeção letal. Em

2002, na Nova Zelândia, um operário analfabeto de nome Jerry Hoover mata quatro mulheres e, em seguida, declara à polícia que o assassinato havia sido 'sugerido' por um certo Rudolf Migby. O psiquiatra da acusação recorda o caso de 99 e — e sendo improvável que Hoover tivesse conhecimento destes fatos — descobre que um dos colegas de trabalho do homem realmente se chamava Rudolf Migby, o qual, em 1999, residia em Akron, Ohio". Olhou de novo para o homem:

— Bem, o que acha? Encontra semelhanças?

O homem não disse nada. Sua tigela brilhava, mas ainda não estava totalmente satisfeito com o resultado.

— Um matador subliminar não comete materialmente o crime. Não pode ser incriminado, não pode ser punido. Para processar Charles Manson, tiveram que recorrer a um artifício jurídico, tanto que a condenação à morte foi comutada para várias perpétuas... Alguns psiquiatras definem vocês como *sussurradores*, por sua capacidade de penetrar na personalidade dos mais fracos. Preferi chamá-los de lobos... os lobos agem em bando. Cada bando tem um chefe e muitas vezes os outros lobos caçam para ele.

O detento RK-357/9 acabou de esfregar a tigela e colocou a seu lado. Em seguida, pousou as mãos nos joelhos, à espera do resto.

— Mas você supera todos eles... — Mila começou a rir. — Não há nada que prove o seu envolvimento nos crimes cometidos por seus discípulos. Sem provas para incriminá-lo, dentro em breve voltará a ser um homem livre... E ninguém poderá fazer nada.

Mila deu um profundo suspiro. Encararam-se.

— Pena, se soubéssemos sua verdadeira identidade, ficaria famoso, passaria à história, tenho certeza.

Inclinou-se em sua direção e seu tom de voz se fez sutil e ameaçador:

— De todo modo, vou descobrir quem é você.

Levantou, limpou das mãos uma poeira inexistente e se aprontou para sair da cela. Antes, porém, concedeu-se mais alguns segundos na companhia daquele homem.

— Seu último aluno fracassou. Vincent Clarisso não conseguiu levar seu plano até o fim, pois a menina numero 6 ainda está viva... E isso significa que você também fracassou.

Observou sua reação e por um segundo teve a impressão de que algo havia se movido naquele rosto até então imperscrutável.

— Nos vemos lá fora.

Estendeu a mão. Ele ficou surpreso, como se não esperasse. Observou-a por um longo instante. Em seguida, ergueu molemente o braço e a apertou. O contato daqueles dedos balofos provocou-lhe repulsa.

Ele deslizou a mão da sua.

Ela deu as costas e se dirigiu para a porta de ferro. Bateu três vezes e esperou, sabendo que o olhar dele ainda estava em cima dela, plantado entre seus ombros. Do lado de fora, alguém começou a girar a chave na fechadura. Antes que a porta abrisse, o detento RK-357/9 falou pela primeira vez.

— *É menina* — disse ele.

Mila virou para ele, pensando que não tinha entendido bem. O detento tinha retornado a seu pano, esfregando meticulosamente uma outra tigela.

Saiu, a porta de ferro se fechou às suas costas e Bérenger veio a seu encontro. Krepp também estava com ele.

— E então... deu certo?

Mila fez que sim. Estendeu a mão que tinha apertado a do detento. O especialista da perícia muniu-se de uma pinça e destacou delicadamente da palma de sua mão a fina pátina transparente em que tinham sido capturadas as células da epiderme do homem. Para preservá-la, mergulhou-a imediatamente numa pequena bacia com solução alcalina.

— Agora vejamos quem é esse filho da puta.

5 de setembro

O céu estava atravessado por nuvens brancas isoladas, que exaltavam seu azul puríssimo. Reunidas, teriam coberto irremediavelmente o sol. Mas ao contrário, lá estavam elas, deixando-se levar pelo vento.

Tinha sido uma estação muito longa. O inverno havia dado lugar ao verão sem solução de continuidade. Ainda fazia calor.

Mila dirigia com as duas janelas abertas, desfrutando a brisa nos cabelos. Estavam compridos, e aquela era apenas uma das pequenas mudanças dos últimos tempos. Uma outra novidade era o vestido que usava. Tinha abandonado os jeans e agora vestia até uma saia florida.

No banco a seu lado havia uma caixa com o grande laço vermelho de um embrulho para presente. Tinha escolhido sem pensar muito, pois agora fazia tudo confiando apenas no instinto.

Havia descoberto a fértil imprevisibilidade da existência.

E estava gostando daquele novo curso dos acontecimentos. Mas o problema agora eram os caprichos de sua esfera emocional. Às vezes, acontecia de começar a chorar bem no meio de uma conversa ou quando estava terminando alguma coisa. Sem razão nenhuma, uma estranha e agradável nostalgia tomava conta dela.

Por muito tempo, ficou se perguntando de onde viriam aquelas emoções que a invadiam regularmente, em ondas ou espasmos.

Agora já sabia. Mas mesmo assim não quis saber o sexo do bebê.

— *É menina.*

No momento, Mila evitava pensar naquilo, tentando esquecer toda aquela história. Suas prioridades eram outras. Havia a fome que atacava inesperada, frequentemente, e que tinha devolvido um pouco de feminilidade às suas formas. E também a vontade repentina e urgente de fazer xixi. Finalmente, havia aqueles pequenos chutes em sua barriga, que já vinha sentindo há algum tempo.

Graças a eles estava aprendendo a olhar só para a frente.

Mas era inevitável que, de vez em quando, sua mente corresse sozinha para a lembrança daqueles acontecimentos.

O detento RK-357/9 saiu da prisão numa terça-feira de março. Sem um nome.

O truque de Mila, no entanto, tinha dado certo.

Krepp tinha conseguido extrair o DNA de suas células epiteliais, que foi inserido em todos os bancos de dados disponíveis. Tinha sido confrontado até com o material orgânico não identificado relacionado a casos sem solução.

Não deu em nada.

— Talvez ainda não tenha descoberto tudo sobre seu plano — pensava Mila com seus botões. E tinha medo daquela previsão.

Quando o homem sem nome readquiriu sua liberdade, os policiais o mantiveram sob controle permanente nos primeiros tempos. Vivia numa casa oferecida pelo serviço social e — ironia do destino — tinha começado a trabalhar como empregado na limpeza de um grande centro comercial. Não deixava transparecer nada de si mesmo que já não soubessem. Assim, com o tempo, a vigilância dos agentes foi relaxando. Seus chefes não estavam mais dispostos a pagar hora extra e as rondas voluntárias só duraram algumas semanas. No final, todos tinham desistido.

Mila continuou a vigiá-lo, mas até para ela aquilo estava se tornando muito cansativo. Depois da descoberta da gravidez, tinha espaçado os controles.

Um tempo depois, num dia de meados de junho, ele desapareceu.

Não deixou nenhum rastro atrás de si, ninguém podia imaginar seu destino. No início, Mila ficou furiosa, mas depois descobriu também um grande alívio.

A policial que encontrava pessoas desaparecidas no fundo desejava que aquele homem desaparecesse.

A placa à sua direita indicava a saída para o bairro residencial e ela foi por ali.

Era um lugar bonito: as ruas eram arborizadas e as plantas repetiam sempre a mesma sombra, como se não quisessem enganar ninguém. As casinhas ficavam encostadas umas nas outras, com um belo pedaço de terra na frente, todas iguais.

As indicações do folheto que Stern tinha lhe dado terminavam na bifurcação à sua frente. Diminuiu a marcha, olhando ao redor.

— Droga, Stern, onde vocês estão? — perguntou ao telefone.

Antes que respondesse, ela o viu agarrado ao celular e fazendo sinal de longe com um braço levantado.

Estacionou o carro onde ele indicou e desceu.

— Como vai?

— À parte o enjoo, os pés inchados e as frequentes corridas para o banheiro... diria que estou muito bem.

Ele enlaçou seus ombros com o braço:

— Venha, está todo mundo lá atrás.

Era estranho vê-lo sem paletó e gravata, de calças azuis e uma camisa florida aberta no peito. Não fosse a indefectível balinha de menta, seria irreconhecível.

Mila se deixou levar em direção ao jardim na parte de trás, onde a mulher do ex-agente especial estava pondo a mesa. Correu para abraçá-la.

— Oi, Marie, você está ótima.

— Claro: agora estou em casa o dia inteiro! — exclamou Stern, rindo. Marie deu um tapa nas costas do marido.

— Trate de cozinhar, isso sim!

Enquanto Stern se afastava em direção à churrasqueira, pronto para assar linguiças e espigas de milho, Boris chegou com uma garrafa de cerveja meio vazia. Apertou Mila em seus braços fortes, tirando-a do chão.

— Como você engordou!

— Não diga!

— Por que demorou tanto a chegar?

— Estava preocupado comigo?

— Não, só estava com fome.

Riram. Boris era sempre muito atencioso com ela e não apenas porque conseguiu salvá-lo da prisão. Nos últimos tempos, tinha ganho peso em razão da vida sedentária e da promoção que recebeu de Terence Mosca. Disposto a apagar aquele pequeno "equívoco" de seu currículo o mais rápido possível, o novo inspetor-chefe tinha feito uma oferta irrecusável. Roche tinha pedido demissão logo depois do encerramento oficial do caso, não sem ter acertado com o Departamento uma cerimônia de despedida que incluía a entrega de uma medalha por mérito em serviço e um elogio solene. Dizia-se que estava avaliando a eventualidade de começar uma carreira política.

— Que cabeça: esqueci a caixa no carro! — lembrou Mila de repente. — Faz o favor de pegar para mim?

— Claro, estou indo.

Assim que Boris retirou sua silhueta peso-pesado de sua frente, abriu-se o panorama dos outros convidados.

Sob uma cerejeira, via-se Sandra numa cadeira de rodas. Não conseguia mais andar. Tinha acontecido um mês depois de receber alta do hospital. Os médicos diziam que o bloqueio neurológico era devido ao choque. Mas estava seguindo um rígido programa de reabilitação.

Uma prótese ocupava o lugar do braço esquerdo amputado.

Ao lado da menina estava o pai, Mike. Mila o conheceu nas visitas a Sandra e simpatizou com ele. Mesmo separado da esposa, continuou a cuidar dela, assim como da filha, com afeto e dedicação. Sarah Rosa estava com eles. Tinha mudado muito. Perdeu vários quilos na prisão e seus cabelos branquearam em pouquíssimo tempo. Sua condenação foi bastante severa: sete anos, mais a expulsão com desonra, perdendo assim também o direito de receber pensão. Estava ali graças a uma permissão especial. Um pouco mais adiante, via-se Doris, a agente de controle que a acompanhava, que cumprimentou Mila com um gesto de cabeça.

Sarah Rosa levantou e se aproximou. Fez um esforço para sorrir.

— Como vai? Está tudo bem com a gravidez?

— O grande problema é a roupa: o tamanho muda sem parar e não ganho o suficiente para trocar tanto assim de guarda-roupa. Um dia desses vou ter que sair de roupão!

— Acredite em mim: curta muito esses momentos, pois o pior vem depois. Nos primeiros três anos, Sandra não nos deixou pregar os olhos. Não foi, Mike? — E Mike concordou.

Já tinham se encontrado várias vezes. Mas ninguém nunca perguntou a Mila sobre o pai da criança. Como reagiriam se soubessem que carregava no ventre o filho de Goran?

O criminologista ainda estava em coma.

Mila só foi vê-lo uma vez. Observou-o por trás de um vidro, mas não resistiu mais que alguns segundos e fugiu rapidamente de lá.

A última coisa que disse antes de se jogar no vácuo era que tinha matado a mulher e o filho *porque os amava*. Era a lógica incontrovertível de quem justifica o mal com o amor. E Mila não podia aceitá-la.

De outra feita, Goran tinha afirmado: *A gente pensa que sabe tudo sobre as pessoas que nos cercam, mas na verdade ninguém sabe nada...*

Pensou que estivesse falando da esposa e se lembrava da frase como uma verdade banal, que não estava à altura de sua inteligência. Até o momento em que se viu na situação que ele descrevia. No entanto, mais que os outros, ele deveria entender. Ela que tinha dito: *Venho das sombras. E preciso retornar às sombras de vez em quando...*

Goran também mergulhou muitas vezes nas mesmas trevas. Mas um dia, quando veio à tona, algo o seguiu. Algo que nunca mais o abandonou.

Boris chegou com o presente.

— Precisava demorar tanto?

— Não consegui fechar aquela carroça. Devia comprar um carro novo.

Mila tirou a caixa de suas mãos e entregou a Sandra.

— Feliz aniversário!

Inclinou-se para ela e deu um beijo. A menina sempre ficava contente ao vê-la.

— Meu pai e minha mãe me deram um iPod.

E exibiu o aparelho. Mila comentou:

— Fantástico. Agora precisamos enchê-lo com um bom e honesto rock.

Mike não concordava:

— Prefiro Mozart!

— Coldplay é melhor — disse Sandra.

Desembrulharam o presente de Mila juntos. Era uma jaqueta de veludo, com enfeites e *pins* de vários tipos.

— Uau! — exclamou a aniversariante quando reconheceu a marca de um famoso estilista.

— Esse uau significa que gostou?

Sandra fez que sim, toda sorridente, sem tirar os olhos da jaqueta.

— Está na mesa! — anunciou Stern.

Sentaram-se à mesa, à sombra de um caramanchão. Mila notou que Stern e a mulher se buscavam e se tocavam muitas vezes, como dois namorados recentes. Sentiu um pouco de inveja. Sarah Rosa e Mike interpretavam o papel de bons pais com a filha. Mas ele demonstrava carinho também por Sarah. Boris contou inúmeras piadas e todos riram tanto que a agente Doris se engasgou com a comida. Era um dia agradável, despreocupado. E Sandra provavelmente esqueceu sua condição por alguns momentos. Recebeu muitos presentes e comemorou seus 13 anos com uma torta de chocolate e coco.

O almoço acabou depois das 15 horas. Tinha começado a soprar uma brisa que dava vontade de deitar na grama e dormir. As mulheres tiraram a mesa, mas Mila foi dispensada pela esposa de Stern por causa do barrigão. Aproveitou para ficar perto de Sandra, embaixo da cerejeira. Com um certo esforço, conseguiu sentar no chão, ao lado da cadeira de rodas.

— É muito bonito aqui — disse a menina. Em seguida, olhou para a mãe que levava os pratos sujos para dentro e sorriu. — Queria que esse dia não terminasse nunca. Sentia muita falta da minha mãe...

O uso do verbo no imperfeito era sintomático: Sandra tinha evocado uma saudade diferente da que sentia quando a mãe voltava à prisão. Estava falando do que tinha acontecido com ela própria.

Mila sabia muito bem que aquelas referências rápidas faziam parte do esforço da menina para reorganizar seu passado. Precisava localizar as emoções e ajustar contas com um medo que, embora tudo estivesse terminado, voltaria a espreitá-la ainda por muito tempo.

Um dia as duas enfrentariam uma conversa sobre o que aconteceu com elas. Mila pensava em lhe contar primeiro a sua história. Talvez isso pudesse ajudá-la. Tinham muito em comum.

— Encontre primeiro todas as palavras, minha querida, temos todo o tempo do mundo...

Mila sentiu uma imensa ternura por Sandra. Em uma hora, Sarah Rosa teria que voltar para a penitenciária. E a cada vez, aquela separação era um sofrimento para mãe e filha.

— Resolvi lhe contar um segredo — disse para distraí-la daquele pensamento. — Mas só vou contar a você... quem é o pai do meu filho.

Sandra deixou escapar um sorriso maroto.

— Ora, todo mundo aqui já sabe.

Mila ficou boquiaberta de espanto, depois as duas caíram na risada.

Boris observava tudo a distância sem entender o que estava acontecendo.

— Mulheres — exclamou, dirigindo-se a Stern.

Quando finalmente pararam, Mila estava se sentindo muito melhor. Mais uma vez, tinha subestimado as pessoas que a queriam bem, criando problemas inúteis. Muitas vezes as coisas, ao contrário, eram desgraçadamente simples.

— *Ele* estava esperando alguém... — disse Sandra, séria. E Mila entendeu que estava falando de Vincent Clarisso.

— Eu sei — respondeu simplesmente.

— Alguém que ia chegar para ficar conosco.

— Era um homem que estava preso, mas a gente não sabia. Até escolhemos um nome para ele, sabia? Nós o chamávamos de Albert.

— Não, não era assim que Vincent o chamava...

Uma lufada de vento quente movimentou as folhas da cerejeira, mas isso não impediu que Mila sentisse um frio repentino subindo por sua espinha. Virou lentamente para Sandra e cruzou com seus olhos imensos, que a fitavam inconscientes daquilo que tinha acabado de dizer.

— Não... — repetiu a menina calmamente — Ele o chamava de *Frankie.*

O sol brilhava naquela tarde perfeita. Os pássaros entoavam seus cantos nas árvores e o ar estava cheio de pólen e perfumes. A relva do gramado era convidativa. Mila jamais esqueceria o instante preciso em que descobriu que tinha muito mais em comum com Sandra do que imaginava. E, no entanto, aquelas equivalências sempre estiveram lá, diante de seus olhos.

Só pegou meninas e não meninos.

Steve também gostava de meninas.

Escolheu as famílias.

E ela, como Sandra, era filha única.

Cortou o braço esquerdo de todas elas.

Ela quebrou o braço esquerdo ao cair da escada com Steve.

As duas primeiras eram irmãs de sangue.

Sandra e Debby. Como ela e Graciela, muitos anos antes.

— Os serial killers tentam contar uma história por meio do que fazem — disse certa vez Goran.

Mas aquela história era a sua história.

Cada detalhe a levava forçosamente de volta ao passado, obrigando-a a encarar de frente a terrível verdade.

— Mas o seu último aluno fracassou: Vincent Clarisso não conseguiu levar seu plano até o fim, pois a menina número 6 ainda está viva... Isso quer dizer que você também fracassou.

Mas ao contrário, nada tinha acontecido por acaso. Aquele era o verdadeiro final de Frankie.

Tudo aquilo era para ela.

Um movimento dentro de seu corpo a trouxe de volta. Então, Mila baixou os olhos para seu ventre maduro. Impediu-se de perguntar se aquilo também fazia parte do plano de Frankie.

"*Deus é silencioso*", pensou. "*O diabo sussurra...*"

E de fato, o sol continuava a brilhar naquela tarde perfeita. Os pássaros não se cansavam de entoar seus cantos sobre as árvores e o ar continuava saturado de pólen e perfumes. A relva do gramado ainda era convidativa.

Ao seu redor, e em toda parte, o mundo carregava em si a mesma mensagem.

De que tudo tinha voltado a ser como era antes.

Tudo.

Até Frankie.

De volta, para desaparecer de novo nas vastas extensões de sombra.

Este livro foi composto na tipologia Adobe Garamond Pro,
em corpo 11,5/16, e impresso em papel off-white 80g/m²
pelo Sistema Cameron da Distribuidora Record
de Serviços de Imprensa S.A.